d

Michael Lewin

# *Der stumme Handlungsreisende*

*Roman*

*Aus dem Amerikanischen von Michaela Link*

Diogenes

Titel der 1978 bei
Alfred A. Knopf, New York,
erschienenen Originalausgabe:
›The Silent Salesman‹

Umschlagfoto: Alfred Seiland,
›Lincoln City, Oregon‹ 1982
(Ausschnitt)

*Deutsche Erstausgabe*


150/95/8/1
ISBN 3 257 06052 1

# 1

Die erste halbe Stunde nach dem Frühstück brachte ich damit zu, mein Geld zu zählen. Mein Bargeld. Die zweitausend Dollar, die meine eiserne Reserve waren. Ich kam genau auf $ 938.

Kein schlechtes Ergebnis für Geld, das mir gehört, Geld aus fast drei Jahren Arbeit. Vor allem, wenn man bedenkt, daß ich es in einer Kassette aufbewahre, die ich nicht einmal vor mir selbst verschließe. Ein Schloß kann ich mir nämlich nicht leisten. Das einzige Hindernis, das ich mir in den Weg gelegt habe, ist ein mir ansonsten recht freundlicher Schnappschuß meiner Herzdame, die mir einen strengen Blick zuwirft. Das Foto soll meine Selbstdisziplin ankurbeln.

Das Geld war damals auf einen Schlag gekommen, zusammen mit dem Brief eines dankbaren Klienten. Ein freiwilliges und unerwartetes Geschenk. Dem Brief erwies ich die Ehre eines eigenen Aktenordners, und das Geld wollte ich nicht anrühren, bis ich es wirklich brauchte.

Ich brauchte es.

Den ganzen Juni über hatte ich in meinem Büro gesessen, nur von der Hand in den Mund gelebt und mich gefragt, warum kein Mensch in ganz Indianapolis einen so preiswerten Detektiv wie mich engagieren wollte.

Bei meinen Kontakten, meiner Intelligenz, meiner Integrität… meinen niedrigen Honoraren.

Aber dann fiel es mir wie Schuppen von den Augen. Im Juni wird geheiratet.

Im Juli wurde mir klar, daß man sich noch in den Flitterwochen befindet...

Im August hätte sich jedoch zumindest der Geschäftszweig Scheidungen erholt haben müssen. Hatte er aber nicht.

Am Montag, dem Achten, hatte ich mich entschlossen, aktiv zu werden. Zu meinen starken Seiten gehört es, daß ich auch zum Handeln bereit bin. Wenn mir nichts anderes mehr einfällt. Ich ging also zum *Star* in die Anzeigenaufnahme.

Riesiger Detektiv-Schlußverkauf im August
20% Preisnachlaß auf alle Nachforschungen,
einschließlich Scheidungen, wenn Sie sich
noch im August entschließen

Ich fand meine Idee damals gar nicht schlecht. Die Anzeige erschien am Dienstag morgen.

Aber Dienstage sind ja bekanntlich immer sehr ruhig. Weil alle Hausfrauen und Hausmänner am Dienstag mit der großen Wäsche beschäftigt sind.

Oder war das am Montag?

Am Mittwoch morgen ging ich als erstes zur Bank und hob mein Geld ab. Dann ging ich wieder nach Hause, frühstücken. Die Annonce sollte die ganze Woche über erscheinen, auch am Sonntag. Es war meine erste Zeitungsannonce, seit ich 1863 meine Tätigkeit aufgenommen hatte. Irrtum, 1963.

Natürlich laufen die Dinge schlecht für mich, seitdem ich im Geschäft bin. So ist mein ganzes Leben; ich tappe von einem Mißgeschick zum nächsten. Aber mehr als tausend Dollar weniger zu haben von etwas, was ich überhaupt nicht hätte, wäre da nicht jene unerwartete Anwandlung von Dankbarkeit gewesen... Das war schlimm.

Um 10.15 Uhr klingelte das Telefon.

»Albert Samson. Kann ich Ihnen behilflich sein?«

Eine Männerstimme fragte: »Sind Sie Albert Samson?«

»Jawohl.«

»Derjenige, der diese Anzeige aufgegeben hat und 20% Preisnachlaß gibt, wenn ich meine Scheidung jetzt in die Wege leite?«

»Genau.«

»Meinen Sie das ehrlich?«

»Ich weiß nicht recht, was ich darauf sagen soll...«

»Also entweder meinen Sie das ehrlich, oder Sie meinen es nicht ehrlich. Soll das ein Witz sein oder nicht?«

»Es ist kein Witz. Es ist vollkommen ernst gemeint.«

»Also, ich finde, es ist ein abscheulicher Witz, Samson. Ich halte das Ganze für eine absolute Geschmacklosigkeit, damit Sie's nur wissen.« Er hängte ein.

Den ganzen Rest des Vormittags flackerte die ohnehin schwache Glühbirne meines Bewußtseins nur noch. Wenn sie ausging, träumte ich davon, eine andere Art von Arbeit zu tun. Etwas zu sein... irgend *etwas*. Nicht *irgend* etwas. Genug zu verdienen, um nach Abzug der Unkosten Steuern zahlen zu müssen.

Wenn die Birne wieder einmal aufleuchtete, nutzte ich

die Zeit dazu, mir die Namen der 1969er Mets aufzusagen. Das waren die, die aus dem Nichts kamen, den National Baseball League Pennant gewannen und dann auch noch die World Series.

Wir hatten eine Menge gemeinsam, die Mets von 1969 und der Albert Samson von 1977. Beide starteten wir von ganz unten in den Sommer.

Um zwölf zog ich mich zum Mittagessen in mein Hinterzimmer zurück. Um zwanzig vor eins hörte ich ein unverkennbares Geräusch: Jemand versuchte, meine Tür zu öffnen. Ich hielt inne, horchte, setzte die Orangensaftflasche ab und stürzte die acht gewaltigen Stufen von meinem Wohnzimmerstuhl zu meiner Bürotür hinauf. Ich hob sie an und zog. Sie flog auf.

»Hallo«, sagte ich mit meinem besten Lächeln.

Eine Frau mittleren Alters mit einem langen, braunen Regenmantel war schon wieder auf halbem Wege die Treppe hinunter. Sie drehte sich um und sah mich an.

»Kann ich Ihnen helfen, Ma'am?«

Sie sagte: »Ich… ich… ich…« Dann lief sie die Treppe hinab und raus auf die Straße. So eine Zeitungsannonce bringt's eben.

Ich ging schließlich gleichfalls die Treppe hinunter, aber nicht, um sie zu verfolgen. Mir war ein Brief in dem Drahtkorb aufgefallen, in dem die Dinge landen, die durch meinen Postschlitz geworfen werden. Für gewöhnlich war ich nicht besonders erpicht auf meine Post, aber der Brief letzte Woche war von meiner Tochter gewesen. Ich hatte sie seit zwölf Jahren nicht mehr gesehen, und sie hatte mir mitgeteilt, daß sie mich vielleicht besuchen würde. Ihre

Mama und ihr reicher neuer Daddy verbrachten den Sommer in Connecticut, was schließlich beinahe nebenan war. Noch am Fuße der Treppe riß ich den Briefumschlag auf.

Es war ein Kündigungsschreiben von meinem Vermieter.

Sie wollten das Gebäude abreißen, um Büros zu bauen. Das schien nicht fair zu sein, wenn man bedachte, daß mir dasselbe schon mal passiert war. Dort, wo früher mein Büro gewesen war, in dem ich zehn Jahre verbracht hatte, stand nun ein mehrstöckiges Parkhaus.

Aber Indianapolis ist eben diese Art Stadt, eine Stadt, die in den Himmel schießt ohne Rücksicht auf Gestriges. Und Sanierung ist etwas, wogegen man sich nur mit viel Geld impfen lassen kann. Ich mußte bis Mitte Oktober geräumt haben.

Vorher war ich bedrückt gewesen, aber jetzt war ich einfach nur noch traurig. »Diese herrliche, splittrige, modrige Holztreppe«, sagte ich zu mir selbst. »Aaach, ach ja.«

Aber bis ich zu meinem Mittagessen zurückgekehrt war, hatte ich auch schon die gute Seite an der Sache entdeckt. Ohne Aufträge würde ich Unmengen Zeit für den Umzug haben. Alles im Leben hat irgendwie einen Sinn.

Wenn mich allerdings auch in absehbarer Zeit niemand engagierte, würde ich mir auch noch den zweiten Schuh weichkochen müssen...

Ich wurde langsam manisch vor Depression.

Das Telefon klingelte. Ich setzte mich und lauschte einen Augenblick. Zuckte mit den Schultern.

»Albert Samson, Privatdetektei.«

»Mein Name ist Mrs. Dorothea Thomas«, sagte eine Frau. »Ich brauche jemanden, der für mich einer Sache auf den Grund geht. Tun Sie so etwas?«

»Ja«, sagte ich und hoffte, daß sie über die Art von Job sprach, mit der ich fertig werden konnte. Der Rest des letzten Schuhs hatte mir nicht überwältigend gemundet.

»Machen Sie Hausbesuche, Mr. Samson?«

»Ja«, sagte ich. Dann fügte ich hinzu: »Innerhalb einer vernünftigen Entfernung von Indianapolis.« Denn ich wollte nicht übereifrig erscheinen. Sie hätte sonst denken können, daß ich sie fressen wollte. Aber ihr Haus lag in Beech Grove, und sie wollte mich um acht Uhr dahaben. Ich zog meinen Terminplan zu Rate und stellte fest, daß ich abkömmlich war.

»Bevor Sie auflegen, Mrs. Thomas, darf ich Sie vielleicht noch fragen, ob Sie mich aufgrund meiner heutigen Anzeige im *Star* angerufen haben?«

»Anzeige?« fragte sie. »Nein, ich habe einfach die kleinste Anzeige in der Liste der Detektive in den gelben Seiten herausgesucht.«

»Oh«, sagte ich.

»Also bis heute abend«, sagte sie.

Beech Grove – Buchenhain – ist ein Vorort, der etwa sechs Meilen näher am Zentrum von Indianapolis liegt als die meisten anderen. Das Haus war ein solider Backsteinbau und stand schon ziemlich lange auf seinem Fleck. Es schien genau das richtige Haus, um einen behaglichen Ehrgeiz darin zu beherbergen. Über seiner linken Schulter ragte eine große Buche auf, und ich fragte mich, was Leute, die in so geregelten Verhältnissen leben, nur von mir wollen konnten.

Vielleicht wollten sie überhaut nichts von mir – vorn auf der Veranda brannte kein Licht, und auch sonst war die Vorderfront des Hauses vollkommen dunkel. Da ich fünf Minuten zu früh war, blieb ich noch in meinem Lieferwagen sitzen. Während ich das Haus beobachtete, sah ich, wie sich eine weibliche Silhouette an seiner Seite entlang auf die Veranda zu bewegte. Aber sie ging nicht hinein. Sie blieb neben der Tür stehen und warf einen Blick auf ihr Handgelenk. Ich stieg aus und ging den Weg hinauf.

»Mr. Samson?« fragte die Frau mit gedämpfter Stimme.

»Ja.«

»Hier entlang, bitte.« Ich folgte ihr in die Richtung, aus der ich sie hatte kommen sehen.

Wir gingen um die Ecke und kamen an einer Garage vorbei zu einem kleinen Aluminiumwohnwagen, der auf einem betonierten Untergrund stand. Die Wohnwagenfenster waren hell erleuchtet, und Mrs. Thomas hielt mir die Tür auf, damit ich hineingehen konnte. »Ich hätte Ihnen schon am Telefon gesagt, daß Sie hierher kommen sollen und nicht ins Haus«, stellte sie fest. »Aber es ist immer so umständlich, das zu erklären.«

Wir setzten uns in zwei stabile Sessel. Sie war etwa vierzig, schätzte ich, hatte sich aber schlecht gehalten. Ihr Gesicht hing wie in ledrigen Falten von ihrem Haaransatz herab.

»Ich komme mir so töricht vor.«

»Das müssen Sie nicht«, sagte ich, als würde das irgend etwas ändern.

»Ich nehme an, ich hätte Sie nicht bitten dürfen, den ganzen Weg hierherzukommen, ohne eigentlich zu wissen, ob Sie überhaupt etwas für mich tun können.«

Ich bemühte mich nach Kräften, verständnisvoll auszusehen. »Im Fernsehen kam heute abend sowieso nichts Gescheites«, sagte ich. »Am Telefon sagten Sie, Sie hätten ein Problem?«

»Ich... ich...«, sagte sie. »Ich bin wirklich töricht, nicht wahr?«

»Es ist immer schwer, einen Anfang zu finden«, kam ich ihr zu Hilfe.

»Oh, ich weiß durchaus, wo ich anfangen muß«, sagte sie. »Das ist es nicht. Wissen Sie... meinem Bruder geht es nicht gut. Er liegt jetzt seit fast sieben Monaten im Entropist Hospital.«

»Das tut mir leid.«

»Ja, hm, mir auch«, sagte sie.

»Ist er sehr krank?«

»Sehr. Das hat man mir jedenfalls gesagt. Er hatte einen Arbeitsunfall. Er ist Vertreter für Loftus Pharmazeutika. Es hat eine Art Explosion in einem Laboratorium gegeben, und er wurde dabei verletzt.«

»Hört sich so an, als hätte er ziemliches Pech gehabt. Macht die Gesellschaft Schwierigkeiten wegen der Arztrechnungen oder wegen der Entschädigung? Ist das die Art Problem, von der Sie sprechen?«

»O nein, John wird aufs beste versorgt, da bin ich mir sicher. Er liegt im firmeneigenen Teil des Krankenhauses, der Loftus-Klinik. Und was die Entschädigung betrifft, so wird sich wohl seine Frau um diese Angelegenheiten gekümmert haben. Im Frühjahr habe ich Johns Rechtsanwalt mehrmals im Haus gesehen.«

»Nun...«, begann ich ohne bestimmte Absicht.

»Ich möchte John einfach nur sehen.«

»Ihn sehen?«

»Genau. Die Leute im Krankenhaus lassen mich nicht zu ihm.«

»Überhaupt nicht?«

»Ich habe es dreimal versucht. Jedesmal hieß es, daß er keine Besuche haben darf und daß man es mich wissen lassen werde, wenn die Besuchssperre aufgehoben wird. Aber das ist bisher nicht passiert. Gestern habe ich wieder angerufen, aber die Sperre besteht immer noch.« Das Ganze schien ihr wirklich nahe zu gehen.

»Was für einen Grund geben die Ärzte an?«

»Sie sagen, sein Zustand sei so ernst, daß man ihn auf gar keinen Fall dem Risiko einer Ansteckung aussetzen dürfe.«

»Was für ein Unfall war das eigentlich? Eine Explosion, sagten Sie?«

»So ist es. Er hatte Kopfverletzungen.«

»Ich habe nicht viel Ahnung von diesen Dingen«, sagte ich wahrheitsgemäß. »Aber daß sterile Bedingungen aufrechterhalten werden müssen, klingt für mich nicht nach einer Routinebehandlung von Unfallfolgen.«

»Das fand ich auch«, sagte sie ebenso nachdrücklich wie erleichtert. »Und das ist auch der Grund, warum ich dachte, daß Sie, jemand wie Sie...«

»Darf seine Frau auch nicht zu ihm, ich meine, Mrs…?«

»Mein Bruder heißt Pighee. John Austin Pighee. Der Name seiner Frau ist Linn.«

»Sind Mrs. Pighee die Besuche bei ihrem Mann ebenfalls untersagt worden?«

»Das weiß ich nicht«, sagte Mrs. Thomas. »Linn und ich sprechen nicht miteinander. Obwohl wir beide hier leben…« Sie zeigte mit der Hand auf das Haus.

»Das Haus gehört also Ihrem Bruder und seiner Frau.«

»Es gehört meinem Bruder, ganz recht. Ich habe ihnen früher den Haushalt besorgt, vor dem Unfall. Aber jetzt geht mich das nichts mehr an.«

»Haben Sie sich juristischen Rat geholt, Mrs. Thomas?«

»Einmal habe ich mit Johns Rechtsanwalt gesprochen. Ich habe ihn abgefangen, als er das Haus verließ.«

»Und?«

»Ich verstehe nicht, warum John seine Sachen von diesem Mann regeln läßt«, sagte sie. »Das heißt, eigentlich verstehe ich es schon. Sie waren zusammen auf dem College. Sie waren Freunde. Ich muß sagen, daß ich ihn heute nicht besser leiden kann als damals.«

»Damals? Auf dem College?«

»O ja«, sagte sie und begriff, daß sie mir vielleicht ein paar Dinge erklären sollte. »John… Sie sollten wissen, daß mein Bruder viel jünger ist als ich, Mr. Samson. Unsere Eltern starben, als er noch ein Junge war, und ich habe immer sehr an Johnny gehangen.«

»Darf ich fragen, wie alt Mr. Pighee jetzt ist?«

»Neunundzwanzig.«

Ich nickte.

»Aber Mr. Thomas, mein Mann, und ich... wir trennten uns... gerade zu der Zeit, als Johnny zum College ging oder jedenfalls gegangen wäre, wenn da nicht Linn gewesen wäre... und ich hatte eine kleine Rücklage. Es schien mir eine gute Idee zu sein, für die beiden ein Heim zu schaffen. Ihm durchs Studium zu helfen, alles zu tun, was in meinen Kräften stand. Dabei ist es dann irgendwie geblieben. Und da bin ich nun.«

Ich zögerte kurz und sagte schließlich: »Sie sagten, Sie hätten mit Johns Anwalt gesprochen.«

»Walter Weston. Ja.«

»Was hat er gesagt?«

»Daß die Leute von Loftus nicht nur das täten, wozu sie rechtlich verpflichtet seien, sondern noch mehr, daß Linn über Johns Fortschritte umfassend informiert würde und daß sie davon überzeugt sei, für John würde so gut wie möglich gesorgt.«

»Genauer gesagt, daß Sie sich um Ihre eigenen Angelegenheiten kümmern sollen.«

Sie nickte und sagte dann rauh: »Nicht, daß es Linn viel ausmachen würde, wenn John keine Fortschritte machte. Deshalb ist sie auch so leicht zufriedenzustellen.«

»Sie mögen sich wohl nicht besonders, Sie und Ihre Schwägerin?«

»Nicht im geringsten. Das ist kein Geheimnis.«

»Der Rechtsanwalt Weston hält natürlich seine Verpflichtungen gegenüber Mrs. Pighee für wichtiger als seine Verpflichtungen Ihnen gegenüber?«

»Zweifellos.«

»Und Sie brauchen jemanden, der in Ihrem Interesse Nachforschungen anstellt.«

»Ja«, sagte sie. »Ich möchte, daß Sie herausfinden, warum ich meinen eigenen... meinen einzigen Bruder nicht im Krankenhaus besuchen darf. Nach allem, was ich für ihn getan habe.«

Ich verließ Mrs. Thomas, nachdem wir die Einzelheiten meiner Bezahlung besprochen hatten. Sie hatte meine Anzeige im *Star* nachgelesen. Ich brachte es nicht übers Herz, mein Honorar um fünfundzwanzig Prozent heraufzusetzen, so daß es nach Abzug der zwanzig Prozent Rabatt wieder auf fünfzig Dollar pro Tag plus Spesen käme, so viel, wie sie ohne meinen Hinweis auf die Annonce bezahlt hätte.

Mrs. Thomas war eine zähe Verhandlungspartnerin. Sie wollte wissen, ob der Rabatt auch für die Spesen galt. Das tat er nicht.

Selbst mit fünfzig Dollar plus Spesen war ich äußerst günstig, um nicht zu sagen billig.

Mit zwanzig Prozent Preisnachlaß war ich der reinste Anachronismus.

Aber ganz ohne Aufträge würde ich schon bald zu einer ausgestorbenen Rasse gehören, also beklagte ich mich nicht.

Kurz nach zehn war ich wieder zurück in Indianapolis; ich parkte auf dem Parkplatz um die Ecke, wo ich ein Abkommen mit dem Parkwächter hatte: Ich zahlte die monatlichen Nachtgebühren und parkte dort jederzeit, Tag und Nacht. Aber all das würde der Vergangenheit angehören, sobald die Bauunternehmer erst einmal ihren Abbruch begannen. Ich erklomm den hölzernen Hügel zu meinem Büro-Heim und trank eine Flasche Orangensaft, bevor ich den Fernseher anstellte. Dann sah ich mir einen komischen Film an und weinte mich in den Schlaf.

## 2

Ich wachte ungewöhnlich früh auf. Vor lauter Aufregung darüber, einen Job zu haben.

Das Leben im Entropist Hospital schien jedoch um zehn nach neun, als ich dort ankam, bereits in vollem Gang zu sein. Das Entropist ist eins der größten Krankenhäuser der Stadt – weder das feinste noch das schäbigste. In der Stadt stand es in dem Ruf, eine medizinische Forschungseinrichtung zu sein – ob zu Recht oder zu Unrecht, wußte ich nicht.

Am Empfangstisch fragte mich eine Krankenschwester mit Zahnpastalächeln: »Kann ich etwas für Sie tun, Sir?«

»Können Sie mir sagen, wann die Besuchszeiten sind, bitte?«

»Hat Ihre Frau ein Baby bekommen?« fragte sie.

»Wenn ja, hat es nichts mit mir zu tun.«

Von da an ging es mit unserer Beziehung abwärts. Am Ende war alles, was ich von ihr bekommen hatte, ein Zischen und ein vervielfältigtes Blatt, auf dem die Besuchszeiten für die verschiedenen Stationen aufgelistet waren. Die Loftus-Klinik selbst war nicht aufgeführt, aber ich fand einen Loftus-Pavillon.

Ich hatte nicht nach der Richtung gefragt und hatte – nachdem die Empfangsschwester siegreich aus einer Auseinandersetzung mit einer fetten Frau und einem kleinen Jungen hervorgegangen war – auch keine Lust mehr, mir ein weiteres Zischen einzuhandeln. Also ging ich einfach auf die nächstgelegenen Türen zu, die so aussahen, als führten sie eher in das Gebäude hinein als heraus.

Zwei Türen rechts und eine links später fand ich mich einem freundlichen Mann in einer Art Uniform gegenüber. »Sie gehen in die falsche Richtung, mein Sohn«, sagte er.

Genau das hatte meine Mutter auch gesagt, als ich in den fünfziger Jahren an die Ostküste ging. Und beide hatten sie recht.

Nach ihrem Spender benannte Stationen der großen Krankenhäuser spiegeln für gewöhnlich eher dessen Brieftasche als dessen Persönlichkeit wider. Der Prunk des Loftus-Pavillons schien das Wenige, was ich über Jeffrey Loftus wußte, den großen, alten Mann, der die Gesellschaft gegründet hatte, zu bestätigen. Er entsprach ganz dem Bild eines britischen Adligen und war vor langer Zeit einmal nach Indianapolis gekommen, um hier sein Glück zu machen. Mittlerweile war er Ende Achtzig, aber immer noch gut in Form. Im Fernsehen wurde er nie anders als Sir Jeff genannt, und anders als aus dem Fernsehen kannte ich ihn nicht. In den letzten zwanzig Jahren hatte er zu denen gehört, die die Modernisierung von Indianapolis vorantrieben. Einer der Burschen, die mich heimatlos machten. Er war sehr großzügig, wenn es um Bauprojekte ging, die man grob gesagt als »Hilfe fürs Volk« bezeichnen konnte – welche steuerlichen oder sonstigen Vorteile sie auch für den Spender selbst mit sich bringen mochten.

Nicht, daß Loftus etwas anderes gewesen wäre als eine

relativ armselige Ausgabe von Carnegie; Loftus war nicht einmal der größte Pharmahersteller in der Stadt – diese Ehre gebührte ganz entschieden Eli Lilly & Company.

Aber aus welchem Grund auch immer, der Loftus-Pavillon unterschied sich in puncto Stil jedenfalls deutlich von dem altmodischen, eher nüchternen Charakter des übrigen Entropist-Hospital. Natürlich war es ein Neubau, aber er fiel vor allem durch seine so zweckmäßige Anlage auf. Im Erdgeschoß kam man, ohne Umwege direkt in die Aufnahme und zu einer kleinen Nische, in der man, wenn nötig, ungestört warten konnte. Der Pavillon machte mit seinen dicken Teppichen vor allem einen sehr wohlhabenden Eindruck, so, als wäre die väterliche Hand von Sir Jeff mit ein paar Extramünzen aus der Tasche gekommen, damit die Architekten wirklich ganze Arbeit leisten konnten.

Die Krankenschwester im Loftus-Pavillon war nicht dumm. Sie hatte scharfe Augen und erkannte in mir auf den ersten Blick den Feind. »Was wollen Sie?« fragte sie.

»Ich möchte wissen, wann ich John Austin Pighee besuchen kann, bitte.« Ich glaube, ich habe wirklich bitte gesagt.

»Mr. Pighee darf keine Besucher empfangen«, erwiderte sie, ohne zu zögern.

»Warum nicht?«

Sie schien beleidigt darüber zu sein, daß man ihr eine andere als eine Wann- und Wo-Frage stellte. »Weil es eben so ist«, sagte sie. »Ansteckungsrisiko: Anordnung des Arztes.«

»Könnte ich dann bitte einmal mit seinem Arzt sprechen?«

»Was glauben Sie eigentlich, wer Sie sind?«

»Ich repräsentiere ein Mitglied von Mr. Pighees Familie, das ihn besuchen möchte und sich nicht damit zufriedengibt, von irgend jemandem am Empfangstisch abgespeist zu werden. Das reicht einfach nicht. Wenn es einen echten Grund gibt, warum er keinen Besuch haben darf, schön. Aber wir wollen mehr darüber wissen, und zwar von dem Arzt, der für seinen Fall zuständig ist.«

»Dr. Merom ist im Augenblick nicht im Haus.«

»Nun gut, dann möchte ich eben mit jemandem sprechen, der da ist«, sagte ich.

Sie drehte sich zu einem Mann in einem Büro um, das durch eine Wand und ein Fenster von dem Empfangstisch abgetrennt war. »Evan«, sagte sie.

Der Mann stand auf, und ich sah, daß er eine polizeiähnliche Uniform trug. Er war eindeutig ein Sicherheitsmann.

»Also, hören Sie doch...«, sagte ich.

Aber Evan kam, ohne zu zögern, auf mich zu, bis er neben mir vor dem Empfangstisch stand. »Sie wollen einen Mann besuchen, der nicht besucht werden darf«, begann er. Offensichtlich hatte er unseren Wortwechsel von Anfang an verfolgt. »Ich habe jedes Verständnis für Ihre Situation, glauben Sie mir. Aber ich denke, wenn ich an Ihrer Stelle wäre, würde ich die ganze Sache einfach fallenlassen, denn wenn Sie weiterhin versuchen, diesen Mann zu sehen, kann niemand sagen, was geschehen wird. Sie könnten ihn infizieren oder schuld daran sein, daß er einen Rückfall erleidet. Nun, ich zeichne das schwärzestmögliche Bild, wirklich das schwärzeste, aber wenn Sie diesen Mann infizieren, könnte er möglicherweise sogar sterben, nur weil Sie darauf bestanden haben, ihn zu sehen. Man könnte Sie vor Gericht stellen wegen Totschlags oder sogar wegen Mordes.«

Evan hatte keine Waffe, aber er hatte seine Zunge.

»Ich entnehme daraus, daß Sie mich nicht zu John Austin Pighee lassen wollen und daß Sie mich auch nicht mit dem diensthabenden Arzt sprechen lassen wollen. Ist das korrekt?«

»Er darf keinen Besuch empfangen«, sagte Evan nachdrücklich.

»Ich komme wieder«, sagte ich. Und ging.

Aber ich ging nicht so weit, wie sie es von mir erwarteten. Nur bis zu den Verwaltungsbüros des Krankenhauses.

»Ja?« sagte der Mann, der in dem Raum, an dem »Verwaltungschef« stand, am Schreibtisch saß. »Kann ich etwas für Sie tun?«

»Der Verwaltungschef möchte mich sprechen«, sage ich.

»Haben Sie eine Verabredung?« Er spähte in einen offenen Terminkalender.

»Besser, er spricht jetzt mit mir, als daß er wartet, bis mein Klient das Krankenhaus verklagt.«

»Ei... einen Augenblick«, sagte er und verschwand in einem weiteren Zimmer.

Es dauerte tatsächlich nur einen Augenblick.

Der Verwaltungschef war eine kleine, müde Frau mit sorgfältig frisierten, schon ein wenig spärlich gewordenen weißen Haaren. Ihre Stimme war fest in den Tiefen Indianas verwurzelt und ohne überflüssige Schnörkel. »Ich höre, daß Sie mich dringend sprechen wollen.«

Ich zeigte ihr meinen Ausweis, der bewies, daß ich ordnungsgemäß als Detektiv des Staates Indiana zugelassen war, und zwar gemäß der Indiana Acts von 1961, Kapitel 163.

»So, so, ein Privatdetektiv«, sagte sie nüchtern. Die Frau hatte also schon früher mit solchen wie mir zu tun gehabt. »Und in welcher Angelegenheit wollen Sie mich sprechen?«

»Ich habe eine Klientin, die ihren Bruder besuchen möchte und das nicht darf. Die Gründe, die man ihr dafür nennt, genügen ihr nicht.«

»Hmm«, sagte sie. »Ein Patient von uns?«

Ich nickte.

»Und der Name des Patienten?«

Ich nannte ihn ihr.

»Und wo liegt er? Welche Station?«

»Meine Klientin sagt, er liege in der ›Loftus-Klinik‹, aber ich habe nur etwas finden können, was ›Loftus-Pavillon‹ heißt.«

»Aaah«, sagte die Verwaltungschefin und entspannte sich.

»Und was genau soll dieses ›Aaah‹ heißen?«

»Nun, die Loftus-Klinik ist ein Teil des Loftus-Pavillons. Sie ist eine Versuchsstation, und ein Patient von dort kann durchaus unter anderen Auflagen stehen als die Patienten im übrigen Teil des Pavillons.«

»Versuchsstation?« fragte ich.

Sie gab mir keine Antwort. »Die Verwaltung der Loftus-Klinik ist nicht meine Sache.«

»Ich dachte, Sie wären die oberste Verwaltungschefin des Krankenhauses.«

»Die bin ich auch«, sagte sie.

Ich wartete einen Augenblick auf eine Erklärung, aber es kam keine. »In der Klage, die meine Klientin erhebt, wird Ihr Name stehen«, sagte ich.

»Wenn Sie irgend etwas unternehmen, das mich involviert, werden Sie damit ins Leere laufen. Im Gegenzug für die Errichtung eines zweiundfünfzig Betten umfassenden Anbaus, genannt Loftus-Pavillon, behält Loftus Pharmazeutika die Kontrolle und die legale Verfügungsgewalt über eine zehn Betten umfassende Forschungseinheit, genannt Loftus-Klinik. Das Erdgeschoß des neuen Flügels umfaßt die Klinik sowie technische Einrichtungen und die Aufnahme. Die oberen Stockwerke, genannt Loftus-Pavillon, stehen unter meiner Aufsicht, aber wenn der Verwandte Ihrer Klientin in der Loftus-Klinik liegt, müßten Sie sich an die Gesellschaft wenden.«

»Und die ist völlig unabhängig?«

»Wir stellen das Basispersonal, Wartung, Material und einige Dienstleistungen. Unsere Sanitärabteilung besorgt die Wäsche für sie, und sie können unsere Kücheneinrichtungen mitbenutzen. Außerdem können sie unsere Spezialausrüstungen benutzen, und, nach Absprache, unsere Ärzte und Krankenschwestern zur Beratung hinzuziehen. Andere Dinge legen sie jedoch selbst fest, und zwar entsprechend ihren eigenen Bedürfnissen. Dazu gehören der Zutritt zum Krankenhaus, ihre allgemeine und spezielle Forschungspolitik, ihr reguläres medizinisches Personal und – für Ihre Zwecke noch wichtiger – das Besuchsrecht für ihre Patienten.«

»Und dazu gehört auch ein Rausschmeißer?«

»Ein Rausschmeißer?«

»Ein Bursche in Uniform, der Leute, die zu viele Fragen stellen, abwimmelt, indem er das Blaue vom Himmel herunterredet – und keinen Zweifel läßt, daß er einen notfalls mit bloßen Händen rauswerfen wird.«

»Nun«, sagte sie, »für Ihre Art von Problem ist es ein eigenes Krankenhaus.«

»Wer ist dafür zuständig?«

»Eine Forschungsabteilung. Die Klinische Forschung.«

Murrend fuhr ich los, in Richtung Süden. Aber ich wollte meinen Auftritt bei Loftus Pharmazeutika nicht von meinem kläglichen Empfang bei den verschiedenen Stellen des Entropist Hospital beeinflussen lassen, daher hielt ich an, um eine Tasse Kaffee zu trinken, und nutzte die Gelegenheit, um meine morgendlichen Gespräche für mein Notizbuch zu rekonstruieren.

Bürokratie ist Bürokratie ist Bürokratie, und die gewöhnliche Art und Weise, wie man hindurchkommt, ist, von Tür zu Tür zu gehen, bis man endlich jemanden findet, der für irgend etwas zuständig ist. Abgesehen von ein paar Kleinigkeiten war die Frage nun, wie lange es dauern würde, die entsprechende Tür zu finden, und was es dann kosten würde, den Betreffenden dazu zu bringen, sich mit meinem Problem zu befassen. Zumindest hatte ich aber den Namen von Pighees Arzt: Merom.

Aber mal angenommen, dachte ich, nur mal angenommen, ich habe bei Loftus auch kein Glück. Was dann? Pighees Anwalt, dachte ich. *Habeas corpus?* Oder vielleicht ein wenig medizinische Nachhilfe? Ein Zweitgutachten?

# 3

»Noch ein wenig früh fürs Mittagessen, oder?« fragte ich eine Frau, die gerade in ein gewaltiges Sandwich beißen wollte. Sie zögerte.

»Ui, meinen Sie wirklich?«

»Ja, aber machen Sie sich nichts draus. Sie sind sowieso zu dünn.«

»Ui, meinen Sie wirklich?«

»Also«, sagte ich. »Draußen hat man mir gesagt, daß ich hier den Verantwortlichen für die Loftus-Klinik im Entropist Hospital finde. Stimmt das?«

»Mr. Dundree? Ja, das ist wahrscheinlich der, den Sie suchen. Aber er ist im Augenblick nicht in seinem Büro.«

»Wo kann ich ihn finden?«

»Nun ja, er ist drüben in Forschung Drei, aber da kommen Sie nicht rein, weil die Abteilung im Sicherheitsbereich liegt und er Sie nicht erwartet. He, es sei denn, Sie sind jemand Wichtiges, dann könnte ich Sie wahrscheinlich hineinbekommen. Sind Sie jemand Wichtiges? Sie sehen nicht wichtig aus.«

»Ich bin aber wichtig«, sagte ich. Ich habe so selten die Gelegenheit dazu.

»Na, in dem Fall stelle ich Ihnen einen Passierschein aus, mit dem Sie durch die Pforte kommen, aber Sie müssen sich an- und abmelden.«

»Strenge Sicherheitsmaßnahmen, hm?«

»Ziemlich streng. Vor zehn Jahren gab es da mal irgendwelchen Ärger, und die Leute wollten, daß Sir Jeff jedesmal eine große Aktion veranstaltet – alle durchsuchen, die rein oder raus wollen und so was, aber Sir Jeff wollte nicht.«

»Nein?«

»Nein, er glaubt, daß man den Arbeitern vertrauen muß, um das Beste aus ihnen herauszuholen.«

»Und trotzdem hatten Sie vor zehn Jahren Ärger...«

»Ja, aber Sir Jeff fand, daß das Leute von draußen gewesen sein mußten. Jetzt haben wir Zäune und dazu noch Wachtposten, die überprüfen, wer das Gebäude betritt und wer es verläßt. Ausweise und solche Dinge.«

»Muß bei Schichtwechsel ein ziemliches Durcheinander geben.«

»Na ja, viele von den Leuten haben gestaffelte Arbeitszeiten, und die Arbeiter haben außerdem zwei eigene Eingänge für sich. Und die Wachtposten kennen ja inzwischen auch die gewohnten Gesichter. Es sind die Fremden, die ihnen Sorgen machen. Und Sie sind ein Fremder. Sind Sie ganz sicher, daß Sie wichtig sind?«

»Jawohl.«

»Nun, dann ist es ja in Ordnung.« Sie hielt mir eine gelbe Karte hin. »He, warten Sie, ich habe Ihren Namen nicht draufgeschrieben. Wie heißen Sie?«

Ich sagte es ihr.

»Okay«, sagte sie und gab mir die Karte. »Wenn man die Arbeiter natürlich dabei erwischt, daß sie Tabletten stehlen oder sonst irgend etwas, dann heißt es pffft.«

»Einfach so?«

»Ja. Aber bei freier medizinischer Behandlung und freier Versorgung mit Medikamenten müßten sie ja verrückt sein, so etwas zu tun, nicht wahr?«

»Ja«, sagte ich. »Einfach verrückt.«

»Zumindest ist es das, was Sir Jeff glaubt. Und es scheint zu funktionieren.«

Das Betriebsgelände von Loftus erstreckte sich über ein großes Gebiet westlich der Meridian-Schnellstraße im Süden der Stadt. Ich war durch den Haupteingang hineingegangen und hatte ein Gemisch von alten und neuen Gebäuden vorgefunden, die eindeutig nach Verkauf und Verwaltung aussahen. Ein Wachmann, der in Personalunion auch als Parkplatzwächter fungierte, hatte mich zur Abteilung Klinische Forschung gelotst.

Er nickte mir zu, als ich das Gebäude mit der gelben Karte wieder verließ. »Wollen Sie rein? Dann immer die Straße hinunter, und zeigen Sie Ihre Karte dem Wachtposten in diesem kleinen Bau dort, ja?«

Ich ging die zweihundert Meter auf das runde Backsteingebäude zu, das wie ein Aussichtsturm Fenster nach allen Seiten hatte. Von mir aus gesehen rechts davon befand sich ein hoher Maschendrahtzaun; links von dem Haus blockierte eine drehbare Schranke den Zugang für Fahrzeuge aller Art. Und dahinter noch mehr Maschendrahtzaun. Als ich die Straße überquerte und auf das Tor zuging, sah ich auf der linken Seite einen großen Parkplatz mit mehreren hundert Wagen. Die Sicherheitsvorkehrungen waren offensichtlich so streng, daß »die Arbeiter« nur zu Fuß und nicht mit dem Wagen hineingelassen wurden.

An dem runden Pförtnerhaus wurde ich von einem hochgewachsenen Wachmann angesprochen, der meine gelbe Karte sorgfältig studierte. Sie schien in Ordnung zu sein, und nachdem er mich eingetragen hatte, fragte er: »Kennen Sie den Weg zu Forschung Drei?«

Ich kannte ihn nicht, also gab er mir Anweisungen.

»Danke«, sagte ich.

»Auch da müssen Sie sich ein- und austragen. In ein Buch, direkt hinter der Tür.«

»Oh. In Ordnung.«

»Und melden Sie sich auch wieder bei mir ab, wenn Sie gehen.«

»Was passiert, wenn ich es vergesse? Werde ich dann in kleine Stücke gehackt und Sir Jeff zum Frühstück serviert?«

Es war ein ziemlich armseliger Scherz, und ich hatte Sir Jeffs Namen ganz umsonst mißbraucht. Der Wachtposten brummte vor sich hin und sagte: »Vergessen Sie es einfach nicht.«

Ich fand Forschung Drei ohne Schwierigkeiten. Das Gebäude war ein zweistöckiger Schuhkarton jüngeren Datums. Die meisten anderen Verwaltungsbauten, an denen ich vorbeigekommen war, waren relativ alt, aber modernisiert und umgebaut. Offensichtlich hatte man verschiedentlich der Versuchung widerstanden, das ganze Gebiet leerzufegen und alles neu zu bauen.

Hinter der Tür, einsam und allein auf einem kleinen Holztisch, fand ich das Buch, in das ich mich eintragen sollte. Es war niemand da, der mich dazu bringen konnte, es zu tun. Also tat ich es.

Der Flur zu meiner Rechten wie zu meiner Linken war leer. Selbst die in einem hellen Meergrün gestrichenen Wände waren kahl, bis auf vier Telefone, zwei an jeder Seite. Am Ende eines jeden Flurs gab es etwas, das wie eine Dusche aussah.

Ich fühlte mich zwar nicht unsauber, ging aber hin, um mir die Sache einmal näher anzusehen. Ein graues, steigbügelförmiges Stahlding hing von einer Kette herab. Dahinter konnte man auf einem Schild lesen: »Vorschriftsmäßige Notfalldusche. Ziehen Sie den Griff fest nach unten. Stellen Sie sich direkt unter den Hahn. Entfernen Sie betroffene Kleidungsstücke.«

Ein bißchen zu öffentlich für meinen Geschmack, aber in einem vorschriftsmäßigen Notfall kann man eben nicht alles haben.

Zum ersten Mal, seit ich das Gebäude betreten hatte, hörte ich menschliche Stimmen, und zwar anscheinend aus dem Stockwerk über mir. Ich ging zurück zur Treppe, und noch während ich das tat, kam ein Mann in einem weißen Laborkittel herunter. Ich lief auf ihn zu.

»Entschuldigen Sie bitte, hier soll es einen Mr. Dundree geben. Wissen Sie, wo ich ihn finden kann?«

»Ich bin Dr. Dundree«, sagte er.

»Ich möchte Sie bitten, mir ein paar Minuten Ihrer Zeit zu opfern«, sagte ich. »Ich bin Privatdetektiv und glaube, daß Sie mir weiterhelfen können.«

Er zögerte, führte mich dann jedoch in die Ungestörtheit eines kleinen Zimmers mit einem Schreibtisch und ein paar Stühlen. Bei den Menschenmengen, die in der Nähe waren, um unser Gespräch mitanzuhören, wären wir unter der Dusche genauso ungestört gewesen. Er war ein eher kleiner Mann mit Neigung zu Übergewicht, hatte ein rundes Gesicht und helle, braune Augen. »Sie sind also Privatdetektiv?«

»Ja«, sagte ich. »Ich repräsentiere ein Mitglied der Familie von John Austin Pighee.«

»Pighee?« Bei diesem Namen schien er sich augenblicklich zu verkrampfen.

»Genau.«

»Sie sind kein Versicherungsdetektiv, oder?«

»Nein.«

»Das habe ich mir gedacht«, sagte er nachdenklich. »Nun, jedenfalls ist das Labor innerhalb von zwei Wochen wieder aufgebaut worden. Es gibt kaum noch ein Zeichen dafür, daß irgend etwas passiert ist.«

»Wo ist es denn passiert?« fragte ich.

»Oben.«

»In diesem Gebäude?«

»Ja.« Er zögerte. »Aber wenn Sie kein... Was genau wollen Sie eigentlich?«

»Mr. Pighee ist augenblicklich Patient in der Loftus-Klinik im Entropist Hospital.«

»Das stimmt.«

»Nun, ich arbeite für Mr. Pighees Schwester. Man hat ihr wiederholt die Erlaubnis verwehrt, ihren Bruder zu besuchen. Ich versuche, den Grund dafür herauszufinden, und ich versuche, ihr Klarheit zu verschaffen. Die sie, wie ich meine, wohl erwarten kann. Können Sie die Sache für uns aufklären? Dann würde ich Sie nicht mehr weiter belästigen.«

Er schien keineswegs erfreut zu sein. »Ihr Name ist?« Ich sagte es ihm. »Sie müssen verstehen, Mr. Samson, daß das, wonach Sie fragen, eine medizinische Angelegenheit ist, keine, die die Verwaltung betrifft. Ich bin lediglich der Verwaltungschef der Loftus-Klinik.«

»Aber Sie sind doch Doktor, oder?«

»Ja, aber ich bin Naturwissenschaftler, kein Mediziner.«

»Wer zum Teufel hat hier denn nun den Schwarzen Peter?«

Er steckte eine Hand in die Tasche seines Laborkittels. »Ich jedenfalls kann Ihnen nicht weiterhelfen.«

Langsam wurde ich wütend. »Lassen Sie uns die Dinge doch mal klarstellen. Gibt es in der Loftus-Klinik irgendeine grundsätzliche administrative Richtlinie, die allen Patienten dort jeglichen Besuch untersagt?«

Er zögerte. »Nein... Jeder Fall wird für sich entschieden.«

»Na, das ist doch immerhin etwas. Also, irgend jemand sagte mir, die Klinik sei eine Versuchseinheit. Stimmt das?«

»Ja.« Er schien mit irgend etwas in seiner Tasche herumzuspielen.

»Welche Art von Experiment haben Sie an Pighee gemacht? Ich hätte nicht gedacht, daß eine Arzneimittelgesellschaft ein solches Interesse an Unfallopfern hat. Er hat doch keine Krankheit, die zu behandeln wäre. Meines Wissens ist er in eine Explosion geraten.«

»Ja, in eine Explosion hier im Labor. Ein Teil unseres experimentellen Interesses an Mr. Pighee hat damit zu tun, daß er sich dabei eine schwere Verletzung zugezogen hat. Wir glauben, daß man noch nicht genug über den Einsatz von Chemotherapie in der Behandlungsphase weiß, die auf die anfängliche Stabilisierung des Patienten folgt.«

»Sie probieren also Medikamente an ihm aus?«

Er ignorierte die Frage. Statt dessen sagte er: »Aber es liegt uns auch sehr am Herzen, sicherzustellen, daß Mr. Pighee die bestmögliche medizinische Behandlung bekommt und alle Chancen hat, sich wieder zu erholen. Er ist schließlich einer unserer eigenen Angestellten. Und wenn sein Arzt gegen Besuche ist, bin ich sicher, daß er in Mr. Pighees Interesse handelt.«

»Sein Arzt heißt Merom, glaube ich«, sagte ich.

»Das stimmt.«

»In der Klinik hat man mir heute morgen gesagt, er sei nicht da. Wissen Sie, wo ich ihn finden kann?«

»Nun, ich glaube, Dr. Merom ist in diesem Gebäude.«

»Ein Loftus-Angestellter?«

»Wir besetzen die Klinik mit unserem eigenen Forschungspersonal.«

»Dürfte ich dann bitte mit ihm sprechen?«

»Mit ihr«, sagte er.

»Na schön, dann mit ihr.«

Er seufzte. »Wir haben hier alle sehr viel zu tun, wissen Sie.«

»John Pighee ist sehr...«

»Na schön, na schön«, unterbrach er mich. »Ich werde sie anrufen und sehen, ob sie herunterkommen kann.« Er wählte eine kurze Nummer auf dem Haustelefon und wartete, während am anderen Ende der Leitung jemand Dr. Merom ans Telefon rief. »Marcia?« sagte er. »Hier ist Jay. Ich weiß, du hast alle Hände voll zu tun, aber ich habe hier unten einen Mann, der gern mit dir darüber sprechen würde, warum Mr. Pighee in der Klinik nicht besucht werden darf.« Er hielt inne. »Repräsentiert ein Mitglied der Familie… Nein. Die Schwester, glaube ich.« Ich nickte. Sie schien eine Frage gestellt zu haben, denn er sah mich an und sagte: »Ich glaube nicht, daß es irgendwelche Schwierigkeiten gibt. Es scheint in Ordnung zu sein.«

Während ich darauf wartete, daß Dr. Merom herunterkam, beschloß ich, mich so umständlich zu geben, wie ich nur konnte.

Dundree machte ein Gespräch jedoch sehr schwierig, denn er stellte sich in die Tür seines Büros. Das peinliche Schweigen ließ die Wartezeit ziemlich lang erscheinen.

Endlich kam er zurück ins Zimmer und sagte: »Da kommt sie.«

Ein ungeheuer großer Mann mit gelocktem, flachsblondem Haar trat in das Büro. »Wo ist der Bursche?« sagte er streitlustig zu Dundree, obwohl ich die einzige andere Person im Raum war. Wahrscheinlich übersah man von seiner Höhe aus – etwa einsneunzig oder -fünfundneunzig – schon mal jemanden.

»Es ist Marcia, die wir sprechen wollten, Lee«, sagte Dundree gereizt.

Der große Mann schien nicht weiter beeindruckt zu sein, und hinter ihm trat nun eine kleine Frau in einem schmutzigen Laborkittel ins Zimmer. Sie war um die dreißig und hatte langes, braunes Haar.

»Das ist Dr. Merom«, sagte Dundree. »Und das« – der große Mann – »ist Lee Seafield, ein Kollege von John Pighee. Wir sind natürlich alle an allem interessiert, was John angeht.«

»Können wir es kurz machen?« fragte Dr. Merom. »Ich stecke mitten zwischen zwei Reagenzgläsern.«

Ich wußte nicht, ob sie einen Scherz machen wollte oder nicht. Also sagte ich nur: »Ich möchte lediglich herausfinden, warum John Pighees Schwester ihren Bruder nicht im Krankenhaus besuchen darf.«

»Weil Dr. Merom es sagt«, erwiderte Seafield scharf.

»Er ist sehr schwer verletzt worden«, sagte Dr. Merom.

»Und Besucher könnten ihm schaden«, sagte Seafield.

»Wir machen uns Sorgen wegen einer möglichen Infektion«, meinte Dr. Merom. »Sein Zustand ist stabil, aber schon eine Kleinigkeit könnte ihn aus dem Gleichgewicht bringen.«

»Außerdem«, sagte Seafield spöttisch, »wer will schon jemanden besuchen, der im Koma liegt?«

»John Pighee liegt im Koma?« sagte ich.

»Ja«, antwortete Dr. Merom. »Er ist seit seiner Einlieferung bei uns ohne Bewußtsein.«

»Seit sieben Monaten?« fragte ich.

»Er hat seit dem Unfall nicht ein einziges Mal wieder das Bewußtsein erlangt. Wußten Sie das nicht?«

»Das hat meine Klientin mir nicht gesagt«, gab ich zu.

»Wenn es darum ginge, daß irgendwelche Besucher ihn moralisch unterstützen müßten«, sagte Dundree mit honigsüßer Stimme, »oder seinen Lebenswillen aufrechterhalten, dann läge die Sache vielleicht anders. Ist es nicht so, Marcia?«

Ich fragte: »Und was ist mit moralischer Unterstützung für seine Verwandten?«

»Der Patient kommt an erster Stelle«, sagte Dr. Merom.

»Der Patient muß an erster Stelle kommen«, kam das Echo von Dundree.

Seafield stand daneben und nickte.

»Wie würden Sie Pighees Chancen, sich wieder zu erholen, einschätzen?« fragte ich.

»Das ist schwer zu sagen«, sagte Dr. Merom.

»Wir tun jedenfalls unser Bestes«, sagte Dundree.

»Ist das alles?« fragte Dr. Merom. »Kann ich jetzt wieder nach oben gehen?«

Ich zuckte mit den Schultern. »Ich will auf keinen Fall den Fortschritt der medizinischen Wissenschaft verzögern«, sagte ich.

»Ach verflixt, nun komm schon, Marcia«, sagte Seafield und ging. Sie folgte ihm.

Dundree setzte sich an seinen Schreibtisch. »Ich hoffe, wir konnten Ihnen ein wenig weiterhelfen.«

»Ich werde Pighees Schwester Bericht erstatten und sehen, was sie dazu zu sagen hat«, meinte ich.

»Nun, das ist gut«, sagte er. »Das ist gut!« Er schien sehr mit sich zufrieden zu sein.

# 4

Von Loftus aus fuhr ich zurück in mein Büro. Nur für den Fall, daß sich dort eine lange Schlange rabattsuchender Klienten die Treppe hinunter und bis auf die Straße erstrecken sollte.

Oder jedenfalls vielleicht einer.

Aber es war niemand da, und ein Anruf bei meinem Telefonservice erwies, daß mein Telefon sich den ganzen Morgen freigenommen hatte, während ich außer Haus war, um zu arbeiten.

»Es tut mir leid, daß ich angerufen habe, um nachzufragen«, sagte ich.

»Ich wünschte wirklich, jemand hätte angerufen, Mr. Samson«, sagte Dorrie, die Telefondienststimme. »Wirklich.«

Wie nett. Sie machte sich Sorgen um mich. Da hatten wir etwas gemeinsam. Ich konnte den Fall meines komatösen Vertreters vielleicht einen Tag lang hinziehen, aber ich war bereits kurz vor dem Punkt, an dem ich mir überlegen mußte, ob ich die ganze Sache nicht vernünftigerweise abbrechen sollte.

Ich aß eine Dose Bohnen in Tomatensauce und zählte mein Geld.

Auf dem Weg nach draußen fand ich einen Brief im Korb. Sonderzustellung. Ich wußte, von wem er kam. Meine

Tochter ist der einzige Mensch, den ich kenne, der sich eine Sonderzustellung leisten konnte.

In dem Brief stand, daß sie in einer Woche zu Besuch kommen würde. »Mein Gott«, sagte ich zum Treppenhaus. »Mein Gott.«

Ich ging hinaus auf die Straße und zögerte. Die Frage war, ob ich Lust hatte, mich anschreien zu lassen oder nicht. Ich hatte keine Lust, also ging ich dorthin, wo es still war, in die Bibliothek.

Ich suchte die medizinische Abteilung und fand sie, ohne meinen ganzen Berufsstand zu blamieren. Ein wuschelköpfiges Mädchen in einem Maxirock und einer Minibluse stand haargenau in der Mitte der Abteilung und schien sich die gesamte Welt der Medizin auf einmal vorknöpfen zu wollen.

»Glauben Sie, Sie könnten mir vielleicht helfen?« fragte ich.

»Klar«, sagte sie und drehte ihr Gesicht zu mir um. Der Rest ihres Körpers folgte kurz darauf, obwohl es eine ganze Weile dauerte, bis er sich mit seiner neuen Kompaßpeilung zurechtfand.

»Ich brauche ein paar Informationen über die Behandlung von Opfern schwerer Unfälle.«

»Schwere Unfälle? Sie meinen so etwas wie Autounfälle?«

»Ja. Explosionen.«

»Hm«, sagte sie. »Ich weiß nicht. Hm.« Etwas ruckartig-roboterhaft drehte sie sich wieder zu den Regalen um. »Es gibt da ein paar Bücher, in denen auch von verschiedenen Arten von physikalischen Traumata die Rede ist, aber es hört sich so an, als suchten Sie da etwas ziemlich Spezielles. Hier gibt es nicht besonders viel. Sie könnten es mit ein paar von den neueren Zeitschriften versuchen. In den Krankenhäusern von Nordirland gab es viele solche Fälle. All die Soldaten und Zivilisten, die da immer in die Luft fliegen! Sie haben so viele solcher Fälle, daß sie einige neue Behandlungsmethoden ausprobieren konnten. Das ist aber auch alles, was mir einfällt.«

»Sehr interessant. Vielen Dank.«

»Man kann Ihnen wahrscheinlich einige Zeitschriften besorgen. Wenn Sie irgendwo einen der Bibliothekare finden, wird er Ihnen sicher helfen.«

»Sind Sie denn keine Bibliothekarin?«

»Ich? Puh, nein«, sagte sie und lächelte. »Ich gehe noch zur High-School.«

Und liest medizinische Bücher in den Sommerferien! »Sie wollen wohl mal Ärztin werden?«

»Na ja... vielleicht. Ich weiß nicht. Vor ein paar Jahren bin ich hierhergekommen, um nachzusehen, ob es hier irgendwelche Bücher gibt, die mir bei meinen Haaren helfen können. Und irgendwie habe ich dann angefangen, mich dafür zu interessieren.« Sie schüttelte ihren Haarschopf, obwohl dieser kaum einer Ermutigung bedurfte. »Ist das nicht der scheußlichste Mop, den Sie je gesehen haben?«

»Lieber Himmel, nein«, sagte ich schnell. »Ich habe schon viel Schlimmeres gesehen.« Am Ende langer Holzstiele. »Außerdem ist es doch im Augenblick sehr modern, oder?«

»Ja. Habe ich doch mal wieder Glück gehabt«, sagte sie.

Ich verabschiedete mich von ihr, machte mich aber nicht auf die Suche nach einem Bibliothekar. Ich hatte nicht das Gefühl, daß ich Zeit hatte, mich durch irgendwelche medizinischen Zeitschriften zu graben; das Ganze war ohnehin ein reines Glücksspiel gewesen – ein Besuch hier gegen die Chance, ein Buch zu finden, in dem alles stand, was ich wissen wollte. Mir war auf meine laienhafte Weise klar, daß Pighees Zustand sehr kritisch war, aber ich wollte mehr Einzelheiten und auch mehr Sachkundigkeit, als ich selbst besaß. Also ging ich von der Bibliothek aus zu meinem Arzt. Und wurde prompt angemotzt. Er hatte schlechte Laune.

Seine Frau ließ mich zwischen zwei Patienten zu ihm hineinschlüpfen. Ich erklärte ihm schnell, was ich wollte.

»Himmel Donnerwetter noch mal!« sagte er. Und ich hatte nicht einmal ein komplettes Krankheitsbild erfragt. »Der Bursche ist seit sieben Monaten bewußtlos, und Sie wollen, daß ich seine ganze Fallgeschichte für Sie rekonstruiere.«

»Nicht die ganze«, sagte ich. »Nur alles, was Sie können.«

»Der Bursche ist zu neunundneunzig Prozent ein toter Mann. Geistig, nicht körperlich. Es müßte schon ein halbes Wunder geschehen, damit er durchkommt.«

»Aber er könnte vielleicht wieder aufwachen?«

»Das ist nicht auszuschließen. Im Prinzip. Diesen speziellen Fall kenne ich ja offensichtlich nicht. Wahrscheinlich könnten seine eigenen Ärzte Ihnen weiterhelfen.«

»Wenn sie es wollten. Sagen Sie, ist es normal, so jemand zu isolieren?«

»Isolieren?« fragte er.

»Könnte es ihm schaden, wenn jemand an seinem Bett sitzt und zusieht, wie er nicht aufwacht?«

Mit einer angewiderten Geste breitete er die Arme aus.

»Wie zum Teufel soll ich das wissen?« sagte er. »Allerdings ist das ziemlich ungewöhnlich, es sei denn, es gibt noch weitere Komplikationen«, fuhr er fort.

»Aber...«, begann ich.

»Ich habe jetzt einfach keine Zeit mehr, Al«, sagte er verzweifelt. »Ich würde Ihnen wirklich gerne helfen. Und Hilfe brauchen Sie weiß Gott. Aber ich habe ein ganzes Wartezimmer voll entzündeter Fußballen. Kommen Sie morgen früh wieder, wenn es unbedingt sein muß. Vorher kann ich wirklich nichts für Sie tun.«

Ich konnte ihn nicht weiter bedrängen. Ein Mann, der sich sieben Monate lang gehalten hatte, würde sich auch noch einen weiteren Tag lang halten. Die Sache drängte nur deshalb so, weil ich nicht wußte, ob ich in einem Tag noch an diesem Fall arbeitete.

So. Ich saß in meinem Lieferwagen und beschloß, es noch einmal mit den medizinischen Aspekten der Angelegenheit zu versuchen. Das Mädchen in der Bibliothek hatte etwas von Soldaten gesagt, die in Irland in die Luft flogen. Daher kam es mir in den Sinn, daß ein Militärarzt vielleicht eine Menge mehr Erfahrung mit Explosionen haben mochte als ein ziviler Arzt. Also fuhr ich nach Nordosten, zum Benjamin Harrison-Fort.

Nicht, daß es dort einen hölzernen Palisadenzaun um das Gebäude gegeben hätte. Als ich von der Aultman Avenue auf die Greene Road abbog, kam mir das Ganze mehr wie ein Collegecampus vor und nicht wie ein militärischer Vorposten und dessen Lohndepot mit den alten Backsteingebäuden und den vielen Ahornbäumen.

An einem Friedhof hielt ich einen Soldaten auf, der in Jogginghosen seine Runden zog, und fragte ihn, wo ich das medizinische Personal finden könne. Er schickte mich in das Armeekrankenhaus Hawley. »Es ist nach Major General Hawley benannt, dem Oberbefehlshaber der Feldlazarette in Europa während des Zweiten Weltkriegs«, sagte er. Ich war fasziniert.

Vom Empfang aus schickte man mich zu dem Adjutanten, der mich mit dem »Doc« bekanntmachte.

Er war ein ziemlich großer Mann, dessen zottiges Haar und ungeputzte Schuhe sogar mir auffielen. Und zeigten, wie schnell ein Besucher sich an Armeenormen gewöhnen kann. Der Doc war in Wirklichkeit gar nicht groß, aber die wehenden weißen Mantelschöße betonten seinen Bierbauch... »Captain Oak sagt, Sie wollten eine kleine Information«, sagte er.

Ich erzählte ihm von John Pighee.

»Sie verstehen sicher, daß wir hier mit solchen Fällen nicht viel zu tun haben«, sagte er und machte ein ziemlich ernstes Gesicht.

»Natürlich«, sagte ich, »aber ich nahm an, daß ein Arzt, der gleichzeitig Berufssoldat ist, eher als ein ziviler Arzt eine besondere Ausbildung für die Behandlung von Verletzungen haben wird.«

»Sollte er jedenfalls«, sagte er und nickte. »Ich weiß zwar nicht, ob das stimmt, aber es wäre sinnvoll.« Er kratzte sich am Kinn. »Ihr Mann ist also seit sieben Monaten bewußtlos, sagen Sie.«

»Genau.«

Er schüttelte den Kopf, zog die Augenbrauen hoch und schürzte die Lippen.

»Ich frage mich, ob die aus gutem Grund Besucher von ihm fernhalten oder ob es einfach eine Bequemlichkeit für die Verwaltung bedeutet. Ist ein solcher Patient denn anfälliger für Infektionen als andere?«

»Die Widerstandsfähigkeit gegen eine Infektion«, sagte der Doc, »hängt von der Leukozytenproduktion des Körpers ab; Leukozyten sind eine Art weißer Blutzellen. Gibt es einen Grund für die Annahme, daß die Fähigkeit dieses Mannes, Leukozyten zu produzieren, reduziert oder irgendwie eingeschränkt ist?«

»Tja – wie könnte es denn zu so etwas kommen?«

»Es gibt ein paar Medikamente, die das bewirken. Und oft ist es auch eine Folge von Strahlenbehandlung.«

»Ich weiß über die Einzelheiten seiner Behandlung nicht Bescheid.«

»Nun ja, ich kann mir keine Standardbehandlung vorstellen, die solche Dinge notwendig machen würde.«

»Er liegt auf einer Versuchsstation.«

Mein Gegenüber runzelte die Stirn. »Wer weiß, auf was für Ideen einige dieser Leute kommen? Aber ich muß schon sagen, für mich klingt die Sache nicht ganz koscher. Sind Sie sicher, daß der Patient derjenige ist, der nicht angesteckt werden soll?«

»Was wollen Sie damit sagen?«

»Nun, Ihrer Schilderung nach handelt es sich um das

Labor einer Pharmagesellschaft. Vielleicht haben sie Angst, daß er ansteckend sein könnte, daß er die Besucher mit irgend etwas infizieren könnte.«

»Daran habe ich noch gar nicht gedacht.«

»Tja.« Er zuckte bedeutungsvoll die Achseln. »Nach dem, was Sie sagen, könnte es sich durchaus lohnen, einmal darüber nachzudenken.«

# 5

Auf dem Weg in die Stadt dachte ich darüber nach. Ich blieb nicht einmal stehen, um mir das Baseballspiel anzusehen, das neben dem Krankenhaus stattfand. Und je länger ich über die Sache nachdachte, desto weniger gefiel sie mir. Ich machte an einem Drugstore halt, um eine Tasse Kaffee zu trinken, und brachte meine Notizen auf den neuesten Stand. Dann kramte ich ein Zehncentstück und einen Namen hervor und ging zu dem Telefon im hinteren Teil des Raumes. Der Name war Walter Weston, John Pighees Anwalt. Seine Sekretärin schien nicht geneigt zu sein, sich darauf festzulegen, daß er mich empfangen würde, wenn ich gleich vorbeikäme, aber ich entnahm ihren Abwimmelungsversuchen, daß er da war. Bevor ich auflegte, erwähnte ich vorsichtshalber noch John Pighees Namen. Mrs. Thomas zufolge waren sie im College miteinander durch dick und dünn gegangen, und ich hoffte, daß diese Tatsache ihm etwas bedeutete.

Aus welchem Grunde auch immer, ich bekam Weston jedenfalls zu sehen, sobald ich seine Kanzlei betrat, die in einem relativ vornehmen Teil der unvornehmen näheren Eastside gelegen war. Es war etwa Viertel vor vier.

»Ein Privatdetektiv«, sagte er, als ich mich auswies. »Und?« Er war ein sehr kleiner und zierlicher Mann, mit strähnigem, schwarzem Haar, das ihm in die Stirn und fast bis in die Augen fiel.

»Mrs. Dorothea Thomas hat mich gebeten, herauszufinden, warum…«

Er unterbrach mich. »Warum sie ihren Bruder John nicht besuchen darf. Sie läßt nicht locker, wie?« Er warf den Kopf zur Seite, um sich die Haare aus den Augen zu schütteln. Es funktionierte nicht.

»Jetzt komme ich mir ein bißchen dumm vor«, sagte ich. »Als wäre es gar kein echtes Problem. Aber für Mrs. Thomas ist es ernst genug.«

»Sie hat mir im Frühling einmal deswegen zugesetzt. Hat mich abgefangen, als ich gerade von Mrs. Pighee kam, und wollte mich nicht wieder weglassen. Es hat angefangen zu regnen, aber sie war ausgesprochen hartnäckig.«

»Und?«

»Ich weiß nicht, was zum Teufel sie eigentlich will. Der arme John liegt im Koma; es gibt nichts, was sie für ihn tun könnte.«

»Sie hat das Recht, sich dafür zu interessieren«, sagte ich. »Ich war heute morgen selbst in der Loftus-Klinik, und der Empfang, den man mir dort bereitet hat, war alles andere als beruhigend.«

»Wirklich?«

»Eine Nichts-zu-machen-Schwester am Empfang und ein hauseigener Rausschmeißer. Warum können die nicht einfach sagen: ›Tut mir leid, Anordnung des Arztes‹ und einen als Trostpreis mitleidig anlächeln?«

»Und was soll ich in dieser Angelegenheit tun?«

»Na schön«, sagte ich. »Sie waren ein Freund von John Pighee?«

»Ich bin es immer noch.«

»Was genau ist ihm zugestoßen?«

Er runzelte die Stirn. »Wie meinen Sie das?«

»Pighee war – ist – Vertreter. Was hatte er in einem Forschungsgebäude zu suchen, mit dem er dann in die Luft geflogen ist?«

»Ich weiß es nicht, nicht genau«, sagte er vorsichtig, aber nicht so, als interessiere es ihn wirklich.

»Sie waren – sind – sein Anwalt?«

»Und der Anwalt seiner Frau. Und der seines Milchmanns. Ja.«

»Und obwohl er einen schweren Unfall hatte, wissen Sie nicht genau, was ihm zugestoßen ist?«

Weston holte tief Luft und sagte: »Sie kennen John nicht.«

Das konnte ich nicht bestreiten.

»John war« – er lächelte und korrigierte sich – »ist ein Mann mit großem Elan. Und persönlichem Ehrgeiz. Er hat im College Chemie studiert, wußten Sie das?«

»Nein.«

»Er war seit fünf Jahren bei Loftus. Hat einen Job in der Verkaufsabteilung angenommen, weil er im wissenschaftlichen Bereich nichts bekommen konnte und weil es ihm wichtiger war, im Leben voranzukommen als in der Wissenschaft.«

»Aber Sie haben sich um die rechtliche Seite der Angelegenheit gekümmert?«

Er zögerte und wählte seine Worte sehr vorsichtig. »Ich habe Mrs. Pighees Seite des Entschädigungsarrangements geregelt.«

»Entschädigung? Und das alles, bevor Sie wissen, ob der Bursche leben oder sterben wird?«

»Entschädigung für die Verletzung. Mit einer Vielzahl von Zusatzklauseln für alle Eventualitäten.«

»Aber Sie haben für die Pighees mit der Versicherungsgesellschaft verhandelt?«

»Nein. Ich glaube, ich nähere mich langsam den Grenzen dessen, was ich Ihnen ohne Mrs. Pighees ausdrückliche Erlaubnis erzählen darf, aber ich sagte, daß ich ›Mrs. Pighees Seite des Entschädigungsarrangements geregelt hätte‹. Es war keine Versicherungsgesellschaft beteiligt.«

»Keine Versicherung? Das verstehe ich nicht. Es muß doch irgendeine Versicherung gegeben haben.«

»Wie Loftus letztlich mit seinen Haftungsverpflichtungen umgeht, ist nicht mein Problem.«

»Aber das heißt ja, daß es keine Nachforschungen seitens einer Versicherung gegeben hat.«

»Wie ich Ihnen bereits sagte...«

»Aber Sie haben jedenfalls nie das Ergebnis irgendwelcher Versicherungsermittlungen zu Gesicht bekommen?«

»Mr. Samson. Die angebotenen Bedingungen sowie die finanziellen Einzelheiten für alle Eventualitäten sind akzeptiert worden. Und sie sind den Umständen angemessen. Aber es ist nicht meine Aufgabe, Sie in die entsprechenden Überlegungen einzuweihen. Die gehen Sie entschieden nichts an.«

Er hatte mich wieder auf den Teppich geholt. Ich sagte: »Schon gut, aber können Sie mir nicht klipp und klar sagen, warum seine Schwester nicht einen Blick auf John Pighee werfen darf, wenn sie das möchte?«

»Weil das Besuchsrecht vollständig in den Händen von Loftus liegt und weil deren Ärzte vermutlich glauben, daß es für John besser ist, wenn er keinen Besuch bekommt. Wie auch immer, Mrs. Pighee war einverstanden, alles Medizinische der Gesellschaft zu überlassen. Dasselbe sollten Sie auch tun. Es ist keine rechtliche Frage.« Er machte deutlich, daß seine Bereitschaft, mit mir zu reden, sich ihrem Ende neigte.

»Nur noch eine Frage«, sagte ich. »Sie sagen, Sie wüßten nicht, was John Pighee tat, als es zu dem Unfall kam. Ist es möglich, daß er sich dabei infiziert hat – wahrscheinlich mit etwas, woran im Labor gearbeitet wurde – und daß er immer noch ansteckend ist und aus *diesem* Grund keinen Besuch haben darf?«

Zum ersten Mal schien Weston sich über irgend etwas zumindest ansatzweise Gedanken zu machen. »Das wäre denkbar«, sagte er kühl.

»Aber Sie machen sich keine Sorgen deswegen?«

»Sie haben Ihre Frage gestellt«, sagte er. »Und wenn es so wäre, wäre das doch wohl ein ziemlich guter Grund, niemanden zu ihm zu lassen, oder?«

# 6

»Eine Woche!« sagte meine Mutter. »Was für eine Vorwarnzeit ist eine Woche?«

»Das mußt du nicht mich fragen«, sagte ich.

»Aber ich frage dich.« Dann nickte sie wissend. »Du mußt es ihnen gesagt haben. Klipp und klar mußt du ihnen gesagt haben, daß sie ruhig kurzfristig Bescheid geben können. Genau das hast du doch getan, oder?«

Mom betreibt eine Imbißstube namens Bud's Dugout auf der Virginia Avenue. Im Südosten von Indianapolis, kein großer Umweg auf der Fahrt von Walter Weston nach Beech Grove zu meiner Klientin. Die Mitteilung, daß ich meine Tochter Marianne erwartete, schien mir nicht mehr und nicht weniger als Sohnespflicht zu sein. Marianne war zwar nicht ihr einziges Enkelkind, aber dasjenige, das sie am wenigsten zu Gesicht bekam.

»Wie lange bleibt sie?«

»Ich weiß nicht«, sagte ich. »Davon hat sie nichts geschrieben.«

»Kann nicht sehr lange sein«, sinnierte Mom. »Sie muß im September wieder in die Schule.«

»Woher sollen wir wissen, wann in der Schweiz die Schule anfängt? Das einzige, was ich weiß, ist, daß sie den Sommer dieses Jahr in irgendeinem Fischerdorf an der Küste von Connecticut verbringen. Und daß sie in einer Woche kommt.«

»Ein Fischerdorf«, sagte Mom. »Ein Kind in einem Fischerdorf! Du liebe Güte.«

»Ich gebe dir die Adresse, dann kannst du ihnen direkt schreiben. Aus irgendeinem Grund wollen sie ihr erlauben, mich zu besuchen, und ich habe nicht vor, sie abzuweisen, nur weil sie mir nicht ewig Zeit gibt.«

Mom nickte. »Du bist ein guter Sohn, Albert«, sagte sie, womit sie meinte: ein guter Vater. Wieviel an beidem dran war... Aber ich wollte die Sache im Zweifelsfalle zu ihren Gunsten auslegen.

»Bleibst du zum Abendessen?«

»Ich muß nach Beech Grove. Ich hab einen Klienten.«

Sie schwieg einen Augenblick lang. »Ich habe deine Annonce in der Zeitung gesehen.«

»Ach?«

»Demütigend«, sagte sie.

Ich ließ es ihr durchgehen.

»Aber wenigstens hast du jetzt Arbeit«, sagte sie.

»Ja.«

»Das ist schließlich die Hauptsache.«

Ich erzählte ihr nicht, daß ich die allerbesten Aussichten hatte, keine Arbeit mehr zu haben, noch bevor ich wieder zu Hause war. Vor solchen Dingen muß man Mütter beschützen.

Es war etwa halb sechs, als ich vor dem Haus der Pighees in Beech Grove hielt. Ich stieg aus und machte einen Schritt auf die Einfahrt von Mrs. Thomas' Heim zu.

Aber dann hielt ich inne. Drehte mich um und ging – sei's drum – zum Haus.

Ich drückte zweimal auf die Klingel. Keine Reaktion. Ich klingelte wieder und wollte gerade gehen, als eine Stimme hinter der Tür sagte: »Ist da jemand?«

»Ja«, rief ich.

»Ich erwarte niemanden«, sagte sie, machte sich jedoch daran, aufzuschließen.

Linn Pighee war eine Frau von Ende zwanzig, die wußte, wie man sich mit einem vollen Glas in der Hand bewegte. Sie hatte langes, schwarzes Haar, glasige braune Augen und ließ Fremde in ihr Haus.

»Es macht Ihnen doch nichts aus, wenn wir nicht ins Wohnzimmer gehen, um herauszufinden, was Sie wollen, oder?« fragte sie. »Draußen auf der Veranda ist es kühler.«

Ich folgte ihr zur Veranda, wo sie die Kuhle eines Liegesofas ausfüllte, das neben einer fahrbaren Bar stand. »Machen Sie es sich bequem«, sagte sie, bot mir dazu jedoch keine weiteren Hilfsmittel als einen Stuhl an.

»Ich habe einen schrecklichen Tag hinter mir«, sagte sie. »Ich fühle mich so furchtbar schwach! Es sieht so aus, als könnte ich überhaupt nichts mehr tun.«

»Das tut mir leid«, sagte ich.

Sie lachte. Dann nippte sie an ihrem Glas, verzog aber das Gesicht, so als schmecke das, was sie trank, nicht besonders gut. »Und wie war Ihr Tag?«

»So, als hätte ich versucht, den Deckel einer Dose voller Würmer mit bloßen Händen aufzubekommen«, sagte ich. »Ich kriege ihn hoch genug, um zu sehen, daß die Würmer dadrin sind. Aber ohne Öffner habe ich keine Chance.«

»Huch, das ist ja furchtbar.« Sie legte eine überraschend

echte Anteilnahme an den Tag. »Kann ich irgend etwas für Sie tun?«

»Sie können«, sagte ich. »Aber wahrscheinlich wollen Sie nicht.«

Sie lachte wieder, führte das Glas an die Lippen, nahm aber nur einen Eiswürfel, den sie anschließend zerkaute. »Der ehrgeizige, positive, zuversichtliche Typ«, sagte sie.

»Übermäßigen Ehrgeiz wirft man mir eigentlich nur selten vor.«

»Spricht für Sie«, sagte sie. »Ich mag keine ehrgeizigen Menschen.« Sie holte tief Luft. »Also, was wollen Sie?«

»Daß Sie nichts dagegen haben, mir zu erzählen, welche Arrangements Sie mit Loftus haben, Ihren Mann betreffend.«

Sie konnte es zuerst gar nicht glauben. »Sie interessieren sich für John, ja?« fragte sie und trank einen Zentimeter aus ihrem Glas. »Ich nehme an, ich sollte Sie fragen, was Sie das angeht.«

»An Ihrer Stelle täte ich das.«

»An meiner Stelle ist kaum Platz für zwei.« Sie drehte sich auf ihrer Chaiselongue um und angelte eine Packung Zigaretten hinter den Flaschen auf der Bar hervor. Sie zog eine heraus, zündete sie an, sog tief und zufrieden daran und drückte sie aus. Dann machte sie es sich wieder bequem. »John hatte einen Unfall. Ich nehme an, Sie wissen das.«

Ich nickte.

»Etwas Ernstes. Es war eine Art Explosion oder… so. Jedenfalls wäre er wohl normalerweise auf der Stelle gestorben, aber es ist auf dem Gelände der Gesellschaft passiert, und sie haben ihn, so schnell es ging, in ihre phantastische Abteilung da im Krankenhaus gebracht. John lebt jedenfalls noch, und weil er irgendwie in ihre Forschung hineinpaßt oder so etwas, begleichen sie alle Arztrechnungen. Sie zahlen mir seinen Lohn aus, und wenn er an den Folgen des Unfalls stirbt, bekomme ich eine Art Entschädigung. Es ist alles über einen Rechtsanwalt gegangen, und der sagt, es wäre so, wie John es haben wollte, und es sei okay. Niemand versucht, mich finanziell übers Ohr zu hauen. Also keine Klagen über die Gesellschaft, wenn es das ist, was Sie interessiert.«

»Wie oft besuchen Sie ihn?« fragte ich und versuchte, möglichst ahnungslos auszusehen.

»Gar nicht. Es geht mir doch die ganze Zeit ziemlich mies, und er ist bewußtlos – also, was soll's?«

»Es muß eine ziemlich schlimme Erfahrung für Sie gewesen sein«, sagte ich.

»Ich hätte auch gedacht, daß ich mittlerweile darüber hinweg wäre. Mich daran gewöhnt hätte. Aber ich fühle mich so lausig und schwach, so als wäre ich nicht wirklich lebendig. Ich hätte nicht gedacht, daß es mir soviel ausmachen würde, aber ich nehme an, es wird mir erst wieder gut gehen, wenn John entweder gestorben ist oder es ihm besser geht.«

»Darf ich fragen, wie lange Sie verheiratet sind?«

»Seit ich siebzehn bin. Letzte Woche bin ich achtundzwanzig geworden.«

»Herzlichen Glückwunsch.«

»Danke«, sagte sie und nahm einen Schluck.

»Ich habe selbst auch bald Geburtstag«, sagte ich.

»Wie alt werden Sie? Fünfzig?«

»Einundvierzig.«

»Sie arbeiten wohl zu schwer.«

Ich lächelte. Gemeinsam schwiegen wir eine Weile. Es war an der Zeit für mich, mit dem, was ich erfahren hatte, zu verschwinden oder selbst eine Kleinigkeit zu unserem Gespräch beizusteuern. Ich mochte sie. Also steuerte ich bei.

»Ich bin Privatdetektiv«, sagte ich.

»Und weiter?«

»Ihre Schwägerin, Mrs. Thomas, hat mich engagiert, damit ich herausfinde, warum man ihr nicht erlaubt, ihren Bruder zu besuchen. Gibt es Ihres Wissens dafür einen Grund?«

»Nein«, sagte sie. »Einen Detektiv hat sie engagiert, ja? Typisch.«

»Gleich werden Sie mir auf die Füße treten.«

»Ich hätte nicht gedacht, daß Sie so empfindsame Füße haben.«

»Jetzt haben Sie mein Hühnerauge erwischt«, sagte ich.

»Traurig«, sagte sie ohne Trauer. »Und wie gefällt Ihnen meine Schwägerin?«

»Ich kenne sie kaum. Sie scheint da eine vernünftige Frage wegen dieser Besucherei zu haben. Aber an ihrer Stelle hätte ich wahrscheinlich direktere Methoden gewählt, als mich zu engagieren.«

»Gleich treten Sie sich selbst auf den Fuß.«

Ich nickte.

»Sie ist keine sehr direkte Person, diese Dorothea Thomas. Darin unterscheiden wir uns.«

Ich wartete.

»Und sie betet ihren verdammten Bruder an. Noch ein Punkt, in dem wir uns unterscheiden.«

»Und sie findet, Sie sollten das auch tun?«

»Sie denkt, daß ich mir, weil es John so schlecht geht, einen schwarzen Schleier kaufen und im Krankenhaus vor seiner Tür campieren sollte. Nicht mein Stil.«

»Wenn Sie dagegen um ihn herumscharwenzeln, würde sie glauben, Sie wollten mit ihr konkurrieren und versuchen, sie in puncto Hingabe auszustechen?«

»Mein lieber Detektivfreund, jetzt funken Sie genau auf der richtigen Wellenlänge. Ich glaube, ich würde gern Ihren Namen erfahren.«

»Albert Samson.«

»Und spürt ein Mädchen bei Ihnen dieses gewisse Prickeln, wenn Sie es küssen, Albert?«

»Nur eins von zehn.«

»Die Glückliche«, sagte sie und verfiel wieder ins Grübeln. Auch ich grübelte. »Ich war nicht immer so«, sagte sie. »Jedenfalls früher nicht.«

»Und was für ein Mensch ist John Austin Pighee? Siebzehn ist ziemlich jung für ein Mädchen, das sich Hals über Kopf verliebt und elf Jahre später immer noch da ist.«

»Er ist der Typ Mann, der kurz vorm College steht und einem Mädchen, das noch ein Jahr High-School vor sich hat, ein Kind macht. Er heiratet sie und geht dann trotzdem zum College, weil er seiner Schwester das Geld aus der Tasche ziehen konnte – und die kommt, um mit der jungen Familie zu leben.«

»Ich wußte nicht, daß Sie Kinder haben«, sagte ich.

»Nicht der Typ, wie?«

»So war's nicht gemeint. Ich hatte nur bisher nichts von irgendwelchen Kindern gehört.«

»Nun, ich habe auch keine Kinder mehr, also spielt es keine Rolle.«

»Und ob es eine Rolle spielt«, sagte ich. Um der Sache die Schärfe zu nehmen.

»Warum?«

»Weil ich nächste Woche mein einziges Kind zum ersten Mal seit zwölf Jahren wiedersehen werde. Sie wollen mir die Sache doch wohl nicht verleiden und mich dazu bringen, ihr abzusagen, oder?«

»Eine Tochter?«

»Ja.«

»Wie alt?«

»Also, da muß ich erst nachdenken«, gestand ich. »Siebzehn, achtzehn vielleicht.«

Aber sie hörte meinem Geständnis gar nicht richtig zu. Statt dessen sagte sie: »Wie schön. Zwölf Jahre sind eine lange Zeit.«

»Ich weiß.«

»Ich hatte Zwillinge. Mädchen.«

Ich nickte ihr ermutigend zu, aber sie sprach nicht weiter.

»Ach, verdammt«, sagte sie und stürzte ihren Drink in einem Zug hinunter. »Sie sind vor fünf Jahren bei einem Autounfall ums Leben gekommen.«

»Alle beide?«

»Ja. Dinny auf der Stelle. Simmy hat noch ungefähr zwei Wochen durchgehalten, bevor sie ging. Sie« – betont

– »hat das Bewußtsein nicht mehr wiedererlangt. War auch gut so, denke ich. Wenn die beiden schon gehen mußten, sind sie wenigstens zusammen gegangen. Abgang aus dem alten Leben, rein ins neue.«

»Sie haben mehr Unglück erlebt als die meisten anderen Menschen, Mrs. Pighee.«

»Nennen Sie mich Linn«, sagte sie. »Bitte.« Eindringlich.

»Linn«, sagte ich.

»Unglück? Glück? Was ist Glück? Jeder ist seines Glückes Schmied, sagt John. Sagte. Ich wünschte einfach nur, es ginge mir besser.«

In der Ferne hörte man eine Klingel.

»Wurde auch langsam Zeit.« Sie stand auf. Ich folgte ihr zur Haustür und blieb hinter ihr stehen, während sie öffnete.

Draußen stand mit einer braunen Papiertüte ein großer, dünner Teenager. »Hallo, Linn«, sagte er. Und sah mich. »Hallo, Sie.«

»Ich habe dir deine Medizin gebracht, Linn«, sagte er und drückte ihr die Tüte in die Hand.

Sie nahm sie an. »Dougie, das ist Mr. Albert. Er ist Privatdetektiv. Mr. Albert, das hier ist Dougie, einer von Beech Groves allerbesten Basketballspielern. Im Sommer arbeitet er in einem Spirituosengeschäft, und wir machen gerne Witze über« – sie schüttelte die Tüte – »meine Medizin.« Dann trat sie zur Seite, lehnte sich gegen die offene Tür und drängte mich mit ihrer freien Hand hinaus. »Kommen Sie doch bitte wieder. Dann können wir uns weiter unterhalten. Bitte. Und bald.«

Ich gab dem Druck nach und ging hinaus. Die Tür schloß sich hinter mir. Dougie und ich sahen einander an.

»Ui, Mr. Albert«, sagte Dougie. »Sind Sie wirklich Privatdetektiv?«

Ich wandte mich der Verandatreppe zu. »Bist du wirklich Basketballspieler?«

Er holte mich ein. »Sehe ich nicht aus wie einer?«

Ich gab ihm keine Antwort. Er ging auf die Straße und sah sich unsicher um, als hätte er mich verloren. Aber ich folgte ihm nicht auf die Straße. Ich ging ums Haus herum, um meine Klientin zu besuchen.

# 7

Mrs. Thomas kam mir an der Garage entgegen. »Sie waren bei *ihr*, nicht wahr?«

»Mrs. Pighee? Ja.«

»Warum?«

»Ich dachte, sie könnte vielleicht helfen...«

»Die würde *mir* nicht helfen, selbst wenn – selbst wenn...« Anscheinend gab es keine Situation, die phantastisch genug war, daß Linn Pighee ihrer Schwägerin geholfen hätte.

»Davon weiß ich nichts«, sagte ich. »Aber sie hat eine Erklärung unterzeichnet, die es den Ärzten gestattet, über Dinge wie das Besuchsrecht zu entscheiden. Ich hatte gehofft, sie würde mir diese Erklärung zeigen oder mir wenigstens etwas darüber erzählen.«

»Und, hat sie das?«

»Nein.«

»Ihr ist es egal, ob John lebt oder stirbt.«

»Das war nicht der Eindruck, den ich von ihr hatte«, sagte ich. Obwohl ich mir nicht sicher war, ob ich damit die Wahrheit sagte.

»Eindrücke! Eindrücke!« sagte Mrs. Thomas. »Ich *kenne* sie.«

»Viel besser als ich«, sagte ich. »Ich möchte Ihnen jetzt genau berichten, was ich heute getan habe, damit Sie entscheiden können, ob ich weitermachen soll.«

Sie runzelte die Stirn. »Haben Sie vor aufzuhören?«

»Das hängt ganz von Ihnen ab.«

Sie führte mich in ihren Wohnwagen, und wir nahmen da Platz, wo wir schon einmal gesessen hatten.

»Ich habe einer ganzen Reihe von Leuten Fragen gestellt, aber ich bin nicht sehr weit gekommen, was Ihren Wunsch betrifft, Ihren Bruder zu sehen.«

»Ich erwarte auch nicht, daß irgend etwas schnell geschieht«, sagte sie. »Das tut es nie.«

»Die meisten Leute erwarten ihre Ergebnisse möglichst gestern. Ich weiß Ihre Einstellung zu schätzen.«

Sie gab mir keine Antwort.

»Wer Ihren Bruder besuchen darf, bestimmen die Ärzte der Gesellschaft, weil er in der Versuchsstation des Krankenhauses liegt, die der Gesellschaft untersteht.«

»Das habe *ich* Ihnen erzählt«, sagte sie scharf.

»Sie haben mir nur gesagt, wo er liegt. Sie haben mir nicht gesagt, daß die rechtliche Kontrolle bei der Gesellschaft liegt und nicht bei der Verwaltung des Krankenhauses.«

Sie antwortete nicht.

»Und Sie haben mir nicht gesagt, daß er seit sieben Monaten im Koma liegt.«

»Das spielt für mich keine Rolle.«

»Jedenfalls kann ich nicht zu den Ärzten hingehen und sagen, daß er moralische Unterstützung braucht.«

»Aber er könnte vielleicht aufwachen. Ich kann den Gedanken nicht ertragen, daß er aufwacht und niemand bei ihm ist. Und Sie können sicher sein, daß *sie* nicht bei ihm sein wird.«

»Es besteht eine erhebliche Wahrscheinlichkeit, daß er überhaupt nicht mehr aufwachen wird, Mrs. Thomas.«

»Doch, das wird er«, sagte sie einfach.

»Aber die Einschätzung der Ärztin scheint in dieser Sache ausschlaggebend zu sein, und im Augenblick ist sie entschieden abgeneigt, irgendwelche Besucher zuzulassen.«

»Sie meinen… Sie können da nichts machen?«

»Das habe ich nicht gesagt«, erwiderte ich diplomatisch.

»Und?« Ein ledriges Stirnrunzeln.

»Ich glaube, es gibt zwei Wege, die wir einschlagen können. Wenn Ihre Schwägerin mitmachen würde, könnten wir durch sie und das rechtliche Arrangement, das sie mit der Gesellschaft getroffen hat, einen gewissen Druck ausüben.«

Unverändertes Stirnrunzeln.

»Oder wir könnten so viel Ärger machen, daß es für sie leichter wäre, Ihnen einen Besuch bei Ihrem Bruder zu erlauben, als sich weiter zu widersetzen.«

»Ärger?« fragte sie. Das interessierte sie.

»Warum sollte Ihr Bruder keinen Besuch haben?« Eine rhetorische Frage. »Entweder hat er sich bei der Explosion irgendeine ansteckende Krankheit zugezogen, oder sie probieren Medikamente an ihm aus, die ihn infektionsanfälliger machen.«

Sie sah mich verständnislos, aber aufmerksam an.

»Wie dem auch sei, man hat Ihnen nicht den wirklichen Grund genannt, warum man Sie von ihm fernhält. Wir könnten damit drohen, die Presse einzuschalten.«

»Die Presse? Sie meinen, wir sollen Reporter holen und all das?«

»Ich glaube nicht, daß wir das letzten Endes wirklich tun müßten«, sagte ich, »aber wenn wir damit drohen, würden wir zumindest erreichen, daß man Ihnen bessere Gründe nennt, warum John keinen Besuch haben darf.«

Sie dachte darüber nach. Die Sache gefiel ihr.

»Das ist doch schließlich der entscheidende Punkt an der ganzen Angelegenheit, nicht wahr, Mrs. Thomas? Es kommt einem doch komisch vor, daß es den Ärzten nicht gleichgültig ist, ob Sie an seinem Bett sitzen oder nicht. Ich habe heute mit zwei Ärzten gesprochen, und sie sagen übereinstimmend, daß das keineswegs der allgemein üblichen Praxis entspricht.«

»Also dann«, sagte sie, »tun Sie es.«

»Ich werde sie aufscheuchen. Und ich glaube nicht, daß diese Leute Ihnen ohne einen kleinen Anreiz besondere Aufmerksamkeit schenken würden.«

»Tun Sie, was Sie für das Beste halten«, sagte sie.

»Würde es Ihnen etwas ausmachen, mir noch ein paar Fragen zu beantworten?«

»Was für Fragen?«

»Ich muß sagen, ich verstehe nicht, was Ihr Bruder in einem Forschungslabor zu suchen hatte.«

»Oh, er hat dort gearbeitet.«

»Gearbeitet? Ich dachte, Sie hätten mir gesagt, er sei Vertreter?«

»Das ist er auch. Vor allem Vertreter. Ich meine, dafür haben sie ihn eingestellt. Aber vor ein paar Jahren hat er angefangen, zusätzlich noch ein wenig im Labor zu arbeiten. Das war sein Studienfach auf dem College, Chemie. Und als sich ihm die Chance bot, ein wenig in diesem Bereich zu arbeiten, hat er sofort zugegriffen. Selbst wenn das Überstunden bedeutete und viel zusätzliche Arbeit am Abend. Ich weiß das, weil er immer bei mir vorbeikam, um nach mir zu sehen, wenn er von der Arbeit nach Hause kam. Und wenn er abends arbeiten mußte, kam er her, bevor er ging. Er war immer sehr pünktlich.«

»Das alles ist mir neu, Mrs. Thomas.«

»Er *ist* Vertreter. Das ist die Abteilung, zu der er gehört, und er arbeitet auch tatsächlich im Verkauf. Sehr erfolgreich sogar. Er ist ein ausgesprochen talentierter Junge, mein Bruder. Er kann so ziemlich alles, was er sich vornimmt.«

»Hört sich tatsächlich so an«, sagte ich. »Ihr Bruder hat also zusätzlich ein bißchen im Labor gearbeitet. Wissen Sie, um welche Art von Arbeit es sich dabei gehandelt hat?«

»Nicht genau. Eigentlich überhaupt nicht. Nein«, sagte sie und sah mich bekümmert an.

»Tja«, sagte ich und lehnte mich zurück. Soweit die harte Polsterung das zuließ.

»Er ist ein wunderbarer Junge«, sagte sie. »Er würde mich auf jeden Fall bei sich haben wollen.«

Ich nickte.

Dann sagte sie: »Ich sehe keinen Grund dafür, warum ich nicht an Johns Bett sitzen sollte, wenn ich das möchte. Sie vielleicht?« Und sie brachte ein paar Tränen zustande.

Ich wartete, bis der Tränenstrom versiegt war, dann ging ich.

## 8

Es war ein paar Minuten vor sieben, als ich auf meinen Parkplatz unten vor meinem Büro rollte. Meinem derzeitigen Büro. Mein derzeitiger Parkplatz. Der Parkplatz lag auf demselben Grund wie mein Haus, also würde er wohl auch zugebaut werden. Als ich die Treppe hinaufging, bemerkte ich, daß meine Tür nicht ganz geschlossen war. Die Sache mit der Tür war eine knifflige Angelegenheit, weil sie noch von meinem letzten Büro stammte, dem, das ebenfalls abgerissen worden war. Ich hatte die Tür aus Sentimentalität behalten. Die Schrift auf dem Glas lautet: »Albert Samson, Privatdetektiv. Immer hereinspaziert.«

Was irgend jemand anscheinend auch getan hatte.

So eine Zeitungsannonce bringt's eben.

Als ich die Tür öffnete, sah ich ein Mädchen hinter meinem Schreibtisch sitzen. Siebzehn, achtzehn Jahre alt, mit rötlichem Haar, dunkelbraunen Augen und Sommersprossen. Irgendwie kam sie mir bekannt vor. Mit zwei Schritten stand ich im Zimmer und stolperte über einen Rucksack, den ich ganz bestimmt nicht mitten im Zimmer hatte stehenlassen. Ich hatte ihn nirgendwo stehenlassen; er gehörte mir nicht.

»Ist das Ihrer, Miss?«

Sie nickte. Dann öffnete sie die mittlere Schublade meines Schreibtisches. »He, da ist ja nichts drin«, sagte sie. »Warum ist da nichts drin?«

»Weil ich, wenn ich außerhalb zu tun habe, das Büro offen lasse, damit sich obdachlose Kinder, streunende Hunde und gelegentlich vielleicht auch einmal ein Klient hier ausruhen können. In welche Kategorie fallen Sie?«

Sie lächelte mich an, bis sie sah, daß ich nicht lächelte. »Ich glaube, ich falle in keine dieser Kategorien. Nicht wahr?«

»Sehen Sie mal, junge Dame, es ist heiß. Ich habe einen harten Tag hinter mir...«

Plötzlich stand sie auf. »Erkennst du mich wirklich nicht?« Es klang enttäuscht.

Ich runzelte die Stirn. Sie sah tatsächlich ein bißchen aus wie...

»Daddy!« sagte sie.

»Gott«, sagte ich. Man muß schon ein weiser Vater sein, um sein eigenes Kind zu erkennen.

»Aber ich habe *dich* erkannt! Und alles, was ich habe, ist ein Bild von dir, das mehr als zwölf Jahre alt ist.«

»Mein Gott«, sagte ich, »mein Gott.«

Nach einer kleinen Umarmung brachte ich sie aus der Tristheit meines Büros in die Tristheit meiner Wohnung. »Ich habe heute erst einen Brief von dir bekommen«, sagte ich. »Da stand drin...«

»...daß ich nächste Woche kommen würde. Aber ich kenne dich nur aus Briefen und von dem, was Mama über dich sagt. Und ich hatte Angst, daß du wegen meines Besuches nervös würdest. Also habe ich beschlossen, früher zu kommen, weil ich wollte, daß du entspannt bist und dir keine Sorgen machst.«

»Ich kann nicht sagen, daß ich mich im Augenblick besonders entspannt fühle.«

»Nun, dann setz dich doch hin. Du mußt einen schweren Tag hinter dir haben, wenn du erst um sieben nach Hause kommst. Ich hole dir ein Bier. Und ich nehme mir auch eins.«

»Du bist größer geworden, seit ich dich das letzte Mal gesehen habe«, sagte ich. Dann setzte ich mich.

Sie ging an den Kühlschrank; wir teilten uns die Bierdose, die sie dort fand.

»Wann –?« begann ich.

»Seit Viertel vor fünf. Und seit halb sechs warte ich hier auf dich. Ich habe zwischendurch Pause gemacht und einen Hamburger gegessen, für den Fall, daß du nicht genug zu essen für mich hast.«

»Du bist wohl immer auf alles vorbereitet, was?« fragte ich.

»Genau wie Mama, sagen alle«, bemerkte sie. »Aber ich glaube nicht, daß das so furchtbar schlimm ist, oder findest du es schlimm?«

»Nein, meine liebe Marianne, das tue ich nicht.«

»Und niemand nennt mich heute noch Marianne.«

»Nein?«

»Nein. Ich werde Sam genannt, von Samson, obwohl mein richtiger Name Meir ist. Also nenn du mich auch Sam, ja?«

»Mit Vergnügen.«

»Gut.«

»Sam?«

»Ja, Daddy?«

»Wie alt bist du?«

»Warum?«

»Einfach so.«

»Ich werde demnächst achtzehn.«

»Mein Gott«, sagte ich, »mein Gott.«

Ich ließ sie mit einem Buch allein, während ich eine Dusche nahm. Dann ging ich sehr vorsichtig von meiner Dusche zum Schlafzimmer, um sie vor den schlimmsten Löchern in meinem Bademantel zu schützen. Schließlich war sie noch ein Kind.

»Es ist schön, dich hier zu haben, Sam«, sagte ich, nachdem ich mich angezogen hatte. »Toll.«

»Es macht dir nichts aus, daß ich früher gekommen bin?«

»Ich habe nicht die Absicht, meine Augen zu schließen und so zu tun, als wärst du noch nicht da. Also, ich rufe jetzt deine Großmutter an, damit sie dir ein Bett fertigmacht, und dann fahren wir zu ihr.«

»Nein«, sagte sie.

»Wie meinst du das, nein?«

»Ich bin gekommen, um mit dir zusammenzusein. Ich werde hier schlafen. Ich habe mir einen Schlafack mitgebracht und die teuerste Luftmatratze, die ich mit Trevors Geld kaufen konnte. Du lebst einfach so weiter wie immer und schiebst mich ein, wo es gerade paßt. Du schläfst in deinem Zimmer, und ich werde hier glücklich und zufrieden sein.«

»Ich bin ja durchaus tolerant«, sagte ich, »aber deiner Großmutter wird das nicht gefallen.«

»Sie muß sich eben damit abfinden. Mama sagt, ich bin genauso stur wie sie.«

Der arme Trevor, dachte ich. Eine von der Sorte war mehr gewesen, als ich verkraften konnte. Aber ich sagte nichts.

»Und ich möchte nicht, daß du einen Job verlierst oder sonst etwas Dummes machst. Nicht meinetwegen. Ich habe keine Lust, Sehenswürdigkeiten zu besichtigen oder so. Ich bin nicht hergekommen, um mir das langweilige alte Indianapolis anzusehen. Ich bin hier, um dich zu sehen. Und ich habe Bücher dabei, für den Fall, daß sonst nichts zu tun ist. Außerdem werde ich dir nicht auf der Tasche liegen. Ich habe nämlich die Taschen voller Geld. Nicht mal mein eigenes, denn Trevor hat mir für diese Reise einen ganzen Batzen zugesteckt.«

»Was soll ich dazu sagen?«

»Am besten gar nichts.«

Also tat ich es auch nicht.

Als wir von meiner Mutter zurückkamen, war es etwa elf Uhr. Bevor wir ins Haus gingen, sagte Sam: »Arbeitest du im Augenblick an irgendeinem Fall?«

Ich dachte kurz nach. »Ja, ich glaube wohl.«

»Kann ich dir irgendwie dabei helfen? Zum Beispiel jemanden im Auge behalten oder so?«

»Bist du sicher, daß du das willst?«

»Klar. Du hast ja keine Ahnung, was für ein Prestige du mir bei Madame Graumier eingebracht hast. Das ist die Schule, in die ich gehe, in Bern.«

»Ich kenne die Schule. Ich schreibe Briefe dahin.«

»Es gibt kein anderes Mädchen dort, das einen Privatdetektiv zum Vater hat. Du *bist* doch Privatdetektiv, oder? Ich meine, immer noch?«

»Ja, immer noch.«

»Das ist phantastisch. Alle anderen haben Väter, die Sachen wie Trevor machen – Banker, Geschäftsleute, Showmaster und solche Sachen. Die anderen denken, ich habe ein Mordsglück.«

»Du wirst es erleben«, sagte ich.

»Oh, super.«

»Aber ich muß darüber nachdenken, wieviel ich dir von den Fällen erzählen darf, an denen ich arbeite.«

Sie machte ein langes Gesicht.

»Ich unterliege gewissen Sachzwängen. Das Gesetz. Du bist nicht meine Klientin. Du bist nicht die Polizei. Ich muß darüber nachdenken.«

»Ich bin sehr diskret.«

»Ich muß darüber nachdenken.«

Sie sah mich stirnrunzelnd an, aber so ist das eben mit dem Vatersein.

# 9

Sam weckte mich schon früh, indem sie rücksichtslos laut beim Lesen die Seiten umblätterte. Ich bestrafte sie damit, daß ich sie aus dem Haus schickte, um Paßbilder machen zu lassen.

»Aber wozu?« fragte sie.

»Frag nicht«, sagte ich.

Ich nutzte die Zeit, in der sie weg war, um aufzuwachen.

Und um ein wenig zu frühstücken. Und einige staubige Formulare auszugraben. Und die Notizen durchzugehen, die ich mir nach meinen Gesprächen mit John Pighees Frau und seiner Schwester gemacht hatte. Es konnte nichts schaden, wenn ich Mrs. Thomas noch ein paar andere Dinge vorschlug, die ich für sie tun konnte. Um Sams willen und um meinetwillen. Ich wollte ihr keinesfalls einen falschen Eindruck von meinem Beruf vermitteln, was der Fall gewesen wäre, wenn wir beide nur im Büro herumhingen.

Um zehn vor zehn hörte ich sie im Laufschritt zurückkommen. Sie warf sich gegen die Tür und prallte davon ab. Dann hob sie sie vorsichtig an und drückte, was genau die geeignete Maßnahme war, um die Tür aufzubekommen.

»Daddy, wozu sind die Fotos?« fragte sie.

Statt zu antworten, zog ich mein Stempelkissen heraus und nahm ihre Fingerabdrücke.

»Warum machst du das?«

»In Indianapolis nehmen wir von allen Fremden die Fingerabdrücke«, sagte ich.

»Bring mich nicht auf die Palme. Mami sagt, du würdest einen auf die Palme bringen, und ich habe gesagt, nein, mich nicht. Also tu's auch bitte nicht.«

»Du möchtest doch alles über die Fälle hören, an denen ich arbeite?«

»Ja.«

»Und mir dabei helfen?«

»Natürlich. Ja.«

»Nun, ich kann dir nur erlauben, mir zu helfen, wenn du meine Mitarbeiterin bist.«

»Deine Mitarbeiterin?«

»Und damit du meine Mitarbeiterin werden kannst, muß ich der Staatspolizei Fotos schicken und einen vollen Satz von deinen Fingerabdrücken.«

»Wirklich?«

»Und sie müssen eine Codenummer tragen, als Kennzeichen. Die Nummer deines für Indiana gültigen Führerscheins, wenn du einen hast. Hast du einen?«

»Wie sollte ich? Ich war doch noch nie in Indiana.«

»Tja, dann muß ich mir eine andere Nummer ausdenken – 007? Na, ich werde schon was finden. Ich schick's noch heute morgen ab, mit Dringlichkeitsvermerk. Dann bekommen wir einen Ausweis für dich. Darauf wird stehen: ›Ausweiskarte für Privatdetektive in Indiana‹. Weiter befinden sich auf dem Ausweis der Name deines Arbeitgebers, ein Foto und der Daumenabdruck deiner rechten Hand.«

»Oh, ist ja irre!«

»Die Sache hat nur ein paar Haken.«

Auf ihrem Gesicht breitete sich Enttäuschung aus. »Haken? Oh, ich habe mir schon gedacht, daß das Ganze zu schön ist, um wahr zu sein. Bin ich vielleicht nicht alt genug?«

»Nein, es gibt keine Altersbegrenzung. Ich kann jeden anstellen, den ich brauche, aber wenn sich derjenige dann schlecht benimmt, bin ich derjenige, der seine Lizenz verliert. Du mußt also eine ›gute Führung‹ an den Tag legen, solange du in meinen Diensten stehst.«

»Okay!«

»Und du darfst niemandem irgend etwas von dem erzählen, was du als Ergebnis deiner Tätigkeit über irgendwelche Leute erfährst. Du darfst nur mit unseren Klienten sprechen – und mit der Polizei, falls es sich um eine kriminelle Angelegenheit handelt.«

»Eine kriminelle Angelegenheit?« Strahlende Augen.

»Einverstanden?«

»Klar.«

»Dann laß uns jetzt dieses Formular ausfüllen.« Und da hatte ich es. Ich war der Vater des Jahres.

Ich hatte noch nie einen Mitarbeiter gehabt, obwohl man alle zwei Jahre, wenn die Lizenz neu verhandelt wird, die Formulare zugeschickt bekommt.

»Tja«, sagte ich, als die Formulare einschließlich des Überweisungsformulars für die Lizenzgebühren fertig ausgefüllt waren. »Ich geh jetzt.«

»Gehst...?«

»Noch bist du nicht meine Mitarbeiterin.«

»Aber...«

»Ich muß versuchen, jemanden noch vor dem Mittagessen zu treffen. Dann komme ich zurück und weihe dich in die Angelegenheit ein. Bis dann.«

Ende der Amtszeit für den Vater des Jahres. Die Jahre werden auch immer kürzer.

Ich fuhr hinüber zu Loftus, aber statt vor dem Verwaltungsgebäude nach einem Parkplatz zu suchen, fuhr ich weiter bis zum Haupttor. Vor der Schranke sprach mich derselbe Wachtposten an, mit dem ich am vergangenen Morgen etwa um die gleiche Zeit bereits zu tun gehabt hatte. Er schien mich zu erkennen, fragte mich jedoch nach meinem Passierschein.

»Ich habe keinen«, sagte ich. »Ich möchte den Mann sehen, der für die Verkaufsvertreter der Gesellschaft zuständig ist. Ich brauche ein paar Informationen über einen von ihnen.«

»Den Chef des Verkaufspersonals?«

»Klingt gut.«

»Und Sie werden nicht erwartet?«

»Nein.« Ich zeigte ihm meinen Ausweis. »Ich möchte mit ihm über einen seiner Vertreter sprechen, der einen Unfall hatte.«

»Ich melde Sie an«, sagte er. »Wollen Sie bitte da drüben parken?«

Ich tat wie geheißen, und als ich zurückkam, hatte er mir den Weg geebnet. »Wissen Sie, wo Sie ihn finden?«

»Ich weiß nicht mal seinen Namen.«

»Mr. Joseph Bartonio«, sagte er und erklärte mir den Weg.

Bartonio war eindeutig eher ein Verwaltungsangestellter als ein Verkäufer. Sein Büro wirkte überhaupt nicht protzig, und er selbst war wohltuend ungekämmt, ein Mann in mittleren Jahren, mit einem Gesicht, das alt, dunkel und zerknittert wirkte.

»Ich untersuche den Unfall von John Austin Pighee. Ich möchte wissen, was einer Ihrer Vertreter in einem Forschungslabor zu suchen hatte, mit dem er dann in die Luft flog.«

»Kommt also doch noch jemand von der Versicherung«, sagte er. »Sie haben sich Zeit gelassen.« Er nahm einen Bleistift zur Hand und begann, vor sich hinzukritzeln, während ich darüber nachdachte, ob ich den Irrtum aufklären sollte. Aber noch bevor ich zu einem Entschluß kam, sagte er: »Es hat mich bis ins Mark erschüttert, als ich erfuhr, daß John so etwas zugestoßen ist. Schrecklich.«

Das war eine Überraschung für mich; zum ersten Mal zeigte außer seiner Schwester noch jemand Mitleid mit dem Mann.

»Es hat mich wirklich schockiert«, sagte Bartonio. »Weil ich nämlich verantwortlich dafür war, daß er sich überhaupt dort befand.«

»Ich verstehe nicht, Mr. Bartonio…«

»Nennen Sie mich Joe. Ich hab's nicht gern, wenn die Leute mich anders als Joe nennen.«

»Ich verstehe nicht, wieso Sie verantwortlich dafür waren, daß John Pighee sich in dem Labor befand.«

»Ich kenne mich aus«, sagte er. »Ich weiß, wann ein Bursche rastlos ist. John war ein guter Vertreter. Erste

Klasse. Ein As. Aber ich wußte, daß er nicht für immer und ewig so weitermachen wollte. Ich bin schon lange hier. Nicht ganz so lange wie Sir Jeff... aber für einen so guten Mann wie John muß man entweder ein Plätzchen finden, an dem es ihm wirklich gefällt, oder er sieht sich anderswo um. Es gibt Männer, die nach mir in die Gesellschaft kamen und heute mehr Geld verdienen und größere Verantwortung haben. Aber ich kann gut mit Menschen umgehen. Ich kenne meine Leute, wirklich.«

»Das glaube ich Ihnen.«

»Also, vor fünfzehn Jahren, vor zwanzig Jahren, da wäre er direkt in irgendeine Art Management gegangen. Vor zehn, zwölf Jahren wäre er in die Forschungslabors gegangen und hätte da gearbeitet. Aber vor fünf Jahren, als John zu uns kam, gab's die Leute, die Naturwissenschaften studiert hatten, im Dutzend billiger. Wenn er seinen Doktor hätte machen wollen, dann wäre er vielleicht in Betracht gekommen. Aber ein Bursche wie John hat für so etwas keine Zeit. Er war schon ein paar Jahre runter vom College und hatte das Leben kennengelernt, als er hierher kam, in den Verkauf. Und ein Mann mit seinen wissenschaftlichen Kenntnissen, mit seinem Schwung – nun, das ist eben ein idealer Pharmavertreter.«

»Verstehe«, sagte ich.

»Die meisten von meinen Jungs verkaufen an die nichtwissenschaftliche Seite: Institutionen, Ärzte und so weiter. John konnte das, aber er konnte auch an die Chefs verkaufen. Solche Leute bekommt man nicht oft, die beides können. Ich bin vielleicht selbst nicht erste Klasse, aber ich erkenne einen Klassemann, wenn ich einen vor mir habe.«

»Womit ich immer noch nicht viel mehr darüber weiß, wie er in dieses Labor gekommen ist.«

»Teilzeit. Er hat seine Zeit aufgeteilt. Ein Teil hier, ein Teil dort.«

»Zu gleichen Teilen?«

»Ich sah, daß er langsam unruhig wurde. Also habe ich mit einem Freund von mir geredet, einem Mann aus der Firma, der sich mit dem Personal auskennt und weiß, was in den Jungs vorgeht. Wir haben ein paar Fäden gezogen. Und ihn in ein Projekt hineinbekommen.«

»Ein Freund? Im Labor? Dr. Dundree?«

Bartonio hob die Augen. »Höher als Jay Dundree. Ich weiß nicht, was Dundree davon hielt, aber mein Mann hat genug Einfluß, ihm jede eventuelle Abneigung gegen dieses Arrangement auszutreiben.«

»Aber worin bestand eigentlich John Pighees Arbeit hier?«

»Weiß ich nicht. Ich bin nicht vom Fach, wissen Sie? Ich kann addieren und subtrahieren, aber fragen Sie mich nicht, was ich da eigentlich verkaufe. Ich könnte Ihnen nicht mehr sagen, als das, was auf dem Etikett steht, und den Quatsch auf der Gebrauchsanweisung.«

»Wie weit oben sitzt Ihr Freund?«

Er zögerte. »Sie fragen das so, als hätte ich etwas Schlechtes getan. Ich sage einem Mann Bescheid, und er bringt einen anderen Mann zum Besten dieses Mannes und zum Besten der Gesellschaft unter. Daran kann doch nichts Schlechtes sein.«

»Ich muß wissen, woran Pighee gearbeitet hat. Ich muß wissen, an wen ich mich wenden soll. Wer ist Ihr Freund?«

»Ach, zum Teufel auch«, sagte Joe. »Henry Rush. P. Henry Rush.«

»Was genau ist P. Henry Rush?«

»Kein großes Tier.«

»Ein guter Freund?«

»Einfach ein Mann aus dem Vorstand, von dem ich weiß, daß ihm daran liegt, die Gesellschaft weiterzubringen. Das Potential der Leute zu entwickeln, die für sie arbeiten.«

»Tja, dann vielen Dank für Ihre Hilfe.«

»Ich wundere mich nur, daß Ihr Leute so lange gebraucht habt, hierherzukommen.«

»Ich möchte keinen falschen Eindruck hinterlassen«, sagte ich. »Ich komme nicht von irgendeiner Versicherungsgesellschaft, und ich habe auch nie behauptet, daß ich das täte.«

»Nein? Wer sind Sie dann?«

»Ich bin Privatdetektiv und arbeite für John Pighees Schwester. Sie möchte mehr darüber wissen, was ihm zugestoßen ist.«

»Ja? Ach, was soll's. Ich habe Ihnen nichts gesagt, was ich nicht einem ganzen Dutzend von Leuten hätte erzählen können, so oder so.«

»Aber Sie haben es niemandem erzählt?«

»Es hat niemand gefragt. Schätze, sie wußten schon alles, was sie wissen wollten.«

# 10

Ich verließ Joe Bartonios Büro und lief ein paar Minuten auf dem Loftus-Gelände herum. Es war größer, als es vom Haupttor aus den Anschein hatte. Nach Süden hin gab es drei große Produktionsbereiche, flache Gebäude, die aussahen wie Bauelemente für einen gewaltigen Flugplatz. Man hätte nur die Verbindungswege verbreitern müssen, dann hätte dort selbst eine Concorde landen können. Lastwagen kamen angefahren, bereit, ihre Ladung aufzunehmen, um der wartenden Welt ihre Medizin zu bringen. Es herrschte ein ziemlicher Betrieb. Ich kämpfte mich weiter bis zu dem einzigen anderen Loftus-Gebäude innerhalb des Sicherheitsbereichs, das ich kannte, Forschung Drei. Ich war auf der Suche nach Dundree. Ich wollte ihm drohen.

Wieder trug ich mich auf dem Tisch neben der Eingangstür ein. Die Flure waren genauso menschenleer wie bei meinem letzten Besuch hier. Dagegen wirkten die Behelfsduschen am Ende eines jeden Korridors geradezu heimelig.

Ich sah in dem Büro nach, in dem ich am Tag zuvor mit Dundree, Dr. Merom und Lee Seafield gesprochen hatte, aber auch dort war niemand. Nichts hinderte mich daran, auf Entdeckungsreise zu gehen. Von Dundree wußte ich, daß Pighees Unfall im oberen Stock stattgefunden hatte, also ging ich die Treppe hinauf.

Auch dort war niemand in den Fluren, aber zumindest hörte ich ein paar Stimmen und das Summen einiger Maschinen. Ich wollte mich gerade der Entscheidung für links oder rechts stellen, als eine junge Frau durch die Tür direkt am Treppenhaus herausstürmte und mich beinahe umrannte.

»Oje«, sagte sie. »Tut mir leid.« Sie trug einen weißen Laborkittel und ein Haarnetz, das ihr Haar dicht an ihren Kopf drückte.

»Ist es hier immer so leer?« fragte ich. »Sie sind seit Tagen der erste Mensch, dem ich auf diesen Fluren begegne.«

Die Frage schien sie zu überraschen. Dann sagte sie: »Tja, ich schätze, in diesem Gebäude arbeiten wirklich nicht viele Leute. Hier laufen vor allem die ständigen Qualitätskontrollen – auf der Seite hier oben und im Erdgeschoß –, und vieles wird von Maschinen erledigt.«

»Aber man riecht hier ja überhaupt nichts«, sagte ich. »Ist das normal?«

»Ist das unnormal?«

»Na ja, das hier ist doch ein Forschungslabor.«

»Ja«, sagte sie. »Ich weiß, was Sie meinen, aber die Belüftung ist hier sehr gut.«

»Oh«, sagte ich.

»Wissen Sie, ob Dr. Dundree hier in diesem Gebäude ist?«

»Ich glaube nicht. Morgens ist er meistens im Verwaltungsbüro auf der anderen Seite des Tors. Haben Sie es schon einmal dort versucht?«

Ich schüttelte den Kopf. »Er hat mir erzählt, daß in einem dieser Labors vor ein paar Monaten eine Explosion stattgefunden hat. Stimmt das?«

»Aber ja«, sagte sie. »Im Januar. Einer von unseren Leuten wurde dabei verletzt.«

»John Pighee. Haben Sie ihn gekannt?«

»Nein. Er hat hier nur Teilzeit gearbeitet. Und er war ein Einzelgänger.«

»Und Sie sind was?«

»Technikerin«, sagte sie. »Ich bin jetzt seit fast drei Jahren hier, und dann haben sie jemand anders von draußen geholt, der jetzt im Lagerraum arbeitet.«

»Im Lagerraum?«

»Oh, das ist die Bezeichnung, die auf der Tür steht. Das Labor, in dem der Unfall war. Es ist vor langer Zeit umgebaut worden, und sie betreiben seit Jahren irgendwelche streng geheimen Forschungen darin. Wir nennen es ›Operation Lagerraum‹. Das ist alles.« Sie zeigte auf eine Tür in der Mitte des Flurs auf der linken Seite.

»Darf ich mal reinsehen?«

Sie lachte. »Lee ist im Augenblick da drin. Und er läßt niemanden hinein. Die sind da alle sehr vorsichtig.«

»Sie meinen Lee Seafield? Den Hünen mit...«

»...dem lockigen, flachsblonden Haar, ja. Wir glauben, daß er es bleicht, aber bis jetzt hat noch niemand irgendwelche dunklen Haarwurzeln entdeckt.«

»Wie viele Leute arbeiten an diesem großen Projekt?« fragte ich.

»Lee, Marcia – das heißt, Dr. Merom – und seit Mr. Pighees Unfall ersatzweise auch Dr. Dundree.«

»Sonst niemand? Keine Techniker?«

»Keine. Oh, Lee ist natürlich Techniker, aber er ist schon seit Jahren hier. Es heißt, daß er nicht besonders gut bei Versuchsreihen ist, sonst hätte er schon längst seinen Doktor gemacht. An seinem Verstand liegt es nicht.«

»Sie waren nicht hier, als Mr. Pighee seinen Unfall hatte, oder?«

»Nein. Aber Ray.«

»Ray?«

»Ray McGonigle. Er ist auch Techniker. Er war als erster zur Stelle.«

»Ist er da?«

»Er war da, aber jetzt ist er wohl in der Mittagspause.«

»Schon?«

»Wir überwachen mehrere Kulturen gleichzeitig, und deshalb muß immer einer von uns da sein. Er ist früh gegangen. Wenn er zurückkommt, bin ich dran, in knapp einer Stunde. Er ist gerade erst weg.«

»Wissen Sie, wo er hingegangen ist? Gibt es irgendein Lokal, in dem ich ihn abpassen könnte?«

»Er hat das Gelände verlassen. Wollte noch ein paar Platten kaufen, hat er gesagt. Es gefällt ihm hier nicht besonders, er geht mittags oft weg.«

»Gefällt es Ihnen?«

»Für mich ist es einfacher, ich bin nicht ehrgeizig. Im Gegensatz zu Ray. Hier herrscht ein solches Gerangel. Man muß schon ein Genie sein, sonst kommt man nicht weiter.«

»Ist Ray ein Genie?«

»Na ja, er ist schwarz«, sagte sie. »Und wenn er...«

Ein lauter Ruf übertönte unser Gespräch. »Sonia!«

»O Gott. Meine Kulturen!«

Sie lief den Flur hinunter auf eine Tür zu, durch die eine wütende Marcia Merom ihren Kopf gesteckt hatte. Ich wandte mich diskret ab und hörte noch, wie die Tür hinter der sündigen Technikerin ins Schloß fiel.

Wieder einmal war ich allein im Flur.

Ich verließ das Gebäude und ging zurück zum Sicherheitstrakt am Haupteingang, wo ich meinen Weggang schriftlich niederlegte. Dann ging ich hinüber ins Verwaltungsbüro der Klinischen Forschung.

Dr. Jay Dundrees Sekretärin war diesmal nicht beim Essen, als ich in ihr Büro kam. Das war immerhin schon etwas. »Sie sind immer noch zu dünn«, sagte ich.

»Was? Oh.«

»Ja, ich bin es schon wieder. Ist Dr. Dundree da?«

»Er ist da drin«, sagte sie, »aber ich weiß nicht, ob er Sie sehen will.«

Ich gab ihr meine Karte, nachdem ich John Pighees Namen auf die Rückseite geschrieben hatte. »Geben Sie ihm das, und warten Sie's ab.«

Sie ließ mich allein, und ich dachte noch einmal darüber nach, weswegen ich gekommen war.

Die Sekretärin lächelte, als sie zurückkam. »Er ist bereit, Sie zu empfangen«, sagte sie.

»Ich habe Ihnen doch gesagt, daß ich wichtig bin.«

»Ja. Ich bin beeindruckt.«

Ich ging hinein zu Dundree.

In seinem Büro verzichtete er auf den Laborkittel und trug statt dessen einen angeberischen Dreiteiler. Er stand auf, als ich eintrat, machte aber keinen besonders fröhlichen Eindruck. »Ich dachte, wir hätten diese Angelegenheit gestern geregelt«, sagte er.

»Und ich sagte Ihnen, daß ich meiner Klientin Bericht erstatten würde.«

»Und wer ist diese Klientin?«

»Pighees Schwester.« Er nickte langsam und setzte sich. Ich setzte mich ebenfalls und sah ihn an. »Und sie ist nicht zufrieden.«

»Aber warum nicht?«

»Wir haben unsere eigenen Ärzte konsultiert, und die sehen keinen medizinischen Grund für den Ausschluß von Besuchern. Selbst wenn es ihnen langweilig würde, dazusitzen und zuzusehen, wie Pighee nicht aufwacht. Wir können uns das Besuchsverbot Ihrer Klinik nur auf zwei Arten erklären...«

»Und die wären?«

»Entweder betreiben Sie den Ausschluß von Besuchern willkürlich und ohne zwingende Gründe...«

»Ja?«

»Oder es gibt einen Grund für das Besuchsverbot, den Sie uns noch nicht genannt haben. Jedenfalls werden wir die Sache nicht einfach auf sich beruhen lassen.«

»Was haben Sie vor?«

Ich sagte es nicht noch einmal. Er hatte mich gut genug verstanden.

»Das«, sagte er nach einer ganzen Weile, »sprengt nun doch jegliches Maß.«

»Sowas Ähnliches ist mit John Pighee wohl auch passiert.«

»Ich habe mich wohl unglücklich ausgedrückt. Aber

Sie – Ihre Klientin – scheint wirklich das gesunde Maß zu verlieren. Es ist gewiß keine leichte Zeit und keine leichte Situation für sie, und ich versichere Ihnen, daß wir von Loftus es aufs tiefste bedauern, wenn unseren Mitarbeitern etwas zustößt, egal ob im Dienst oder in der Freizeit. Um so mehr, wenn es sich um eine so ernste Verletzung handelt, wie es hier der Fall zu sein scheint.«

»Sie erlauben mir also, ihn zu besuchen?«

Er hob abwehrend die Hände. »Das ist nicht meine Entscheidung. Darüber haben wir doch gestern schon gesprochen.«

»Versuchen Sie nicht, mir weiszumachen, daß Sie keinen Einfluß auf Dr. Meroms Entscheidungen haben, ob jemand an John Pighees Bett sitzen darf oder nicht. Sie können bestimmt, wenn Sie nur wollen.«

»Nun ja«, sagte er. »Ich nehme an, ich könnte mal ein Wörtchen mit Dr. Merom sprechen.«

»Wenn Sie den Namen Loftus nicht in der Zeitung sehen wollen, tun Sie das bitte.«

»Aber die Entscheidung, die letzte Entscheidung, muß bei ihr liegen.«

»Ich sehe Sie vor Gericht«, sagte ich sanft.

»Dieses Vorgehen scheint mir doch einigermaßen übertrieben.«

»Für Sie vielleicht, aber nicht unbedingt für Mr. Pighees Schwester.«

»Ich werde heute mit Dr. Merom reden«, sagte er. »Und falls sie mit Rücksicht auf Mrs. Thomas' schwesterliche Gefühle ihre Entscheidung noch einmal überdenken sollte, werde ich…« Er zögerte. »Würden Sie mir den Namen und die Adresse seiner Schwester geben, so daß wir uns direkt mit ihr in Verbindung setzen können. Wir hier bei Loftus denken gerne, daß wir die besten Entscheidungen für unsere Leute treffen, aber wenn wir tatsächlich mal einen Fehler machen, möchten wir uns auch gern persönlich dafür entschuldigen. Wenn sich die Dinge in dieser Weise entwickeln sollten, werden wir natürlich Ihren Anteil an dem Ganzen voll anerkennen. Sie waren schließlich derjenige, der uns darauf aufmerksam gemacht hat.«

Ich gab ihm Mrs. Thomas' Namen und Adresse. Da er sie durch einen Anruf bei Linn Pighee ohne Schwierigkeiten herausbekommen hätte.

Unten angekommen, konnte ich mich nicht entschließen, schon zum Parkplatz und zu meinem Lieferwagen zurückzugehen. Ich hielt Ausschau nach einem Gebäude mit P. Henry Rushs Namen darauf. Schließlich fragte ich jemanden und gelangte zu der Sekretärin, die vor der Direktion den Cerberus spielte. Sie musterte mich kalt. »Haben Sie einen Termin?«

»Nein. Aber es geht um einen Mann namens Pighee, der auf dem Firmengelände einen Unfall hatte.«

Sie rief Rushs Sekretärin für mich an. »Es tut mir leid«, sagte sie. »Mr. Rush ist im Augenblick außer Landes und nicht erreichbar.«

Ich hinterließ meine Karte, auf deren Rückseite ich John Pighees Namen notiert hatte und die die Sekretärin, wie sie mir hoch und heilig versprach, so schnell wie möglich an Rushs Sekretärin weitergeben wollte.

## 11

»Es hat überhaupt niemand angerufen, Daddy. Und gekommen ist auch niemand. Ist der Freitagmorgen immer so? Geschäftlich, meine ich?«

»Ja«, sagte ich, »so ist es freitags meistens.«

»Ich habe den ganzen Morgen damit zugebracht, mich hier einzuleben«, sagte Sam. »Aber ich hätte wirklich nicht gedacht, daß es so... still ist.«

»Hast dich gelangweilt, wie?«

»Na ja, ein bißchen. Aber das liegt vielleicht auch an der Zeitumstellung.«

»Es ist ein langweiliges Geschäft«, sagte ich.

»Du warst wenigstens draußen. Ich habe nur hier rumgehangen und aufgeräumt. Und dabei das da gefunden.« Sie schob mir den Zinnkasten hin, in dem ich mein Geld aufbewahrte. »Unverschlossen! Und mit 938 Dollar drin!«

»Oh.«

Ich täuschte Besorgnis vor. »Hat jemand das Bild gestohlen?« Ich sah nach. Meine Herzdame war noch immer da, wo sie hingehörte.

Sam zog die Augenbrauen hoch und legte die Kassette zurück auf den Schreibtisch, wo ich sie hatte stehenlassen.

»Du mußt übrigens nicht die ganze Zeit hierbleiben.«

»Du meinst, jetzt, wo ich deine Angestellte bin, kann ich mit dir kommen?«

»Also, so hab' ich das eigentlich nicht gemeint. Ich habe

einen Telefondienst. Du mußt nicht hierbleiben und dir wegen irgendwelcher Nachrichten oder solcher Sachen Gedanken machen. Solange die Innentür verschlossen ist, kannst du ausgehen, einkaufen und tun, was du willst.«

»Aber kann ich nicht mitkommen?«

»Manchmal. Kommt drauf an.«

»Was hast du heute morgen gemacht?«

»Ich habe einem leitenden Angestellten eines Pharmaunternehmens eine Lektion in Motivationstechnik erteilt.«

»Du hast was?«

»Ich hatte ein Problem wegen einer Klientin, das er lösen konnte, wenn er nur wollte. Also war es nicht mehr mein Job, das Problem selbst zu lösen, sondern ihn dazu zu bringen, das für mich zu übernehmen.«

»Und hast du es geschafft?«

»Ich glaube, ja. Ich habe versucht, ihm klarzumachen, daß er mehr Ärger bekommt, wenn er *nicht* tut, was wir wollen, als wenn er es tut.«

»Und hat er's getan?«

»Er wird.«

»Und wie hast du ihn dazu gebracht?«

»Ich habe mit einem lästigen Prozeß gedroht und damit, mich an die Presse zu wenden.«

»Hört sich toll an!«

»Jetzt wird er also mit jemandem reden, und alles kommt ins Lot.«

»Ist das meine erste Lektion als Privatdetektiv? Daß man den Leuten auf den Fersen bleibt und sie ordentlich aufscheucht?«

»Tja«, sagte ich. »Darauf läuft es ziemlich oft hinaus.«

»Was soll ich als erstes lernen, Daddy?«

»Wenn es irgend etwas gibt«, sagte ich, »dann solltest du, glaube ich, lernen, daß man nichts unüberprüft läßt. Wenn du kannst, sieh zu, daß du alles nachprüfst, was die Leute dir sagen. Bevor du irgendwelche Schlüsse ziehst.«

»Aha«, sagte sie. »Und jetzt erklär mir am Beispiel des Falles, an dem du gerade arbeitest, wie du das alles in die Praxis umsetzt.«

»Hat dir deine Mutter nicht beigebracht, ›bitte‹ zu sagen?«

»Müssen all deine Angestellten ›bitte‹ sagen?«

»Ja.« Noch nie einen Angestellten gehabt.

»Bitte.«

Während ich mögliche Zutaten für einen Lunch zusammenkratzte, erzählte ich ihr, wie ich aus dem Fall Thomas einen Job für mich gemacht hatte. Da nicht genug Eßbares im Haus war, beschlossen wir, einkaufen zu gehen. Und ich erklärte ihr die Technik, wie man im Supermarkt Rabattmarken für Dinge bekam, die man gar nicht gekauft hatte. Das bringt jedesmal, wenn es funktioniert, ein, zwei Dollar.

»Aber ich habe Unmengen Geld, Daddy.«

»Nun, wenn du es so siehst...«, setzte ich an.

Das Telefon klingelte. Sam nahm sofort den Hörer ab. »Albert Samson, Privatdetektei«, sagte sie. »Kann ich Ihnen helfen?« Dann: »Für dich, Daddy.«

»Wer ist dran?«

»Wer spricht, bitte?« Pause. »Es ist ein Mr. Rush.«

»Rush?«

»War das Mr. Rush?« fragte sie. »Ja, Mr. Rush«, sagte sie.

Ich nahm den Hörer entgegen.

»Mr. Samson?« Eine kraftvolle Stimme mit einem leicht schleppenden Tonfall. Er hörte sich wie ein großer Mann an mit einem weißen, breitrandigen Cowboyhut. »Ich höre, Sie waren heute morgen in meinem Büro, um mit mir über unseren John Pighee zu sprechen.«

»Das stimmt, Mr. Rush. Wie war Ihre Reise?«

»Reise?«

»Die Sekretärin Ihrer Sekretärin sagte, Sie seien außer Landes. Wie stehen die Angelegenheiten außer Landes?«

»Gut, gut. Bin früher als geplant zurückgekommen. Ich habe eben erst Ihre Nachricht vorgefunden und wollte Sie unbedingt sofort anrufen, um zu erfahren, was Sie mit dem armen John zu tun haben und weswegen Sie mich sprechen wollten.«

»Man hat mich engagiert«, sagte ich, »um herauszufinden, was ihm zugestoßen ist.«

»Hm, er hatte einen Unfall. Einen überaus unglücklichen Unfall.«

»So sieht es aus«, sagte ich. »Aber da gibt es noch eine Menge ungeklärter Fragen.«

»Wirklich«, sagte er. Aber es klang eher wie eine Feststellung.

»Sie sind ein vielbeschäftigter Mann, Mr. Rush, aber...«

»Ich kann Sie jetzt empfangen«, sagte er. »Ich verzichte aufs Mittagessen, wenn Ihr Anliegen wirklich so wichtig ist.«

»Es ist wichtig für meine Klientin.«

»Wann können Sie hier sein?«

»In ein paar Minuten. Ich bin in der Stadt.«

»Ich habe Ihre Adresse«, sagte er kühl.

»Soll ich Ihnen ein Sandwich mitbringen?«

»Das ist nicht nötig«, sagte er.

»Kann ich mitkommen?« fragte Sam, als ich aufgehängt hatte.

»Nicht zu diesem Mann«, sagte ich. Sie widersprach nicht. Was auch gut war, denn es hätte nichts genützt. Aus irgendeinem Grund hatte John Pighees Name auf der Rückseite meiner Karte – ich konnte nicht glauben, daß es meiner auf der Vorderseite gewesen war – einen Loftus-Direktor dazu bewogen, mich unverzüglich anzurufen.

Es war nur höflich, daß ich ihn ebenfalls unverzüglich aufsuchte. Gesagt, getan. Sam blieb im Wagen.

Die beiden Sekretärinnen geleiteten mich persönlich in P. Henry Rushs Büro, und ehe ich mich's versah, stand ich vor ihm.

»Mr. Samson«, sagte er und kam mit ausgestreckter Hand vom Fenster aus auf mich zu. Ein guterhaltener, gepflegter Sechziger, mittelgroß, durchschnittlicher Körperbau. Er trug einen dunkelblauen Anzug, der gut zu seiner rosa Gesichtsfarbe und seinem weißen Haar paßte. Er ließ mich in einem der beiden Sessel Platz nehmen, die vor seinem Schreibtisch standen. Die Sessel standen einander gegenüber, in der Mitte ein kleiner Tisch, auf dem ein kleiner Philodendron prangte. Neben dem Tisch stand eine kleine amerikanische Flagge, die jedoch so plaziert war, daß sie uns nicht die Sicht versperrte.

»John Pighee«, sagte er. »Was genau haben Sie nun eigentlich mit ihm zu tun?«

»Ein Mitglied seiner Familie, das sowohl ein humanitäres als auch ein familiäres Interesse hat, hat mich engagiert.«

»Ich verstehe«, sagte er langsam.

»Lassen Sie mich meine Frage so formulieren«, begann ich. »Hat die Versicherung den Unfall überhaupt untersucht? Ich habe den Eindruck, nein.«

»Was bringt Sie darauf?«

»Man hat mich irrtümlich für einen Versicherungsdetektiv gehalten, und keiner von den Leuten, mit denen ich gesprochen habe, hat die Existenz eines echten Versicherungsberichts erwähnt.«

»Es hat einen Bericht gegeben, basierend auf einer gründlichen Untersuchung aller Umstände durch unseren Verwaltungschef der Forschungsabteilung, Dr. Jay Dundree.«

»Ich habe mit Dundree gesprochen. Er hat nichts von einem Bericht gesagt.«

»Haben Sie ihn denn danach gefragt?«

»Nicht direkt. Aber er hat ein großes Geheimnis daraus gemacht, was eigentlich John Pighee zugestoßen ist. Er hatte einen ›Unfall‹; er war ›in eine Explosion‹ verwickelt. Das genügt mir nicht als Erklärung. Und jetzt sagen Sie, daß es keine unabhängige Untersuchung des Unfalls gegeben hat.«

»Dr. Dundrees Bericht war vollständig, gründlich und professionell, das kann ich bezeugen. Und die Versicherungsgesellschaft hat ihn ohne weitere Fragen akzeptiert.«

»Aufgrund dieses Berichts konnten Sie Ihre Ansprüche geltend machen?«

»Nun ja«, sagte er. »Genaugenommen gibt es da keinen Anspruch gegenüber der Versicherungsgesellschaft.«

»Loftus hat keine Forderungen gestellt?«

»So habe ich das eigentlich nicht gemeint.«

Ich verharrte in Schweigen.

Rush fuhr fort. »Wir haben nicht den Betrag gefordert, den wir unter anderen Umständen gefordert hätten. Wenn Pighee zum Beispiel zum Forschungsstab gehört hätte und nicht zum Verkaufspersonal.«

»Wenn John Pighee nicht...«, begann ich.

»Es ist ziemlich kompliziert«, sagte er.

»Sie wollen sagen, wenn Pighee stirbt, zahlt die Versicherungsgesellschaft keine Entschädigung?«

»Nun, ich hoffe, daß eine Entschädigung überhaupt nicht nötig wird. Wir alle hoffen, daß Mr. Pighee wieder ganz gesund wird.«

»Aber wenn nicht, wer zahlt dann die Entschädigung?«

Er holte tief Luft. »Abgesehen von einem Minimum, das jedem Firmenangehörigen zusteht«, sagte er.

»Aus Ihrem persönlichen Vermögen?«

»Aus meinen persönlichen Quellen. Soweit nötig.«

Ich runzelte die Stirn. »Ich verstehe nicht.«

»Nein«, sagte er mit der Andeutung eines Lächelns. »Das überrascht mich nicht. Haben Sie die juristischen Unterlagen bezüglich der Entschädigungsfrage studiert, Mr. Samson?«

»Noch nicht«, gab ich zu.

»Wenn Sie es tun, werden Sie sehen, daß John Pighee

eine Verzichtserklärung unterzeichnet hat. Darin steht, daß er auf jeden Schadensersatz verzichtet, und zwar zugunsten einer direkten Übereinkunft mit mir – auf persönlicher Basis.«

»Soso«, sagte ich.

»Ich sehe, Sie sind verwirrt«, erwiderte er.

»Sie sind sehr scharfsinnig.«

»Mein Interesse hat sich in den letzten Jahren auf die qualitative Verbesserung der wissenschaftlichen Forschungsabteilung von Loftus konzentriert.«

»Ach ja?«

»Ich glaube, wäre ich ein oder zwei Jahrzehnte früher geboren, wäre ich auch in die Wissenschaft gegangen. Aber wie die Dinge lagen...« Er breitete die Arme aus, um die ungewisse Natur der Dinge auszudrücken. Dabei berührte er die Flagge. Seine Hand verweilte einen Augenblick darauf und strich über den Stoff. »Der Krieg hat meinem Leben eine neue Richtung gegeben«, sagte er. »Wie bei so vielen anderen auch. Meine Arbeit dort hat zu meiner Arbeit hier in der Sicherheit geführt. Erst in den letzten Jahren konnte ich mich wieder auf die Dinge konzentrieren, für die ich mich wirklich interessiere. Die Förderung von wissenschaftlichem Personal und die Verbesserung von technischen Einrichtungen ist zwar nicht das gleiche, wie selbst daran beteiligt zu sein, aber zumindest kann ich meinen Beitrag leisten. Und ich habe die Befriedigung zu wissen, daß Sir Jeff selbst ebenfalls stark an der Weiterbildung unseres Personals gelegen ist. Und bis zu dem Zeitpunkt, als er die Leitung der Gesellschaft abgab...«

»Das wußte ich gar nicht.«

»Ja«, sagte Rush. »Die neue Welle – die Finanzchefs – das alles gewinnt im Augenblick an Bedeutung.« Eine Tatsache, der man ins Auge sehen mußte, nicht mehr und nicht weniger.

»Worin bestand John Pighees Aufgabe hier eigentlich?«

»Er war ausgebildeter Chemiker, aber angestellt als Vertreter. Er wollte sich in seinem Fach auf dem laufenden halten, und das in seiner Freizeit. Also habe ich das für ihn arrangiert.«

»In seiner Freizeit?«

»Genau. Ich habe im Laufe der Jahre so manches große Talent hier in der Firma gefördert. Und ich glaube, dieser junge Mann war sehr talentiert. Ist sehr talentiert.«

»Die Leute neigen dazu, von ihm zu sprechen, als sei er bereits tot. Ich auch.«

»Ich hätte nie gedacht, daß er bei seiner Arbeit einen so schrecklichen Unfall haben würde.«

»Woran hat er denn nun gearbeitet?«

»Ich weiß es nicht.«

»Sie wissen es nicht?«

»Das war Dr. Dundrees Entscheidung. Meine Sache war es, die Dinge zu arrangieren. Das Versicherungsproblem zu überwinden, diese Art von Dingen. Ich will Ihnen etwas sagen, Samson. In dieser Firma gibt es in hohen Positionen Leute, die die Tatsache, daß ich irgendwelche Regeln umgangen habe, dazu nutzen würden, mich aus meiner Position hier herauszuhebeln. Aber ich glaube an diese Firma. Und ich glaube an Amerika, obwohl manche Leute das heutzutage für unvertretbar halten. Aber für mich bedeutet es etwas. Und ich glaube, daß jeder eine Chance haben soll. Wenn ich das Ganze dann mit meinem eigenen Geld unterstützen kann, so daß eine Frau nicht um ihre Zukunft bangen muß, falls ihr Mann wider Erwarten einen Unfall hat – dann erfüllt mich das mit Stolz.«

»Aber genaugenommen weiß der Rest der Firma nicht, in welchem Ausmaß Sie dafür verantwortlich sind, daß sich John Pighee in diesem Labor befand?«

»So kann man es auch ausdrücken.«

»Weiß der übrige Vorstand von Pighees Unfall?«

»Ich glaube nicht, daß man sie ausdrücklich darauf hingewiesen hat. Doch kann es ihnen nicht verborgen geblieben sein, daß er nicht mehr arbeitet.«

»Pighee liegt in der Forschungseinheit der Firma und nicht in einem Krankenhaus. Wer kommt für die Kosten auf?«

»Nun, wie Sie schon sagten, es handelt sich um eine Firmenklinik.«

»Aber er hat keinen Versicherungsschutz.«

»Nein, nicht direkt.«

»Und Ihnen entstehen auch keine direkten Kosten?«

»Nein, obwohl ich persönlich eine große Entschädigung ausgesetzt habe für den Fall, daß Pighee nicht wieder gesund wird.«

»In welcher Weise wird diese Entschädigung garantiert?«

»Ich bin persönlich haftbar, wenn er als Ergebnis irgendeines Zwischenfalls im Zusammenhang mit seiner wissenschaftlichen Arbeit hier sterben sollte.«

»Aber sind denn irgendwelche Sicherheiten oder Wertpapiere zurückgelegt worden? Hat Mrs. Pighee irgendeine Bestätigung bekommen, daß Sie das Geld, das Sie zur Verfügung stellen wollen, überhaupt besitzen?«

»Bei der Entschädigung handelt es sich nicht nur um eine einmalige Abfindung. Der größte Teil besteht aus einer Einkommensregelung, die wiederum von der Höhe meines eigenen Einkommens abhängt.«

»Welchem Einkommen? Was ist, wenn Sie sterben oder arbeitslos werden, wenn der Vorstand Ihnen auf die Schliche kommt? Daß Sie mit Personal jonglieren und den notwendigen Versicherungsschutz umgehen, um sich Ihren persönlichen Wunsch, Menschenleben zu manipulieren, zu erfüllen? Als Ausgleich dafür, daß Sie selbst nicht in die Wissenschaft gegangen sind, als Sie jung genug dazu waren?«

Der Ton meiner Frage gefiel ihm nicht, aber er beantwortete sie trotzdem. »Mrs. Pighees Ansprüche hängen in hohem Maße davon ab, daß ich meine Position hier behalte, das stimmt.«

»Aha. Mrs. Pighee bekommt also keine Entschädigung, wenn einer nicht dicht hält und Sie rausgeworfen werden.«

»Einige Leute könnten das von John Pighee unterzeichnete Arrangement bezüglich eines eventuellen Unfalls in diesem Sinne interpretieren.«

»Sie wollen also sagen: Seien Sie kooperativ, oder Mrs. Pighee verliert ihre Entschädigungsansprüche für den Fall, daß ihr Mann stirbt.«

»So ungefähr könnten die Dinge sich entwickeln. Und als Repräsentant der Interessen Ihrer Klientin kann ich

Ihnen versichern, daß es in Mrs. Pighees Interesse liegt, daß ich meine Position hier behalte.«

»Das mag ja sein«, sagte ich, »aber Mrs. Pighee ist nicht meine Klientin.«

»Sie ist es nicht?«

»Nein.«

»Aber Sie sagten doch, Familie.«

»Seine Schwester«, sagte ich. »Mrs. Dorothea Thomas.«

»Was zum Teufel geht sie das an?«

»Sie hat mich engagiert, weil die Leute in der Klinik sie nicht zu ihrem Bruder lassen.«

»Ist das alles?«

»Das ist genug. Man hat sie seit dem Unfall von ihm ferngehalten. Das sind jetzt sieben Monate.«

»Wenn das alles ist, was Sie wollen«, sagte Rush, »das kann ich für Sie regeln.«

# 12

Zwei Durchbrüche in weniger als einem halben Tag. Ich ging zurück zu Sam, die geduldig in meinem Wagen gewartet hatte.

»Ich habe die Leute beobachtet, die vorbeigegangen sind«, sagte sie. »Warum machst du so ein unglückliches Gesicht?«

»Weil ich meinen Job gemacht habe. Wieder einmal«, sagte ich.

»Ist das nicht gut?«

»Es sind da ein paar Sachen ans Tageslicht gekommen.«

»Wie bitte?«

Ich erklärte ihr die offenkundige Eigenartigkeit der finanziellen Situation der Pighees, während ich mir gleichzeitig Notizen über mein Gespräch mit P. Henry Rush machte.

Aber Sam interessierte sich weniger für die Frage der Abfindung als für die Notizen. »Dauert es nicht furchtbar lange, wenn du das für jedes deiner Gespräche machst?«

»Doch«, sagte ich.

Als ich fertig war, fuhr ich fort: »Aber sie helfen mir beim Nachdenken. Wenn ich meine Notizen schon sehr bald nach einem Gespräch mache, erinnere ich mich beinahe an alles, was gesagt wurde, und manchmal, wenn ich sie mir später noch einmal durchlese, sehe ich die Dinge klarer als während des Gesprächs selbst.«

»Oh«, sagte Sam. Nicht übermäßig beeindruckt. Den wenigsten Kindern imponiert es, wenn man erst auf Umwegen ans Ziel kommt.

»Haben wir schon gegessen?«

»Nein«, sagte sie.

»Willst du irgendwo essen gehen?«

Es lag ihr offensichtlich auf der Zunge zu fragen, ob ich es mir leisten konnte, aber sie sagte: »Okay.«

Ich nahm sie mit zu Bud's Dugout. Während Mom sich ihren Weg durch das Ende des Mittagsansturms bahnte, spielten wir Flipper. Ein Flipper für jeden, und als wir unsere ersten Freispiele bekamen, sagte Sam: »Das macht Spaß.« In dem Tonfall eines Kindes, das sich über solcherlei Zerstreuung eigentlich erhaben fühlt. Eben eine Schülerin von Madame Graumier.

»Natürlich tut es das«, sagte ich herablassend. »Und es trägt zum Unterhalt deiner Großmutter bei. Du kannst deiner Mutter erzählen, daß ich regelmäßige Beiträge zum Unterhalt deiner Großmutter leiste.«

»Paß auf, du hättest beinahe deinen Ball verloren.«

Ich verlor ihn tatsächlich.

»Oh, Daddy! Laß mich allein spielen!«

Nach dem Mittagessen ließ ich Sam bei Mom, damit sie ihr beim Abwaschen half, und fuhr selbst nach Beech Grove. Gegen halb vier kam ich dort an.

Ich beschloß jedoch, zuerst einen Besuch bei Mrs. Pighee zu machen, bevor ich zu meiner Klientin ging. Ich klingelte am Haus. Keine Reaktion, also klingelte ich noch mal.

»Gehen Sie weg, ja? Ich versuche zu schlafen.«

Bevor ich noch irgend etwas tun konnte, wurde innen der Schlüssel umgedreht, und Linn Pighee öffnete die Tür. Sie trug einen Bademantel und ein Glas und sagte: »Oh, Mr. Albert ist zurückgekommen, um meine Wenigkeit zu besuchen. Hallo, Mr. Albert.«

»Hallo, Mrs. Pighee. Kann ich auf ein Wort hereinkommen?«

Sie lächelte. »Dafür ist es eigentlich schon zu spät«, sagte sie. »Weil ich nämlich schon ein kleines bißchen drüber bin.« Sie trat nicht beiseite, um mich einzulassen.

Ich sagte: »Ich bin froh, daß ich Sie zu Hause angetroffen habe.«

»Das ist der einzige Ort, wo Sie mich überhaupt antreffen.« Sie hielt inne. »Sagen Sie, würden Sie vielleicht gern reinkommen?«

»Ja, bitte«, sagte ich.

Sie führte mich auf die Veranda mit dem Moskitonetz und nahm auf dem Liegesofa wieder ihre Position vom Vortag ein. Ich setzte mich auf meinen Stuhl. Unser letztes Gespräch hatte ein jähes Ende gefunden. »Das könnte langsam zur Gewohnheit werden.«

»Ach, wirklich?« fragte sie rhetorisch. »Was wollen Sie, Mr. Albert?«

»Samson«, sagte ich.

»Sam«, sagte sie

»Nein, Albert Samson«, sagte ich.

Sie wartete.

»Ich hatte heute ein ziemlich beunruhigendes Gespräch.«

»Wie traurig.«

»Beunruhigend, weil ich glaube, daß es Ihre finanzielle Zukunft ein wenig zweifelhaft erscheinen läßt.«

Sie saß eine Weile mit gerunzelter Stirn da. Und sagte dann: »Ich wußte gar nicht, daß ich der Gegenstand Ihrer Nachforschungen bin.«

»Sind Sie auch nicht. Ein Mann hat voreilig den Schluß gezogen, daß ich für Sie arbeite, und mir etwas erzählt, was mich stutzig macht.«

»Und das wäre?«

»Das wäre zum Beispiel die Frage, warum Ihr Mann seine Unfallversicherung mit einem anderen Mann, nämlich P. Henry Rush, abgeschlossen hat statt mit Loftus oder deren Versicherung.«

»Hat er das?«

»Ja.«

»Ist das schlimm?«

»Es ist ungewöhnlich«, was sie nicht weiter beeindruckte, »und es ist riskant, weil Ihre Ansprüche sich jetzt nur gegen das Vermögen dieses Mannes richten statt gegen das Vermögen der Versicherungsgesellschaft.«

»Hm. Das hört sich nicht sehr gut an.« Sie nippte an ihrem Glas. Ich wartete. Sie sagte nichts mehr, daher fragte ich: »Warum haben Sie das getan?«

»Ich war es nicht. Das hat alles Walter in die Hand genommen.«

»Aber er hat doch gewiß auf Ihre Anweisung hin gehandelt. Er muß Ihnen die verschiedenen Möglichkeiten erklärt und Ihnen eine vorgeschlagen haben. Und er muß Ihnen die Gründe dafür genannt haben und so weiter.«

»Nichts dergleichen.«

»Aber Sie haben doch bestimmt irgendwelche Papiere unterzeichnet.«

Sie schüttelte den Kopf. »Walter ist ein paarmal hierhergekommen. Er hat mir gesagt, daß ich weiter Johns Gehalt bekäme und was ich bekommen würde, wenn John stirbt. Ich habe ihm gesagt, daß ich nicht darüber nachdenken möchte, also verwaltet er die ganzen Geldangelegenheiten, und ich schreibe einfach Schecks aus, wenn ich Bargeld will. Nicht, daß ich besonders viel wollte. Ich habe nicht genug Energie zum Geldausgeben.« Sie sah mich prüfend an und sagte: »Sie wirken überrascht.«

»Normalerweise wird so etwas anders gehandhabt. Ich verstehe das nicht. Würde es Ihnen etwas ausmachen, wenn ich mal mit Ihrem Rechtsanwalt rede?«

»Ich habe nichts dagegen.«

»Würden Sie mir eine Vollmacht geben, damit ich mir die Abmachungen, die er mit Loftus und Henry Rush getroffen hat, ansehen kann?«

»Rush«, sagte sie langsam. »Ich glaube, so hieß der Mann, der mir von dem Unfall erzählt hat.«

»Er war das?«

»Er war furchtbar aufgeregt. Kam damals noch in der Nacht zu mir. Er war wirklich sehr zittrig. Eigentlich hätte er gar nicht fahren dürfen, so zittrig, wie er war.«

»Ist es in Ordnung, wenn Weston mir die entsprechenden Papiere zeigt, Mrs. Pighee?«

»Hm? Oh, natürlich. Völlig einverstanden.«

»Er wird Sie wahrscheinlich anrufen, damit Sie ihm das bestätigen.«

Sie zuckte die Achseln. »Aber warum interessiert Sie das, Mr. Albert?«

Ich lächelte. »Ich verstehe nicht, was da vorgeht, und ich kann nicht schlafen, wenn ich etwas nicht verstehe.«

»Ich kann nicht schlafen, wenn ich etwas verstehe«, sagte sie. Sie mixte sich einen neuen Drink. »Möchten Sie etwas zu trinken?«

»Nein, danke.«

»Was ist los, trinken Sie nicht mit einer Dame, die trinkt?«

»Ich habe keinen Durst«, sagte ich.

Sie kostete ihre neue Mischung und sagte: »Ich dachte, Sie arbeiten für meine geliebte Schwägerin.«

»Das tue ich auch. Aber ich habe ihren Auftrag so gut wie erledigt. Es kann jetzt nicht mehr lange dauern.«

»Sie wollte ihn besuchen, stimmt's?«

»Stimmt.«

»Verflixt, das sollte doch keine große Sache sein.«

»Da bin ich Ihrer Meinung.«

»Ich hoffe, sie hat Sie im voraus bezahlt.«

Mein Schweigen verriet das Gegenteil.

»Schwester Thomas mit dem gebrochenen Herzen. Sie ist die knickerigste Frau in ganz Beech Grove, und wenn Sie ihr Kredit geben, sind Sie der letzte aus der Gattung der Optimisten.«

»Bitte sagen Sie nicht so was«, sagte ich.

Sie zuckte die Achseln, aber ohne besonderes Mitleid.

»Wer hat ihr von Johns Unfall erzählt?«

»Ich. Am Tag, nachdem dieser Mann hier war. Am Nachmittag. Am Morgen habe ich nicht dran gedacht.«

Ich sagte nichts.

Plötzlich setzte sie sich auf.

»Was ist los?« sagte ich.

»Ihre Socken.«

»Was ist damit?« Ich warf einen Blick darauf. »Gütiger Gott. Zwei verschiedene.«

Sie lachte. Ich dachte einen Augenblick nach und versuchte mich zu erinnern, was aus dem anderen gelben und dem anderen roten geworden war.

Nachdem ihr Gelächter abgeklungen war, sagte ich: »Haben Sie eine Vorstellung davon, was Ihr Mann in den Forschungslabors von Loftus tat? Ich habe mehrere Leute gefragt, und sie schienen alle nicht zu wissen, was er eigentlich vorhatte.«

»Mit seiner Arbeit, meinen Sie?«

»Ja.«

»Keine Ahnung.«

»Und außerhalb seiner Arbeit?«

»Das weiß ich auch nicht«, sagte sie, nahm einen tiefen Schluck aus ihrem Glas und sah unglücklich aus. Ich wollte gerade etwas sagen, als sie klirrend ihr Glas auf den Tisch stellte und bemerkte: »Ihre Socken.«

»Ich habe…«

»Sie müssen sich ziemlich dumm vorkommen deswegen. Ich werde zusehen, daß Sie sich wohler fühlen. Ich ziehe jetzt etwas an, damit Sie sich behaglicher fühlen.« Sie stand ein wenig unsicher auf und verließ die Veranda. Sie war etwa fünf Minuten weg. Ich fühlte mich sehr unbehaglich.

»Sind Sie fertig?« rief sie schließlich von der Tür aus.

Ich wartete.

Sie kam auf die Veranda herausmarschiert und hielt ihren Morgenmantel hoch, um ein Paar knielanger, gestrickter Strümpfe in Kastanienbraun und Orange zu zeigen. »Sind die nicht toll?« fragte sie. »Ich habe sie gestern in einer Schublade gefunden. Sie haben Simmy gehört, einer meiner Töchter. Sie hat sie in einem billigen Warenhaus gekauft, als sie sechs war. Sechs! Sie wollte mir nicht erlauben, sie zurückzubringen, weil sie in die Strümpfe hineinwachsen wollte. Sind sie nicht einfach zum Schreien! Ich habe so gelacht, als ich sie fand. Was Kinder sich alles in den Kopf setzen! Haben Sie schon je so was Komisches gesehen? Ich habe gelacht und gelacht, bis ich weinen mußte.« Sie lachte und fing dann an zu weinen. Ich stand auf und nahm sie in die Arme.

»Sie wären jetzt zwölf geworden. Warum sollte ich John hassen?« fragte sie sich selbst. »Er hat doch nur mein Leben ruiniert und mir dann die einzige Entschädigung dafür genommen.«

»Es tut mir leid«, sagte ich.

»Weswegen?« Sie trat einen Schritt zurück, und wir sahen einander an.

»Ich fühle mich jetzt wohler«, sagte ich.

»Nun, Sie könnten schlimmer dran sein«, sagte sie. »Spendieren Sie uns eine Umarmung, Mr. Albert. Jede gute Frau sollte dreimal am Tag umarmt werden.«

Ich umarmte sie.

»Ich bin so müde«, sagte sie, »so müde.« Ich bettete sie auf ihr Sofa und zupfte den Morgenmantel für sie zurecht. Dann ging ich zurück durchs Haus und ins Freie.

# 13

Mrs. Thomas war zu Hause. Obwohl der Nachmittag klar und freundlich war und draußen auf dem Gras Stühle standen, saß sie in ihrem Aluminiumhaus. Ich klopfte an die Tür und sah sie durchs Fenster zu mir herausspähen.

»Hallo, Mr. Samson«, sagte sie fröhlich. »Ich sehe, Sie haben gearbeitet.«

»Ach, das können Sie sehen?« sagte ich. Mußte an den Socken liegen.

»Kommen Sie herein«, sagte sie. »Weg von den Moskitos.«

Wir setzten uns. »Ich habe tatsächlich gearbeitet«, sagte ich. »Aber hatten Sie etwas Bestimmtes im Sinn?«

»Ein Mann hat mich heute nachmittag besucht«, sagte sie stolz.

»Aha.«

»Er hat mir die Sache mit John erklärt. Sein Zustand, und wie leid es ihm tut, daß ich ihn bisher nicht besuchen durfte.«

Späte Einsicht. Aber besser spät als nie.

»Er sagte, daß er ganz außer sich sei, daß ich mir die Mühe und die Unkosten machen mußte, einen Privatdetektiv zu engagieren, um etwas herauszufinden, was zu wissen ich als Johns Schwester jedes Recht hätte. Dann hat er noch sehr nette Sachen über John gesagt. Mir war ja gar nicht klar, daß sie ihn dort so zu schätzen wußten.«

Sie schwelgte in der Aufmerksamkeit, die man ihr erwiesen hatte. Was nicht weiter verwunderlich erschien in einem Leben, das nach dem, was ich davon zu sehen bekommen hatte, einen ziemlich einsamen Eindruck machte. »Wenn sie sich solche Sorgen wegen Ihrer Unkosten machen, können sie sie ja übernehmen.«

»Das hat er auch getan.«

»Er hat Ihnen Geld gegeben? Wieviel?«

»Nun, das möchte ich Ihnen lieber nicht sagen, für den Fall, daß Sie Ihre Rechnung der Summe angleichen.«

Ich seufzte hörbar, aber sie wußte ja nicht, wie schrecklich ehrlich ich bin. Na schön.

»Es war nicht sehr viel«, fügte sie hastig hinzu. »Nur eine Geste.«

Ich glaubte ihr nicht. Ich dachte, daß sie eine ganze Menge bekommen hatte. Und zögerte. Zuckte die Achseln. »Also dann«, sagte ich, »wenigstens können Sie jetzt Ihren Bruder besuchen.«

Sie sagte nichts.

»Wann werden Sie zu ihm gehen?« fragte ich.

»Ich weiß das, was Sie für mich getan haben, wirklich zu schätzen«, sagte sie. »Glauben Sie nicht, daß ich das nicht täte. Aber Sie haben wohl nicht ganz richtig verstanden, was ich eigentlich wollte.«

»Sie wollten Ihren Bruder im Krankenhaus besuchen dürfen. Das können Sie doch jetzt sicher.«

»Ich wollte zumindest die Gründe dafür wissen, warum man mich von John fernhielt. Und der Mann, der hier war, hat mir klipp und klar erklärt, warum ein Besuch für John nicht gut wäre. Das verstehe ich jetzt. Ich bin nicht mehr so durcheinander wie vorher. Danke für Ihre Hilfe.« Sie stand auf. »Wenn Sie mir Ihre Rechnung schicken«, sagte sie, »werde ich mich darum kümmern, sobald ich kann.«

»Augenblick mal, Mrs. Thomas«, sagte ich.

»Stimmt etwas nicht, Mr. Samson?«

»Ich möchte diese Sache nur geklärt haben. Ein Mann ist hierhergekommen, hat Ihnen ausgeredet, Ihren Bruder besuchen zu wollen, und Ihnen etwas Geld für Ihre Mühe gegeben.«

»Nur eine Geste«, sagte sie. »Eigentlich fast gar nichts, wirklich.«

»Und jetzt wollen Sie Ihren Bruder plötzlich nicht mehr besuchen.«

Sie setzte sich wieder hin. »Natürlich möchte ich das«, sagte sie scharf. »Aber es wäre nicht gut für ihn. Es besteht die Gefahr einer Infektion. Und er würde ja nicht einmal wissen, daß ich da bin, also könnte ich ihn kaum trösten, oder? Und wenn ich mir meinen Weg an sein Bett erzwingen würde, dann würde es nur mir besser gehen, nicht John. Und es wäre wirklich nicht recht, wenn ich ihn nur um meinetwillen einem zusätzlichen Risiko aussetzen würde.«

»Und damit lassen Sie sich abspeisen?«

»Ich benötige Ihre Dienste nicht weiter«, sagte sie.

»Zwei Dinge wüßte ich noch gern. Wer der Mann war, der hierher gekommen ist, und wann genau er mit Ihnen gesprochen hat.«

»Ehem«, sagte sie und überlegte, wie sie mich abwimmeln könnte.

»War es Henry Rush?«

»Nein, ein Mr. Dundree, Dr. Dundree. Ein promovierter Naturwissenschaftler, so wie John es hätte werden können, aber er hatte einfach nicht die Zeit dazu. Und es war kurz nach Mittag.«

»Wann genau? Ein Uhr? Halb zwei?«

Sie nickte.

Ich stand auf. »Ich bin sehr froh, daß Ihre Sehnsucht nach Ihrem Bruder jetzt etwas erträglicher geworden ist, Mrs. Thomas«, sagte ich, als ich ging. Aber ich denke nicht, daß sie mir glaubte. Scharfsinnig von ihr, denn ich hatte gelogen.

Ich fuhr weg, ohne etwas in mein Notizbuch zu schreiben. Dafür war später noch genug Zeit. Jay Dundree hatte meine Klientin gekauft, obwohl er mir gegenüber hatte durchblicken lassen, daß er ihrem Wunsch entsprechen würde. Oder wenigstens dem, was sie mir als Ihren Wunsch aufgetischt hatte.

Ich fühlte mich hinters Licht geführt. Ich kochte vor Wut. Auch wenn unschlüssige Klienten mit einer verschwommenen Vorstellung von ihren Zielen in meiner Branche ein Berufsrisiko sind.

In der Nähe von Bud's Dugout hielt ich an einer Telefonzelle und rief Pighees Anwalt, Walter Weston, an. In der unbestimmten Hoffnung, daß er noch in seinem Büro war.

Was zutraf. Ich erklärte ihm, daß ich zu ihm kommen wollte, um einen Blick auf die Papiere zu werfen, die John Pighees finanzielle Arrangements mit Loftus betrafen.

»Ich kann sie Ihnen nicht zeigen«, sagte er gereizt.

»Ich habe Mrs. Pighees Erlaubnis«, sagte ich.

»Schriftlich?«

»Nein. Aber sie wird es Ihnen am Telefon bestätigen, wenn Sie so freundlich sein wollen, sie anzurufen, während ich mich auf den Weg zu Ihnen mache.«

»Ich muß das schriftlich haben«, sagte er. Ich sah ihn buchstäblich vor mir, wie er an seinem Schreibtisch saß und sein schwarzes Haar von einer Seite zur anderen schüttelte.

»Warum?«

»Weil ich nicht damit einverstanden bin. Und wenn John wieder gesund wird und wissen will, warum ich einem Fremden erlaubt habe, seine Papiere einzusehen, möchte ich in der Lage sein, ihm zu beweisen, daß Linn darauf bestanden hat. Sollen die beiden das doch unter sich ausmachen.«

Ich rief Linn Pighee zu Hause an. Ich hatte sie praktisch schlafend verlassen, und ich wollte sie eigentlich nicht wecken. Aber es war mein letzter Tag an dem Fall. Das rechtfertigte den Anruf – in meinen Augen wenigstens.

Aber sie schien vollkommen wach zu sein, als sie ans Telefon ging. »Mr. Albert! Du lieber Himmel, da will ein Mädchen mal ein kleines Schläfchen machen, und plötzlich ist Tag der offenen Tür.«

»Tatsächlich?«

»Ich schlief, und es klingelte an der Tür, und es war meine Medizin, und dann klingelte auch noch das Telefon. Ich scheine langsam in Mode zu kommen.«

Ich erklärte ihr, daß ich noch einmal zu ihr rauskommen wollte, um eine unterschriebene Vollmacht zu bekommen, die es mir ermöglichen sollte, die Papiere ihres Mannes einzusehen.

»Sie können jetzt nicht kommen«, sagte sie.

»Es dauert nur eine Minute.«

»Nein!« sagte sie und klang plötzlich sehr schrill. »Wenn Sie kommen, dann werde ich Ihnen nicht die Tür aufmachen.«

»Warum nicht?« fragte ich gereizt, weil meine Wut auf Mrs. Thomas noch nicht verraucht war.

»Ich möchte einfach heute abend niemand mehr sehen. Das ist alles. Und ich muß auch nicht, wenn ich nicht will. Kommen Sie morgen früh wieder, ja?«

Ich dachte, ich hätte neben ihrer Stimme noch ein anderes, tieferes Geräusch gehört, aber es kam nicht wieder. Ich sagte: »Aber ich bin jetzt praktisch in Beech Grove. Morgen habe ich keine Zeit, um vormittags rauszukommen.«

»Sie können nicht kommen«, sagte sie. »Ich... ich werde... ich werde selbst in die Stadt kommen, wenn es so wichtig ist.«

Ich seufzte. »In meinem Büro. Gegen elf«, sagte ich und legte einfach auf.

Dann rief ich Weston wieder an, um ihm mitzuteilen, daß ich im Augenblick keine Zeit hätte, nach Beech Grove zu fahren, daß ich jedoch Mrs. Pighee am nächsten Morgen treffen und bei ihm am Nachmittag vorbeischauen würde.

Bevor ich den Rest des Weges vom Telefon zu Bud's Dugout in Angriff nahm, brachte ich mein Notizbuch auf den neuesten Stand. Keine angenehme Aufgabe. Ich hasse unbeantwortete Fragen, vor allem, wenn ich mir erst einmal die Mühe gemacht habe, sie zu stellen. Und ich hasse käufliche Klienten. Was nützt einem Detektiv die schönste Unbestechlichkeit, wenn sein Klient so leicht umkippt?

Und ich war mehr als nur wütend. Ganz abgesehen davon, daß Linn Pighee mir zugunsten ihrer Medizin einen Korb gegeben hatte, war ich mittlerweile argwöhnisch geworden. Rush hatte sich nicht so verhalten, als sei es eine große Sache, Besucher von John Pighee fernzuhalten, und doch hatte Dundree alle Register gezogen, um Mrs. Thomas einen Besuch auszureden. Es schien legitim zu fragen, warum. Ich wünschte, außer mir würde sich noch jemand dafür interessieren.

Sam tat es. Ich segnete sie dafür.

»Gott segne dich, Sam.«

»Sieht so aus, als würden die da was vertuschen, hm, Daddy?« So ausgedrückt, begann ich plötzlich, die andere Seite zu sehen.

»Na ja... sie könnten auch durchaus ganz und gar ehrliche Gründe haben.«

»Nein«, sagte Sam. »Die würden sie dir sagen, einfach, damit du ihnen nicht länger auf die Nerven gehst. Irgend jemand vertuscht da was.«

»Es hört sich so einfältig an, wie du das sagst«, sagte ich mitleidlos.

»Das stimmt nicht. Ich bin sehr vielfältig.« Meine Gnadenlosigkeit hatte eigentlich mir selbst gegolten, aber sie hatte es persönlich genommen.

»Sieh mal, Sam«, sagte ich, »deine Großmutter hat im Augenblick viel zu tun.«

»Das weiß ich«, sagte sie. »Ich war den ganzen Nachmittag hier. Es war ziemlich still, aber nicht halb so still wie ein Nachmittag in deinem Büro.«

»Ich dachte, wir könnten uns vielleicht noch mit jemandem treffen. Und dann kommen wir wieder, wenn sie ein bißchen mehr Zeit hat.«

»Jemand, der mit dem Fall zu tun hat?« fragte sie. »Wirklich?«

»Wir haben keinen Klienten mehr«, sagte ich, denn mir war jede Gelegenheit recht, den Tatsachen des Lebens ins Auge zu sehen. »Aber da ich mich morgen früh mit Mrs. Pighee treffe und am Nachmittag mit ihrem Rechtsanwalt, könnte es nicht schaden...«

»Oh, du arbeitest dran. Schön für dich, Daddy.«

»Geh und hilf deiner Großmutter, während ich noch mal telefoniere.«

Es gab sechs McGonigles im Telefonbuch, und meiner war der letzte davon. Eine Frau, die wie eine Mutter klang, sagte, daß sie Raymond McGonigle in zehn Minuten erwarte, also um sechs Uhr, daß er aber um halb sieben zu Abend essen müsse. In der Zwischenzeit könne ich mit ihm sprechen.

Sam und ich fanden das Haus erst um zehn nach sechs. Es war ein kleines Backsteingebäude, ziemlich weit draußen im Osten, hinter dem Brookside Park.

»Also, du bist hier, um zuzuhören, nicht, um zu reden«, erklärte ich Sam im Wagen.

»Ja, Daddy.«

Eine stämmige Frau öffnete die Tür. »Ja?«

»Mein Name ist Albert Samson. Ich habe vorhin angerufen, weil ich kurz mit Raymond McGonigle sprechen wollte. Ist er jetzt zu Hause?«

»Raymond ist da«, sagte sie und betrachtete uns argwöhnisch.

»Wer ist sie?«

»Meine Tochter«, sagte ich. »Ich habe sie heute im Schlepptau. Konnte keinen Babysitter bekommen.«

»Nun, dann kommen Sie mal rein.«

Raymond McGonigle war ein großer, junger Mann Anfang zwanzig. Er saß im Wohnzimmer und trug einen Anzug und eine Krawatte, die schon als konservativ galten, als ich so alt war wie er. Ich gewann den Eindruck, daß das seine Arbeitskluft war und daß er sie als ihm auferlegte Last trug, bis er seine Pflichten endlich hinter sich gebracht hatte – mich und sein Abendessen eingeschlossen. Dann würde er wohl etwas Moderneres, um nicht zu sagen Ultramodernes, anziehen.

»Hallo, Sie«, sagte er. »Willkommen in meinem Ghetto.«

»Mr. McGonigle?«

»Und ein bärenstarker Typ außerdem. Hallo, hübsche Dame.«

»Hallo.«

»Ich möchte Sie wegen eines Unfalls befragen«, sagte ich, »dessen Zeuge Sie waren, wenn ich recht verstanden habe. Bei Loftus. Man hat mir gesagt, daß Sie dort arbeiten.«

»Eine Stütze des Unternehmens.«

»Kennen Sie einen Mann namens John Pighee?«

»Oh«, sagte er, »das ist die Story, hinter der Sie her sind.«

»Waren Sie dort, als es passiert ist?«

Er legte den Kopf schief; Unbehagen malte sich auf seinen Zügen ab. »Sie bringen mich in Verlegenheit, Mann.«

»Warum?«

»Weil man mich gewarnt, – ööh, mir gesagt hat, daß vielleicht irgendwelche Leute Fragen stellen würden wegen dieser Sache und daß der Boss es nicht gern sähe, wenn ich darüber reden würde, ohne... ohne Anweisung.« Unter Streß spiegelte sich seine Erziehung in seinem Akzent wider.

»Er will alles, was Sie sagen, vorher zensieren?«

»So etwas in der Art. Nicht«, fügte er hinzu, »daß ich viel zu sagen hätte.«

»Sehen Sie mal«, sagte ich, »ich versuche nur herauszufinden, was eigentlich geschehen ist, damit seine Familie sich ein wenig besser fühlt. Nach dem, was ich gehört habe, wird er sehr wahrscheinlich sterben. Seine Leute wollen Bescheid wissen. Es ist keine Versicherungsangelegenheit. Sie können eigentlich keinen Ärger bekommen, wenn Sie mit mir reden, um seiner Familie ihren Seelenfrieden wiederzugeben.«

»*Ich* würde das jedenfalls so sehen«, räumte er ein.

»Haben Sie den Unfall beobachtet?«

»Nein. Zum Teufel, um so etwas zu beobachten, müßte man schon mittendrin sein. Ich habe noch spät gearbeitet, unten am anderen Ende des Flurs, und ich war als erster zur Stelle. Ich hörte eine Explosion und ging hin, um nachzusehen.«

»Sie waren also da, ja? Eine Minute nachdem es geschehen ist?«

»Oder weniger. Es sei denn, ich wäre auf meine alten Tage langsamer geworden.« Er lächelte Sam an.

»Und wie sah es aus?«

»Fürchterlich. Die ganze Ausrüstung zertrümmert. Glas und Holz und solche Sachen, überall. Mr. Pighee lag auf dem Boden. Ich persönlich dachte ja, er wäre tot.«

»Haben Sie versucht, ihm zu helfen oder einen Krankenwagen zu rufen, oder was haben Sie getan?«

»Ich habe überhaupt nichts getan. Ein paar Sekunden nach mir kam auch Dr. Dundree. Er hat sich um die ganze Sache gekümmert.«

»Ist es noch während des Tages passiert?«

»Nein, es war etwa acht Uhr abends.«

»Wie kommt es, daß um diese Zeit noch so viele Leute da waren?«

»In Forschungslabors wird zu den merkwürdigsten Stunden gearbeitet. Wahrscheinlich hatten sie noch irgend etwas zu tun.«

»Aber nicht in demselben Labor, in dem Sie waren?«

»Nein. Ich kämpfte mich gerade durch einen wahren Dschungel von Meßwerten auf einem Spektrometer. Wir machten alle sechs Stunden Messungen.«

»Was für eine Arbeit machte Pighee?«

»Weiß nicht. Ich habe nie im Lagerraum gearbeitet. 'tschuldigung, so nennen wir dieses Labor. Was immer da läuft, sie brauchen jedenfalls keine Techniker dafür.«

»Ich hätte doch gedacht, daß in einer Firma jeder vom anderen weiß, was er tut.«

»Da drin läuft etwas ganz Spezielles. Immer noch. Und sie gehen nicht das Risiko ein, daß Industriespione wie ich Hinz und Kunz oder dem Burschen im Drugstore an der Ecke was davon erzählen.«

»Sind Sie ein Industriespion?«

»Ein Spaß, Mann. Ein Witz. Diese Leute erzählen mir nicht, was ich ihrer Meinung nach nicht wissen soll.«

»Ich verstehe«, sagte ich. »Wie lange arbeiten Sie schon für Loftus?«

»Dreizehneinhalb sehr lange Monate«, sagte er.

»Gefällt es Ihnen nicht?«

»Sie sind was?« fragte er. »Ein Detektiv oder so was?«

Ich nickte.

»Tja, wie würde es Ihnen denn gefallen, herumzusitzen und die Berichte von anderen Detektiven abzutippen und selbst nie eine Chance zu bekommen, in Ihrem Job zu arbeiten?«

»Man strapaziert dabei nicht gerade seine Fähigkeiten«, sagte ich.

»Man braucht doch keinen Chemiker, um Reagenzgläser auszuwaschen, oder?«

»Ich weiß nicht«, sagte ich, in dem Versuch, gutmütig zu sein. »Wie schwer ist es denn, Reagenzgläser auszuwaschen?«

»Scheiße«, sagte er. »Oh, entschuldigen Sie bitte«, sagte er mit Blick auf Sam. »Immer heißt es nur, ich soll geduldig sein. Daß ich mich glücklich schätzen könne, überhaupt einen Job zu haben.«

»Ist das wahr?«

»Ich denke schon.«

»Viele Naturwissenschaftler im Augenblick?«

»Alles, was Beine hat. Ich bin Teil einer Schwemme. Geboren in einem Ghetto, Abschluß gemacht in einer Schwemme.«

»Wenn Leute wie Sie auf die kleinste Chance lauern, wie kommt es dann, daß jemand wie John Pighee einfach daherspaziert und in einem speziellen Laborprojekt landet, von dem nicht einmal die Techniker Genaueres wissen?«

»Keine Ahnung«, sagte er entrüstet.

»Raymond!« rief seine Mutter hinter der Wohnzimmertür. »Zeit für dein Essen!«

»Ja-a«, rief er zurück. Rührte sich jedoch nicht von der Stelle. Er sah, daß ich ihn beobachtete. »Kein Problem«, meinte er. »Fragen Sie nur zu.«

»Wenn Sie nicht glücklich sind bei Loftus, warum bleiben Sie dann?«

»Eine lange, traurige Story«, sagte er. »Selbst wenn ich irgendwo anders etwas Besseres finden könnte, ich habe mich verpflichtet, fünf Jahre lang in Indy zu bleiben. Mann, sieht so aus, als würden das lange Jahre werden.«

»Verpflichtet?«

Er wies mit dem Kopf auf die Tür. »Der Familie gegenüber«, sagte er. »Und so langsam kriege ich Platzangst hier, jawohl; ich weiß nicht, ob ich bis zum Ende durchhalte.«

»Die Tücken des Provinzlebens«, sagte ich.

»He, ja«, sagte er. »Mir gefällt es, wie Sie reden. Sie sind ein komischer Mann, Mann.« Er hielt inne und wies dann auf Sam. »Ist diese kleine Dame… Gehört sie zu Ihnen?«

»Meine Tochter.«

»Ist sie genauso komisch wie Sie?«

»Zum Totlachen.«

»Hätten Sie was dagegen, wenn ich, also wenn ich sie mal mit ins Kino nehme oder so? Ich brauche unbedingt ein paar Leute, die nicht andauernd von meiner Zukunft reden oder darüber, wie sie Sir Jeffs Vermögen noch vergrößern können. Das Problem ist, daß all diese Mittelklasse-Miezen, mit denen meine Mutter mich zu verkuppeln sucht, vollauf damit beschäftigt sind, über die Tapete nachzudenken, die sie mit fünfundneunzig haben wollen. Und die anderen sind einfach unglaublich dumm!«

»Fragen Sie sie doch selbst.«

»Wie steht's damit, kleine Dame?«

»Klar.«

»Nach dem Abendessen dann.«

»Moment mal«, sagte ich. »Sie sollte eigentlich heute abend zu ihrer Großmutter gehen.«

»Machen Sie sich keine Sorgen, Mann. Ich bin nicht der böse Wolf.«

»Nein, Daddy, wirklich. Ich kann ein andermal hingehen. Ich hätte wirklich Lust auf einen Film.«

McGonigle sagte: »Spitze. Wo finde ich Sie?«

»Daddy gibt Ihnen eine Karte, ja, Daddy?«

Daddy gab ihm eine Karte. »Wer«, begann ich von neuem, »ist bei Loftus Ihr Boss?«

»Der Bursche direkt über mir ist Dr. Dundree.«

»Und wann hat er Sie davor gewarnt, nicht über John Pighee zu sprechen? Heute nachmittag?«

Er schüttelte den Kopf. »Ein, zwei Tage nach dem Unfall. Ich glaube, er hat sich einfach Sorgen gemacht wegen der Versicherungsdetektive.«

»Und sind sie bei Ihnen gewesen, diese Versicherungsdetektive?«

»Nein«, sagte er, »bis jetzt nicht.«

Die Wohnzimmertür öffnete sich. »Raymond. Dein Abendessen steht auf dem Tisch. Komm und setz dich, bevor es kalt wird.«

Diesmal erhob McGonigle sich. »Ich muß gehen«, sagte er. »Bis später«, sagte er zu Sam.

Als wir in meinen Lieferwagen stiegen, meinte sie: »Keine Angst. Ich finde alles raus, was es rauszufinden gibt.«

»Er schien nicht gerade ungeheuer viel zurückzuhalten. Ist das der Grund, warum du mit ihm ausgehst?«

»Nun ja, außerdem dachte ich, ich würde dir vielleicht einen Gefallen tun, dir ein bißchen Zeit zu geben.«

»Wie meinst du das?«

»Tja. Als ich heute nachmittag bei dir aufgeräumt und das Geld gefunden habe…«

»Ja?«

»…und das Foto von der Dame. Sie ist deine Freundin, wie? Ich meine, du bist nicht schwul, oder? Du hattest nicht viel Zeit für dich, seit ich bei dir bin. Ich dachte, du hättest vielleicht gern mal einen Abend ohne mich.«

»Und gleichzeitig willst du den armen McGonigle in die Zange nehmen. Du scheinst etwas geerbt zu haben, das wir ›Organisationstalent‹ nennen, um nicht zu sagen Kommandiersucht. Ich frage mich, von wem du das hast.«

Sie sah mich an – und brach plötzlich in Tränen aus.

Ich ließ sie. Das ist gut für Kinder. Kräftigt die Lungen. Sie wimmerte den halben Weg nach Hause. Dann sagte sie: »Ich will dich gar nicht rumkommandieren.«

»Gut«, sagte ich. Dann: »Ich dich auch nicht. Du hast das Recht auf dein eigenes Leben, während du dich in dem luxuriösen Quartier auf dem Fußboden meines Wohnzimers aalst.«

Als ich den Wagen parkte, sagte sie: »Jedenfalls ist das doch eine 1a-Gelegenheit für mich, ihn auszuquetschen, meinst du nicht auch?«

# 14

Nachdem McGonigle Sam abgeholt hatte, rief ich meine Mutter an, um ihr zu sagen, daß wir doch nicht kämen, und dann tat ich in meiner Phantasielosigkeit genau das, was Sam für mich beschlossen hatte, und stattete meiner Herzdame einen Besuch ab.

Das heißt, ich fuhr zu ihrem Haus, wo ich nur ihre Tochter Lucy vorfand und die Nachricht, daß das Objekt meiner Absichten nicht vor halb zehn zurück erwartet wurde.

»Sie ist direkt von der Arbeit losgefahren, um für unsere Sommerferien einzukaufen.«

»Ferien? Was für Ferien?«

»Ihre und meine«, sagte Lucy abweisend. »Jemand gibt uns sein Cottage. Wir kriegen es am Sonntag. Wußtest du das nicht?« Zunehmend verschlagen.

»Nein«, sagte ich.

»Wenn du nur etwas regelmäßiger mit ihr in Verbindung stündest«, sagte das kleine Mädchen, »dann wüßtest du über solche Dinge wohl Bescheid.«

»Stimmt«, sagte ich.

»Sie hat übrigens sogar kurz dran gedacht, dich einzuladen, aber da sie nichts von dir gehört hat, nahm sie an, du hättest zu tun und könntest sowieso nicht mitkommen.«

Als es endlich halb zehn war, hatte ich so ziemlich die Nase voll von anderer Leute Töchter.

Um halb zwölf war ich zu Hause in meinem Bett. Für gewöhnlich hatte ich keine Mühe mit dem Einschlafen, aber heute war ich irgendwie unruhig. Zuerst dachte ich, es läge daran, daß ich das Geheimnis um John Pighees Situation bei Loftus nicht verstand. Aber nachdem ich mich mit dieser Sache etwa eine Stunde lang von einer Seite auf die andere geworfen hatte, wurde mir klar, daß ich nicht schlafen konnte, weil Sam nicht zu Hause war. Ich hatte ganz vergessen, wie väterliche Sorgen sich anfühlen. Es war lange her, seit ich zuletzt der Vater eines Kindes war, dessen Vater ich war.

Um Viertel nach eins hörte ich sie die Treppe heraufspringen.

»Oh!« sagte sie, als ich ins Wohnzimmer kam. Sie saß auf meinem Eßzimmerstuhl und wartete darauf, daß die Milch auf dem Herd heiß wurde. »Ich wollte mir gerade einen Instantkaffee machen«, sagte sie.

»Mit Milch?«

»Halb Milch, halb Wasser. Wofür ist das Stirnrunzeln?«

»So sieht mein Gesicht in Ruhestellung immer aus.« Ich zögerte, dann setzte ich mich.

Sie gab einen Löffel Kaffeepulver in eine Tasse, goß den Inhalt des Topfes darüber und setzte sich auf ihre Luftmatratze. »Also«, sagte sie, »wo soll ich anfangen?«

Was Raymond McGonigle von einer Verabredung mit meiner Tochter erhofft hatte, wußte ich nicht, aber ihre Seite der Dinge hörte sich so an, als hätten sie die Stunden mit einem stetigen Frage-und-Antwort-Spiel verbracht. »Zunächst mal habe ich ihn nach sich selbst gefragt«, sagte sie. »Ich habe herausgefunden, daß die Leute das mögen.«

»Ach, wirklich?«

»Wußtest du, daß er drei ältere Schwestern hat und daß er der einzige Junge ist?«

Der Unterschied – einer der Unterschiede – zwischen einem Detektivneuling und einem erfahrenen Detektiv besteht in der Fähigkeit, aus den verfügbaren Informationen auszuwählen. Herauszufinden, was wichtig ist und was nicht. Sam hatte Informationen, das stimmte; aber es war schon nach zwei, bevor John Pighees Name fiel.

»Aber Ray kannte ihn nicht gut.«

»Das hat er mir bereits gesagt.«

»Ich bin sicher, das hat er nicht. Die sind alle sehr zugeknöpft da. Hört sich an, als wäre es schrecklich, dort zu arbeiten.«

»Nicht besonders angenehm, was?«

»Nicht für die Leute weiter unten, Leute wie Ray. Er haßt es. Nicht seinen Fähigkeiten entsprechend arbeiten zu können ist schlimm genug, aber die einzigen Leute, mit denen er zu tun hat, sind andere Techniker. Die unteren Techniker; es gibt da einen Techniker weiter oben, der Seafield heißt und sich an Leute wie Dr. Dundree hält.«

»Und an John Pighee.«

»Ja. Habe ich das gut gemacht, Daddy?«

»Sehr gut, Kind.«

Sie lächelte. Ich bemerkte, daß sie ganz rote Augen hatte.

»Ich sage dir, was ich tun werde, Sam. Morgen früh

gebe ich dir ein Notizbuch. Ich möchte, daß du alles über dein Gespräch mit R. McGonigle aufschreibst. Rauf aufs Papier und raus aus dem Gedächtnis.«

»Ich kann tippen«, sagte sie.

»Um so besser.«

Ich erwachte um halb zehn. Dafür, daß ich arbeitslos war, fühlte ich mich sehr gut. Ich klopfte an die Tür zwischen meinem Schlafzimmer und dem Wohnzimmer.

»Hallo?«

»Schon salonfähig, Sam?«

»Noch von gestern, Dad?«

»Ja.«

»Na gut. Also dann, ich bin salonfähig.«

Ich ging ins Wohnzimmer. Sie lag mit einem Buch auf dem Bett. Salonfähig und angezogen.

»Daddy? Was ist deine Lebensphilosophie?«

»Toast und Orangensaft.«

»Ich hol's, ich hol's.«

Aber am Ende holte ich es, weil ich wußte, wie man das Brot über dem Gasbrenner bräunte, indem man es auf eine Gabel aufspießte.

»Ich kaufe dir einen elektrischen Toaster, bevor ich gehe«, sagte Sam. »Mami hat gesagt, ich soll Ausschau halten nach Dingen, die dir fehlen.«

»Wann verschwindest du eigentlich wieder aus Indianapolis?« Schweigend aßen wir unseren Toast auf.

»Also, wie machen wir heute mit unserem Fall weiter?« fragte Sam strahlend, während sie den Kaffee eingoß.

»Wir schreiben eine Rechnung für Mrs. Thomas, stecken sie in den Briefkasten, lehnen uns zurück und warten auf einen neuen Klienten.«

»Wie meinst du das?«

»Ich meine, wir haben keinen Klienten, also sind wir den Fall los. So ist das Leben in einem Detektivbüro. Wenn kein Geld reinkommt, läuft man nicht herum und gibt welches aus. Man kauert sich in eine Ecke und schont seine Ressourcen.«

Obwohl sie verwirrt war, wollte sie gerade etwas erwidern, als das Telefon klingelte.

Ich ging dran. »Mr. Samson, hier ist Linn Pighee.«

»Hallo, Mrs. Pighee.«

»Sie können heute morgen kommen. Um wieviel Uhr können Sie da sein?«

»Das letzte, was ich gehört habe, war, daß Sie hierher kommen wollten.«

»Ach, das paßt mir eigentlich doch nicht. Mir wäre es lieber ... viel lieber, wenn Sie hierher kämen. Hier ist es – intimer.«

Und damit schaltete sie von einem geschäftsmäßigen Tonfall auf neo-verführerisch um, was ihr für zehn Uhr morgens ziemlich gut gelang.

»Ihre schriftliche Vollmacht, damit ich mir Ihre juristischen Papiere ansehen kann, erfordert keine Intimität. Ich wollte gestern abend zu Ihnen rauskommen. Ich kann es mir nicht leisten, Zeit mit nutzlosen Ausflügen zu verschwenden.« Ich war mitleidlos. »Und im Augenblick habe ich meine verkrüppelte Tochter bei mir, die ich nicht gern allein lassen möchte.«

»Bitte«, sagte sie.

»Ich komme Ihnen auf halbem Weg entgegen, wenn Ihnen das etwas nützt. Es gibt da eine Imbißstube namens Bud's Dugout auf der Virginia Avenue. Da kann ich Sie um elf Uhr treffen, falls Ihnen das besser paßt.«

»Also... also gut«, sagte Linn Pighee. Und hängte ein.

Sam fragte: »Du triffst dich mit Mrs. Pighee?«

»Konsequenz ist wohl nicht meine Stärke.«

Sie schüttelte den Kopf.

»Sam, ich habe nur einen Witz gemacht, was das Zusammenkauern in der Ecke betrifft.«

»Oh.«

»Es ist Sommer. Es ist warm. Und ich fühle mich moralisch verpflichtet, die Verpflichtungen, die ich gestern eingegangen bin, zu erfüllen. Außerdem kann ich mir auf diese Weise von meiner Mutter ein Mittagessen ergaunern. Und versuchen, eine Hundetüte zu ergattern, damit ich dir etwas mitbringen kann.«

»He, ich möchte aber mitkommen.«

»Du mußt einen Bericht tippen. Von gestern abend.«

»Das kann ich doch später machen.«

»Nein«, sagte ich. »Immer hübsch eins nach dem anderen.«

Ein paar Minuten nach elf war ich bei Bud's Dugout. »Mom«, sagte ich zu der Dame hinter der Theke. »Bitte stör mich nicht, wenn diese Dame kommt, mit der ich mich hier treffe, okay?«

»Wo ist das Mädchen?« fragte sie.

»Ich habe sie im Büro gelassen, damit sie den Bericht über ihre Nachforschungen von gestern nacht tippt.«

»Was?«

»Ich finde, sie soll sich ihren Unterhalt verdienen, während sie hier ist.«

»Sie ist in deinem Büro? Allein? In so einer Gegend?«

»Niemand macht sich jemals Gedanken darüber, wenn ich da sitze.«

Entrüstet wandte sie sich ab.

Bis zwanzig nach elf spielte ich an den Flipperapparaten. Ich hatte gerade einen Special Rollover und war kurz davor, ein paar Extrabälle zu bekommen, als draußen ein Taxi vorfuhr.

Linn Pighee bezahlte den Fahrer, stieg aus und kam herein. Sie war bis über beide Ohren aufgedonnert. Abendkleid, Make-up.

Mit allen Schikanen.

Sie sah furchtbar aus. Vorwiegend grün.

»Hm, kann ich mich setzen?« fragte sie und schlingerte auf einen Stuhl in der Nähe der Tür zu.

»Aber sicher doch«, sagte ich.

»Mir war nicht nach Selberfahren zumute«, sagte sie. »O Gott. Gibt es hier was zu trinken? Könnten Sie mir einen Drink besorgen?«

»Zwei Kaffee bitte, Miss«, sagte ich zu meiner Mutter.

»Keinen Kaffee!« fuhr Linn Pighee auf. »Ich meinte einen Drink.«

»Nicht hier«, sagte ich.

»O Gott«, sagte sie. Und übergab sich.

# 15

Mom half mir, Mrs. Pighee ins Hinterzimmer zu tragen. Ich ging zurück in die Imbißstube, um aufzuwischen, bevor die Invasion der Samstagmittagmassen über uns hereinbrach. Schließlich nahm ich noch ein Aerosolspray zu Hilfe, mit dem ich besonders die betroffene Gegend in die Mangel nahm. Die Ozonschicht persönlich hätte die empfindlichen Nasen der Kunden nicht besser schützen können, als es das Aerosolspray tat.

Um Viertel vor zwölf tauschte ich mit Mom den Platz. Sie hatte Linn behutsam ausgezogen und auf eine mit einem Laken bedeckte Couch gebettet. Das Abendkleid lag zum Einweichen in der Spüle. Die Patientin war bei Bewußtsein.

»Es tut mir leid«, sagte sie.

»Wie fühlen Sie sich?«

»So lala.«

»Ist Ihnen schlecht? Wollen Sie einen Arzt?«

»Mir wird es schon...« Sie zögerte. Dann sagte sie: »Es ist das erste Mal, daß ich draußen bin.«

»Wie meinen Sie das?«

»Draußen. Außer Haus.«

»Seit wann?«

»Seit... dem Unfall.«

»Aber der war im Januar.«

»Ja«, sagte sie und schloß die Augen.

Ich sah zu, wie sie langsam in Schlaf fiel, und versuchte, mir vorzustellen, wie es sich anfühlen würde, in ihrer Haut zu stecken. Zu jung geheiratet, aus den falschen Gründen. Schwieriger Ehemann; Schwierigkeiten mit der Schwägerin. Die Kinder verloren. Und sieben Monate lang in einer persönlichen Vorhölle geschmort, während der Mann weder lebendig noch tot war.

Alles, was ich hatte, waren oberflächliche Informationen und oberflächliche Eindrücke. Aber ihr Schmerz ging mir unter die Haut.

Sieben Monate lang nicht aus dem Haus gekommen. Mrs. Thomas würde ihr den Grund, warum sie ihren Mann nicht besucht hatte, kaum zubilligen: daß sie es nämlich nicht ertragen konnte, die Mauern zu verlassen, die wiederum ihr Gefängnis darstellten.

Um Viertel nach zwei, nachdem sie das Mittagschaos in einer Imbißstube verschlafen hatte, war es ein Spatz, der Linn Pighee weckte. Er landete auf dem Sims vor dem offenen Fenster und begann, von der Augusthitze verwirrt, zu zwitschern.

»Hm? Was?« Sie weinte etwas, hörte dann wieder auf.

Ich holte ihr Kaffee, wofür sie dankbar zu sein schien.

»Wenn Sie soweit sind«, sagte ich, »dann fahre ich Sie nach Hause.«

»Ich bin okay«, sagte sie. Sie machte sich daran aufzustehen und begriff plötzlich, daß sie ihr Kleid nicht mehr anhatte. Ich zeigte auf die Spüle.

»Gibt es irgend etwas, was ich mir ausleihen könnte? Zum Anziehen?«

Ich ging hinaus, um meine Mutter zu fragen.

Mom fragte: »Ist sie wieder wach? Was wirst du jetzt mit ihr anstellen?«

»Sie nach Hause bringen.«

»Was ist sie, Albert?«

»Eine Klientin«, sagte ich. Eine moralische, wenn auch keine zahlende. »Kannt du ihr irgendwas zum Anziehen leihen?«

Wir einigten uns auf ein langes Etwas, eine Art Hänger, und bevor ihre Entschlossenheit schwand, half ich Linn Pighee in meinen Lieferwagen.

»Ich sehe aus wie ein Sack Hundefutter«, sagte sie, als ich auf den Fahrersitz glitt.

»Fühlen Sie sich besser?«

»Ich fühle mich schrecklich. Ich... Sie...«

Ich ließ den Motor an.

»Bringen Sie mich nicht nach Hause.«

»Was?«

»Ich kann nicht nach Hause. Ich will nicht nach Hause. Ich kann es nicht. Nicht bei Tageslicht. Nicht...« Und sie fing wieder an zu weinen.

Ich dachte darüber nach.

»Bitte!« Sie kauerte sich auf dem Sitz zusammen und verbarg ihr Gesicht in den Händen.

»Ich bringe Sie zu mir nach Hause. Meine Tochter kann sich um Sie kümmern.«

Sie sagte nichts.

Ich parkte direkt vor meinem Büro in der zweiten Reihe und half Linn Pighee ins Haus. Es war der langsamste

Aufstieg, der je unternommen wurde; die frischen Kräfte, die sie aus dem Schlaf bei Mom geschöpft hatte, waren mittlerweile völlig verbraucht. Der Aufenthalt draußen, selbst in einem Auto, machte sie vollkommen fertig.

Ich sah zu, daß ich die Tür aufbekam, und führte sie durchs Büro ins Wohnzimmer, wo Sam am Schreibtisch saß und tippte.

»Auf, auf, Sam. Ich habe eine Patientin für dich.«

Ich setzte Linn auf einen Stuhl und ging dann wieder nach unten, um den Wagen wegzufahren.

Und fand einen Polizisten vor, der mir gerade einen Strafzettel ausstellte.

»Das soll wohl ein Witz sein«, sagte ich. »Ich helfe einer kranken Dame nach oben, damit sie sich hinlegen kann, und es dauert zwei Minuten. Das kann nicht Ihr Ernst sein.«

»Tut mir leid, Sir«, sagte der Polizist. »Ich würde Ihnen ja gerne eine Chance geben, aber sehen Sie, wenn ich an diese Stelle des Strafzettelformulars komme« – er machte eine unklare Geste mit dem Stift – »dann muß ich auch weitermachen und es ausfüllen. Tut mir leid wegen Ihrer kranken Freundin. Hoffentlich macht sie es Ihnen wieder gut.«

Ich stand schweigend daneben, während er sein Werk beendete. Er gab mir eine Kopie, stieg auf sein Töff-Töff und fuhr los. Ich sah zu, wie er um eine Ecke bog. Dann klemmte ich den Strafzettel unter den Scheibenwischer eines grauen Pontiacs, der direkt vor meinem Büro parkte. Es war alles seine Schuld, wirklich. Und vielleicht würde er den Strafzettel ja sogar bezahlen, ohne ihn zu lesen.

Als ich wieder nach oben kam, hatte Sam Linn Pighee ins Bett gebracht. In mein Bett.

»Entzückend«, sagte ich. »Und wo soll ich schlafen? Bei dir?«

»Du bist nicht mein Typ, Daddy. Bleibt sie über Nacht?«

»So weit im voraus haben wir die Dinge nicht besprochen. Aber ich nehme an, darauf läuft es hinaus.«

»Wer ist sie?«

»Linn Pighee. John Pighees Frau.«

»Ooooooh«, sagte Sam.

Ich erzählte ihr von Linns Besuch bei Bud's Dugout.

»Ich habe mich schon gefragt, wo du so lange bleibst. Gerade habe ich gedacht, du wärest zu diesem Rechtsanwalt gefahren und wolltest mich nur nicht dabeihaben.«

»Der Anwalt«, sagte ich. Den hatte ich völlig vergessen. Allerdings hatte ich ohnehin keine echte Chance gehabt, eine unterschriebene Vollmacht von Linn zu bekommen. »Den können wir vergessen.«

»Daddy?«

»Ja?«

»Während du weg warst. Ein Mann war hier.«

»Jemand Besonderes? Ein Polizist, der mir einen Strafzettel ausstellt, weil ich keinen Deckel auf meinem Mülleimer habe?«

»Nein. Ein Mann. Er war sehr groß. Ich meine, wie ein Basketballspieler. Und er hatte lockiges, gelbes Haar.«

Sie hatte meine ungeteilte Aufmerksamkeit. Es mußte sich um Lee Seafield handeln. »Was wollte er?«

»Tja«, sagte Sam langsam und ließ keinen Zweifel

daran, daß die Begegnung keine besonders erfreuliche gewesen war. »Er wollte es nicht sagen, aber er war nicht nett. Ich ging raus ins Büro, als ich jemanden hörte, aber er wollte mir nicht glauben, daß du nicht da warst. Er hat mich zur Seite geschoben und ist hier hineingestürmt. Sogar im Schlafzimmer hat er nachgesehen.

»Ich finde, das hört sich nicht gut an«, sagte ich.

»Er hat mir angst gemacht«, sagte Sam.

»Hat er keine Nachricht hinterlassen?«

»Nein.«

Ich runzelte die Stirn. »Bist du sicher, daß ich es bin, nach dem er gesucht hat?«

»Ja.«

Ich sah, daß sie sehr aufgeregt war. Und nicht ohne Grund. Aber ich versuchte, sie abzulenken. »Also«, sagte ich, »von morgen an dürfte ich wohl nicht schwer zu finden sein. Arbeitslos und mit einem Kind und einer kranken Dame, um die ich mich kümmern muß.«

Nach einer Weile sagte Sam: »Es ist eine Krankheit, Daddy.«

»Was ist eine Krankheit?«

»Wenn man nicht in der Lage ist, nach draußen zu gehen. Es ist eine Phobie.«

»Na wunderbar. Alles, was wir tun müssen, ist zu warten, bis...« Ich biß mir auf die Zunge. Ich hatte sagen wollen, daß wir nur bis Oktober warten müßten, wenn sie das Gebäude abreißen, aber vor soviel Mitleidhascherei schreckte sogar ich zurück.

»Was? Warten bis was...?«

»Bis wir schwarz werden.«

Sie zuckte mit den Schultern. »Ach, übrigens, habe ich dir schon gesagt, daß Ray heute abend herkommt?«

»Ray? McGonigle?«

Sie nickte.

»Nein, davon hast du bisher nichts gesagt.«

»Es macht dir doch nichts aus, oder?«

»Mir? Etwas ausmachen? Mir? Aber nicht doch. Laß uns eine Party geben. Linn kann uns alles von den Leuten erzählen, die sie gekannt hat und die gestorben sind. Ray kann uns etwas über die Laborexplosionen erzählen. Ich halte meine Standardvorlesung über Bankrott und Konkurs. Das wird bestimmt 'ne Wucht.«

»Daddy? Gehst du bankrott?«

»Nicht mehr als gewöhnlich. Soll ich uns eine Tasse Kaffee machen?«

»Es ist nur so, als deine Tochter und Erbin habe ich das Recht, es zu wissen.«

»Wie ich schon sagte, du bist zum Totlachen, Kind.«

»Daddy, ist es in Ordnung, wenn ich für eine Weile ausgehe? Ich habe den ganzen Tag hier in der Wohnung gehockt und würde gern etwas rausgehen.«

»Geh raus! Geh raus! Ich erzähle dir dann, wie die Party gelaufen ist, falls du nicht rechtzeitig zurück bist.«

Langsam wurde ich es etwas müde, dauernd Gesellschaft zu haben. Auf dieselbe Art und Weise, wie ich meiner eigenen Gesellschaft überdrüssig wurde.

Sam ging aus.

Ich setzte mich hin. Und machte ein paar Notizen. Dann rief ich meine Herzdame an, um sie auch einzuladen. Meine erste Party seit meinem neunten Geburtstag. Unser letztes Treffen, bevor sie in Ferien fuhr.

Sam kam gegen halb sechs zurück, mit zwei Einkaufstüten voller Lebensmittel.

»Ich hatte keine Zeit, die Preisschilder abzumachen, Daddy«, sagte sie. »Also versprich mir, nicht hinzusehen.«

»Wer ist eigentlich dein Erbe?« fragte ich. Dann überließ ich sie sich selbst und stellte den Fernseher an. Meine Schränke bogen sich beinahe unter der Last der Lebensmittel.

Um sechs wurde ich durch ein unmäßiges Klopfen an der Bürotür aus meiner Lethargie aufgeschreckt.

»Es ist nicht der große, unangenehme Mann, oder?« fragte ich Sam.

»Ich glaube nicht«, sagte sie, ohne sich aus der Ruhe bringen zu lassen. »Ich glaube, ich weiß, wer es ist.«

Es war die Zustellung eines Klappbetts. »Stellen Sie es da drüben hin«, sagte Sam und wies auf eine meiner kahleren Bürowände. »Stellen Sie die Bank weg, und dann kann das Bett dahin.« Zu mir sagte sie: »Du wirst sicher hier drin schlafen wollen, oder, Daddy? Oder wäre es dir lieber, wenn ich es täte?«

»Nun entschließen Sie sich schon endlich, Miss«, sagte der Lieferant ungeduldig. »Ich muß nach Hause.«

»Ich weiß, daß Sie das müssen«, sagte sie. »Aber ich habe Ihnen doch etwas dafür versprochen, daß Sie heute abend noch herkommen. Könnten Sie jetzt bitte das Bett aus dem Karton holen, damit wir es uns ansehen können? Ich hole derweil meine Handtasche.«

Sie verschwand im Wohnzimmer und kam mit einer fest geballten Faust zurück. Deren Inhalt sie dem Lieferanten aushändigte.

Er warf einen Blick darauf, lächelte und half uns, bevor er ging, sogar noch, die Pappkartonschnitzel und das Klebeband aufzusammeln.

Sam schien sehr zufrieden mit sich. »Der Toaster kam mir nicht so dringend vor, also wird er mit der regulären Zustellung gebracht. Wahrscheinlich am Mittwoch. Kopf hoch, Daddy. Es ist doch nur Geld. Schon mal was von Umverteilung des Reichtums gehört?«

Linn Pighee wachte gegen sieben Uhr auf. Wir hörten sie einen kleinen Schrei ausstoßen, aber noch bevor wir entschieden hatten, wer von uns zu ihr gehen sollte, erschien sie in der Schlafzimmertür. Sie sah so aus, als stünde sie nun fester auf ihren Füßen als bei irgendeiner anderen Gelegenheit an diesem Tag. »Mein Gott«, sagte sie. »Wo bin ich? Was ist das hier?«

»Das ist Daddys Appartement hinter seinem Büro«, sagte Sam und hüpfte zu ihr hin. »Hallo. Ich bin Sam. Er ist mein Vater.«

Linn runzelte die Stirn und legte den Kopf schief. »Das ist Ihre verkrüppelte Tochter?«

»Jedes Kind mit mir als Vater muß als Krüppel durchgehen.«

Sie nickte langsam. Dann trat sie, zum Zeichen, daß es ihr besser ging, betont energisch ins Zimmer.

»Hungrig?« fragte Sam.

»Ein wenig.«

»Ich bin heute einkaufen gegangen. Es ist jede Menge zu essen da«, und Sam ging in die Kochecke des Zimmers, um uns was davon zu holen, während Linn sich hinsetzte.

»Sie wollten mich sprechen«, sagte sie.

»Fühlen Sie sich wohl genug dafür?«

»Vorhin jedenfalls nicht.«

»Ich möchte mir die verschiedenen rechtlichen Arrangements ansehen, die Sie mit Loftus haben. Aber ich brauche Ihre Vollmacht schriftlich.«

»Warum?«

»Ihre mündliche Erlaubnis war nicht gut genug für Ihren Anwalt.«

»Haben Sie ein Blatt Papier?«

Ich steuerte außerdem noch einen Stift bei. Nachdem sie damit fertig war, reichte sie mir das Papier herüber. Darauf stand: »Walter, ich befehle Ihnen, Mr. Albert Samson alle Familienpapiere sehen zu lassen, die er sehen möchte. Egal, ob meine oder Johns. Linn Pighee.« Sie datierte das Schreiben.

»Das sollte reichen«, sagte ich. »Danke.«

»Ist das auch so eine Angelegenheit, für die meine Schwägerin Sie engagiert hat?«

»Keineswegs«, sagte ich. »Sie wollte die Erlaubnis, John besuchen zu dürfen, und mir ist es gelungen, diese Erlaubnis zu bekommen. Nur, daß gestern nachmittag jemand von Loftus bei ihr war und sie gekauft hat.«

»Gekauft?«

»Ja. Er hat ihr die Sache ausgeredet und ihr etwas Geld für ihre Mühe gegeben.«

»Das hört sich nicht besonders gut an«, sagte Linn.

»Es stinkt, nicht wahr?« sagte Sam. »Ich möchte wissen, was sie da zu vertuschen versuchen. Sie nicht auch?«

»Immer langsam, Sam«, sagte ich.

Linn Pighee schien die unterschwelligen Strömungen zwischen Vater und Tochter zu spüren, verstand sie jedoch nicht ganz. »Haben Sie hier etwas zu trinken?« fragte sie schließlich. »Ich meine, etwas wie ein Bier.«

»Ich habe vergessen, welches zu kaufen«, sagte Sam schnell. »*Ich* hätte wirklich auch gern eins.« Sie sah mich durchdringend an. »Und ich habe schon das Essen besorgt.«

Ich warf ihr einen finsteren Blick zu.

»Macht nichts«, sagte Linn. »Ich dachte halt, Sie hätten vielleicht welches da.«

»Ich hätte *wirklich* gern ein Bier, Daddy«, sagte Sam. »Und ich weiß, daß Ray auch gern Bier trinkt.«

»Dann bringt er sicher welches mit, wenn er kommt.«

»Erwarten Sie jemanden?« fragte Linn.

»Das tut er bestimmt nicht. Ich meine, wahrscheinlich nicht. Ich würde ja noch mal rausgehen, aber ich spaziere nicht gern nach sechs Uhr allein durch die Straßen.«

»Na schön«, sagte ich. »Na schön. Mach der Dame etwas zu essen. Tust du das?«

Ich ging runter, um Bier zu kaufen. Es dauerte etwa fünfzehn Minuten.

Als ich zurückkam, stand Sam am Herd und rührte mit einem Löffel in einem Topf. Auf der Küchentheke standen geöffnete Dosen mit Bohnen und Kaviar.

»Das ist Essen?« fragte ich.

»Sie meinte, es sei okay«, sagte Sam. »Ich glaube, Linn hat dir etwas zu sagen.«

»Ach, wirklich«, sagte ich und ging an den Kühlschrank, um das Bier wegzustellen. Es war schwer, noch einen Platz dafür zu finden. Es standen bereits drei Sechserpacks drin. Ich zog eins heraus. »Und was, bitte, ist das hier?«

»Ach, du liebe Güte«, sagte Sam. »Ich muß wohl doch welches gekauft haben, und dann ist es mir entfallen.«

»Kriegt ihr bei Madame Graumier auch Schauspielunterricht?«

Ich nahm drei Dosen heraus, öffnete sie und trug zwei zu dem Sofa hinüber, auf dem bereits Linn saß.

»Danke«, sagte sie. »Ich dachte nur, daß ich auch ziemlich neugierig bin.«

»Neugierig ist eine Untertreibung für das, was da vorgeht.«

»Ich meine, ich möchte, daß Sie herausfinden, was John wirklich zugestoßen ist.«

»Sie meinen, meine unmögliche Tochter hat versucht, Sie dazu zu überreden, mich zu engagieren, damit sie sich in ihren Ferien besser amüsieren kann, ist es das?«

»Ich möchte es wirklich gern wissen. Mir ist es nur nicht selbst eingefallen. Es wäre mir nie in den Sinn gekommen, Sie zu engagieren. Ich bin froh, daß sie es vorgeschlagen hat.«

Ich sah hinüber zu Sam, die strahlte, sich jedoch abwandte, als sie meinen Blick bemerkte. »Und hat sie Sie überhaupt gefragt, ob Sie es sich leisten können, mich zu engagieren?«

»Ich habe Geld«, sagte Linn. »Glaube ich wenigstens.«

»Sie müssen doch in den letzten Jahren weniger gehabt haben«, sagte ich. »Früher war Ihr Mann ein vollzeitbeschäftigter, zungenfertiger Vertreter, und dann hat er wegen seiner Arbeit im Labor plötzlich nur noch Teilzeit gearbeitet. Und Henry Rush sagte, er habe ›in seiner Freizeit‹ im Labor gearbeitet. Also müssen Sie einfach weniger Geld gehabt haben.«

Sie sah mich unsicher an. »Ich hatte nie das Gefühl, als ob es weniger wäre. Er hat nie... Ich glaube nicht. Ich... ich habe in Gelddingen keine Ahnung. Allerdings hatte ich den Eindruck, daß er ziemlich gut verdiente. Daß er sogar mehr Geld hatte in letzter Zeit. Aber das einzige, was ich je getan habe, war Schecks ausstellen – ziemlich wahllos.«

»Sind Sie denn seit dem Unfall niemals seine Sachen durchgegangen?«

»Nein.«

»Aber Sie müssen doch leben, für sich sorgen.«

»Ich lebe. Ich tue, was ich immer getan habe. Außer, daß ich anscheinend aufgehört habe aus dem Haus zu gehen. Bis heute.«

»Bis heute.«

»Und ich scheine mich die meiste Zeit über schrecklich mies zu fühlen.«

»Sehen Sie mal, Mrs. Pighee...«

»Linn«, unterbrach sie mich.

»Linn. Würde es Ihnen etwas ausmachen, wenn ich morgen zu Ihrem Haus fahre und mir einen Überblick über die Finanzlage Ihres Mannes verschaffe?«

»Meinetwegen können Sie das ganze verdammte Haus haben«, sagte sie. »Ich habe sieben Monate lang dadrin gesessen, und jetzt bin ich draußen. Ich fühle mich viel besser. Sie können tun, was Sie wollen. Ich gebe Ihnen die Schlüssel. Wo ist meine Handtasche?« Sie stand auf, allerdings zu schnell, und es wurde ihr wieder schwindelig. Ich machte eine Bewegung, um ihr zu helfen, aber sie sagte: »Mir geht es gut«, und ging ins Schlafzimmer.

»Also wirst du es für sie tun«, sagte Sam.

»Wenn du versuchst, diese Frau zu manipulieren, schicke ich dich mit dem ersten verfügbaren Fahrrad zu deiner Mutter zurück. Ich werde das nicht zulassen, Sam, und je eher du das begreifst, um so besser.«

Sie war sichtbar unglücklich. »Ich habe nur gesagt, daß ich alle Unkosten tragen würde, weil ich Unmengen Geld habe, daß ich aber nicht glaubte, du würdest es tun, wenn ich dich darum bäte. Aber sie sagte, sie wolle wirklich gern herausfinden, was da los ist. Und das stimmt auch, da bin ich mir sicher. Ich glaube nur, sie hat einfach nicht daran gedacht, dich zu engagieren.«

»Es ist dir anscheinend nicht in den Sinn gekommen, daß sie möglicherweise viel besser dran ist, nicht mehr zu wissen, als sie bereits weiß. Und daß das Leben anderer Menschen nicht dafür da ist, daß reiche kleine Mädchen damit herumspielen, nur weil sie mehr Geld haben, als sie sinnvoll verwenden können.«

Sie begann zu weinen. »Ich dachte, ich würde es sinnvoll verwenden.«

Linn erschien an der Tür und sagte: »Ich habe mich einen Augenblick aufs Bett gesetzt, um mein Gleichgewicht wiederzufinden.« Sie warf mir ihre Schlüssel zu. Dann bemerkte sie Sams Schnüffeln. »Was ist passiert?« fragte sie. »Was ist los?«

»Nur eine kleine väterliche Lektion, daß man sich besser um seine eigenen Angelegenheiten kümmert«, sagte ich.

»Oh, bitte nicht«, sagte Linn leidenschaftlich. »Ich möchte wirklich, daß Sie alles über John herausfinden, was Sie können. Ganz bestimmt. Sie hat nur in Worte gefaßt, was bereits in mir war. Bitte schimpfen Sie deshalb nicht mit ihr. Bitte nicht. Sie haben so wenig Zeit mit ihr. Das ist immer so. Bitte, tun Sie das für mich. Ich möchte Sie engagieren. Wirklich.«

Sie setzte sich auf den Rand des Schreibtischs neben der Schlafzimmertür und begann ebenfalls zu weinen. Sam ging zu ihr hinüber, und sie fielen einander in die Arme.

## 16

Ein paar Minuten vor acht tauchte Raymond McGonigle auf.

»Lange nicht gesehen, wie?« sagte ich.

»Dein alter Herr ist ein komischer alter Herr«, sagte er zu Sam.

Linn stand von ihrem Stuhl auf und sagte: »Ich bin sehr müde.«

»Das ist Ray McGonigle«, sagte Sam. »Das ist Linn Pighee.«

»Pighee?« fragte McGonigle.

»John Pighees Frau«, sagte Sam. »Der Mann, der bei dieser Explosion verletzt wurde.«

»Oh«, seine Augen weiteten sich und wurden dann schmal. »Erfreut, Sie kennenzulernen.« Er schüttelte ihr die Hand.

»Sie wohnt im Augenblick hier«, sagte Sam.

»Ich gehe zu Bett«, sagte Linn und verließ das Zimmer.

»Nach dreizehneinhalb Monaten zwischen daheim und Sir Jeff«, sagte Ray, »sind Sie beide für mich der Himmel auf Erden.«

»Bier?« fragte Sam.

»Ja, bitte. Mann, das bei Loftus ist wirklich keine reine Freude. Ihr Mann hat Glück, daß er da raus ist.«

»Ach, wirklich?«

»Nun ja, ich weiß nicht«, sagte er. »Vielleicht hatte er es ja auch besser als ich.«

»Ich bin mir nicht im klaren darüber, wieviel er eigentlich dort gearbeitet hat«, sagte ich. »Hat er Teilzeit gearbeitet oder Vollzeit?«

»Das kann ich nicht sagen, weil er meistens zu anderen Zeiten gearbeitet hat als ich – nachmittags und abends –, aber für Teilzeit war er ziemlich viel da. Ich weiß immer noch nicht, woran er eigentlich gearbeitet hat. Heute habe ich ein paar Techniker gefragt, und sie wußten es auch nicht. Ich glaube nicht, daß ich das noch lange aushalten werde. Meine einzige Chance besteht darin, zu einem der Feldversuche irgendwo versetzt zu werden. Sonst halte ich das einfach nicht durch.«

»Feldversuche?«

»Sie probieren neue Medikamente an Menschen aus, da unten in Afrika und so. Wenn sie nicht für Versuche in den Krankenhäusern hier geeignet sind.«

»Wie in ihrer Klinik im Entropist Hospital.«

»Ja, ich glaube wohl.«

»Was passiert da eigentlich?«

»Das weiß ich auch nicht. Eine Art Unfallforschung, glaube ich.«

»Aber Sie arbeiten doch mit Dr. Merom zusammen?«

»Ja, manchmal schon. Weshalb fragen Sie?«

»Ist sie nicht zuständig für die Arbeit in der Entropist Klinik?«

»Ist sie das? Wenn ja, dann verbringt sie da bestimmt nicht viel Zeit, weil sie nämlich eine Reihe von Projekten in Forschung Drei leitet.«

Es klopfte an der Tür.

Ich stand auf, um zu öffnen. Sam holte Ray noch ein Bier. Es war meine Herzdame mit ihrer Tochter Lucy. Ich stellte die beiden vor. Sam stellte sich selbst und Ray vor, der fragte: »Und wer ist das, bitte?«

»Das ist Daddys Freundin.«

»Ach, wirklich?« fragte er und warf einen Blick in Richtung Schlafzimmertür. »Wow. Das ist wirklich eine irre Bude hier. Sie sind ein *komischer* Mann, Mann.«

»Wem gehört das neue Bett im Büro, Albert?« fragte meine Herzdame.

»Mir«, sagte ich. »Das ist eine lange Geschichte.«

Dann erzählte ich sie. Auch wie es dazu kam, daß eine fremde Frau in meinem anderen Bett schlief. Ich habe nur eben einen Spaziergang im Wald gemacht, ja? Und als ich zurückkam, hatte nicht nur jemand meinen ganzen Haferbrei aufgegessen, sondern…

Meine Herzdame glaubte mir, auch wenn Ray McGonigle es nicht tat.

Ich war schon vor neun aus den Federn. Früh für einen Sonntag. Früh für jeden Tag.

Und anstelle eines Gruppenfrühstücks nahm ich Linn Pighees Schlüssel und machte mich auf den Weg nach Beech Grove.

Als ich aus dem Wagen stieg, nahm ich zu meiner Überraschung eine Bewegung auf der Veranda von Linn Pighees Haus wahr. Ich ging darauf zu und sah Mrs. Thomas die Tür hinter sich schließen. Dann drehte sie sich um und bemerkte mich ebenfalls.

»Hallo, Mrs. Thomas«, sagte ich, um zu zeigen, daß ich ihr nichts nachtrug.

»Wenn Sie gekommen sind, um meine Schwägerin zu besuchen – sie schläft noch«, sagte Mrs. Thomas.

»Nicht in der Kirche?«

»Sie schläft immer lange«, sagte Mrs. Thomas, mit einer Stimme, die halb gedämpft und halb schrill klang.

»Sie ist früh ausgegangen, nicht wahr?« sagte ich. In Anbetracht des Mangels an familiären Gefühlen, den beide Schwägerinnen mir gegenüber hatten durchblicken lassen, interessierte es mich, was sie im Haus getan hatte.

»Ich muß Johns Interessen wahren«, sagte Mrs. Thomas. Aber sie war ebenfalls überrascht, mich zu sehen. »Was tun Sie hier?« fragte sie, ohne lange um den heißen Brei herumzureden.

Mir war nicht danach zumute, ihr zu erzählen, daß ich gekommen war, um die Schecks und die Rechnungen ihres Bruders durchzusehen. »Ich bin mit meiner Arbeit für Sie fertig, das weiß ich«, sagte ich. »Gestern habe ich die Rechnung abgeschickt.«

»Die besser nicht zu hoch sein sollte«, sagte sie. »Sie haben nicht viel getan.«

»Ich habe für Sie eine Besuchserlaubnis bei Ihrem Bruder erwirkt, was genau das ist, was Sie wollten. Bis Sie zu dem Entschluß kamen, daß Sie doch nicht so besorgt sind, wie Sie dachten.«

»Es ging mir nur ums Prinzip«, sagte sie.

Wir standen auf der Veranda und warteten jeder darauf, daß der andere ging. Schließlich sagte sie: »Sie können klingeln, soviel Sie wollen. Mich geht das nichts an.«

Ich sah ihr nach, wie sie ums Haus ging. Erst als sie um die Ecke bog, blickte sie noch einmal zurück.

Im Haus selbst war alles sauber und ordentlich. Viel sauberer und ordentlicher als bei meinem letzten Besuch. Ich hatte eigentlich Unordnung erwartet. Vorurteile bezüglich verstörter Menschen legen die Erwartung eines unnormalen Chaos' nahe. Wenn hier irgend etwas unnormal war, dann war es die Ordnung.

Dann fiel mir Mrs. Thomas wieder ein. Die gewohnt war, für ihren Bruder das Haus zu führen. Vielleicht waren ihre alten Gepflogenheiten mit ihr durchgegangen.

Ich fand die gesuchten Unterlagen von John Pighee ohne Schwierigkeiten, nachdem mir erst einmal klargeworden war, daß er ein eigenes Schlafzimmer hatte. Hier wurden längst keine Luftschlösser mehr gebaut.

Ich ging seine Bankunterlagen durch, entdeckte jedoch in der Unmenge von Zahlen Jahr für Jahr nichts Erhellendes. Dann sah ich mir die Papiere noch einmal etwas genauer an und machte eine Liste der jährlichen Einlagen auf seinem Giro- und seinem Sparkonto. Er hatte einen Taschenrechner, den ich benutzte, um die Zahlen an Ort und Stelle zusammenzurechnen. In dem Wissen, daß mir ohne dieses Gerät die Finger ausgegangen wären.

Aber abgesehen davon, daß er seine Karriere bei Sir Jeff mit etwa siebentausendfünfhundert Dollar im Jahr begonnen und diese Summe im Laufe ihrer fünf Jahre währenden Verbindung auf etwas weniger als zwölftausend Dollar erhöht hatte, schien es nichts weiter Dramatisches zu geben. Keine plötzlichen Aufwärtsbewegungen; keine plötzlichen Abwärtsbewegungen. Oberflächlich betrachtet bestätigten diese Dinge nur das, was ich ohnehin wußte: Jeder verdiente mehr Geld als ich.

Ich arbeitete mich von hinten nach vorn durch die eingelösten Schecks, wurde diese Beschäftigung aber nach zwei Jahren leid. Es gab nichts Ungewöhnliches, außer den regelmäßigen Unterhaltszahlungen an Mrs. Thomas. Die ganze Sache irritierte mich. John Pighees Leben war mir irgendwie zu durchsichtig. Viele streben nach dieser Art Kontrolle über die Parameter ihres Lebens, aber nur wenige sind auserwählt. Und wenn er einer dieser wenigen war, stimmte das nicht mit der Art von Aktivitäten überein, die ihn schließlich in die Luft fliegen ließen. Pighee war nicht verschuldet, er zahlte seine Rechnungen pünktlich und hatte mehr als dreitausend Dollar auf seinem Sparkonto. Eine unantastbare eiserne Reserve, die er tatsächlich niemals angetastet hatte.

Ich wandte mich von Pighees Papieren ab und kämmte Zimmer für Zimmer das Haus durch. Oben gab es neben den beiden großen Schlafzimmern ein spärlich möbliertes Gästezimmer und ein Zimmer mit Etagenbetten. Keiner dieser Räume wies irgendwelche verdächtigen Anzeichen dafür auf, daß er benutzt wurde. Aber es war deutlich zu sehen, welches Linn Pighees Hauptaufenthaltsorte waren, denn nur dort fanden sich die kleinen Spuren, die regelmäßige menschliche Benutzung hinterließ. Sie benutzte die Veranda, wo sie mich ausgefragt hatte, sie benutzte die Küche, und sie benutzte ihr Schlafzimmer. Alles andere sah unbewohnt aus. Alles andere sah aus, als hätte niemals jemand dort gewohnt. Selbst John Pighees Schlafzimmer. Wenn er ein ehrgeiziger Mann war – und darin stimmten alle überein –, dann umgab er sich jedenfalls nicht mit den traditionellen Egoverstärkern, die die meisten Männer benutzen, um jeden weiteren Schritt auf der Leiter zu feiern. Es gab keine phantastischen Stereoanlagen, keine teuren Hobbygeräte und keine kostspieligen Renovierungen.

Ich ging hinaus zu der Doppelgarage und fand nur einen Wagen vor. Einen kleinen 74er Ford; nichts Besonderes. Wahrscheinlich Linns Wagen. Die Scharniere an der Tür auf der leeren Seite der Garage schienen intakt zu sein. Aber ich war nicht in der Lage, durch bloßen Augenschein festzustellen, ob etwas, das sieben Monate lang unbenutzt war, sich davor irgendwann regelmäßigerer Benutzung erfreut hatte.

Ich stieg in den Wagen, der dort stand, und versuchte den Autoschlüssel an Linns Schlüsselring. Der Wagen sprang sofort an. Der Tank war halbvoll, und der Meilenzähler stand beinahe auf elftausend Meilen. Im Handschuhfach fand ich einige Serviceunterlagen sowie Versicherungspapiere. Alles auf dem neuesten Stand. Ich legte die Sachen zurück und ging wieder ins Haus. Statt sofort in John Pighees Zimmer zu gehen, ging ich in Linns Schlafzimmer, an den Schreibtisch, den sie dort hatte. Dann sammelte ich ihr Scheckbuch und einige Umschläge ein, die Rezepte und Kontoauszüge zu enthalten schienen, und nahm sie in das nächste Zimmer mit.

An der Schwelle von John Pighees Schlafzimmer hielt ich inne, denn plötzlich überfiel mich das machtvolle Gefühl einer unguten Vertrautheit mit der Situation. Es traf mich völlig unvorbereitet, traf mich wie ein Blitz. Die Sache erinnerte mich an zwei verschiedene Fälle, an denen ich früher mal gearbeitet hatte. Bei einem Fall hatte ich elende, langweilige Stunden damit zugebracht, Fotos von den finanziellen und sonstigen Unterlagen eines Mannes durchzugehen, der eine Art Doppelleben geführt hatte. Eines Mannes, der jetzt im Gefängnis saß. Bei dem anderen Fall hatte ich ein Haus durchgekämmt auf der Suche nach einem Kasten mit Karteikarten. Ich war müde geworden und hatte ein paar Stunden geschlafen. Das Haus – das Bett, auf dem ich geschlafen hatte – gehörten einem Toten, einem Ermordeten, einem Mann, der zu Lebzeiten Privatdetektiv gewesen war.

Keine der beiden Erinnerungen war besonders erfreulich.

Aber ich trat trotzdem in das Zimmer und setzte mich an Pighees Schreibtisch. Eine Weile kritzelte ich unentschlossen vor mich hin. Dann ging ich seine Schubladen durch, eine nach der anderen. Ich machte einen Stapel mit allem, was seine Finanzen betraf, was so gut wie alles war. Außerdem fand ich auch eine Pistole. Das führte mich Jahre zurück, in eine Zeit, in der ich einen Mann erschossen hatte, weil er etwas zu stehlen versuchte, das ich bewachen sollte. Noch eine Narbe. Ich packte alles zusammen und verließ das Haus. Und ließ die Waffe, wo ich sie gefunden hatte.

## 17

»Wir dachten schon, du hättest uns sitzenlassen«, sagte Sam fröhlich, als ich im Wohnzimmer zu ihnen stieß.

»Soviel Glück habt ihr nicht.« Ich wandte mich an Linn. »Wie geht's unserer Patientin?«

»Besser«, sagte sie, ohne besonders überzeugend zu wirken.

»Ich wollte gerade weggehen«, sagte Sam. »Ich bin allerdings froh, daß du wieder da bist. Kriegst du die Sonntagszeitung gebracht, oder holst du dir eine?«

»Du wirst keine Zeit haben, irgendeine Sonntagszeitung zu lesen«, sagte ich.

»Ach, wirklich?«

»Du hast einen Fall.«

»Ich weiß, aber...«

»Also mußt du arbeiten. Komm mit.«

Ich nahm sie mit ins Büro und gab ihr die Anweisung, aus dem Stapel von Papieren, die ich aus Pighees Haus mitgebracht hatte, eine detaillierte Statistik zu erstellen.

»Oh, Daddy!«

»Mach mir Tabellen. Ich will Tabellen«, sagte ich. »Einkommenstabellen. Die Endsummen, Jahr für Jahr, und alle persönlichen Einnahmequellen. Ich will Gruppen mit allen Unterlagen, die du finden kannst. Dann die Ausgabentabellen. Geh alle eingelösten Schecks durch und ordne sie. Dann sieh dir die nicht abgehefteten Rechnungen an, stell fest, ob sie mit den Schecks übereinstimmen. Wir suchen nach ungewöhnlichen Dingen, aber wir müssen zuerst wissen, was gewöhnlich ist. Eine komplette Analyse also.«

»Komplett?«, fragte sie, ohne recht zu wissen, was ich eigentlich von ihr wollte.

»Genau. Ich schieb dir dein Essen unter der Tür durch, und wenn du Ende der Woche nicht fertig bist, bist du gefeuert.«

»Oh, Daddy!«

Linn lehnte sich mit geschlossenen Augen auf meinem Eßzimmerstuhl zurück.

»Hat sie Ihnen was zu essen gegeben?« fragte ich.

»Ich bin nicht besonders hungrig. Ich esse morgens nicht so gern.«

»Schwanger?«

Sie sah mich an, sagte aber nichts. Dann legte sie ihren Kopf in den Nacken und sagte: »Ich wäre ja so glücklich.«

Ich machte mir an dem Toaster zu schaffen und wärmte Sams Kaffee auf. Dann kämpfte ich mich durch die Biervorräte und holte mir einen Orangensaft aus dem Kühlschrank. Solchermaßen gestärkt, setzte ich mich an meinen Schreibtisch im Wohnzimmer. »Sind Sie jetzt in der Lage, mir ein paar Fragen zu beantworten?«

Ohne die Augen zu öffnen, sagte sie: »Ich glaube schon.«

»Seit er seine Arbeit in den Forschungslabors aufgenommen hat, arbeitete John nur noch Teilzeit im Verkauf. Das ist jetzt – hm, ungefähr zwei Jahre her. Warum ist sein Einkommen nicht gesunken? Ich bin seine Einlagen durchgegangen, und sie steigen regelmäßig an, ohne den kleinsten Knick, der darauf hinweist, daß er irgendwann sein Arbeitsschema geändert hat.«

»Ich weiß nicht«, sagte sie. »Über seine Geldangelegenheiten weiß ich nicht Bescheid.«

»Wissen Sie, wieviel er verdiente?«

Sie schüttelte den Kopf.

»Na schön«, sagte ich. »Dann noch etwas anderes. Hatte er einen Wagen?«

»Natürlich.«

»Wo ist er?«

»Ach, du liebe Güte!« sagte sie. Dann zögerte sie. »Steht er denn nicht in der Garage?«

»Nein. Da ist nur Ihrer. Der Ford gehört doch Ihnen, oder?«

»Ja. Sein Wagen steht nicht in der Garage? Oh, Moment mal. Es war ein Firmenwagen – könnte das etwa damit zu tun haben? Ich habe einfach nie darüber nachgedacht. Ich habe auch nicht nachgesehen.«

»Sie waren nicht in der Garage, seit es passiert ist?«

»Nein«, sagte sie. »Ich denke, der Wagen stand wohl noch auf dem Firmengelände. Da haben sie ihn sicher wieder zurückgenommen. Oder so etwas. Vielleicht weiß Walter mehr darüber.«

»Der Anwalt?«

»Johns gesamte Post geht jetzt an ihn.«

Ich nickte. »Als ich am Haus ankam«, sagte ich, »trat Ihre Schwägerin gerade aus der Haustür.«

»Die alte Hexe. Sie hat einen Schlüssel. Ich habe abgeschlossen, bevor ich ging, aber sie hat einen Schlüssel für die Haustür.«

»Was könnte sie im Haus gewollt haben?«

»Herumschnüffeln. Sie will das Haus haben. Ich bin sicher, daß es das ist. Sie hat früher für uns den Haushalt gemacht. Für John jedenfalls. Alles hatte seinen festen Platz. Wie angeschraubt ans Regal. So wie John es gern hatte. Seit dem Unfall schleicht sie sich nur noch manchmal morgens hinein, wenn sie denkt, ich schlafe noch. Es ist nicht so, als könnte ich nicht selbst ein Haus führen, aber sie denkt, John ist von Gott persönlich auserwählt, und sie ist alle dreizehn Apostel gleichzeitig. Im April habe ich eine Mausefalle aufgestellt. Wenn eine Maus reingegangen wäre, hätte ich das Tier für sie in der Diele gelassen. Sie hätte es ohne einen Muckser beiseite geschafft.«

Das war die längste Rede, die ich je von ihr gehört hatte. Und ziemlich unmißverständlich. Da sie gerade in so direkter Stimmung war, fragte ich: »Linn, sind Sie sicher, daß Sie seit dem Unfall das Haus nicht mehr verlassen haben?«

Diese Frage ließ sie hochfahren, und sie sah mich an. »Sie meinen, vor gestern?«

Ich nickte.

»Natürlich bin ich mir da sicher.«

»Auch nicht, um Essen zu kaufen oder so etwas?«

»Das erledige ich telefonisch; ich lasse mir alles liefern. Was soll die Frage, Mr. Albert? Ich sollte doch wohl wissen, ob ich draußen gewesen bin oder nicht.«

»Nicht mal bis zur Garage?«

Sie sah mich einfach nur an.

»Ich habe den Wagen in der Garage angelassen. Ihren Wagen.«

»Und was ist damit?«

»Er ist angesprungen. Sofort. Wenn ihn in den letzten sieben Monaten niemand bewegt hätte, wäre er nicht angesprungen. Wer benutzt den Wagen? Ganz gewiß doch nicht Mrs. Thomas.«

»Sie hat ihn einmal in einen Telefonmast gerammt, nur weil er mir gehört«, sagte Linn. Dann legte sie den Kopf zurück, schloß die Augen und sagte gar nichts mehr.

Ich wartete. Dann sagte ich: »Nun?«

»Das Auto wird manchmal benutzt.«

»Von wem?«

»Es gibt da einen Jungen, der mir meine Medizin bringt...«

»Dougie? Der Basketballspieler?«

»Sie kennen ihn?«

»Ich bin ihm begegnet, als ich das erste Mal bei Ihnen war.«

»O ja«, sagte sie, ohne sich wirklich deutlich zu erinnern.

»Und die Medizin ist Schnaps und kommt mit der normalen Zustellung. Ich sehe nicht, wie das mit der Benutzung des Wagens zusammenhängt.«

»Nun, Dougie hat selbst keinen Wagen, und das Spirituosengeschäft, in dem er arbeitet, führt strenge Tabellen über den Meilenstand in dem Lieferwagen. Also leihe ich ihm manchmal meinen Wagen. Und er macht spezielle Besorgungen für mich. Es gibt ein paar Sachen, die man sich nur schwer ins Haus bringen lassen kann. Er macht einige meiner besonderen Einkäufe. Bücher und Sachen aus dem Drugstore. Er hilft mir ziemlich viel.«

»Und Sie leihen ihm dafür Ihr Auto?«

»Ja«, sagte sie. »Er hat eine Freundin, und es ist gar nicht so leicht hier, ohne Auto. Ich wünschte nur, er würde es öfter benützen, wirklich. Er ist ein sehr vorsichtiger Junge. Ganz anders als die meisten andern in seinem Alter. Und jedesmal muß Mrs. Stielauge Thomas denken, daß ich es bin, die ausgeht, und das macht mir großen Spaß.«

»Ist die Sache mit dem Wagen alles, was Sie für Dougie tun?«

»Sie meinen Geld?«

»Nein.«

Sie zögerte, bevor sie sagte: »Ich fühle mich einsam. Sehr einsam. Ich bin nicht dafür geschaffen, allein zu leben. Das macht mich ganz krank.« Sie hielt inne. »Denken Sie nicht schlecht von mir.«

»Das tue ich nicht«, sagte ich.

Sie schwieg.

»Sind Sie in der Lage, ein Telefongespräch für mich zu führen?«

»Ein Telefongespräch?«

»Mit Walter Weston. Weil Sie gestern... ein bißchen außer Form waren, konnte ich nicht zu ihm fahren. Ich habe mich gefragt, ob Sie ihn vielleicht bitten könnten, heute nachmittag kurz in sein Büro zu kommen, damit ich diese Papiere von John durchgehen kann.«

»Das wird ihm aber gar nicht gefallen«, sagte sie. Und setzte sich auf. »Wo ist das Telefon?«

Sie sprang ziemlich hart mit ihm um. Drohte, ihre Angelegenheiten woanders hinzubringen, und das war offensichtlich genug, um ihn aus den Trivialitäten eines Tages zu Hause mit der Familie herauszureißen. Sie legte drei Uhr nachmittags als passenden Zeitpunkt fest. Ich spendete ihr eine Runde Applaus, nachdem sie eingehängt hatte.

Aber sie sagte nur ruhig: »Ich mag ihn nicht besonders. Ich mag viele Leute nicht besonders. Kann ich jetzt ins Bett gehen?«

»Klar.«

Gegen zwölf brachte ich Sam eine Tasse Kaffee und einen Satz Farbstifte. Sie arbeitete hart und ließ sich auch durch meine Unterbrechung nicht stören. Eines Tages würde sie für irgend jemanden eine gute Privatdetektivin abgeben.

Um halb drei brach ich auf, traf auf der Treppe jedoch einen Besucher, der auf dem Weg zu uns war. Die zunehmend vertrautere Gestalt von Raymond McGonigle.

»Meine Mutter war ein bißchen spät dran mit dem Essen«, sagte er. »Sonst wäre ich früher gekommen.«

Ich nehme an, er hat noch kurz dagestanden und beobachtet, wie ich das Haus verließ.

Weston beobachtete mich, wie ich hineinkam. Er ließ keinen Zweifel daran, was er von der Situation hielt.

»Das gefällt mir überhaupt nicht«, sagte er. »Sie scheinen Linn Pighee ja ganz gut im Griff zu haben.«

»Nur, weil sie Fragen stellt?«

»Ich dachte, Sie arbeiten für Johns Schwester.«

»Habe ich auch getan. Jetzt arbeite ich für Mrs. Pighee.«

»Ich habe ja zu meiner Zeit eine Menge mieser Gauner gesehen«, sagte er, »aber Sie scheinen auf einem Niveau zu arbeiten, das mir neu ist.«

Ich sah ihm direkt in die Augen. »Die Sache mit John Pighees Unfall stinkt einfach«, stellte ich fest. »Und ich weiß nicht, ob Sie eine Quelle des Gestanks sind oder ob nur ein wenig davon auf Sie abgefärbt hat. Ich muß mir selbst meine Integrität nicht beweisen. Aber seien Sie nicht allzu überrascht, wenn ich Sie nicht mit Glacéhandschuhen anfasse.« Ich zog Linns Brief mit den Anweisungen für ihn heraus und gab ihn ihm. »Ich habe jetzt das Recht, mir die Dokumente anzusehen, die Ihre Klienten John und Linn Pighee betreffen. Würden Sie sie bitte holen?«

Er studierte das Papier. Dann gab er nach und holte mir einen großen, mit einem Band verschlossenen Aktenordner. Während ich ihn öffnete, setzte er sich. »Das sind die wesentlichen Unterlagen aus den sechs Jahren, in denen ich die Pighees jetzt vertrete. Sagen Sie mir, was Sie sehen wollen, und ich sage Ihnen, ob ich es Ihnen zeigen kann.«

»Ich nehme die Akten einfach mit nach Hause, ja, und gehe alles durch, ohne daß Sie hier sitzen und warten müssen.«

»Den Teufel werden Sie tun«, sagte er.

Ich lächelte. Dann fragte ich nach den Entschädigungspapieren. Er suchte mir ein fünfseitiges Dokument heraus. Ich warf einen Blick darauf. Ein privater Vertrag. Der weder Loftus noch irgendeine namentlich genannte Versicherungsgesellschaft einschloß. »Dies ist eine zusätzliche Vereinbarung zu der Basisversicherung durch die Firma, nicht wahr?«

»Ja.«

»Erzählen Sie mir etwas über Pighees Geld. Wird es jetzt direkt an Sie gezahlt?«

»Kopien von allen Unterlagen gehen an Linn«, sagte er, wie zu seiner Verteidigung. »Aber ich verwalte die Konten. Sie schreibt die Schecks aus.«

»Wieviel Geld kommt im Augenblick herein?«

»John erhält seinen vollen Lohn.«

»Und der wäre?«

»Etwa zwölfhundert Dollar brutto im Monat«, sagte er widerwillig.

»Hm«, sagte ich. »Und wo kommt das Geld her?«

»Von der Firma natürlich«, sagte Weston.

»Mit einem Scheck?«

»Nein. Wie ich die Sache verstanden habe, ist John zweigleisig gefahren und wird daher von zwei Abteilungen bezahlt.«

»Wieviel ist das jeweils?«

»Nun, die Bruttobeträge machen von der Verkaufsseite fast siebenhundert aus, und von der Forschungsseite etwas über fünf.«

»Wer stellt die Schecks auf der Forschungsseite aus?«

»Die Schecks?«

»Wer unterschreibt sie?«

»Johns Arbeitgeber. Henry Rush.«

»Sein Arbeitgeber? Ich dachte, Loftus wäre...«

»John hatte einen persönlichen Dienstvertrag mit Henry Rush. Das ist auch der Grund für Rushs Beteiligung an dieser Art Unfallversicherung. Wie er abgesichert ist, weiß ich nicht. Aber John hat den Vertrag unterzeichnet und mir Rushs Unfallpolice übergeben. Er wußte genau, wie er die Dinge haben wollte.«

»Pighee hat also den Entschädigungsvertrag gemacht. Sie haben ihn nicht selbst verhandelt.«

»Das habe ich nie behauptet.«

»Nein«, gab ich zu, »das stimmt. Wie ist die Sache abgelaufen?«

Er seufzte, gab mir jedoch eine Antwort. »Als er anfing, im Labor zu arbeiten, also vor ungefähr zwei Jahren... warten Sie« – er überprüfte das Datum auf den Verträgen – »vor zweiundzwanzig Monaten kam er zu mir und erklärte mir, daß er in Zukunft mit gefährlichen Substanzen arbeiten würde.«

»Das hat er gesagt?«

»Ja.«

»Welcher Art waren diese Substanzen?«

»Weiß ich nicht. Nach dem, was geschehen ist, offensichtlich hochexplosiv.«

»Er sagte ›Substanzen‹?«

»Soweit ich mich erinnern kann, ja.«

»Hätte es sich um irgendwelche krankheitserregenden Substanzen handeln können? Wie Bakterien oder Viren?«

»Das weiß ich nicht. Aber solche Dinge fliegen für gewöhnlich nicht in die Luft, oder?«

»Aber er ist nicht konkreter geworden?«

»Nein. Bis auf die Tatsache, daß sie gefährlich wären, potentiell gefährlich. Und er sagte, er habe Schritte unternommen, damit Linn für den Fall, daß ihm etwas zustieße, abgesichert wäre.«

»Und seine Schwester?«

»Sie bekommt ebenfalls regelmäßig Geld. Er hat mir diese Papiere von Henry Rush gebracht. Damit ich sie aufbewahre. Als der Unfall passierte, ist Rush sofort seinen Verpflichtungen nachgekommen. Wir hatten keinen Grund zur Klage.«

»Hat denn Rush auch vor dem Unfall Pighees Lohn bezahlt?«

»Vor dem Unfall war ich nicht für Johns Geldangelegenheiten zuständig. Er hat alle Konten selbst geführt.«

»Unter den Dokumenten, die er Ihnen übergeben hat, befand sich auch eine Verzichtserklärung bezüglich jeder direkten Forderung gegenüber Loftus oder ihrer Versicherung?«

»Jawohl.« Er zeigte mir die betreffende Stelle.

»War das das einzige Dokument, das er Ihnen gebracht hat? Die einzige Absicherung für alle Fälle?«

»Nein.«

»Sondern?«

»Er hat ein Testament gemacht.«

»Irgend etwas Ungewöhnliches dabei?«

»Er hat spezielle Legate gemacht – der Hauptteil seines Vermögens geht an seine Frau und der Rest an seine Schwester.«

»Hat er auch gesagt, warum?«

»Er sagte, seine Schwester solle alle langfristigen Tantiemen als Einkommen erhalten.«

»Tantiemen?«

»Ja.«

»Tantiemen von was?«

Zum ersten Mal lächelte Weston. »Das weiß ich nicht. Aber John hatte Pläne.«

»Aber alles, was er erfand oder entdeckte, während er für Loftus arbeitete, würde doch Loftus gehören.«

»Vielleicht war das einer der Gründe für diesen persönlichen Dienstvertrag.«

»Aber wenn er in ihren Labors arbeitet, dann würde doch sicher...«

»Vielleicht hatte er die Absicht, einen Volltreffer zu landen. Das würde ihm gar nicht unähnlich sehen.«

Ich zuckte die Achseln. »Hat er noch weitere Instruktionen hinterlassen?«

»Einen Umschlag.«

»Oh?«

»Einen Umschlag«, sagte Weston mit einem Seufzer, »der erst nach seinem Tod geöffnet werden darf.«

»Sie machen Witze.« Ich lachte.

Er stimmte jedoch nicht in mein Gelächter ein.

»Was ist in dem Umschlag?« fragte ich.

»Das weiß ich nicht.«

»Haben Sie ihn denn nicht aufgemacht?«

»Natürlich nicht. Er ist ja nicht tot.«

»Ist der Umschlag hier?«

»Ich kann ihn holen«, sagte er. »Aber wir dürfen ihn nicht öffnen.«

»Ich will ihn nur sehen«, sagte ich. »Ich möchte ihn berühren und gegen das Licht halten, wie ein Weihnachtsgeschenk. Es gibt kein Gesetz, das das verbietet, oder?«

Er holte den Umschlag aus dem Safe.

Es war ein dicker, brauner Umschlag, versiegelt mit einem Wachsabdruck. Wie Weston bereits gesagt hatte, stand darauf: »Nicht vor meinem Tod öffnen.« Unterschrieben und datiert. Es war ein richtiges dickes Paket. Ich konnte nicht widerstehen. Ich riß es auf.

»He!« Weston war außer sich.

»Ich hab's noch nie bis Weihnachten aushalten können«, sagte ich.

»Sie haben sich strafbar gemacht.«

»Soweit es mich betrifft, war der Umschlag bereits offen, als Sie ihn mir gebracht haben«, sagte ich. »Und Sie waren ziemlich eingeschnappt, als ich Ihnen sagte, Sie hätten nicht hineingucken dürfen.«

Ich schüttete den Inhalt des Umschlags auf den Tisch. Es war ein weiterer Umschlag. Darauf stand zu lesen: »Bitte unverzüglich an Marcia Merom, 4901 Washington Boulevard, aushändigen.«

Das war interessant, aber ich war nicht in Stimmung für halbe Sachen. Also riß ich auch den zweiten Umschlag auf.

Er war voller Geld. Zweiundzwanzigtausend Dollar. In gebrauchten Hundertdollarscheinen.

## 18

Ich sah zu, wie Weston das Geld wieder in den Umschlag steckte, und unterschrieb ein Papier, auf dem stand, daß er mir auf Linns Anweisung hin einen Stapel Dokumente ausgehändigt habe und daß ich den Umschlag geöffnet hätte, bevor einem von uns aufgefallen wäre, daß ich damit verbotenes Territorium betrat.

Er war damit einverstanden, die Sache so durchgehen zu lassen, weil ihm gebrauchte Hundertdollarscheine ebenso verdächtig erschienen wie mir. Ganz abgesehen von anderen Erwägungen. Und ich war einverstanden damit, ihn gehen zu lassen, zurück zu seinem freien Tag. Das Ende unserer Begegung fiel weit freundschaftlicher aus als der Anfang.

Während ich zu meinem Büro fuhr, wollte mir die Existenz dieses Umschlags nicht aus dem Kopf gehen. »Nicht vor meinem Tod öffnen.«

Noch etwas, worüber ich mir den Kopf zerbrechen mußte. John Pighee schien in der Lage gewesen zu sein, etwas vorauszuahnen: nämlich die Notwendigkeit, für alle Eventualitäten vorzusorgen. Etwas, was die meisten Leute in seiner Situation für zu unwahrscheinlich halten würden, um ernsthaft darüber nachzudenken. Was nichts andcres bedeutete, als daß seine Situation noch eine Menge Aspekte hatte, die ich nicht kannte.

Als ich die Treppe zu meinem Büro hinaufging, konnte ich sehen, daß etwas nicht stimmte. Ich hatte keine Tür mehr.

»Was zum Teufel ist hier los?« fragte ich, als ich eintrat. Aber ich konnte deutlich sehen, was los war. Ich hatte meine Tochter am Schreibtisch zurückgelassen. Aber nun fand ich an ihrer Stelle meine Tür und einen schweißnassen Raymond McGonigle.

»Hallo, Sie«, sagte er.

Sam erschien an der Wohnzimmertür. »Ray repariert deine Tür«, sagte sie. »Du weißt doch, sie hat immer geklemmt, und Ray repariert sie. Wir haben nebenan in einer Kiste ein paar Werkzeuge gefunden. Ist das nicht toll?«

»Ja, toll«, sagte ich und ging weiter nach nebenan. Warum können die Leute die Dinge nicht lassen, wie sie sind? Ganz besonders meine Dinge.

Sam folgte mir. »Ist es nicht toll?« fragte sie. »Ich wußte, daß du dich freuen würdest.«

»Linn schläft?«

»Ja. Stimmt etwas nicht?«

»Türen sind schwer wieder einzuhängen. Hat dein Freund schon jemals eine Tür ›repariert‹?«

»Keine Ahnung«, sagte sie.

»Dann sieh zu, daß du es rausfindest. Und bring mir deine Tabellen.«

Sie ging, ohne weitere Fragen zu stellen. Ich rief den einzigen »Bartonio, Jos.« an, der im Telefonbuch stand. John Pighees Verkaufsleiter.

Ich rief ihm ins Gedächtnis, wer ich war. Er war noch

immer besorgt wegen John Pighee. Ich erzählte ihm, daß Johns medizinischer Zustand unverändert sei.

»Hach, was für eine Schande«, sagte er.

»Es gibt noch eine Frage, die ich am Freitag vergessen habe.«

»Legen Sie los.«

»John Pighee hat nur Teilzeit für Sie gearbeitet?«

»Stimmt.«

»Und wurde er entsprechend bezahlt? Teilzeit? Wie lief das mit seinem Geld?«

»Ah«, sagte Bartonio. »Nun, er war immer noch auf neun Sechzehntel in meiner Abteilung, obwohl er, ehrlich gesagt, gar nicht mehr soviel einbrachte. Er bekam nur noch ein Drittel oder die Hälfte der Aufträge, die er vor seinem Wechsel hereingeholt hatte, also gingen seine Provisionen in den Keller. Aber wir haben für unsere Vertreter eine Einkommensangleichung vorgesehen, und er bekam neun Sechzehntel der Provisionen, die er in den letzten zwei Jahren erhalten hatte, plus neun Sechzehntel seines Grundgehalts. Also bekam er die Auswirkungen seines Wechsels nicht in vollem Ausmaß zu spüren.«

»Wenn er nur noch ein Drittel oder die Hälfte seiner Arbeit tat, warum bekam er dann neun Sechzehntel seines Verdienstes?«

»Weil das die ursprüngliche Vereinbarung bezüglich seiner Arbeitszeit war. Wir sollten ihn vier Vormittage und zwei Nachmittage die Woche bekommen. Dahinter steckte der Gedanke, daß er den Rest seines Gehaltes als Angestellter der Forschung bekam und diese Leute nie im Leben soviel bekommen wie ein guter Vertreter.«

»Habe ich das so richtig verstanden«, sagte ich, »daß Pighee also zu sieben Sechzehntel sein Gehalt von der Forschung bezog?«

»Er bekam den Technikersatz, glaube ich«, sagte er. »Mit diesen Dingen hatte ich persönlich eigentlich nichts zu tun, aber das jedenfalls war es, was man mir sagte.«

»Also stand er bei zwei Abteilungen auf der Gehaltsliste?«

»Genau. Auf diese Weise kam er auf Vollbeschäftigung, was wichtig war für die Versicherung und seine Pension und solche Dinge.«

»Aber Sie sind sicher, daß Pighee für diesen Job auch eine Lohnkürzung in Kauf genommen hätte?«

»Oh, ja. Das steht außer Frage. John hatte Ambitionen, die über das Geld hinausgingen. Das gehört auch zu den Dingen, an denen man erkennt, ob jemand weiß, was er will.«

Als ich einhängte, wartete Sam bereits auf mich.

»Worum ging es, Daddy?«

»Ich habe die Gelegenheit genutzt, ein paar Fakten zu überprüfen. Mir bestätigen zu lassen, was ich vorher schon für ziemlich eindeutig hielt.«

»Und die Fakten stimmen überein?«

»Das weiß ich noch nicht. Und jetzt laß uns mal deine Schularbeiten ansehen.«

Sie hatte die Finanzlage der Pighees bis ins letzte analysiert. Auf den ersten Blick zeigte ihre Analyse dasselbe wie meine oberflächlichen Berechnungen auch. Das Geld war nicht knapper geworden. Im Gegenteil. Und auch keine ungewöhnlichen Ausgaben. Bis auf die tausendfünfhundert Dollar pro Jahr für Mrs. Thomas. Ich fragte mich, ob sie nicht ab und an auch ein paar gebrauchte Hundertdollarscheine zusätzlich bekommen hatte.

Aber ein Blick auf die Einzahlungen zeigte, wann Pighees berufliche Veränderung stattgefunden hatte. Im November 1975 gab es zwei Eingänge auf seinem Konto, die sich zusammen auf die Summe dessen beliefen, was im Oktober 1975 dort eingegangen war. Und plötzlich erfolgte die Zahlung durch Loftus und Rush statt durch Loftus allein. Sam hatte die Zahlen wunderbar zurechtgelegt und schöne Tabellen erstellt. Das sagte ich ihr auch.

»Was hat das alles zu bedeuten, Daddy? Was ist da passiert? Willst du mir das nicht sagen?«

»Das hat zu bedeuten, daß wir hier vielleicht etwas für die Polizei haben«, sagte ich.

»Polizei!« sagte sie. »Was hat denn die mit dem ganzen Theater zu tun?«

»Die können schnell herausfinden, was ich nur sehr langsam, wenn überhaupt herausfinden könnte.«

»Aber die Polizei...«, sagte sie, so als würde die Einbeziehung von Polizeibeamten die Grenzen des Fair play sprengen.

»Geh und erinnere Ray daran, welches Ende der Tür nach oben gehört«, sagte ich. Sie verschwand ohne ein Wort. Was mich überraschte.

Dann folgte ich ihr in mein Büro. »Haben Sie eine gute Versicherung als Bauarbeiter?« fragte ich Ray. Dann fiel mir ein, daß das Gebäude in zweieinhalb Monaten ohnehin abgerissen würde. Mit einigem Glück hatte dieser McGonigle es bis dahin noch nicht verlassen.

»Ach, kommen Sie schon, Mann«, sagte Ray. »Ich versuche nur zu helfen.«

»Legen Sie mal 'ne Pause ein«, sagte ich. »Und beantworten Sie mir eine Frage.«

Einen Augenblick hielt er in seinem Zerstörungswerk inne.

»Wieviel hat John Pighee im Labor gearbeitet?« fragte ich. »Wieviel Zeit hat er investiert?«

»Das weiß ich wirklich nicht«, sagte McGonigle. »Ich arbeite zu so komischen Zeiten.«

»Versuchen Sie sich zu erinnern. War er für gewöhnlich dort? Manchmal dort? Immer dort?«

»Für gewöhnlich«, sagte er.

»Gewöhnlich am Morgen? Am Nachmittag?«

»Ich erinnere mich nicht daran, ihn vormittags oft gesehen zu haben, außer vielleicht manchmal am Wochenende. Aber nachmittags war er meistens da, und er schien eine Menge Nachtarbeit zu machen.«

Ich nickte. »Gibt es irgendwelche Unterlagen über die Zeiten, zu denen er arbeitete?«

»Es gibt keine Stechuhr, wenn es das ist, was Sie meinen. Wenn er lange blieb, mußte er sich abmelden, aber das ist auch alles.«

»Abmelden?«

»Wenn man nach sechs Uhr kommt oder geht, muß man das Haupttor benutzen und sich ins Dienstbuch eintragen.«

»Selbst, wenn man fest angestellt ist?«

»Jawohl.«

»Danke«, sagte ich und ging zurück zum Telefon in

meinem Wohnzimmer. Von dort aus rief ich meinen Freund bei der Polizei an, einen langsam ergrauenden Lieutenant namens Jerry Miller.

»Wer spricht da, bitte?«

Ich sagte es ihm.

Er sagte: »Was gibt's nun schon wieder? Versuchst du, mir Karten für den Polizeiball zu verkaufen?«

»Tut mir leid, daß ich dich störe, Jerry.«

»Tust du in der Tat«, erwiderte er. »Ich sag' dir was. Warum läßt du nicht das ganze Zeug darüber weg, wie leid es dir tut, wie es Janie geht, wann ich's zum Captain bringen werde – und beschränkst dich auf das, was du von mir willst. Die Antwort ist nein.«

»Ich möchte morgen kurz vorbeikommen und dir etwas von ein paar Sachen erzählen, über die ich gestolpert bin.«

»Wie was zum Beispiel?«

»Wie zum Beispiel ein Haufen gebrauchter Hundertdollarscheine.«

»Ein Haufen? Wie viele?«

»Zweihundertzwanzig.«

Schweigen. Ich wußte, daß ich seine ungeteilte Aufmerksamkeit hatte. »Das muß bei irgendeinem Pokerspiel passiert sein, Albert«, sagte er.

»Sie gehören nicht mir«, sagte ich.

»Wem gehören sie dann?«

»Morgen«, sagte ich. »Ich habe mich gefragt, ob du vielleicht vorher...«

»Oh«, unterbrach er mich. »Nur noch eine klitzekleine Sache vorher.« Aber er sagte nicht nein.

»Alles, was ich wissen will, ist, ob du irgendwelche Verbindungen zu den Sicherheitsleuten von Loftus Pharmazeutika hast.«

Ich konnte praktisch hören, wie er die Augenbrauen hochzog.

»Ich möchte Zugang zu einigen ihrer Dienstbücher. Ich versuche, die Schritte eines Mannes zu rekonstruieren, der dort gearbeitet hat – dort arbeitet. Manchmal ist er erst spät nach Hause gegangen, und wenn er das tat, mußte er sich abmelden. Ich möchte die Bücher durchsehen und herausfinden, wie oft das vorkam. Ich kann das jetzt hinter mich bringen, ich kann's heute abend machen, ich kann es morgen machen, aber je eher ich das erledigt habe, um so eher kann ich zu dir kommen und mit dir reden.«

»Loftus Pharmazeutika, hm?« fragte er.

»Ja.«

»Ich weiß nicht. Mal sehen, ob ich da etwas drehen kann.«

Wir legten auf. Ich wartete neben dem Telefon und hörte zu, wie Ray im Nebenzimmer meine Tür zu Sägespänen verarbeitete. Zwanzig Minuten lang passierte gar nichts. Also machte ich mir etwas zu essen. Bohnen und Kaviar, was das einzige zu sein schien, was wir neben Bier im Hause hatten.

Um zwanzig nach sechs kam Sam herein und verkündete: »Die Tür hängt wieder.« Gleichzeitig klingelte das Telefon.

»Ja?« sagte ich.

»Ich habe Kontakt zu einem der Sicherheitsbeamten

vom Haupttor. Er hat jetzt Dienst. Sein Freund sagt, daß er ihn anrufen würde, daß du aber hinfahren müßtest und daß du, was immer du vorhast, auf dem Gelände der Firma erledigen müßtest. Du kannst keine Dienstbücher mitnehmen. Ist das in Ordnung?«

»Ich fahre sofort hin«, sagte ich.

»Der Name des Burschen ist Russell Fincastle. Deinen Namen wird er bereits kennen.«

»Okay. Danke, Jerry.«

»Morgen«, sagte er fest. »Morgen.«

Ich steckte mein Notizbuch ein und machte mich auf den Weg in die Außenwelt.

»Wie gefällt es dir, Daddy?« fragte Sam, nicht übermäßig zuversichtlich. Die Tür war wieder an ihrem Platz. Mit einer zwei Zoll breiten Spalte an der Unterseite. Ich warf ihrem Wissenschaftlerfreund einen kurzen Blick zu. Dann öffnete ich die Tür. Es ging ohne Schwierigkeiten. Man mußte lediglich den Griff nach unten drücken und ziehen.

»Wenigstens klemmt sie jetzt nicht mehr«, sagte ich. Und ging. Ich zog die Tür hinter mir zu. Sie knallte gegen den Rahmen und flog wieder auf.

»Man kann sie zumachen, Daddy«, beeilte sich Sam mir zu versichern. »Wenn du sie hochhebst und vorsichtig ziehst.«

Russell Fincastle war klein und mager und jung. Ich stellte mich vor, und wir schüttelten einander die Hand – die linke. Er zeigte mir zwei dickverbundene Finger an seiner rechten Hand.

»Harter Job hier, was?« fragte ich.

Er lachte bescheiden. »Hab sie mir beim Ballspiel gebrochen.«

»Ball?«

»Basketball. Dachte, ich hätte sie mir nur verstaucht, wie das schon mal vorkommt. Hab den Ball nur mit den Fingerspitzen getroffen. Und die beiden Biester waren gleich hinüber.«

»Pech. Wo spielen Sie?«

»Im Sommer im Park. Im Winter in der Industrieliga. Semipro. Und ein bißchen Kleingeld von denen wird mir bestimmt nicht weh tun.« Er sah mich kühl an.

»Ah«, sagte ich, »ein bißchen Kleingeld. Wie ist denn der Kurs für einen Blick in Ihre Dienstbücher? Sind fünf genug?«

»Zehn wären besser«, sagte er.

»Ganz bestimmt, und zwanzig wären noch besser, aber fünf sind mein Limit.«

Er nickte nur. Ich zog meine Brieftasche heraus. Fand vier Scheine darin. Fischte in meinen Taschen und bekam noch mal achtundneunzig Cent zusammen.

Er lachte. »Scheint mein Glückstag zu sein, heute«, sagte er. Und zeigte mir das laufende Dienstbuch.

»Ich interessiere mich für den Januar.«

»Januar?«

»Ja. Sie bewahren Ihre Bücher doch so lange auf, oder?«

»Hm, ja. Ach zum Teufel, das wird schon in Ordnung sein, denke ich.« Er zog unter dem Tisch am Fenster ein großes Buch hervor.

»Wer genau muß sich in diese Dinger eintragen?«

»Jeder, der nach sechs Uhr kommt oder geht oder irgendwann an Feiertagen oder am Wochenende.«

»Jeder? Es gibt keine anderen Eingänge auf dem Gelände, durch die die Leute ein und aus gehen können?«

»Nicht nach sechs.«

»Würde Sir Jeff sich hier auch eintragen müssen?« fragte ich.

»Wenn ich Dienst hätte, schon«, sagte er.

Ich begann mit dem 1. Januar, da ich nicht genau wußte, an welchem Tag John Pighees Unfall stattgefunden hatte. Alle sagten übereinstimmend, daß es sieben Monate her sei, und das hieß Januar.

Ich fand John Pighees Namen, eingetragen um ein Uhr fünfzehn und wieder ausgetragen um sechs Uhr dreißig am 1. Januar. Es standen nur acht weitere Namen für den 1. Januar in dem Buch. Was mir ziemlich viel erschien für einen Neujahrstag, der schließlich der Tag nach Silvester ist. Aber am 2. Januar gab es sogar einunddreißig Namen. Der von Pighee war nicht dabei.

»Eine Menge Leute gehen hier zu den seltsamsten Stunden ein und aus«, sagte ich zu Fincastle.

»Genau deshalb sitze ich ja hier«, sagte er.

»Gibt es eine Möglichkeit herauszufinden, wo genau innerhalb der Sicherheitsgrenze sie sich aufgehalten haben?«

Er zeigte mir eine Spalte mit Schnörkeln, der man entnehmen konnte, wo die Leute nach ihren eigenen Angaben gewesen waren. F 3 für Forschung Drei. Durchaus sinnvoll.

In den ersten drei Januarwochen tauchte Pighees Name zwölfmal in dem Buch auf, und sechsmal hatte er sich erst nach Mitternacht abgemeldet. Er war jeden der drei Donnerstage dagewesen und an keinem der Montage; jeder andere Wochentag kam wenigstens einmal vor. Sein Zeitplan war unregelmäßig – einmal war er schon um sechs Uhr fünfzehn abends gegangen und einmal erst um drei Uhr dreißig morgens.

Der erste Tag der vierten Woche war ein Donnerstag, der 27. Januar. Er war um sieben Uhr abends gekommen, hatte sich aber nicht wieder abgemeldet. Die Vermutung lag nicht allzufern, daß dies die Nacht seines Unfalls gewesen sein mußte.

Ich lenkte Fincastles Aufmerksamkeit auf den Eintrag. »Was tun Sie, wenn sich jemand einträgt, aber nicht wieder abmeldet?«

Er warf einen kurzen Blick darauf. »Lassen Sie mal sehen. Diese Sache da ist überprüft und genehmigt worden. Das sieht man an diesem Haken.« Er zeigte auf einen roten Strich.

»Aber was passiert in solchen Fällen?«

»Nun, gegen halb zwölf sehen wir im Buch nach und rufen von hier aus jeden an, der immer noch auf dem Gelände ist. Dann erinnern wir die Leute daran, daß sie bis um zwölf wieder draußen sein sollten.«

»Die Leute sollten spätestens um zwölf Uhr weg sein?«

»Die meisten schon, ja. Aber für Ihren Mann da gilt das nicht. Er war in einem Forschungsgebäude, und dort wird zu den unglaublichsten Stunden gearbeitet.«

»Sie würden ihn also einfach in Ruhe lassen.«

»Wir würden unseren Wachleuten mitteilen, in welchem Gebäude er ist. Sie sehen dann gewöhnlich kurz vor ein Uhr morgens noch mal nach. Selbst die von der Forschung bleiben im allgemeinen nicht länger. Aber wir behalten sie genau im Auge.«

Ich wandte mich wieder den Büchern zu. Versicherte mich, daß John Pighees Name nach dem 27. Januar nicht noch einmal vorkam. Und ging dann zurück zu der Nacht des Unfalls, um zu überprüfen, wer sich außer ihm noch in Forschung Drei aufgehalten hatte. Ich fand Ray McGonigles Namen; er war um 22 Uhr 15 gegangen. Und Dr. Marcia Meroms für 7 Uhr 39, immer noch vor dem Unfall. Ray hatte gesagt, es sei gegen acht passiert. Aber das waren die einzigen Einträge für Forschung Drei.

»Komisch«, sagte ich.

»Was denn?«

»Ich weiß von mindestens einer weiteren Person, die sich am 27. in Forschung Drei aufgehalten und sich weder an- noch abgemeldet hat.«

»Woher wissen Sie das?«

»Der Mann, um den es mir geht, hatte einen Unfall. Jemand hat mir erzählt, er sei dort gewesen.« Ray hatte gesagt, Dundree sei kurz nach ihm vor Ort erschienen.

»Unfall?«

»Ein Mann hat sich in Forschung Drei in die Luft gejagt. Am 27. Januar.«

»Ja, ich kann mich vage erinnern«, sagte er vage. »Möglicherweise kommen irgendwelche Leute rein oder raus, ohne sich einzutragen. Und wenn sie die ganze Nacht über bleiben, müssen sie sich auch nicht abmelden.«

»Das scheint Ihnen weiter keine Kopfschmerzen zu bereiten.«

»Ich hatte an diesem Abend keinen Dienst«, sagte er.

Ich dachte einen Augenblick nach.

»Sie würden mir nicht vielleicht einen Gefallen tun wollen, oder?« fragte ich.

»Kann ich mir nicht vorstellen«, sagte er mit einem Lächeln.

»Vielleicht für zehn Scheinchen?«

»Was für eine Art Gefallen?«

»Ich hätte gerne eine Liste von allen Leuten, die sich für Forschung Drei in das Buch eingetragen haben. Und zwar über einen Zeitraum von etwa einem Jahr vor dem Unfall dieses Mannes.«

»Sie sprechen von einer ziemlich langen Liste«, sagte er.

»Ich dachte, das wäre doch ein netter Zeitvertreib, wenn Sie heute nacht mal Leerlauf haben.«

»Sie haben mir vier Dollar und achtundneunzig Cent gegeben nur für einen Blick in die Bücher. Bei diesem Kurs wäre das, worum Sie mich bitten, neunundvierzig fünfundneunzig wert.«

»Zwanzig ist das äußerste.«

»Gebongt«, sagte er, ohne zu zögern.

# 19

Als ich wieder ins Büro kam, machte sich Ray McGonigle, mittlerweile fertig mit der Tür, an meinem Türrahmen zu schaffen. Ich ging einfach durch und in mein Wohnzimmer. Es war Viertel vor acht, und Linn Pighee war wach und unterhielt sich mit Sam.

»Hallo«, sagte ich. »Sam, ich glaube, dein Freund braucht etwas Hilfe bei seiner Tischlerlektion.«

»Was?«

»Geh und hilf deinem Freund.«

»Aber...«

»Befehl deines Arbeitgebers.«

»Oh. Ich...« Sie ging.

»Wie fühlen Sie sich?« fragte ich Linn.

»Besser, im Augenblick jedenfalls«, sagte sie. »Sam meinte, Sie wären weggegangen, um zu arbeiten. Arbeiten Sie sieben Tage die Woche?«

»Nur, wenn ich einen Job habe«, sagte ich. »Linn, wir sind jetzt an dem Punkt angekommen, an dem wir einige Dinge herausfinden müssen. Alles, was bei meinen Bemühungen bisher herausgekommen ist, sind weitere Fragen und keine einzige Antwort.«

»Was wollen Sie tun?« fragte sie unsicher.

»Ich möchte morgen ins Krankenhaus gehen«, sagte ich. »Und ich möchte, daß Sie mitkommen.«

»Ich?«

»Ja.«

»Aber warum?«

»Weil ich jemanden brauche, der Ihren Mann identifizieren kann.«

»Ihn identifizieren? Wie meinen Sie das?«

»Die Loftus-Leute – oder zumindest die Rush-Leute – haben alles darangesetzt, Johns Familie davon abzuhalten, ihn zu sehen. Ihn einfach nur zu sehen. Das ist in meinen Augen ein ausgesprochen verdächtiges Verhalten. Und es ist um so verdächtiger, als John ja mit einem ziemlich merkwürdigen Projekt zu tun hatte. Zum einen erforderte es eine Menge Schleichwege bezüglich seines Lohns, zum anderen brachte es ihn in ein Forschungslabor hinein, obwohl für qualifiziertere Leute dort angeblich kein Platz mehr war. Und es brachte ihm eine Menge Bargeld ein.«

»Bargeld?«

»Er hat bei Walter Weston einen Umschlag mit zweiundzwanzigtausend Dollar in gebrauchten Hundertern hinterlegt. Bisher habe ich nicht die geringste Vorstellung, wie er an eine solche Summe herangekommen sein soll. Haben Sie vielleicht eine Idee?«

Sie schüttelte den Kopf.

»Linn«, sagte ich vorsichtig. »Das Geld steckte in einem an eine Frau namens Marcia Merom adressierten Umschlag.«

»Es ist sein Geld.«

»Kennen Sie Marcia Merom?«

»Nein.«

»Haben Sie ihren Namen schon einmal gehört? Wissen Sie, wer sie ist?«

»Nein.«

»Sie arbeitet bei Loftus. In dem Labor, in dem auch er gearbeitet hat. Und sie ist seine Ärztin in der Loftus-Klinik.«

»Wie hübsch«, sagte sie.

»Das stört Sie nicht?«

»Sollte es das?«

»Es scheint genau das anzudeuten, woran eine Menge Leute Anstoß nehmen.«

»Albert«, sagte sie heftig, »mir fehlen meine Umarmungen schon viel länger als sieben Monate.« Dann fuhr sie fort: »Walter hat kein Wort von einem Umschlag mit Geld gesagt.«

»Er wußte bis heute auch nichts davon. Der springende Punkt ist, daß nichts in den Unterlagen Ihres Mannes darauf hinweist, wo eine solche Summe herkommen könnte. Das eröffnet natürlich eine ganze Menge Fragen, die auch einige kriminelle Aktivitäten nicht ganz ausschließen.«

»Kriminelle? O nein«, sagte sie. »John würde sich niemals auf etwas Kriminelles einlassen.«

»Das ist etwas, was wir herausfinden müssen«, sagte ich.

»Ach, du liebe Güte.«

»Aber ich habe auch einige Fragen, was dieses Besuchsverbot betrifft. Knallharte Fragen.«

»Wie zum Beispiel?«

»Wie zum Beispiel: Ist das wirklich John Pighee im Krankenhaus?«

Einen Augenblick lang saß sie still da. Dann sagte sie: »Mein Gott.«

»Hat ihn jemand Ihres Wissens gesehen? Hat überhaupt jemand jemanden gesehen?«

Sie saß schweigend da. Ihres Wissens nicht. Sie wußte es nicht.

»Ich brauche jemanden, der ihn kennt. Jemanden, dem ich trauen kann.«

»Aber…«, begann sie. »Aber…«

»Es könnte sein, daß er irgendwo ist – gesund und munter. Vielleicht steckt er ja mit diesen Leuten unter einer Decke und hat das Land verlassen und irgendwo ein neues Leben begonnen.«

Sie schauderte. Ob sie meine Vermutung für unmöglich hielt oder ob ihr das Ganze einfach nur nicht gefiel, wußte ich nicht.

»Vielleicht haben sie ja auch aus irgendeinem Grund jemand anderen dort liegen.«

»Was?«

»Die Palette der Möglichkeiten könnte ziemlich breit sein. Vielleicht ist er weggefahren, um etwas für jemanden zu erledigen… und will keine Fragen beantworten.«

Sie schüttelte sich abermals.

»Etwas in seiner Arbeit sollte vielleicht nicht ans Tageslicht kommen.«

»Aber was…?« fragte sie verzweifelt.

»Ich weiß nicht«, sagte ich. »Es wird langsam Zeit, daß wir aufhören, um Antworten zu bitten. Und anfangen, welche zu erzwingen. Morgen.«

## 20

Um neun Uhr morgens rief ich bei Loftus an und bat, mit P. Henry Rushs Büro verbunden zu werden.

Seine Sekretärin erklärte mir, er sei nicht im Hause und werde heute vielleicht auch gar nicht kommen; von wem sie etwas ausrichten dürfe.

»Vielleicht«, soufflierte ich, »muß er heute noch verreisen.«

»Ja«, sagte sie.

»Mein Name ist Albert Samson«, sagte ich. »Ich rufe wegen John Austin Pighee an. Ich möchte, daß er mich vor zehn zurückruft, weil ich dann nämlich zur Polizei gehe.«

Scheinbar ungerührt wiederholte sie mir die Nachricht und hängte auf.

»Das klang ja knallhart, Daddy«, sagte Sam mit weitaufgerissenen Augen. »Gehst du wirklich zur Polizei? Wenn er nicht zurückruft, meine ich?«

»Ich glaube nicht, daß es soweit kommt«, sagte ich.

Und das kam es auch nicht. Um zehn vor zehn klingelte das Telefon. P. Henry Rush.

»Ich bin gerade hereingekommen, und meine Sekretärin hat mir Ihre seltsame Botschaft ausgerichtet, Samson. Ich weiß nicht, worum es geht, aber in meinen Ohren klingt das nach einer ziemlich dünn verschleierten Drohung. Vielleicht sollte ich derjenige sein, der von Polizei spricht.«

»Gehen wir zusammen hin, ja?«

»Was soll das Ganze?« Er versteifte sich merklich.

»Es geht um den Zutritt zu John Pighee«, sagte ich.

»Ich dachte, das hätten wir schon hinter uns gebracht. Letzten... Freitag. Um die Mittagszeit, nicht wahr? Ich habe in der Klinik angerufen und Anweisung gegeben, Besuche der Familie zu gestatten. Hat man Ihre Klientin erneut abgewiesen?«

»Nein.«

»Und?«

»Meine Klientin von Freitag war Pighees Schwester. Eine Stunde nachdem ich mit Ihnen gesprochen hatte, kreuzte Dr. Jay Dundree bei der Dame auf und kaufte sie.«

»Kaufte sie?« Es klang so, als habe diese Ausdrucksweise einen üblen Beigeschmack für ihn.

»Er hat ihr ihren ausdrücklichen und heftigen Wunsch, ihren Bruder zu besuchen, ausgeredet und ihr Geld gegeben.«

»Also haben Sie keine Klientin mehr«, sagte er. »Ich verstehe.«

»Ich habe eine neue Klientin«, sagte ich. »Mrs. Pighee. Und sie will ihren Mann sehen.«

»Sie haben...?« sagte er. »Sie will...?«

»Genau. Heute.«

»Ich verstehe, daß es Ihnen möglicherweise mißfällt, daß Dr. Dundree Ihre Klientin davon überzeugt hat, daß sie Ihre Dienste nicht weiter benötigt. Aber Sie hören sich an, als hätten Sie das Ganze ziemlich persönlich genommen. Wollen Sie vielleicht andeuten, daß ich etwas mit Dr. Dundrees Vorgehen zu tun habe?«

»Wer weiß«, sagte ich. »Ja, es ist mir durch den Sinn gegangen.«

»Stimmt aber nicht. Während Dr. Dundree sich von seinen Pflichten befreit hat, um die Schwester eines verletzten Kollegen zu besuchen, habe ich alles arrangiert, damit sie ihren Bruder besuchen kann, sofern sie das will. Erst später habe ich herausgefunden, daß er mein Einschreiten unnötig gemacht hat. Aber wir haben eindeutig getrennt gehandelt. Ich glaube, Sie haben ihn Freitag morgen aufgesucht und ihm von den Sorgen der Schwester erzählt. Sein weiteres Vorgehen war eine Reaktion auf Ihren Besuch. Er wußte nicht, daß Sie mich im Zusammenhang mit derselben Angelegenheit ebenfalls aufgesucht hatten.«

Es klang überzeugend. »Sie sind hoffentlich nicht beleidigt«, sagte ich, »wenn ich Ihnen nicht unbedingt glaube.«

»Was ich sage, ist die Wahrheit, Samson. Außerdem ist es bereits passé. Sie sagen, Sie haben eine neue Klientin, die John Pighee sehen möchte?«

»Seine Frau, ja. Sie möchte ihn heute sehen.«

»Aus heiterem Himmel? Nach sieben Monaten?«

»Heute«, sagte ich.

»Ich weiß nicht, welche Befriedigung sie sich von dem Besuch bei einem Mann erhofft, der im Koma liegt.«

»Ich bin sicher, daß Sie das nicht wissen«, sagte ich.

»Kennt sie die medizinischen Risiken, denen sie ihren Mann vielleicht aussetzt?«

»Die alte Leier«, sagte ich. »Wir sind um vier im Krankenhaus, und wir erwarten, daß man uns John Pighee sehen läßt. Wenn man uns davon abhält, können Sie zumindest mit gerichtlichen Schritten und Zeitungsartikeln rechnen. Und aller Wahrscheinlichkeit nach auch mit polizeilichen Nachforschungen.«

»Sie erwähnten die Polizei in Ihrer Nachricht«, sagte Rush. »Ich dachte, das sei nur ein billiger Trick gewesen, um meine Aufmerksamkeit zu erzwingen.«

»Ich bin nicht gerade teuer«, sagte ich, »aber ich bin auch nicht billig.«

»Wollen Sie allen Ernstes die Polizei in diese Angelegenheit hineinziehen? Denn man verschwendet nicht leichtfertig Zeit und Geld der Polizei.«

»Lassen Sie das meine Sorge sein«, sagte ich. »Wir sehen uns um vier.«

»Sie verlangen auch meine Anwesenheit, ja?« sagte er mit wachsender Verzweiflung. Er mimte überzeugend das Opfer eines unter progressivem Schwachsinn leidenden Verrückten.

»Nein«, sagte ich. »Alles, was wir wollen, ist John Pighee sehen.«

Nun ja, beinahe alles.

Sam saß schweigend da, während ich die Einzelheiten dieses Gesprächs in meinem Notizbuch festhielt.

»Ich weiß nicht, ob Linn wirklich in der Lage ist, ihren Mann zu sehen«, sagte sie gerade, als ich mir eine Tasse Kaffee eingoß.

»Ich habe sie letzte Nacht danach gefragt«, sagte ich.

Sam zuckte mit den Schultern. »Kann ich irgend etwas tun?« fragte sie.

»Ich gehe jetzt«, sagte ich. »Du hältst hier die Stellung und kümmerst dich um die Kundschaft, ja?«

»Meinetwegen«, sagte sie. Ohne Enthusiasmus.

»Sieh mal, ich treffe mich mit einem Freund von der Polizei. Ich glaube nicht, daß dir das besonders gefallen würde.«

»Nein«, sagte sie und rümpfte die Nase.

Plötzlich fiel mir auf, daß sie den ganzen Vormittag lang nicht ein einziges Mal gelächelt hatte. »Stimmt etwas nicht?«

»Ich habe nur darüber nachgedacht, ob du auch ganz sicher bist, daß du das Richtige tust.«

»Indem ich zur Polizei gehe?«

»Indem du die Dinge so vorantreibst.«

»Ich bringe zumindest etwas ins Rollen«, sagte ich.

»Linn schien letzte Nacht so traurig zu sein.«

»Ach ja?«

»Hast du das denn nicht gemerkt?«

»Sie war müde. Aber sie ist immer müde. Ich dachte allerdings, es ginge ihr langsam etwas besser.«

»Sie ißt überhaupt nicht«, sagte Sam.

»Nein?«

»Fast nichts.«

»Hm«, sagte ich und griff nach meinem Notizbuch. »Dann füttere sie.« Ich ging.

Um zwanzig nach zehn war ich bei Miller. Er schien überrascht zu sein, mich zu sehen.

»Ich habe doch gesagt, daß ich heute käme«, sagte ich.

»Du mußt tatsächlich irgend etwas wollen. Ich dachte schon, daß ich einen Fahndungsbefehl rausgeben müßte, um dich hierherzuholen.«

»Aber ich habe doch gesagt...«

»Was ist das nun für eine Sache mit John Pighee?« fragte er.

Ich war platt. Pighees Namen hatte ich ihm nicht genannt.

»Ich hatte eine kleine Unterredung mit Russ Fincastle, ja. Ich habe dich mit ihm zusammengebracht. Daher fand ich, daß ich das Recht dazu hätte. Du bist also mit einem Burschen beschäftigt, der im Januar einen Unfall hatte. Schwere Verletzungen. Große Sache. Kommt in den besten Firmen vor.«

»Nur wissen die Leute für gewöhnlich nicht schon im voraus, daß es passieren wird«, sagte ich.

»Er wußte, daß es passieren würde?«

»Er hat ziemlich ungewöhnliche Vorsorge getroffen«, sagte ich und erzählte ihm von dem Vertrag und dem Umschlag mit der Aufschrift ›Erst nach meinem Tode öffnen‹. »Die gebrauchten Hunderter waren in diesem Umschlag.«

»Ist er denn für tot erklärt worden?« fragte Miller ernst.

»Nein.«

Er rieb sich das Gesicht, als sei das genau die Antwort gewesen, die er erwartet hatte. »Wie geht es dem Burschen jetzt?«

Ich erzählte es ihm.

»Ich habe über diese gebrauchten Hunderter nachgedacht«, sagte er. »Sie müssen nicht unbedingt aus illegalen Quellen stammen. Vielleicht handelt es sich einfach um einen etwas unbeholfenen Versuch, die Erbschaftssteuer zu umgehen.«

»Der Bursche war alles andere als unbeholfen«, sagte

ich. »Und seine finanziellen Unterlagen geben keinen Hinweis darauf, wie er eine so gewaltige Summe erworben haben könnte. Ich habe alles durchgesehen. Er hat ungefähr dreitausend auf seinem Sparbuch, die aus seinen Einnahmen der letzten fünf Jahre stammen. Seinen Steuererklärungen nach hätte er kaum mehr von seinem Verdienst sparen können, ohne sehr viel spartanischer zu leben, als er das getan hat. Also muß er noch ein weiteres Einkommen gehabt haben, und zwar in bar und ohne Unterlagen. Es handelt sich um einen eindeutigen Fall von Steuerhinterziehung, wenn nicht um Schlimmeres.«

»Aber du glaubst, es steckt noch etwas anderes dahinter?« fragte Miller.

Ich erzählte ihm von dem Besuchsverbot für die Familie von John Pighee, und warum mir das Ganze verdächtig erschien.

»Ich weiß nicht recht«, sagte Miller.

»Ich bringe Linn Pighee heute nachmittag um vier ins Krankenhaus. Ich möchte, daß du auch hinkommst.«

»Ich?«

»Als eine Art inoffizieller offizieller Zeuge.«

»Das ist keine Angelegenheit für die Polizei, Al«, sagte er.

»Das habe ich auch nicht behauptet, aber es ist weniger wahrscheinlich, daß man uns mit leeren Versprechungen abspeist, wenn du – sozusagen in deiner Freizeit – auch mit von der Partie bist.«

»Du möchtest also, daß ich in meiner Freizeit komme, in meiner Dienstzeit und ein inoffizieller offizieller Zeuge bin?«

»Ich hätte es nicht besser ausdrücken können.«

Ich ging ohne sein Versprechen, doch ich wußte, er hatte angebissen. Und das war beinahe so gut wie ein Versprechen.

Mir gefiel der Gedanke, daß ich an einem Faden gezogen hatte und einige Leute daraufhin ein wenig zusammengezuckt waren. Nachdem ich selbst schon an so vielen Fäden gezuckt hatte. Als ich mich von Miller verabschiedet hatte, rief ich Walter Weston an. Er gehörte zu den glücklosen Menschen dieser Welt, tag und nacht im Büro.

»Linn Pighee geht heute nachmittag in die Loftus-Klinik, um ihren Mann zu besuchen. Um vier Uhr. Sie würde sich freuen, wenn Sie auch da wären.«

»Ich?« sagte er. »Warum?«

»Es gibt möglicherweise juristische Komplikationen, und sie möchte, daß jemand ihre Interessen und die ihres Mannes wahrt.«

»Was für Komplikationen?«

»Die Identifikation zum Beispiel.«

»Identifikation? Wovon?«

»Von John Pighee. Es ist nicht unbedingt sicher, daß der Mann in der Loftus-Klinik tatsächlich John Pighee ist.«

»Sie machen Witze!« sagte er.

Das tat ich nicht. »Können Sie kommen?«

»Welchen Grund haben Sie…«

»Können Sie kommen?« wiederholte ich.

»Ich denke schon«, sagte er.

Ich gab eine Party, und die Gästeliste war komplett.

# 21

Ich ging zurück ins Büro, wo ich Sam vorfand, die Linn Pighee mit ernstem Blick musterte.

»Was ist los?« fragte ich sie.

»Sie will ihr Frühstück nicht essen«, sagte Sam.

»Ich habe keinen Hunger.« Linns Stimme klang sehr schwach.

»Sie müssen Ihre Kräfte beisammenhalten«, sagte ich. »Wir haben ein volles Programm für heute nachmittag.«

»Ich fühle mich wirklich nicht besonders wohl«, sagte Linn.

»Sie will nicht gehen, Daddy«, sagte Sam.

»Sie will nicht?« fragte ich scharf. »Sie wollen nicht?«

»Das habe ich nie gesagt«, sagte Linn.

»Aber Sie wollen doch nicht, oder?« fragte Sam.

»Keiner von uns *will*«, sagte ich.

»Ich gehe«, sagte Linn, »wenn Sie es für das beste halten.«

»Wenn wir herausfinden wollen, was mit Ihrem Mann los ist, müssen wir wohl gehen.«

»Glauben Sie wirklich, daß John irgendwo anders ist?« fragte Linn.

»Ich weiß nicht, was ich glauben soll. Aber nach dem heutigen Tag werden wir manches viel besser wissen.«

»Du solltest ihr keine Hoffnungen machen, Daddy«, sagte Sam.

»Und du solltest nicht herumlaufen und den Leuten sagen, was sie wollen und was sie sollen«, fuhr ich sie an.

»Es geht ihr aber nicht gut! Sie sollte nicht ausgehen. Und du hast dich beschwert, als *ich* versucht habe, sie zu etwas zu drängen.«

»Streitet euch nicht«, sagte Linn klagend. »Mit mir ist schon alles in Ordnung. Ich habe nur letzte Nacht nicht so gut geschlafen. Ich mache jetzt ein Nickerchen, damit ich heute nachmittag fit bin.«

»Wollen Sie nicht erst etwas essen?« fragte ich.

»Ich versuch's später noch mal«, sagte sie.

Sam und ich sahen zu, wie sie ins Schlafzimmer ging.

»Ich verstehe dich nicht, Daddy«, sagte Sam, sobald Linn die Tür hinter sich geschlossen hatte.

»Was soll das nun wieder heißen?«

»Sie möchte nicht gehen. Das sieht doch ein Blinder.«

»Aber sie möchte wissen, was mit ihrem Mann los ist. Die Leute haben oft widersprüchliche Wünsche. Und sie ist diejenige, die wählen muß.«

»Das verstehe ich«, sagte Sam scharf. »Ich bin nicht dumm. Aber was ich nicht verstehe, ist, daß du sie so dazu drängst. *Du* bist derjenige, der sie zu Entscheidungen drängt.«

Ich begann mich zu verteidigen. Hörte jedoch bald wieder damit auf. Sie hatte nicht ganz unrecht. Ich zuckte die Achseln.

»Warum muß sie unbedingt heute gehen? Warum nicht morgen?«

Nicht, daß es wahrscheinlich gewesen wäre, daß sie morgen mehr Lust dazu gehabt hätte. Aber ich sagte: »Ich habe einfach das Gefühl, daß es der richtige Zeitpunkt ist.«

Sam verstand es immer noch nicht.

»Ich fühle es, Sam. Ich fühle, daß es ein perfektes Timing ist. Das möchte ich nicht verlieren.«

»Das Gefühl?«

»Und die Konzentration. Ich hasse es, etwas sausen zu lassen, an dem ich hart gearbeitet habe. Ich habe eine Abmachung getroffen wegen einer Angelegenheit, die ich nicht verstehe. Einen Tag später bin ich mir vielleicht nicht mehr so sicher. Ich will das einfach nicht leichtfertig aufs Spiel setzen.«

Sie schwieg eine Weile.

Das gab mir die Zeit, die ich brauchte, um mich selbst davon zu überzeugen, daß ich Linn nicht bedrängen würde. Wenn sie wirklich nicht gehen wollte, würde ich ihr nicht damit drohen, sie an Händen und Füßen zu fesseln und die Treppe hinunterzurollen. Wenn ihr Problem hauptsächlich ein psychisches war, würde ihr die Überwindung eines kleinen Hindernisses vielleicht dabei helfen, genug Selbstvertrauen aufzubauen, um die größeren anzugehen.

»Du und Mami, ihr müßt eine Menge Schwierigkeiten gehabt haben, als ihr noch zusammen wart«, sagte Sam.

»Was?«

»Ihr müßt doch einmal etwas füreinander empfunden haben. Du hättest das alles doch nicht grundlos weggeworfen.«

»Das habe ich auch nicht«, sagte ich, als ich nach einer Weile aus längst vergangenen Zeiten wieder auftauchte.

»Und genau genommen war auch nicht ich derjenige, der es weggeworfen hat.«

»Mami sagt das aber.«

»Ihr sprecht über mich?«

»Natürlich!« brach es aus ihr hervor. »Du bist mein Vater. Sie ist meine Mutter. Natürlich möchte ich etwas über dich wissen. Ich bin schließlich auch neugierig, weißt du?«

Und endlich wurde mir klar, warum ein lebenshungriges Kind sich ein paar Sommerwochen Zeit nahm, um mit einem alten Herrn herumzuhängen, den sie kaum jemals gesehen hatte, noch dazu in Indianapolis. Der Grund dafür war, daß es ihr alter Herr war und daß sie, hilflos in das Leben anderer Menschen hineingeworfen, wenig genug besaß, was ihr gehörte, ganz ihr gehörte.

»Wir... deine Mutter und ich... wir haben uns sozusagen kennengelernt zu einer Zeit, als wir beide dachten, wir wären etwas anderes, als wir waren, etwas anderes, als wir sind.«

»Sie glaubt, daß es dumm von dir ist, deine Zeit als Detektiv zu verschwenden.«

Trotz all der Jahre tat es weh.

»Und ich glaube, daß sie dumm ist, sich damit zufriedenzugeben, die Frau eines reichen Mannes zu sein. Das alles hat sie schon getan, während sie einfach nur die Tochter ihres reichen Vaters war. Sie hatte 'ne Menge drauf, unter all der Seide.«

»Tut es immer noch weh?«

Ich wollte ihr gegenüber nicht zugeben, was ich bereits mir gegenüber zugegeben hatte. »Gebranntes Kind...«

sagte ich. In dem Versuch, mich undurchsichtig zu geben. Aber ich konnte ihr nichts vormachen.

»Das habe ich mir gedacht«, sagte sie. Dann, ohne jeglichen logischen Grund fuhr sie fort: »Du hast mir tolle Briefe geschrieben, als ich noch klein war.«

»Wir waren ja auch Spielkameraden. Briefspielkameraden. Jetzt bist du mir über den Kopf gewachsen.«

»Daddy, warum bist du Privatdetektiv geworden?«

»Damals kam es mir einfach so vor, als wäre es eine gute Idee. Und jetzt – tja, jetzt weiß ich viel mehr darüber als am Anfang. Und es wäre doch eine Schande, all das schöne Wissen einfach wegzuwerfen. Außerdem mag ich diese seltenen Gelegenheiten, alle ein bis zwei Jahre, wenn jemand mir etwas Interessantes erzählt.«

»Aber warum gibst du dir dann nicht mehr Mühe damit? Warum arbeitest du nicht härter daran?«

»Es gibt keine Belohnung für harte Arbeit. Nur mehr Geld und weniger Zeit, es zu genießen.«

»Aber...«

»Und ich verschwende nicht gern meine Gedanken und meine Gefühle an Dinge, die nicht wirklich interessant sind. Ich hebe sie mir lieber für Situationen wie diese auf, so daß ich mein Bestes geben kann, selbst wenn das nicht gut genug ist.«

Die Antwort schien sie zu befriedigen. Auch wenn sie mich selbst nicht befriedigte.

Zumindest stellte sie keine weiteren Fragen mehr. Ich sagte: »Ich möchte Linn nicht dazu zwingen, heute nachmittag ins Krankenhaus zu fahren. Aber wenn sie dazu bereit ist, dann werde ich sie unterstützen.«

Gelassen akzeptierte Sam diese Rückkehr zu unserer Arbeit. »Könntest du nicht noch irgend etwas anderes für sie tun?«

»Irgendwelche Vorschläge?«

»Ich weiß nicht«, sagte sie. »Ich weiß im Grunde genommen überhaupt nicht viel darüber, nicht wahr?«

Den Rest des Nachmittags brachte ich damit zu, meine Notizen über den Fall mit ihr durchzugehen.

Als ich dachte, daß Linn eigentlich schon vor zehn Minuten hätte aufgestanden sein sollen, sagte ich: »Ist Linn wach?«

»Nein«, sagte Sam. »Wenn ja, hat sie jedenfalls nicht das kleinste Geräusch gemacht.«

»Ich geh' mal nachsehen.«

Leise öffnete ich die Tür zum Schlafzimmer. Linn Pighee lag ganz still da, mit dem Gesicht zur Wand, so daß ich nicht sehen konnte, ob sie wach war oder nicht.

»Linn?« sagte ich.

Sie rührte sich nicht.

Noch einmal sagte ich ihren Namen.

Sie drehte sich um. Ihre Augen waren noch immer geschlossen, aber sie klammerte sich an der Bettkante fest. Sie machte merkwürdige Geräusche, atmete zuerst schwer und begann dann, leise zu weinen. Undeutlich hörte ich das Wort »John«. Einmal, zweimal. Dann drehte sie sich erneut zur Wand und war wieder still.

Ich verließ das Zimmer und dachte darüber nach, wieviel Streß sie wohl aushalten konnte. Und beschloß, erst Kaffee zu kochen, bevor ich sie endgültig aufweckte.

Ich goß den Kaffee gerade in drei Tassen, als die Schlafzimmertür sich öffnete und Linn lächelnd ins Zimmer trat.

»Ich gewöhne mich langsam an den Kittel Ihrer Mutter, Mr. Albert«, sagte sie. »Glauben Sie, ich kann ihn ihr abkaufen?«

»Kaum. Aber sie würde ihn Ihnen schenken. Etwas Kaffee?«

»Schrecklich gern«, sagte sie und nahm ihre Tasse entgegen. »Wann fahren wir los?«

»In knapp einer Stunde.«

»Wissen Sie«, sagte sie, »ich habe nichts Passendes anzuziehen.«

Sie beschloß, ihre Wahl unter Sams Kleidern zu treffen statt unter meinen, und als wir um zwanzig vor vier die Treppe hinunterstiegen, sahen sie wie Schwestern aus. Auf zu einem Spaziergang mit Papa. Linn war weiterhin fröhlich. Erst als wir an die Haustür kamen, schauderte sie und fragte: »Wie weit ist es bis zum Wagen?«

»Es ist ein Lieferwagen, und er steht um die Ecke.«

»Könntest du ihn nicht herbringen, Daddy?«

Ich konnte.

Sam setzte sich auf den Rücksitz auf die Kissen, die ich dort liegen hatte. »Ich habe nur selten zwei Passagiere gleichzeitig«, sagte ich.

»Sie sollten meinen Wagen holen«, sagte Linn. »Ich wäre sehr glücklich, wenn Sie ihn benutzen würden. Er sollte wirklich gefahren werden.«

Wir schwiegen eine Weile, während wir uns langsam

dem Krankenhaus näherten. Danach sagte Linn: »Ich wette, Dougie macht sich Sorgen um mich. Er ist in dieser Hinsicht sehr verantwortungsbewußt, wissen Sie.«

»Wer ist Dougie?« fragte Sam.

»Das ist der Junge, der mir immer meine Medizin gebracht hat, als ich noch in Beech Grove war.«

»Wie nett von ihm«, sagte Sam.

»Ich bin sicher, daß Mrs. Thomas mittlerweile gemerkt hat, daß Sie nicht mehr zu Hause sind«, sagte ich. »Wenn er fragt, wird sie ihm schon Bescheid sagen.«

»Das denke ich auch«, sagte Linn.

Ich sah im Rückspiegel, wie Sams Gesicht sich in Falten legte. »Wahrscheinlich wird er in ein paar Tagen mal bei uns vorbeischauen, und dann können Sie es ihm selbst sagen.«

Linn sagte nichts.

Ich auch nicht.

»Dann geht es Ihnen bestimmt schon besser«, sagte Sam.

»Ich gehe nicht wieder zurück in dieses Haus«, sagte Linn. »Nicht, nachdem ich endlich rausgekommen bin. Nie wieder.«

## 22

Walter Weston saß im Warteraum der Loftus-Klinik. Er sah uns nicht gleich, als wir hereinkamen; er schien zu grübeln.

»Hallo, Walter«, sagte Linn, als wir direkt vor ihm standen. Er schnellte buchstäblich in die Höhe. »Linn! Hallo.«

»Hallo, Walter«, sagte sie noch einmal.

»Du siehst nicht gut aus. Setz dich.«

Sie tat es.

Er nickte mir zu und sah dann zu Sam hinüber. »Wer ist die junge Dame?«

»Meine Tochter«, sagte ich. »Aber sie ist außerdem auch ein Detektivlehrling. Familienunternehmen.«

Weston sagte nichts, strich sich nur das Haar aus der Stirn.

Sam fragte Linn, ob sie sich wohl fühle. Sie bejahte, aber ihrer Stimme fehlte die Überzeugungskraft, selbst in meinen Ohren.

»Bringen wir's endlich hinter uns«, sagte Weston. »Wenn wir diese bizarre Angelegenheit schon über uns ergehen lassen müssen.«

»Wir sind noch nicht vollzählig«, sagte ich.

»Nein?«

»Mein Freund von der Polizei wollte eigentlich auch um vier hier sein.«

»Polizei?« sagte er. Aber er ging nicht weiter darauf ein, weil der Umschlag mit den gebrauchten Hundertern auch ihm nicht aus dem Sinn ging.

Ich warf einen Blick auf meine Armbanduhr. Es war fünf nach vier. »Wir können ebensogut schon mit den Vorbereitungen beginnen.« Ich ging zum Empfang und sagte: »Wir sind die Begleiter von Mrs. Linn Pighee. Wir wollen ihren Mann sehen, John Pighee.«

Die Schwester war dieselbe, mit der ich es auch vor vier Tagen zu tun gehabt hatte. Wortlos drehte sie sich um und rief in den Raum hinter ihr: »Evan!«

Der Rausschmeißer. Ich dachte, sie hätte ihn gerufen, damit er wieder einmal Blindekuh mit mir spielen konnte. Aber er kam zu uns herüber und ging vor uns her durch die Pendeltüren, hinein in die eigentliche Klinik.

Ich ging zurück zu meinen Leuten. Es war sieben nach vier. »Ich habe die Dinge ins Rollen gebracht«, sagte ich. Linn sah seekrank aus.

»Was genau ist dieser Freund von Ihnen bei der Polizei?« fragte Weston.

»Detective Lieutenant«, sagte ich, aber im Augenblick interessierte es mich weniger, was er war, als wo. Er hatte mir nicht versprochen zu kommen. »Er hat gesagt, er würde es versuchen«, sagte ich.

Hinter mir schwang eine Tür auf, und als ich mich umdrehte, fand ich mich Jay Dundree und Evan gegenüber.

»Mit so vielen Leuten habe ich nicht gerechnet«, sagte Dundree. Er runzelte die Stirn und machte nicht den Versuch, ein besonders erfreutes Gesicht zu zeigen. »Henry Rush sagte, Mrs. Pighee würde hier sein.«

»Das ist Mrs. Pighee«, sagte ich und stellte Linn vor. Dann Weston und Sam. Dundree sagte: »Dr. Merom ist soweit. Wollen wir hineingehen?«

»Ich würde gern noch eine Weile hier sitzenbleiben.«

Dundree sah mich an; ich sah Linn an. Sam vermittelte. »Ich bleibe hier bei ihr, Daddy. Du und Mr. Weston, ihr könnt schon mal anfangen. Er kennt doch Mr. Pighee, oder?«

Evan begleitete uns durch die Pendeltüren hinein in die Klinik. An der zweiten Tür links klopfte Dundree einmal an und führte uns dann in ein behagliches Arztbüro, in dem Marcia Merom bereits auf uns wartete. »Ich habe Dr. Merom gebeten«, sagte Dundree, »Mr. Pighees Zustand und seine Krankheitsgeschichte für uns zu beschreiben und die Behandlung, die er bisher erfahren hat, zu erklären. Dann werden wir zu ihm hineingehen.«

»Okay«, sagte ich.

»Der Patient«, begann sie, »kam in der Nacht des 27. Januar mit schweren Kopfverletzungen in die Klinik.« Sie beschrieb die Verletzungen ziemlich im Detail, aber ich stellte fest, daß meine Gedanken zu den zweiundzwanzigtausend Dollar wanderten, die Pighee ihr offensichtlich hinterlassen hatte. Ich sah Weston an und bemerkte, daß er sich bei der Vorstellung ihren Namen notiert hatte. Ich war ungeheuer neugierig, in welcher Beziehung Pighee zu ihr gestanden hatte. Mit straff nach hinten gekämmtem Haar und wachen Augen bot sie uns eine präzise Wiedergabe der Krankengeschichte – und ich konnte absolut nichts an ihr finden.

»Unserer Meinung nach«, fuhr sie fort, »wäre der Patient noch in jener Nacht gestorben, wenn man ihn in irgendeine andere Unfallklinik im Umkreis von vierhundert Meilen gebracht hätte. Zu seinem Glück und zum Glück seiner Familie hatte die Gesellschaft erst vor kurzem ein Forschungsprojekt begonnen, das in Verbindung mit der Entwicklung und Untersuchung möglicher chemotherapeutischer Hilfsmittel bei der Behandlung von schweren physischen Traumata steht. Das Anfangsproblem in solchen Fällen ist, wie Sie vielleicht wissen, die sehr kurze Zeit, in der es gelingen muß, die kritischen Körperfunktionen des Patienten zu stabilisieren. Sonst haben die natürlichen Heilungsmechanismen des Körpers keine Zeit, ihre Arbeit aufzunehmen, weil der Patient dann nämlich bereits tot ist.«

»Natürlich«, sagte ich.

»Wollen Sie, daß ich weiter ins Detail gehe?«

»Wir wollen den Patienten sehen.«

»Das habe ich gehört«, sagte sie. Sie erhob sich von ihrem Stuhl. Man führte uns in ein weiteres Zimmer, wo wir angezogen wurden: Gesichtsmasken, Haarnetze und lange Gewänder. Teil des Versuchs, eine überzeugende Schau abzuziehen, sonst nichts.

Dr. Merom führte uns in Pighees Zimmer.

Zuerst konnte ich gar nichts sehen. Um das, was sich schließlich als Bett erwies, stand ein ganzer Maschinenpark. Pighee steckte bis zum Hals in einem Plastiksack. Elektrische und mechanische Anschlüsse wuchsen wie Haare aus ihm heraus. Eine Maschine hing direkt über seiner Brust.

Sein Kopf war bis auf die Nase mit einem braunen Stoff verhüllt, der wie eine mit irgendwelchen Chemikalien imprägnierte Bandage aussah. Seine Augen und der Rest der linken Seite seines Gesichts waren bedeckt.

»Mein Gott«, sagte Weston. Es war kein schöner Anblick.

»Ich bitte Sie alle, dem Patienten nicht zu nahe zu kommen«, sagte Dr. Merom. Dundree, der hinter ihr stand, nickte langsam. »Ich werde die Apparaturen, die Sie vor sich sehen, nicht näher beschreiben. Nur ein paar von den offensichtlicheren Dingen.«

Welche die Monitore seines Herzens einschlossen, seines Atems, seiner Nierenfunktion, seiner Nährstoffaufnahme, der Körperausscheidungen, der Temperatur, des Salzhaushaltes, der verschiedenen Blutwerte und der Leberfunktion.

»Sind Sie zufrieden?« fragte Dundree uns.

»Ja«, sagte Weston scharf.

»Nein«, sagte ich. Dann, an Weston gewandt: »Sehen Sie ihn sich gut an.«

»Was soll ich mir da ansehen?«

»Ist das John Pighee?«

»Wer könnte das sagen?«

Dundree runzelte die Stirn. »Wollen Sie damit andeuten, daß das hier möglicherweise nicht John Pighee ist?«

»Genau«, sagte ich.

»Lächerlich.«

Wir diskutierten die Sache im Ankleideraum weiter. »Ich finde es nicht lächerlich«, sagte ich. »Wenn ihr keinen in seine Nähe lassen wollt, woher sollen wir dann wissen, wer er ist?«

»Ihre Phantasie muß mit Ihnen durchgehen, oder Sie sind krank. Das ist ganz eindeutig John Pighee.«

»Ich hätte gern einen Satz seiner Fingerabdrücke«, sagte ich. Nur, um meinen Beliebtheitsgrad zu einem neuen Weltkrekord aufzuschwingen.

Merom war gelassen, aber Dundree war außer sich vor Wut. »Was glauben Sie, wer Sie sind?« rief er. »Was sind Sie für ein Verrückter?«

»Ich glaube, ich bin der bevollmächtigte Repräsentant von Mrs. Linn Pighee, und ich habe das Recht, eine eindeutige Identifikation zu verlangen.«

Dundree wandte sich an Weston. »Sie sind der Anwalt. Stimmen Sie dieser... dieser beleidigenden Forderung zu?«

Weston schien sich ausgesprochen unwohl zu fühlen. Aber er entschied sich schließlich doch für die richtige Seite. »Wenn es ohne übertriebenes Risiko gemacht werden kann, sehe ich nicht ein, warum Sie dagegen sein sollten.«

Sie nahmen dem Patienten auf einem sterilen Glas Fingerabdrücke ab, und zehn Minuten später waren Weston und ich auf dem Weg aus dem Krankenhaus.

Aber bevor ich Dr. Merom verließ, sagte ich: »Ich hoffe, Sie nehmen das Ganze nicht persönlich. Ich versuche nur, im besten Interesse meiner Klientin zu handeln, so wie Sie wahrscheinlich im besten Interesse Ihres Patienten handeln.«

Sie machte keinen übermäßig liebenswerten Eindruck.

»Wie ist die Prognose für Pighee?« fuhr ich fort.

»Das kann man unmöglich sagen.«

»Er könnte also trotz allem immer noch sterben?«

»Das ist durchaus möglich, obwohl sein Zustand jetzt schon seit einiger Zeit stabil ist.«

»Was ist mit dem Gehirnschaden?« Das war das einzige Organ, auf das sie nicht eigens unsere Aufmerksamkeit gelenkt hatte.

»Wir überwachen natürlich seine zerebrale Aktivität«, sagte sie. »Das ist so ungefähr das einzige, was wir tun können. Es sähe besser aus, wenn er bei Bewußtsein wäre, aber das kann durchaus noch kommen.«

»Wenn er stirbt, hat es wenigstens eine gute Seite«, sagte ich mit gespielter Unbeschwertheit.

»Und die wäre?« fragte Dr. Merom.

»Ich kann dann einen Umschlag öffnen, den ich in meinem Büro habe. Ein Vermächtnis von John Pighee. Darf nur im Falle seines Todes geöffnet werden.«

Merom und Dundree tauschten Blicke miteinander, die für einen kurzen Moment Besorgnis, Angst und Verwirrung zeigten. Dann sagte Dr. Merom: »Nun, ich hoffe doch sehr, daß es dazu nicht kommen wird.«

Ich war nicht allzu stolz auf meine Bemerkung, aber zumindest hatte ich eine Reaktion bekommen. Wir gelangten an die Pendeltüren, und Weston und ich waren wieder zurück in der Besucherzone der Klinik.

Sam und Linn waren nicht da.

Die Krankenschwester hinter dem Schreibtisch kam meiner Frage zuvor. Sie sagte: »Der älteren Frau ist schlecht geworden, während sie hier gewartet hat. Die junge Dame hat sie zur Untersuchung in die Notaufnahme gebracht.«

»Nicht hier!« sagte ich, ohne nachzudenken.

Die Schwester verstand nur allzu schnell, was ich meinte. »Das ist eine Versuchsklinik«, sagte sie. »Wir nehmen hier nicht jeden.«

»Das war kein besonders erfolgreiches Unternehmen, Mr. Samson«, sagte Weston zu mir.

Beklommen tastete ich nach dem Fingerabdruckglas in meiner Tasche. Im Innersten wußte ich, daß es Pighees Fingerabdrücke waren und daß es Linn nicht gut ging.

Wir fanden Sam im Warteraum der Notaufnahme. Reglos und mit auf die Hände gestütztem Kopf saß sie da. Ich setzte mich neben sie und legte ihr meinen Arm um die Schultern.

»Man hat sie aufgenommen«, sagte Sam. »Mir ist nichts anderes eingefallen. Sie war sehr traurig, Daddy.«

# 23

Weston hatte mir nicht mehr viel zu sagen, bevor er wieder seiner Wege ging. Er hatte Verständnis für meine Verdächtigungen, war aber froh, daß er nicht verantwortlich war für diesen speziellen Versuch, Aufklärung zu erlangen. Ich konnte ihn verstehen. Ich fühlte mich auch nicht besonders aufgeklärt.

Sam und ich sprachen auf dem Weg nach Hause nicht viel miteinander.

Sam und ich sprachen den Rest des Abends nicht viel miteinander.

Ich erwachte mitten in der Nacht und sprach mit mir selbst. Ich fragte mich, was ich mir da eigentlich in den Kopf gesetzt hatte. Mir den Weg in das Krankenzimmer eines aufs schwerste verletzten Mannes zu erzwingen. Darauf zu bestehen, daß seine ebenfalls nicht gesunde Frau das Haus verließ, obwohl sie es nicht wollte. Noch tiefer in meinem Innern nagte die Frage, wie ich überhaupt so verstiegen sein konnte, mich Privatdetektiv zu schimpfen, wenn ich mich nicht zusammennehmen, wenn meine Verdächtigungswut so mit mir durchgehen konnte.

Ich fragte mich, was ich in dem Bett verloren hatte, in dem eigentlich Linn schlafen sollte.

Um zwanzig nach zehn weckte Sam mich. »Daddy. Daddy! Da ist eine Dame, die dich sehen möchte.«

Es gibt schlimmere Gründe, geweckt zu werden. Ich streckte mich, kratzte mich, schlug die Decke zurück und ging in mein Büro.

Wo ich Mrs. Thomas vorfand. »Es wäre schön, wenn wir alle bis nach halb acht schlafen könnten«, sagte sie. Ich hatte irgendwie das Geühl, daß sie nicht besonders zufrieden mit mir war. Aber ich würde sie schon auf ihren Platz verweisen.

»Was kann ich für Sie tun, Mrs. Thomas?«

»Sie können mir das hier erklären«, sagte sie und reichte mir ein Blatt Papier.

»Sieht wie eine Rechnung aus«, sagte ich. »Von mir.«

»Genau. Über zweiundachtzig Dollar! Das ist lächerlich.«

Ich überflog die Aufstellungen von Zeiten und Ausgaben. »Nein, das ist es nicht. Es ist sehr vernünftig.«

»Vernünftig? Was glauben Sie, wer Sie sind – Sherlock Holmes?«

»Wir haben uns, bevor ich mit der Arbeit angefangen habe, über den Preis verständigt«, sagte ich. »Und wenn überhaupt, ist es eine Unterschätzung.«

»Nun«, sagte sie steif. »Diese Haltung habe ich nicht erwartet.«

»Welche Haltung haben Sie denn erwartet?«

»Eine Entschuldigung habe ich erwartet.«

»Wenn Sie nicht zufrieden sind, schlage ich Ihnen vor, eine andere Detektei aufzusuchen oder die Verbraucherberatung. Fragen Sie diese Leute mal, ob sie das Gefühl hätten, der Preis für meine Arbeit sei unvernünftig.«

»Sie scheinen die Absicht zu haben, ziemlich großzügig

mit meiner Zeit umzugehen«, sagte sie. »Zweifellos genau so großzügig, wie Sie es bei der Berechnung Ihrer Arbeitszeiten waren.«

»Eine Menge Leute würden Ihnen zwanzig Prozent dessen, was Jay Dundree Ihnen gegeben hat, in Rechnung stellen. Eine Art Finderlohn – als direktes Ergebnis ihrer Arbeit.«

»Ihr Glück, daß Sie das nicht versucht haben.« Aber sie leugnete nicht meine Andeutung, daß die zwanzig Prozent mehr gewesen wären als die zweiundachtzig Dollar, die ich ihr berechnet hatte.

»Ich bin ungewöhnlich gewissenhaft, was die Berechnung meiner Arbeitszeiten betrifft«, sagte ich. »Es tut mir leid, wenn die Höhe der Rechnung Sie überrascht hat, aber es gibt nur eine Möglichkeit, wie Sie es billiger bekommen hätten. Wenn Sie nämlich von Anfang an festgestellt hätten, daß Sie nicht ganz so erpicht auf einen Besuch bei Ihrem Bruder waren, wie Sie dachten.«

»Glauben Sie nicht, daß ich das einfach so auf sich beruhen lasse«, sagte Mrs. Thomas. Aber wenigstens verschwand sie aus meinem Büro und ließ mich in Ruhe.

Was glaubte sie wohl, wie lange zweiundachtzig Dollar für den Lebensunterhalt eines Privatdetektivs ausreichten? Mit einem Büro, das er bezahlen mußte. Mit einer Tochter, die er füttern mußte.

Nachdem ich meine Tochter gefüttert hatte, zog ich mich an.

»Wo gehst du hin, Daddy?«

»Weg.«

»He, kann ich nicht mit dir kommen?«

»Du hast anderes zu tun.«

»Habe ich das?«

»Du wirst unsere Klientin im Krankenhaus besuchen.«

»Puh«, sagte sie. »Das hatte ich tatsächlich irgendwie vergessen.«

»Ein Privatdetektiv«, erklärte ich ihr, »vergißt niemals etwas. Weil er sich alles in sein Notizbuch schreibt.«

»Du hast gesagt, du würdest mir eins geben«, sagte sie. »Aber du hast es vergessen. Und ich wollte nicht danach fragen.«

»Ein Privatdetektiv fragt immer, ob er will oder nicht«, sagte ich steif. Ich gab ihr ein Notizbuch und ging.

Ich ging zum Polizeirevier.

Nachdem ich fünfundvierzig Minuten gewartet hatte, konnte ich endlich mit Miller reden.

»Das Stehaufmännchen«, sagte er. Und runzelte die Stirn. »Tut mir leid, daß ich es gestern nicht geschafft habe. Aber ich konnte nicht.«

Ich stellte das Glas mit den Fingerabdrücken auf seinen Schreibtisch. »Ich würde dich nicht belügen«, sagte ich. »Du hast nicht sehr gefehlt.«

»Es ist nicht gut gelaufen?«

»Ich glaube, die Fingerabdrücke auf diesem Glas werden beweisen, daß der Bursche im Krankenhaus John Pighee ist.«

»Sollte er das denn nicht sein?«

»Doch.«

Er schüttelte den Kopf. »Du bist wirklich verkorkst, Albert. Du siehst sogar verkorkst aus.«

»Irgend etwas stimmt da nicht, Jerry«, sagte ich mit ungewöhnlichem Engagement. »Aber ich weiß nicht, was ich tun soll, wo ich anfangen soll.«

»Ist es nur das Geld?«

»Nein«, sagte ich. »Warum schien er gewußt zu haben, daß ihm etwas zustoßen würde? Warum weiß niemand, woran er gearbeitet hat? Warum hat es einen solchen Wirbel gegeben, daß niemand zu ihm durfte?«

»Es könnte durchaus in Ordnung sein«, sagte er.

Ich schüttelte nur den Kopf. »Und nun ist meine Klientin krank und liegt in der Klinik. Meine letzte Klientin meckert an meiner Rechnung herum. Und außerdem wollen sie mein Haus abreißen.«

»Wahrscheinlich hast du nur eine Pechsträhne«, sagte Miller. »Wenn es um den Rest deines Lebens besser bestellt wäre, würde dich diese Pighee-Sache nicht so aufregen. Ist deine Freundin nicht da?«

»Sie ist vor ein paar Tagen in Urlaub gefahren.«

»Tja, nichts ist, wie es sein sollte auf dieser Welt.«

Ich zuckte die Achseln. Dann schob ich ihm das Glas hin.

»Was soll ich damit anfangen?«

»Die Fingerabdrücke nehmen.«

»Und wo soll ich einen Satz von Pighees Fingerabdrücken zum Vergleich herkriegen?«

Ich schürzte die Lippen. »Daran habe ich gar nicht gedacht«, sagte ich.

»Mach mal Urlaub, Albert.«

»Nein«, sagte ich nachdrücklich. »Laß sie durchlaufen, Jerry. Vielleicht hast du Pighees Abdrücke. Oder, falls sie jemand anderem gehören, hast du vielleicht seine. Es ist wirklich nur eine Kleinigkeit.«

Er seufzte.

»Das Ganze ergibt einfach keinen Sinn für mich«, sagte ich.

»Muß denn die ganze Welt für dich einen Sinn ergeben?« fragte er scharf.

Ich dachte eine ganze Weile über diese Frage nach. Dann gab ich ihm wahrheitsgemäß Antwort. »Ja«, sagte ich. »So ist es. Das ist es nämlich, was mir Antrieb gibt.«

»Das ist der Grund, warum du ein Fehlschlag bist.«

»Ich glaube nicht, daß ich ein Fehlschlag bin«, sagte ich. »Ich bin einfach nur pleite, dumm und ein Pechvogel.«

Miller zuckte mit den Schultern.

Während ich auf den Aufzug wartete, dachte ich angestrengt nach, machte mir klar, daß ich die seltsamen Fakten dieses Falles zuerst von allen Seiten beleuchten mußte, ehe ich den Kopf wieder für irgend etwas anderes frei hatte. Man würde mich also zur Räumung zwingen; dasselbe hatte ich schon früher erlebt. Ich war also pleite; es gibt schlimmere Dinge im Leben, als aufhören zu müssen, ein Privatdetektiv zu sein. Ich hatte das große Glück, mir den Luxus leisten zu können, mich nur um mich selbst kümmern zu müssen. Entscheidungen betrafen nur mich allein. Ich hatte kein Geld, aber ich hatte den größten Luxus, den man sich nur denken konnte: die Freiheit, selbst zu entscheiden, wie ich zur Hölle fahren wollte und wann.

Ich ging zum Sicherheitsgebäude von Loftus. Erst als ich

Russell Fincastle dort sah, kam es mir in den Sinn, daß er in einer anderen Schicht hätte arbeiten können. Vielleicht war das heute doch mein Glückstag.

»Mr. Samson«, sagte er fröhlich, als er mich einließ. »Sie kommen sicher wegen der Liste.«

»Ja.«

»Ich habe für mein Geld gearbeitet, das kann ich Ihnen sagen. Es gibt 'ne ganze Menge Leute, die noch spätabends in Forschung Drei arbeiten.« Er zog mehrere, mit einer großen lockeren Handschrift bedeckte Blätter hervor.

Ich lächelte und nickte und zückte meine Brieftasche. Und erinnerte mich an eine fürchterliche Wahrheit. Das letzte Geld, das ich ausgegeben hatte, waren vier Dollar achtundneunzig gewesen. »Oh, Jesus«, sagte ich. »Das ist heute nicht mein Tag.«

»Was ist los?«

»Ich habe kein Geld mitgebracht. Ich versuche gerade herauszufinden, wie ich dermaßen dumm sein konnte.«

»Ich lasse mich nicht gern an der Nase rumführen«, sagte Fincastle, ohne einen Zweifel daran zu lassen, daß er die zwanzig Dollar bereits ausgegeben hatte.

»Ich fahre nach Hause und hole sie«, sagte ich.

Fincastle faltete die Liste demonstrativ zusammen und steckte sie in seine Tasche.

Kopfschüttelnd ging ich zu meinem Wagen zurück. Ich fuhr nach Hause.

Das Büro war ein einziges Chaos.

Ich konnte es nicht glauben. Überall lag Papier verstreut; die Schubladen herausgezogen. Ich hatte gar nicht gewußt, daß ich so viel Papier in meinem Büro hatte. Ich habe dort nicht viel, was von Wert wäre. Weil es für die Allgemeinheit offen steht.

Ein paar Minuten lang saß ich auf meinem Drehstuhl. Es war ein Schock. Obwohl man wirklich sagen mußte, daß ein Dieb, der mich ausraubte, schon ziemlich knapp bei Kasse sein mußte.

Knapp bei Kasse erinnerte mich daran, warum ich hergekommen war. Ich ging ins Wohnzimmer. Alles, was ich besaß, lag auf dem Boden.

Ich rannte nicht, sondern ging zivilisiert auf den Kasten mit meinem unantastbaren Notgroschen darin zu. Jemand hatte ihn angetastet.

Ich setzte mich in meinen Eßzimmersessel und ruhte mich aus. Sie hatten sogar das Foto meiner Herzdame mitgenommen.

»Daddy!« Zwanzig Minuten später stürmte Sam herein, dicht gefolgt von Ray McGonigle. »Daddy, was ist passiert?«

Ich wollte ihr gerade sagen, daß ich mich zu einem Frühjahrsputz durchgerungen hätte, aber die Worte wollten mir nicht über die Lippen kommen. Statt dessen seufzte ich. »Man hat uns ausgeraubt«, sagte ich.

»Wow«, sagte McGonigle.

## 24

Ich borgte mir fünfzehn Dollar von Sam und fünf von McGonigle und ein paar Zehncentstücke aus der Tasche meiner anderen Hose. Dann fuhr ich zurück zu Russell Fincastle. Seine Liste war sechs Seiten stark. Ich kaufte sie und fuhr dann auf direktem Weg wieder nach Hause, wo ich mich wie ein ausgeleierter Jo-Jo in meinen Sessel fallen ließ.

Sam und Ray hatten meine durcheinandergebrachten Besitztümer an einer der freien Wände aufgestapelt, ohne auch nur zu versuchen, sie zu sortieren oder sie an ihren alten Platz zurückzulegen. Sam war damit beschäftigt, uns ein Mittagessen zuzubereiten. Ich betrachtete mein Königreich. Beschloß, es bei den unordentlichen Stapeln zu belassen. Ich würde ohnehin bald umziehen.

Das Mittagessen bestand aus Gänsepastete auf heißen Pfannkuchen.

»Essen Sie immer so komische Sachen hier, Mann?« fragte Ray.

»Ich kaufe nur die Sorten mit einem Witz auf der Verpackung«, sagte ich. »He, warum sind Sie nicht bei der Arbeit?«

»Ich habe heute morgen einen Anruf vom Boss bekommen. Angeblich habe ich zu viele Überstunden gemacht, und da meinte er, daß ich die kompensieren und diese Woche Urlaub nehmen sollte.«

»Ist das nicht ein Glücksfall, Daddy?«

»Also habe ich diese junge Dame hier angerufen, und sie sagte, sie brauche ein paar Räder, und da bin ich rübergekommen.«

»Räder?«

»Ich mußte doch irgendwie ins Krankenhaus kommen, Daddy.«

»Konntest du zu ihr?«

Sams Gesicht wurde traurig. »Nein. Sie hat geschlafen. Wir haben fast eine Stunde gewartet, aber sie hat immer noch geschlafen.«

»Hast du rausgefunden, was mit ihr los ist?«

»Sie machen immer noch irgendwelche Untersuchungen. Aber sie haben gesagt, daß sie unterernährt ist. Sie hat ja auch die ganze Zeit hier bei uns kaum was gegessen. Ich habe wirklich ein schlechtes Gewissen deswegen.«

»Es dauert mehr als ein paar Tage, um in einen solchen Zustand zu kommen«, sagte ich. »Es hat sich schon ewig niemand mehr um sie gekümmert, und sie selbst hat auch keinen großen Drang verspürt, für sich zu sorgen.«

»Aber wir sorgen jetzt für sie, nicht wahr, Daddy?«

»Ja, Liebes«, sagte ich. »Wir sorgen jetzt für sie. Wenn wir auch nur die geringste Chance dazu bekommen.«

Ich setzte Sam an die Bearbeitung der Liste von Fincastle. Sie sollte Buch führen über jeden der Leute, die sich in dem Kalenderjahr vor Pighees Unfall aus Forschung Drei abgemeldet hatten. Ich hoffte auf Muster, irgendwelche Gesetzmäßigkeiten. Ich selbst machte mich noch einmal auf den Weg zu Lieutenant Miller.

»Aber sie haben mich ausgeraubt!«

»Jemand hat dich ausgeraubt«, sagte er. »Du weißt nicht, wer es war.«

»Ich glaube nicht an Zufälle«, sagte ich.

»Was für Zufälle?«

»Gestern in der Loftus-Klinik habe ich erwähnt, daß Pighee einen Umschlag hinterlassen hat, der erst nach seinem Tod geöffnet werden darf. Sie wirkten überrascht oder vielmehr besorgt. Ich sagte, der Umschlag sei in meinem Büro.«

»War er in deinem Büro?«

»Natürlich nicht. Der Anwalt der Pighees hat ihn. Aber am nächsten Tag wird mein Büro auf den Kopf gestellt, und aus lauter Frustration rauben sie mir neunhundertachtunddreißig Dollar.«

»Das ist eine Menge Zeug, um es offen herumliegen zu lassen.«

»Ich habe immer gern ein wenig Kleingeld zur Hand. Für den Fall, daß ich mal keine Lust habe, zur Bank zu gehen.«

»Aber wer immer es war, er hat das Geld genommen. Also weißt du nicht, ob sie hinter etwas anderem her waren.«

»Bis auf die Tatsache, daß alle meine Aktenordner rausgerissen wurden. Sie haben nicht die ganze Wohnung auf den Kopf gestellt. Ich glaube nicht an Zufälle. Die einfachste Erklärung ist, daß die Loftus-Leute einen Burschen für diesen Einbruch engagiert haben. Er sollte nach dem Umschlag suchen, der nicht da war. Es gibt natürlich noch andere Möglichkeiten, aber das ist die einfachste, also akzeptiere ich sie als Arbeitshypothese. Man soll die Dinge nicht unnötig komplizieren.«

Er dachte darüber nach und sagte: »Für mich hört es sich nicht ganz so einfach an.«

»Die Schlußfolgerungen sind kompliziert.«

»Selbst wenn es stimmt«, sagte Miller, »ich verstehe nicht, was ich deiner Meinung nach in dieser Angelegenheit unternehmen soll.«

»Du findest auch, daß das Ganze stinkt?«

»Nicht gerade der Terminus technicus dafür«, aber er nickte.

»Also, was sollen wir als nächstes tun?«

»Ich kann keinen Fall daraus machen, Albert. Was ist das Verbrechen, das ich aufklären soll? Da ist etwas Geld, für das es keine Erklärung gibt. Ein Einbruch in deinem Büro, das du für die Allgemeinheit offenhältst. Sowie eine gewisse Widerwilligkeit seitens der Ärzte, Verwandtenbesuche bei einem Mann zuzulassen, der schon tot wäre, wenn sie sich nicht so gut um ihn gekümmert hätten. Da ist ein kleines Geheimnis, was seine Arbeit betrifft – was war so gefährlich an dem, was er tat?« Er breitete die Hände aus und zog die Achseln so hoch, wie er nur konnte. »Aber wo ist der Hebel, mit dem ich ansetzen soll? Ich bin für Mord und Raub zuständig. Ich weiß wahrhaftig nicht, wie ich da hineinpasse.«

»Selbst inoffiziell?«

»Aber was denn? Was soll ich tun? Wie die Dinge liegen, kann ich die Sache mit dem Geld an die Steuerleute weiterleiten, und die werden sagen, daß er eine ihnen unbekannte Einkommensquelle gehabt haben muß. Dann werden sie das Geld nehmen und auf eine Erklärung warten, bis er aufwacht.«

»Nur daß es sehr unwahrscheinlich ist, daß er aufwachen wird.«

»Ich kann die Sicherheitsleute bitten, die Unterlagen aller Unfälle in den Loftus-Laboratorien durchzuchecken. Ich meine, Teufel, Albert! Was kann ich denn noch tun? Du lieferst mir absolut keine Handhabe.«

Also beschloß ich, ihm eine zu besorgen.

Während ich mit dem Lift nach unten fuhr, begann ich aus den Fakten, die ich hatte, einfache Schlüsse zu ziehen. Wie zum Beispiel das Geld in dem Umschlag. Angenommen, es kam von der unbekannten, aber gefährlichen Arbeit, die Pighee in Forschung Drei tat. Eine Arbeit, die explodiert war? Was für Dinge explodieren?

Und er hatte das Geld Marcia Merom hinterlassen. Schlußfolgerung: Er mochte sie...

Und Merom, Dundree und Rush, die alle verhindern wollten, daß irgend jemand Pighee zu sehen bekam? Aus Angst, daß die Leute Fragen stellten, die dazu führen konnten, daß ihre geheime Arbeit nicht mehr geheim war.

Und das war... das war genau das, was ich herausfinden wollte.

Selbst wenn das bedeutete, daß ich größere Risiken eingehen mußte, als ich sie mir normalerweise gestattete. Risiken, die mich meine Lizenz kosten konnten. Ich lachte leise in mich hinein. So, wie die Dinge lagen, war meine Lizenz ohnehin nicht mehr viel wert.

Dr. Marcia Merom stand nur als »Merom, M.« im Telefonbuch. Bescheidenheit, kein Zweifel. Ich wählte ihre Nummer. Während es klingelte, legte ich mir zurecht, wie ich es anstellen wollte, daß sie mich auf eine Tasse Tee einlud. Aber nach fünfundzwanzigmaligem Klingeln hängte ich ein. Schon recht: Ich hatte ohnehin keinen Durst.

Plan B. Ich ging zu der Adresse auf dem North Washington Boulevard und stellte wie erwartet fest, daß es sich um einen Wohnblock handelte. Aber nicht um eins dieser glänzenden, neuen Dinger. Es war ein Steinhaufen aus den Vierzigern, drei Stockwerke hoch. Gut in Schuß gehalten, mit Klimaanlagen, die aus den Fenstern herausragten, als seien diese von rechteckigen Parasiten befallen. Die von der Infektion verseuchten Fenster waren in der Überzahl.

Ich parkte auf der anderen Straßenseite und beobachtete das Haus eine Weile. Und wurde mit einem Mangel an verdächtigen Aktivitäten belohnt; das Gebäude war an einem Arbeitstag weitgehend leer. Also ging ich hinein in den Hausflur, wo ich Marcia Meroms Apartmentnummer sowie die Klingel fand, die ich schließlich auch betätigte. Viermal, und das mit Gefühl.

Nachdem weder in der Gegensprechanlage noch am Türöffner eine Reaktion erfolgte, befaßte ich mich mit dem Problem, wie ich ins Haus kommen sollte. Ich klingelte bei allen Apartments im ersten und zweiten Stock und wartete. Dann drückte ich noch einmal auf die Klingelknöpfe. Endlich kam ein Knistern aus der Gegensprechanlage. Eine männliche Stimme drang zu mir durch: »Wer ist denn da, in Dreiteufelsnamen?«

Mit meiner eigenen knisternden Fistelstimme sagte ich: »Ich bün briddel elektrischer rumbel stringrangl dringend signalialli farumsia fliemickallie Angestellter.«

Die Gegensprechanlage sagte: »Scheiße!« Der Türöffner summte. Ich war im Haus.

Die Treppen bis zum dritten Stock nahm ich im Laufschritt, nur für den Fall, daß mein Gesprächspartner aus der Gegensprechanlage seine Tür öffnen würde, um zu sehen, wen er da hereingelassen hatte.

Ich rang nach Luft. Dann drückte ich auf die Türklingel von 3c. Ich erwartete keine Reaktion und versuchte es nur zweimal.

Mit einigen Dietrichen und einem Plastiklineal machte ich mich an die Arbeit.

Ich brauchte sieben Minuten, um mich davon zu überzeugen, daß Marcia Merom ein besseres Schloß an ihrer Tür hatte als der Durchschnitt. Die meisten Leute sichern ihre Türen mit Schlössern, die gut aussehen, aber schlecht schließen. Mit denen werde ich fertig.

Aber nun war ich allein mit Plan C.

Ich ging wieder nach draußen, stieg in den Wagen und fuhr um den Block herum in die Gasse hinter dem Gebäude. Dort blieb ich direkt hinter dem Haus stehen und stellte fest, welche Feuerleiter zu Marcia Meroms Wohnung hinaufführte. Der Besitz eines Lieferwagens ist immer ein Vorteil, wenn man versucht, mitten am Nachmittag in ein Apartmenthaus einzubrechen. Man sieht mehr nach einem Reparaturdienst aus.

Ich nahm ein paar Werkzeuge und stieg langsam die Leiter hinauf. Am Notausgang von Marcia Meroms

Wohnung angelangt, beschloß ich, das Schloß zu vergessen und sofort zu Plan C, Unterplan b, überzugehen. Ich schlug den Kitt von einer Glasscheibe in der Tür ganz ab, zog mit einer Kombizange den Rahmen heraus und löste das Glas aus seinem Gestell.

Plötzlich spürte ich etwas hinten an meinem Bein. Ich war so überrascht, daß ich beinah das Glas fallen ließ.

Es war eine grau-weiße Katze, die sich in der Hoffnung auf eine Geschenkmaus halbherzig an meinem Bein rieb. Dann rieb sie sich noch an meinem anderen Bein, aber auch das ohne große Überzeugung.

»Geh weg. Schhh«, flüsterte ich.

Die Katze sah mich an und faßte ihren eigenen Beschluß. Sie ging ein halbes Dutzend Stufen hinunter und setzte sich neben das Geländer. Sie beobachtete mich. Machte mich nervös. Wenn ich unartig bin, mag ich keine Zeugen.

»Schhh«, wiederholte ich. »Geh weg.«

Sie ignorierte mich. Gähnte nicht einmal und legte sich hin. Und ließ das schillernde Spektakel des Lebens vor ihren tigerbraunen Augen Revue passieren.

Ich habe ja schon ein paar ziemlich erniedrigende Dinge in meinem Leben getan, aber den Pausenclown für eine Katze zu machen – das war ein neuer Tiefpunkt. »Schhh«, sagte ich noch einmal, aber nicht mehr besonders hoffnungsvoll.

Ich legte das Glas auf den Treppenvorsprung neben der Tür und griff in das Fenster hinein, um die Tür von innen zu öffnen.

Ich bekam den Türriegel zu fassen.

Im selben Augenblick schlang sich eine Hand mit einem kraftvollen Griff um mein Handgelenk und zog. Mein Arm hatte kaum eine andere Wahl, als ins Innere zu folgen. Wo sich ein Körper von der anderen Seite der Tür dagegenpreßte.

Eine wütende Stimme sagte: »Keine Bewegung, Lee. Ich habe hier einen Revolver, der genau auf deinen Magen zielt, und ich weiß, wie man ihn benutzt.«

»Was benutzt?« fragte ich instinktiv. »Meinen Magen?«

# 25

Ich bin nun mal nicht der abenteuerlustige Detektiv Marke Glückskind. Wenn ich schon mal ein Ding drehe, werde ich garantiert dabei erwischt. Es ist nicht fair. Ich hörte ein Klicken von der anderen Seite der Tür. In Waffenkunde bin ich wenig bewandert, aber ich weiß, wann ein Revolverhahn gespannt wird.

»Tun Sie nichts, was ich vielleicht bedauern würde«, rief ich. »Ich tue alles, was Sie sagen.« Als sie mich loskreischen hörte, spitzte die Katze die Ohren.

Der Druck an meinem Arm ließ ein wenig nach, obwohl sich der Griff um mein Handgelenk nicht lockerte. Ich rührte mich nicht. Mir hat der Gedanke, in einer Situation wie dieser die Flucht zu ergreifen, noch nie gefallen: die Kugeln, die von hinten kommen, kann man nicht sehen, und den Kugeln, die man nicht sehen kann, kann man nicht ausweichen.

Außerdem war ich neugierig. Die Stimme auf der anderen Seite der Tür gehörte einer Frau, und ich hatte ein oder zwei Fragen an sie.

»Wir sollten aufhören, uns auf diese Art und Weise zu unterhalten«, sagte ich, als ich durch die Hintertür in Marcia Meroms Küche gelangte. Sie stand ein gutes Stück von mir entfernt und hielt mit beiden Händen einen langläufigen, auf meine Brust gerichteten Revolver. Ohne auch nur ein kleines bißchen zu wackeln. »Es wäre sehr hilfreich, wenn Sie ans Telefon gingen oder die Tür öffneten, wenn es klingelt.«

Sie war todernst, aber ohne jede Angst, denn sie hatte nicht erwartet, daß ich ich war. Es war Lee, den sie erwartet hatte. »Machen Sie keine schnellen Bewegungen«, sagte sie.

»Warum sollte ich? Oh, ich verstehe. Sie glauben, ich habe auch eine Waffe. Aber ich habe keine.«

»Gehen Sie ins Wohnzimmer«, sagte sie.

»Ihr Wunsch ist mir Befehl«, sagte ich.

Ich ging voran in einen hellblauen Raum voller Tische, Stühle, Bücherregale und Schnickschnack. Es stand auch ein Schreibtisch darin, der gewiß ein Hauptkandidat meines Interesses gewesen wäre, wenn ich den Raum ohne Begleitung betreten hätte. An den Wänden hingen Bilder von Pferden und traurig heulenden Hunden. Es waren keine Drucke, sondern richtige Bilder, solche mit Farbe darauf. Es gab noch viele andere Anzeichen von nicht unbedeutenden Mitteln und einem gewissen, wenn nicht sogar ansprechenden Geschmack. Über dem Schreibtisch hing eine Urkunde der Universität von Minnesota über die Verleihung des Doktorgrades in Biochemie an eine Marcia Jeannett Merom, datiert von 1972.

Dr. Merom führte mich zur Vordertür. Ich begann darüber zu lamentieren, daß wir uns kaum kennengelernt hatten. Aber sie sagte nur: »Mund halten!«

»Sie sind diejenige, die die Waffe hat«, sagte ich.

»Vergessen Sie das nicht«, sagte sie.

Wir kamen zur Tür.

»Jetzt nehmen Sie die Position ein«, sagte sie.

»Wie bitte?«

»Gegen die Tür. Sie müssen doch wissen, wie es geht.«

»Sie meinen, ich soll mich dagegenlehnen? Wie im Fernsehen?«

»Hören Sie auf, drum herum zu reden.«

Ich nahm die Position ein. Vorsichtig aber gründlich versicherte sie sich, daß es in meiner Kleidung keine klumpigen Metallgegenstände gab. Ihr schien es nicht peinlich zu sein. Aber mir.

»Sind Sie jetzt glücklicher?« fragte ich.

»Okay. Aufstehen«, sagte sie. »Umdrehen. Und jetzt hinsetzen.«

Ich ging auf einen Stuhl zu.

»Nein! Auf die Türschwelle!«

Ich verstand sie nicht, setzte mich aber mit dem Rücken gegen ihre Vordertür auf den Fußboden. Und begann, über meine Geschichte nachzudenken. Aber sie lächelte plötzlich. »Sie wissen, daß ich Sie jetzt töten könnte, wenn ich wollte?«

Ich war überrascht, schockiert. So hatte ich mir das nicht vorgestellt.

»In mein Apartment eingebrochen«, sagte sie. »Ein großer, starker Mann gegen eine arme, schutzlose Frau.«

»Warum um alles in der Welt sollten Sie mich erschießen wollen?« sagte ich.

»Ich habe nicht gesagt, daß ich das will«, sagte Marcia Merom pedantisch. »Ich sagte, ich könnte es tun, wenn ich es wollte. Sie sind mir auf Gedeih und Verderb ausgeliefert.« Ein diebisches Vergnügen spiegelte sich in ihren Augen, verblaßte dann wieder.

Ich folgte dem Impuls, einen Gegenangriff zu starten. »Ist es das, was Sie mit Lee vorhatten, wenn er es gewesen wäre und nicht ich?«

Aber sie schien mir nicht zuzuhören. »Gibt es irgendeinen Grund, warum ich nicht die Polizei rufen und Sie verhaften lassen sollte?«

»Jawohl«, sagte ich.

»Und der wäre?« fragte sie neugierig und senkte den Revolver.

»Wollen Sie so tun, als wüßten Sie das nicht genauso gut wie ich?« Ein Gegengegenangriff.

Plötzlich erinnerte sie sich an mich. Die Szene in der Loftus-Klinik. Mit und wegen John Pighee. Sie ging nicht zum Telefon.

Ich täuschte Sorglosigkeit vor. »Sie haben das Telefon fünfundzwanzigmal klingeln hören. Sie haben die Klingel von unten gehört. Die Klingel hier oben. Warum haben Sie nicht reagiert?«

»Warum sollte ich?«

»Ich bin nur hergekommen, um mit Ihnen zu reden. Das Klingeln zeigte, daß ich diesen Wunsch hatte.«

»Und das, was ich getan habe«, sagte sie nachdrücklich, »zeigt, daß ich nicht mit Ihnen reden wollte. Noch mit sonst jemand. Warum sind Sie nicht einfach weggegangen und haben es ein andermal wieder versucht?«

»Nun, ich wohne auf der anderen Seite der Stadt. Ich war gerade in der Gegend und dachte, ich könnte Ihnen eine Nachricht hinterlassen.«

»Eine Nachricht?« Sie schien nicht übermäßig schnell von Begriff zu sein.

»Ja«, sagte ich. »Also sagte ich zu mir, eine vielbeschäftigte Wissenschaftlerin wie Dr. Merom hat vielleicht keine Zeit, in ihrem Briefkasten nachzusehen. Also wäre es besser, meine Nachricht irgendwo hinzulegen, wo sie sie nicht übersehen kann. Deshalb wollte ich Ihnen einen Zettel auf den Küchentisch legen, damit Sie ihn auch ganz bestimmt finden würden, wenn Sie morgens Ihre Matschi-Pops essen.«

Sie hielt inne, um nachzudenken. Und sagte dann: »Ich kann solche Witzchen überhaupt nicht komisch finden.«

Wenigstens reagierte sie nun auf das, was ich sagte. Statt umgekehrt. »Sie hatten den Revolver in der Hand, weil Sie dachten, ich sei Lee. Was ist los, verstehen Sie sich nicht mit ihm?«

»So könnte man es ausdrücken.«

»Sie rechnen damit, daß er mit Gewalt hier eindringt?«

»Wenn er sich etwas in den Kopf setzt – irgend etwas – ist es sehr schwer, ihn dazu zu bewegen, zu...« Sie verstummte. Dann fuhr sie fort: »Ich möchte nicht über Lee reden.«

»Muß eine ziemliche Belastung für Ihre Geschäftsbeziehungen sein, wenn Sie solche Probleme miteinander haben«, sagte ich. »Mitglieder einer Gang sollten sich gut verstehen. Sie sollten zusammenarbeiten wie eine gut geölte Maschine.«

»Was wissen Sie denn schon vom Geschäft?« fragte sie.

Ich versuchte mich an einem unergründlichen Gesichtsausdruck. »Ist es nicht schon genug, daß ich weiß, daß es ein Geschäft gibt? Und eine Gang?«

»Eine Gang?« sagte sie. So, als wäre es ein merkwürdiges Wort für das, was vorging, was immer es auch sein mochte.

»Die Belastung wegen der Pighee-Sache macht den Leuten langsam zu schaffen? Für Sie muß es am schwersten sein.« Ich hielt inne, aber sie sagte nichts. »Wenn man Ihre Beziehung zu Pighee in Betracht zieht.« Keine Reaktion. »Wußten Sie, daß er Ihnen eine ganze Menge Geld hinterlassen hat? Für den Fall, daß er stirbt, meine ich. Vielleicht hätte ich Ihnen nichts davon sagen sollen, wo es Ihnen doch so viel Spaß macht, Leute umzubringen. Sie könnten einfach seinen Stecker rausziehen, um an das Geld zu kommen.«

»Nein... so etwas würde ich für Geld nicht tun... Ich meine...«

»Nein, nein«, sagte ich und sah mich in dem Zimmer um. »Sie scheinen mehr als genug davon zu haben. Natürlich verdienen Ärzte heutzutage auch ein Vermögen, nicht wahr? Nein, Sie brauchen wirklich nicht noch mehr Geld.« Ich zögerte und sagte dann: »Aber wenn Pighee nun schon so lange aus dem Weg ist, warum mischt Seafield jetzt erst mit?«

Sie senkte den Kopf. »Lee ist schon in Ordnung«, sagte sie.

»Ach ja?« sagte ich. Und ich stand auf. Sie reagierte nicht. Ihre Hände lagen locker auf dem Revolver, rührten sich jedoch nicht. Sie schien ganz vergessen zu haben, daß sie ihn noch hatte. Im Gegensatz zu mir.

»Ich kann nicht sagen, daß ich die Dinge so richtig verstehe«, sagte ich. »Aber was ich Ihnen und Ihren Leuten mitteilen wollte, ist folgendes: Ich höre nicht auf, in der

Pighee-Sache herumzustochern, bis ich verstehe, was da los ist. Und die Polizei wird sich auch dafür interessieren.«

»Die Polizei«, sagte sie kopfschüttelnd. »Nein.«

»Doch«, sagte ich, aber sie schien mir nicht zuzuhören. Sie schien vielmehr den größten Teil unseres Gesprächs mit sich selbst abzuhalten.

Dann sagte sie plötzlich: »Warten Sie noch ein paar Tage. Warten Sie, ja? Sie… Sie verstehen nicht, da bin ich mir sicher. Sie könnten Menschen schaden, Dingen, Dingen, denen Sie keinen Schaden zufügen wollen würden, da bin ich mir sicher. Geben Sie der Sache noch ein paar Tage. Bitte.« Sie stand auf und ließ den Revolver auf ihrem Stuhl liegen. »Bitte! Ich rufe Sie dann an, und wir können darüber reden. Haben Sie eine Karte? Mit Ihrer Telefonnummer drauf? Ich rufe Sie an, das verspreche ich Ihnen.«

Ich gab ihr meine Karte. Und nachdem ich bereits mehr erreicht hatte, als ich erwartet hatte, ging ich. Durch die Vordertür.

## 26

Ich wollte gerade vom ersten Stock ins Erdgeschoß hinuntergehen, als mich eine große Hand von hinten an der Schulter faßte.

»He!«

Die Hand ließ mich herumwirbeln.

»Was fällt Ihnen ein!« sagte ich.

»Genau das wollte ich Sie fragen.« An der Hand hing ein wahrer Hüne von Mann, und sein Händedruck war nicht von schlechten Eltern.

»Wo liegt das Problem?«

»Sie sind der Typ, der bei mir geklingelt hat, hm?«

»Machen Sie sich nicht lächerlich«, sagte ich sorglos.

»Oh, doch«, sagte er. »Ich habe Sie gesehen. Durch den Türspäher. Sie haben mich verdammt noch mal geweckt und mit mir über die Gegensprechanlage gesprochen, und dann sind Sie nicht zu meiner Tür gekommen. Ich habe Sie durch den Späher hindurch raufgehen sehen. Ich habe Sie auch wieder runterkommen sehen. Und jetzt kommen Sie wieder runter. Warum machen Sie das alles?«

Es war schwer, eine Antwort auf diese Frage zu finden. Die Hand auf meiner Schulter ließ nicht locker. Ich hatte eine Karte in meiner Brieftasche, auf der stand, daß ich Vertreter für Swimmingpools war. Aber ich hatte nicht das Gefühl, daß er daran interessiert wäre.

»Ich arbeite die ganze Nacht«, sagte er. »Und wenn ich

tagsüber geweckt werde, dann kriege ich auch raus, warum.«

»Ich bin Privatdetektiv«, sagte ich. »Ich habe auf eine Menge Klingeln gedrückt, weil ich durch die Vordertür hinein wollte. Da oben wohnt jemand, über den ich Nachforschungen anstelle, und ich mußte ins Haus kommen, um in dessen Apartment hineinzugelangen.«

Er blickte die Treppen hinauf, die ich gerade heruntergekommen war. »Liebesnest, was? Wer ist es?« Er ließ meine Schulter los. »Kein Scheiß, Mann«, sagte er finster.

»Das darf ich Ihnen nicht sagen«, erwiderte ich lammfromm.

Er nickte.

»Nur konnte ich nicht in das Apartment hineinkommen, als ich da oben war. Also kam ich wieder runter und ging aus dem Haus, um mir an der Hintertür zu schaffen zu machen.«

Er nickte immer noch. »Eine Menge Leute hier haben ziemlich gute Schlösser an ihren Türen. Seit damals, als dieser Bursche von einem Einbrecher umgebracht wurde. Vor vier Jahren.«

»Ach?«

»Kein Scheiß. Genau hier, genau in diesem Gebäude. Ein Krüppel, der in 3c gewohnt hat. Hat sich den Hals gebrochen, als er vom Balkon herunterfiel. Hat die Leute hier sehr nervös gemacht, wissen Sie. Viele von denen haben sich dann bessere Schlösser gekauft, als sie vorher hatten.«

»Das kann ich verstehen«, sagte ich.

»Die Leute hier, das sind meistens Singles oder kinderlose Ehepaare. Sie arbeiten alle. Was bedeutet, daß sie 'ne Menge Geld haben, wissen Sie. Und sie haben ziemlich wertvolle Sachen. Ich, ich habe keine Angst.«

»Das glaube ich«, sagte ich.

»Ich bin das, was man einen Fatalisten nennt, Sie wissen, was ich meine? Wenn es mich treffen soll, dann trifft es mich auch. Sie sind wirklich 'n Privatdetektiv?«

»Wollen Sie meinen Ausweis sehen?«

Er wollte. Ich zeigte ihn ihm.

»Ich will verdammt sein«, sagte er. »Hätte nicht gedacht, daß Leute heutzutage noch so was machen.«

»Es ist eine aussterbende Kunst«, sagte ich. Wir schieden als Freunde.

Ich saß ein paar Minuten lang in meinem Wagen und versuchte, mir Notizen über mein Gespräch mit Marcia Merom zu machen. Es war verwirrender als gewöhnlich. Ich war ihr »auf Gedeih und Verderb« ausgeliefert gewesen, hatte mir den Arm umdrehen lassen und dann noch diese verdammte Katze.

Schließlich ließ ich den Motor an und fuhr rückwärts wieder auf den Washington Boulevard. Dort fiel mir ein roter Thunderbird vor dem Haus auf. Ich sah Lee Seafield aussteigen. Eine Weile trödelte ich noch dort herum, während er in die Lobby ging. Ich brauchte ihm nicht zu folgen. Ich hatte eine gute Vorstellung davon, was er wollte.

Eine Vorstellung, aber nicht viel Verständnis. Das alte Lied.

»Du warst aber lange weg, Daddy«, sagte Sam, als ich durch die Bürotür kam. Sie saß hinter meinem Schreibtisch und hatte einen Bleistift in der Hand und einen weiteren hinterm Ohr.

»Schon irgendwelche Gewinner ausgemacht?«

Sie verstand mich nicht. Sagte aber: »Ich habe an deiner Liste gearbeitet. Wenn du in die Küche gehst und uns etwas Kaffee kochst, bin ich in ein paar Minuten fertig.«

»Wo ist dein Wissenschaftlerfreund?«

»Er kommt bald wieder. Er hatte keine Lust mehr, mir zuzugucken.«

»Wenn du einen Augenblick Zeit hast«, sagte ich. »Ich habe auf dem Weg nach oben einen Brief für dich gefunden.« Ich warf einen Umschlag auf den Schreibtisch.

»Für mich?« Sie warf einen Blick darauf. »Aber er ist doch an dich adressiert!«

Ich ging in die Küche, um Kaffee zu kochen.

Während er langsam in Gang kam, trat sie mit ihrer endgültigen Liste herein. Sie strahlte wie ein kleines Mädchen. Der geöffnete Umschlag lag obenauf. »Es ist mein Ausweis«, sagte sie. »Bin ich jetzt ein richtiger Detektiv?«

»Wenn du unterschrieben hast. Neben dem Daumenabdruck.«

Ich lieh ihr einen Stift.

»*Jetzt* bin ich ein Detektiv«, sagte sie.

»Du behältst diese Karte, bis du gefeuert oder eines Verbrechens für schuldig befunden wirst oder bis ich meine Lizenz verliere.«

Aber sie seufzte nur. »Ein richtiger Detektiv.«

Was kann ein Vater Schöneres für eine Tochter tun?

Während wir unseren Kaffee tranken, sah ich mir die Zusammenfassungen an, die Sam von der Fincastle-Liste gemacht hatte.

Sie bewiesen, daß Sir Jeff, was auch immer er seinen Leuten bezahlte, den vollen Wert für sein Geld bekam. In dem Kalenderjahr, bevor er in die Luft flog, hatte John Pighee jeden einzelnen Donnerstag bis spät in die Nacht im Labor gearbeitet.

Er war auch an jedem Wochenende dagewesen, entweder samstags oder sonntags. Und an zweiundvierzig der verfügbaren zweiundfünfzig Dienstage. Eine Gesamtsumme von einhundertsiebenundvierzig Einträgen.

Sie standen für eine kolossale Menge Arbeit, vor allem wenn man bedachte, daß niemand wußte, was er mit seiner Zeit dort anfing.

Oder zumindest niemand bereit war, *mir* etwas darüber zu sagen.

Sam hatte außerdem auch die Abend- und Nachtschichten der anderen Mitarbeiter in Forschung Drei analysiert. Es gab neun Namen, die zwölfmal oder seltener auftauchten. Dann drei zwischen neunundzwanzig und achtundvierzig, angeführt von dem Techniker Raymond McGonigle. Zu dieser Sparte gehörte auch eine S. Grace...: Ich nahm an, daß es sich um die Technikerin Sonia handelte, die mich im Labor beinahe umgerannt hätte. Und drei Namen erschienen häufiger: M. Merom: dreiundneunzig; L. Seafield: hundertachtzehn; und J. Dundree: hundertvierzig. Aber seltsamer noch als die Gesamtsummen war die Aufteilung der verschiedenen Leute: Dr. Merom war jeden Mittwochabend im Labor gewesen, und jeden Sonntag, an dem auch Pighee dort gearbeitet hatte. Seafield war immer dienstags abends gekommen – obwohl er, im Gegensatz zu Dr. Merom und Pighee, ein paarmal gefehlt hatte. Und Dundrees Abend war der Freitag, obwohl seine Spätauftritte im Labor insgesamt gleichmäßiger als die der anderen über die ganze Woche verteilt waren.

Auch Henry Rushs Name tauchte auf, aber nur siebenmal im Laufe des Jahres.

Aufgeregt verdaute ich diese Informationen. Nicht, weil ich wußte, was das Muster zu bedeuten hatte, sondern weil es bedeutete, daß es ein Muster gab. Etwas, was nach einem regelmäßigen Zeitplan ablief.

»Du lächelst ja, Daddy.«

»Du bist sehr aufmerksam«, sagte ich.

»Du freust dich, nicht wahr? Habe ich gute Arbeit geleistet?«

»Sehr gute«, sagte ich. »Du wirst einmal eine hervorragende Detektivin abgeben. Nur gut, daß ich nicht heute meine Lizenz verloren habe.«

»Wie meinst du das?«

»Ich bin in ein Apartment eingebrochen und habe mich dabei erwischen lassen. Wegen solcher Dinge verlieren Detektive für gewöhnlich ihre Lizenz.«

Ich holte meine Notizen und erzählte ihr, was ich Marcia Merom über die Gang und ihre Geschäfte gesagt hatte.

»Aber du weißt doch gar nichts über ihre Geschäfte«, sagte sie.

»Aber sie wissen etwas. Das Problem ist also, sie dazu zu bringen, mir etwas davon zu erzählen, statt es direkt herauszufinden. Verstehst du, was ich meine?«

»Mehr oder weniger.«

»Manchmal zahlt es sich aus, die Leute glauben zu machen, man wüßte etwas, was man gar nicht weiß. Es ändert das Bild, das sie von dir haben. Es ändert ihr Verhalten dir gegenüber, und diese Veränderungen hängen davon ab, was du ihrer Meinung nach weißt. Wenn man dann genau beobachtet, inwiefern sich ihr Verhalten gegenüber früher verändert hat – als sie noch dachten, du wüßtest nichts –, dann erfährt man eine ganze Menge.«

»Okay.«

»Ich habe also Marcia Merom erzählt, daß ich wüßte, sie und die anderen Leute bei Loftus wären in irgendwelche Geschäfte verstrickt. Und ich habe ihr gedroht, zur Polizei zu gehen. Statt mich zu behandeln, als sei ich total übergeschnappt, nahm sie mich ernst. Jetzt weiß ich also etwas.«

»Wirst du zur Polizei gehen?«

»Wozu? Um zu gestehen, daß ich in ihr Apartment eingebrochen bin?«

Später kam Ray, um Sam abzuholen. Damit ich nicht von Einsamkeit übermannt wurde, machte ich mich auf den Weg zu einem Besuch bei Linn Pighee.

Ich stellte fest, daß man sie in den Flügel des Loftus-Pavillons gelegt hatte. Aber nach oben, in den Krankenhausteil. Nicht in die Klinik.

»Es hat etwas mit der Versicherung zu tun«, sagte sie

mit dem zerbrechlichen Echo einer Stimme. »Weil John ein Loftus-Angestellter ist.«

»Wie geht es Ihnen?«

»Wie sehe ich aus?«

»Fabelhaft«, sagte ich. Schauderhaft, dachte ich.

»Nun, ich fühle mich so gut, wie ich aussehe.«

»Essen Sie wenigstens gut?« fragte ich.

»Zur Abwechslung mal.«

»Sam ist sehr unglücklich darüber, daß Sie bei uns nichts gegessen haben. Sie macht sich Vorwürfe, daß sie Ihnen das hat durchgehen lassen.«

»Das hat sie mir gesagt. Sie sollte sich keine Gedanken machen deswegen. Ich war einfach nicht hungrig. Es ist schwer für mich zu essen, wenn ich keinen Hunger habe. Mir wird übel davon.«

»Sie sind wirklich schlimm dran«, sagte ich. »Übelkeit, wenn Sie essen, und Übelkeit, wenn Sie nicht essen.«

Sie nickte schweigend.

»Wann kommen Sie wieder raus?« fragte ich. »Hat man Ihnen das schon gesagt?«

»Es heißt, sie müßten noch einige Untersuchungen machen.«

»Ich hoffe, es geht alles gut«, sagte ich. Aber es ging an ihr vorbei. Ihre Augen flackerten.

»Ich werde jetzt einschlafen«, sagte sie.

Ich saß da und sah ihr dabei zu.

# 27

Als ich nach Hause kam, waren Sam und Ray noch nicht wieder zurück.

Ich verwandte fünf Minuten darauf, eine Liste von Dingen zu erstellen, die ich wissen wollte. Dann wartete ich, bis meine Zugehfrau ihre wöchentliche Dosis Spiel und Spaß mit meiner Wohnung gehabt hatte.

Gegen Viertel nach elf kamen die beiden dann hereinspaziert.

»He, komischer Mann, wie geht's?«

»Hallo, Daddy. Wir hatten einen Mordsspaß.«

»Ihr kleines Mädchen ist eine spitzenmäßige Athletin.«

»Wir haben Großmutter besucht«, sagte Sam, »und dann haben wir noch Minigolf gespielt.«

»Sie hat den Ball beim ersten Schlag eingelocht, und das, obwohl sie noch nie gespielt hat«, sagte Ray.

»Ich habe noch nie zuvor einen Golfschläger in der Hand gehabt, Daddy!« Sam strahlte.

»Du wirst also die nächste Babe«, meinte ich dazu.

»Wer?«

»He, Mann«, sagte McGonigle. »Babe Ruth hat doch nicht Golf gespielt. Sie hat gesagt, Sie interessierten sich für Sport.«

»Mm, bis zum bitteren Ende«, sagte ich.

»Vielleicht hat er einfach nur Spaß gemacht«, sagte Sam.

»Didrikson«, sagte ich. Beschloß aber, nicht zu versuchen, ihrer Begeisterung einen Dämpfer aufzusetzen. Oder sie ganz abzuwürgen. Ich stand auf. »Sam, du hast heute morgen etwas zu tun.«

»Ach, wirklich?« sagte sie. »Was, Daddy? Oh, was?«

Ich ging ins Bett.

»Aber wie soll ich diese Sachen denn herausfinden, Daddy?«

»Du bist jetzt Privatdetektivin. Also solltest du wissen, wie so etwas geht. Ist noch etwas Orangensaft übrig?«

»Aber –!«

»Leg dir zurecht, was du weißt. Dann, was du wissen willst. Denk darüber nach, wer es wissen könnte. Und dann handle. Gibst du mir mal die Margarine?«

»Also – dieser Mann, der vor vier Jahren gestorben ist. Er wurde getötet oder starb jedenfalls bei einem Einbruch. Stimmt's?«

»Ja. Ist noch Guavengelee in dem Topf da hinten?«

»Also muß die Polizei alles darüber wissen.«

»Sollte sie jedenfalls. Kennst du jemanden bei der Polizei, der dir helfen würde?«

»Nein. Aber… aber…«

»Könnte ich bitte das Messer haben?«

»Aber ich könnte hingehen und so tun, als sei ich seine Tochter. Dann würden sie mir doch alles darüber sagen, oder?«

»Kennst du seinen Namen?«

»Ah. Hm.«

»Du weißt mehr oder weniger, wann es passiert ist. Und etwas über das, was passiert ist. Wo es passiert ist.«

»Du meinst, ich könnte zu dem Haus gehen und dort fragen.«

»Gibt es nicht eine Stelle, wo man die meiste Arbeit schon für dich gemacht hat? Damals, als es passierte. Etwas, wo du einfach hingehen und nachsehen könntest.«

»Was meinst du?«

»Gib mir bitte die Zeitung, ja? Die *Zeitung*.«

»Ah.«

Ich schickte sie in die Bibliothek, wo sie alte Zeitungsberichte über den Zwischenfall nachlesen sollte, ein guter Platz, um anzufangen und außerdem schön kühl an einem heißen Augusttag.

Ich zog mich mit dem Rest Orangensaft in mein Büro zurück, um meine eigenen Unterlagen und mein Notizbuch zu studieren. Mein Forschungseifer hielt so lange an wie der Orangensaft, dann beschloß ich, Sams Beispiel zu folgen und mich zu Feldstudien aufzumachen. Und den Versuch zu starten, etwas über Seafield herauszufinden.

Es gab nur einen im Telefonbuch. Was darauf schließen ließ, daß es einfach sein würde, ihn zu finden. Aber als ich an der richtigen Stelle auf der richtigen Straße angelangt war, schien die im Telefonbuch aufgeführte Adresse nicht da zu sein. Bis ich sie schließlich hinter einem Haus fand, das da war. Es war ein umgebautes Kutschenhaus aus Tagen, die schon überall Geschichte waren, hier in diesem nördlichen Teil des mittleren Indianapolis aber ganz besonders lange zurücklagen. Man konnte das Gebäude vom Gehsteig aus erkennen, allerdings nur, wenn man wußte, wo man suchen mußte.

Ich ging weiter. Bis ich eine Telefonzelle fand.

»Loftus Pharma.«

»Lea Seafield in Forschung Drei bitte.«

Es dauerte eine volle Minute, bis ich richtig verbunden war, aber dann tönte es knapp und tief am anderen Ende der Leitung: »Seafield.«

»Wer?« fragte ich.

»Seafield. Was wollen Sie?«

»Nicht Seafield. Ich wollte mit Mr. Sealy sprechen.«

»Der ist nicht am Apparat«, sagte Seafield und hängte ein.

Ich schaffte es, den Weg bis zu seiner Tür mit gleichmäßig schlagendem Herzen zurückzulegen.

Das Haus war solide gebaut. Bei näherer Betrachtung stellte sich heraus, daß es nicht ausschließlich zu Wohnzwecken benutzt wurde. Das Erdgeschoß bestand nur aus Garagen, Platz für vier Autos. Darüber gab es eine voll ausgebaute erste Etage und schließlich einen Dachboden mit großen Fenstern nach Südwesten hin. Es ließ die Art Atelier vermuten, wie sie ein Künstler benötigt oder ein FKK-Freund, der seiner Vorliebe auch zu Hause frönen will. Soweit ich wußte, gehörte Seafield nicht zur Spezies der Künstler.

Vor den Garagen befand sich ein schmaler Durchgang, und an einem Ende der Hausfassade leuchtete eine elektrische Klingel neben dem Hauseingang.

Obwohl ich wußte, daß Seafield bei der Arbeit war, klingelte ich. Und klopfte laut. Und klingelte dann noch einmal. Vielleicht wohnte er ja mit seiner Mutter zusammen.

Von innen kam keine Reaktion. Ich betrachtete das Schloß an der Tür.

»Sie suchen Mr. Seafield, was?«

»Wie bitte?« Die Stimme kam von hinten, von einem alten Mann mit einem fast rechtwinkligen Knick im Rücken, so daß er aussah wie ein wandelnder Galgen. Er konnte mir nur ins Gesicht sehen, wenn er seins seitlich verdrehte. Der Mann stand an der Ecke des Weges, auf dem ich hergekommen war, aber hinter ihm sah ich eine offene Tür am anderen Ende des Haupthauses.

»Suchen Sie Mr. Seafield?«

»Ja«, sagte ich. »Er scheint nicht zu Hause zu sein.« Ich brachte mein Notizbuch in eine gut sichtbare Position, damit ich ein wenig offizieller aussah.

»Er ist bei der Arbeit«, sagte der Mann. »Ich weiß nicht genau, wann er zurück sein wird. Arbeitet zu den seltsamsten Stunden, wissen Sie? Manchmal ist er hier und manchmal nicht. Manchmal kommt er spät. Drei, vier, fünf Uhr morgens.«

»Und er weckt Sie, wenn er nach Hause kommt, was?«

Der alte Mann lächelte und nickte. »Hab 'nen leichten Schlaf. Sagen Sie, hätten Sie vielleicht Lust auf eine Tasse Kaffee, Fremder? Ich bin grade dabei, welchen zu kochen.«

»Ja, gerne«, sagte ich und folgte ihm durch die offene Tür in sein Zimmer im Erdgeschoß.

Es stellte sich heraus, daß er nicht übertrieben hatte. Der Kaffee kochte wirklich.

»Man kriegt automatisch einen leichten Schlaf, wenn man älter wird«, sagte mein Gastgeber. Ich schätzte ihn auf fünfundsiebzig. »Eine Art Ausgleich für den schweren Schlaf, der später kommt.«

»Wie wahr«, sagte ich. »Mein Name ist Samson.«

»Walker«, sagte er. »Thomas Jefferson Walker.«

»Erfreut, Sie kennenzulernen, Mr. Walker. Kennen Sie Mr. Seafield gut?«

»Nicht so, wie Sie meinen, nein. Aber ich kann nicht umhin, sein Kommen und Gehen zu beobachten. Ich mache die Reparaturen hier. Für meinen Sohn, dem das Haus gehört.«

»Aha«, sagte ich. »Ich versuche, ein wenig Hintergrundinformationen über Mr. Seafield zu bekommen.«

»So, so, das tun Sie also? Für welche Seite arbeiten Sie?«

»Welche Seite?«

»Bundespolizei oder was?«

Ich verstand nicht, worauf er hinauswollte, fuhr aber so fort, wie ich es geplant hatte. »Ich bin Privatermittler. Mr. Seafield hat sich an uns gewandt, und wir versuchen, uns ein vollständiges Bild zu machen. Lebensstil, diese Art Sachen.«

»Verstehe«, sagte Walker. Aber mehr sagte er nicht.

»So. Er hat die Wohnung gemietet. Nicht wahr?«

»Das stimmt. Von meinem Sohn, Tommy junior. Großer Bursche.«

»Ihr Sohn?«

»Nee, Mr. Seafield. Richtig groß und dünn. Mein Junge bringt es nur auf einsachtzig, und das trotz meiner Größe. Ich bin einsneunzig, fast einsfünfundneunzig«, sagte er. »Das heißt… das war ich mal. Seafield ist noch ein paar Zentimeter größer als ich.«

»Hat er viele Freunde?«

»Freunde? Ich weiß nicht. Er scheint das Weibervolk anzuziehen, und im Abfall gibt es immer jede Menge Bierdosen.«

»Lockerer Typ, der Bursche?«

»Mich behandelt er jedenfalls wie Dreck«, sagte Thomas Jefferson Walker senior. »Wegen meines Alters und weil ich ja nur der Hausmeister bin.« Er wies mit der Hand auf den Rest des großen Hauses. »Er muß mich nicht behandeln, als wäre ich ein Mensch, also tut er es nicht. Nein, mir kommt er nicht wie ein lockerer Bursche vor. Zu auffällige Kleidung.«

»Ein Schönling, wie?«

»Zu meiner Zeit hat man aus solchen Stoffen Kleider für kleine Mädchen gemacht.« Eine Tatsache, die Lee Seafield in Walkers Augen um etliche Zentimeter schrumpfen ließ.

»Was für einen Wagen fährt er?«

»T-Bird. Schätze, der kommt von der Firma. Mein Junge hatte damals auch einen.«

»Ihr Sohn hat bei Loftus gearbeitet?«

»Genau.«

»Aber er ist kein Wissenschaftler, oder?«

»Nein, er war in der Verwaltung. Hatte große Pläne, als er vor fünfzehn Jahren da hinkam. Ist dann aber steckengeblieben, Sackgasse. Irgendwo in der Abteilung für Qualitätskontrolle.«

»Das hört sich ziemlich wichtig an«, sagte ich.

»Hört sich vielleicht so an, aber er sagt, es wäre in Wirklichkeit nichts anderes als eine beschönigte Tellerwäscherei gewesen. Hat seinen Ehrgeiz auf den Nullpunkt getrieben. Er also auf und davon. Steckt seine Energie jetzt in andere Sachen rein. Arbeitet jetzt viel für ein paar Leute in Detroit, und er hat sich ein halbes Dutzend Häuser hier in der Stadt zugelegt. Das ist das kleinste.«

»Ein echter Industriekapitän, Ihr Junge«, sagte ich.

»Ja«, sagte der alte Mann. Es schien ihn nicht weiter zu interessieren.

»Verstehen Sie sich nicht gut mit Ihrem Sohn, Mr. Walker?«

»Das trifft den Nagel auf den Kopf. Tommy junior behandelt mich auch wie ein Stück Dreck. Wahrscheinlich, weil sie ihn da, wo er gearbeitet hat, auch so behandelt haben. Sir Jeff konnte sich nicht um jeden kümmern. Aber es ist nicht recht, wenn ein Junge keine Achtung für seinen Vater hat.«

# 28

Sam war nicht zu Hause, als ich zurückkam. Bei der vielen Arbeit, die ich ihr gegeben hatte, konnte sie eine ganze Woche brauchen.

Ich saß da und brütete vor mich hin. Sah meine Notizen durch. Es gab viele Dinge, die mir Sorgen machten. Dann klingelte das Telefon.

»Al?«

»Albert Samson, Privatdetektiv. Treibt Schulden ein. Und Scheidungen voran. Rabatte für Minderheitengruppen. Wie zum Beispiel Polizisten.« Es war Miller.

»Bist du fertig?«

»Nicht fertig, aber der Countdown ist gerade bei neun angekommen.«

»Kannst du herkommen? Ich möchte mit dir reden.«

»Wann?«

»Jetzt«, sagte er. Er klang ernst. Ernster als gewöhnlich.

»Was ist los?«

»Ich würde es vorziehen, mit dir persönlich zu sprechen.«

»Ich mag keine Überraschungen, Jerry.«

»Es geht um deinen Fall. Pighee, der Bursche, der den Unfall hatte.«

»Was ist mit ihm?«

»Komm her, Albert«, sagte er ruhig. Und dann: Zwing mich nicht, eine Staatsangelegenheit draus zu machen.«

Ich hinterließ Sam eine Nachricht und ging zum Gebäude der Stadtverwaltung.

Miller saß an seinem Schreibtisch und wartete auf mich. Er tat nicht einmal so, als täte er etwas anderes. Das machte diese Begegnung zur wichtigsten geschäftlichen Unterhaltung, die wir je gehabt hatten.

»Also, was'n los?« fragte ich. Ich setzte mich.

Statt mir zu antworten, faltete er die Hände.

»Ich komm dann später wieder, wenn du sprechen gelernt hast«, sagte ich. »Überraschungen sind schon schlimm genug, aber in die Länge gezogene Überraschungen sind unerträglich.«

»Es ist schwierig«, sagte er.

Nun war es an mir, schweigend zu warten.

»Du hattest recht mit dem Pighee-Fall«, sagte er endlich.

»Was? Du meinst, die Fingerabdrücke zeigen, daß es nicht Pighee ist?«

»Nein. Es ist durchaus Pighee. Du hattest recht, daß da etwas Größeres im Gange war, als es den Anschein hatte.«

»Du hast etwas herausgefunden«, sagte ich. Manchmal braucht man eine Wünschelrute, um in Erfahrung zu bringen, worauf die Leute hinauswollen.

»Ich hatte heute zwei Besprechungen mit Captain Gartland. Ich möchte nur, daß du weißt, daß du eine untrügliche Nase hast.«

»Bekomme ich jetzt eine Medaille von der Polizei oder was?«

»Wußtest du, daß Pighee ein... FBI-Agent war... ist?«

»Ein was?«

»Ein FBI-Agent.«

»Ich würde nicht vor Gericht beschwören, daß ich es jetzt weiß«, sagte ich.

»Es stimmt aber.«

»Wer sagt das?«

»Gartland sagt das«, sagte Miller auf eine Art und Weise, die keinen Platz für Zweifel ließ.

»Du meinst wirklich das FBI?«

»Ich meine das FBI.«

Nun hatte ich etwas, worüber ich nachdenken konnte. Statt dessen redete ich. »Wenn das stimmt, ist das noch immer keine Erklärung für die Dinge, die ich erklärt haben möchte. Es sei denn, du willst mir erzählen, daß Loftus eine subversive Front ist und daß das FBI die Firma mit Kamikaze-Chemikern infiltriert hat.«

»Ich weiß nicht, was er dort getan hat oder warum er in die Luft geflogen ist.«

»Aber was weißt du denn, Jerry?«

»Gartland hat mich heute morgen angerufen. Er sagte, man habe ihn über dein Interesse an Pighee informiert und insbesondere über deinen Besuch im Krankenhaus. Er sagte, er habe deine Akte durchgesehen und...«

»Meine Akte!« unterbrach ich.

»Jawohl.«

»Was für eine Akte?«

»Tja«, sagte er unangenehm berührt, »die Akte, die wir über dich haben. Wir haben dich vor ein paar Jahren bei einem Einbruch erwischt. Einbruch und unerlaubtes Betreten.«

»Und die Anklagen wurden fallengelassen, und darum geht es eigentlich gar nicht.«

»Tja«, sagte er. Und biß schließlich in den sauren Apfel. »Wir haben Unterlagen über alle Privatdetektive hier vor Ort.«

»Sch... Die Staatspolizei vergibt die Lizenzen. Ihr könnt vielleicht Listen führen, aber...«

»Ehrlich, Al. Akten.«

»Über Leute mit verdächtigen Berufen, ja? Eine inoffizielle Akte? Oder vielleicht führt ihr ja Akten über alle verdächtigen Leute.«

»Nun ja«, sagte er, »sozusagen.«

»Maoisten, Fremdenlegionäre und Albert Samson?«

»Du machst aus einer Mücke einen Elefanten. An unserer Stelle würdest du auch Zugang zu Informationen über – nun ja, interessante Leute hier in der Stadt haben wollen. In Wirklichkeit handelt es sich um Akten über Leute, die vielleicht irgend etwas wissen, Leute, die uns schon früher mal geholfen haben oder...«

»Nixon hatte seine Haßliste. Ich wäre gar nicht überrascht, wenn ihr eure hättet. Nach dem, was ich im *Star* darüber gelesen habe.«

Er ließ mir diese Bemerkung ohne Erwiderung durchgehen. Zum Ausgleich. Der *Star* mußte sich monatelang abstrampeln, um zu beweisen, daß er recht gehabt hatte: Die Polizei von Indianapolis hatte tatsächlich ihre Schmiergeldquote gewaltig überschritten. Eine Weile sah es so aus, als würden die beiden betroffenen Reporter wegen falscher Anschuldigung im Gefängnis landen. Aber die Gerechtigkeit siegte. Zumindest ein Teil der Gerechtigkeit. Der Polizei wurden Planstellen gestrichen, und der Rest der korrupten Infrastruktur erhielt eine geziemende Verwarnung, auch in wirtschaftlich harten Zeiten vorsichtig zu sein. Richter und solche Leute.

»Ich sitze zwischen zwei Stühlen, Al.«

»Du brichst mir das Herz. Und nun weiter im Text. Pighee, der FBI-Mann.«

»Warum machst du es mir so schwer? Ich dachte, wir wären Freunde.«

»Wo hast du das denn gelesen?«

»Na schön! Hör zu. Gartland sagt, du sollst dich aus dem Pighee-Fall raushalten. Pighee und einige der anderen Leute da sind vom FBI, und du sollst sie in Ruhe lassen.«

»Und wenn ich das nicht tue?«

»Du scheinst die Situation nicht zu verstehen, Al.«

»Und ob ich das tue.«

»Gartland wollte direkt vorgehen, aber ich sagte, es wäre besser, wenn ich mit dir spreche, und daß du ein vernünftiger Bursche bist. Daß man dich überzeugen könnte, wenn es einen guten Grund dafür gibt, deine Nase irgendwo nicht hineinzustecken. Du gibst doch zu, daß es Dinge auf der Welt gibt, die zu wissen du kein Recht hast, oder?«

»Ich nehme es an.«

»Nun, das ist eins davon. Aber du brauchst nicht mit mir darüber zu reden. Sprich mit Gartland.«

Ich dachte einen Augenblick nach. Und fragte dann: »Wie meinst du das, Gartland wollte ›direkt‹ vorgehen? Was heißt ›direkt‹?«

»Frag ihn das. Und jetzt komm.«

»Jetzt?«

»Jetzt.« Er stand auf und ging voran. Mir blieb nichts anderes übrig, als ihm zu folgen.

Vom Aufenthaltsraum der Polizisten aus gesehen, war das Büro des Chefs der Mordkommission das erste hinter der Rezeption. Gartland, ein Berufsoffizier von Ende Fünfzig, genoß, als Miller mich hineinführte, gerade den Ausblick aus dem dritten Stock über die Dächer der städtischen Markthallen.

»Soll ich bleiben?« fragte Miller.

Gartland drehte sich um und winkte mich zu einem Sitzplatz. »Im Gebäude, Miller, aber nicht im Zimmer«, sagte er.

Miller schloß die Tür hinter sich.

»Nun, was ist das für eine Geschichte?« fragte Gartland.

Er versuchte, mich aus dem Gleichgewicht zu bringen. Nachdem er mich hatte zu sich bringen lassen, tat er nun so, als wäre ich derjenige, der etwas von ihm wollte. Ich sagte gar nichts, sondern setzte mich nur.

Nach einer Weile grinste er und wandte sich einer der oberen Schubladen seines Schreibtischs zu. »Raucher?«

»Nein.«

Er nahm eine Zigarette aus der Schublade, zündete sie bedächtig mit einem Taschenfeuerzeug an, inhalierte tief und lehnte sich in seinem Sessel zurück. »Lieutenant Miller hat Sie ins Bild gesetzt?«

»Er sagt, Sie wollen, daß ich eine vollkommen legale

Nachforschung, für die man mich engagiert hat, beenden soll.«

»Sie sind alte Freunde, wenn ich recht verstanden habe.«

»Außerhalb der Geschäftsstunden.«

»Was doch heißen sollte, daß Sie ein gewisses Vertrauen in sein Urteil haben?«

»Bis zu einem bestimmten Punkt.«

»Miller ist ein guter Beamter, finde ich«, sagte Gartland.

»Er ist nicht besser als irgend jemand sonst, wenn es darum geht, ohne vernünftige Informationen Entscheidungen zu treffen. Mein Eindruck ist, daß er nur eins weiß, nämlich daß Sie etwas von ihm wollen und daß Sie sein Vorgesetzter sind.«

»An der Sache ist mehr dran als das.«

Ich saß da und schwieg.

»Das FBI«, sagte Gartland, »hat nun schon seit einiger Zeit ein spezielles Projekt laufen, in dessen Mittelpunkt die Loftus Pharma steht.«

»Was heißt ›seit einiger Zeit‹?«

»Seit ungefähr sieben Jahren. Ein wenig mehr.«

»Und wann haben Sie zum ersten Mal davon gehört – heute?«

»Wir wußten von Anfang an Bescheid. Die beiden Agenten, die den Fall leiteten, haben uns in groben Zügen über die Natur der Arbeit, die sie dort taten, informiert und...«

»Zwei? FBI-Agenten?«

»Einer davon aus Washington. Ein Mann von hier, der

eigens für dieses Projekt rekrutiert wurde. Ein Mann, den ich, das muß ich sagen, gut kenne. Mit dem ich im Krieg zusammengearbeitet habe und dessen persönliche Referenzen allerhöchsten Ranges sind.«

»Sie sagen, man hätte Sie informiert. Heißt das im Klartext, daß man die Polizei nicht in das eigentliche Geheimnis eingeweiht hat?«

»Das können Sie daraus schließen, ja.«

»Und ich gehe davon aus, daß diese beiden Burschen Ausweise hatten.«

Er sog den Rauch ein und sagte dann: »Davon können Sie ausgehen, ja.«

»Wer ist der eigens für diesen Job rekrutierte Agent?«

»Das, Mr. Samson, ist genau betrachtet nicht Ihre Angelegenheit. Aber«, sagte er mit gewichtigem Gehabe, »Sie können davon ausgehen, daß das Objekt Ihrer Nachforschungen, John A. Pighee, mit der Sache zu tun hatte und daß Ihre weiteren Erkundigungen über seine Funktion bei Loftus das Leben anderer Menschen, die an dem Projekt arbeiten, gefährden würden. Ihre fortgesetzten Nachforschungen würden, bei allem Respekt, dem allgemeinen öffentlichen Interesse zuwiderlaufen.«

»Was«, fragte ich, »ist die ›Natur‹ des Projekts?«

»Negativ.«

»Aber wie soll ich denn –?«

Er unterbrach mich. »Ich bin im Interesse der Öffentlichkeit verpflichtet, Sie zu bitten, Ihre Nachforschungen einzustellen und Ihre Klientin so gut es geht zufriedenzustellen, ohne auch nur das zu enthüllen, was Sie bereits wissen.«

»Das wird nicht leicht sein«, sagte ich.

»Sie haben mein volles Mitgefühl.«

»Sehen Sie, Sie erzählen mir, daß Pighee mit einem FBI-Projekt zu tun hatte.«

»Das tue ich.«

»Hat er für das FBI gearbeitet?«

»Ja, hat er. Tut er noch. Natürlich hoffen wir wie alle, daß er wieder ganz gesund wird.«

»Und er wußte, daß seine Arbeit gefährlich war?«

»Das ist anzunehmen.«

»Na schön«, sagte ich. »Wenn Sie mir das Projekt grob umreißen könnten – ich werde mein Bestes für Sie tun.«

Gartland wäre mir beinahe an die Gurgel gesprungen und machte damit seinen vorangegangenen Erfolg in Sachen Selbstkontrolle zunichte. »Samson, Sie scheinen Ihre Lage falsch einzuschätzen. Ich bitte Sie nicht, irgend etwas zu tun. Ich befehle es Ihnen.«

»Ich höre, daß Sie versuchen, einem Zivilisten, der vollkommen rechtmäßig seinem Geschäft nachgeht, Befehle zu erteilen. Aber was ich tue, ist meine Entscheidung.«

»Sie haben keine Wahl«, sagte er.

»Ach?«

»Die einzige Entscheidung liegt bei mir. Ob ich Ihrem heiligen Versprechen, mit uns zusammenzuarbeiten, genügend vertraue, um Sie aus dem Haus zu lassen.«

»Sie können mich nicht verhaften.«

»Das hatte ich ursprünglich auch nicht vor«, sagte er nebulös. »Aber falls Sie sich als eine Gefahr für die Öffentlichkeit entpuppen sollten, kann ich Sie aus dem

Verkehr ziehen. Machen Sie sich da keine Illusionen. Ich kann und ich tue es auch.«

»Ich will einen Anwalt«, sagte ich. Und stand auf.

»Setzen Sie sich, Samson!«

»Stehe ich unter Arrest?«

»Setzen Sie sich«, sagte er noch einmal, diesmal aber etwas ruhiger. Ich dachte mir das ›Bitte‹ als beabsichtigt, wenn auch unausgesprochen dazu. Und setzte mich.

»Der Grund dafür, daß Sie überhaupt hier sind, ist der, daß Sie kein vollkommen Unbekannter für uns sind.« Es gab eine Menge, was ich dazu hätte sagen können, aber ich machte mir weniger Sorgen darum, meine Argumente vorzubringen, als darum, nach Hause zu kommen und mich endlich wieder um meine verkrüppelte Tochter kümmern zu können. »Wie ich höre, haben Sie uns, im Laufe der Jahre bei mehreren Gelegenheiten unterstützt. Lieutenant Miller verbürgt sich für das, was er Ihre grundehrliche Einstellung nennt, ebenso wie für ein gewisses Maß von Intelligenz bei Ihnen.«

Ich dankte Miller im Stillen für diese Einschätzung.

»Auf der anderen Seite, wenn man die Unterlagen der Fälle studiert, die von Ihnen und gegen Sie eingebracht worden sind...«

»Augenblick mal...«

»Den guten Dingen gegenüber«, fuhr Gartland beharrlich fort und schwenkte einige Papiere, »befindet sich in dieser Akte ein klarer Beweis für einen Hang zur Verantwortungslosigkeit. Ehrliche Verantwortungslosigkeit, aber immerhin Verantwortungslosigkeit.«

Ich hörte auf zu protestieren. Er war am Schlag.

»Sie zeigen eine mangelnde Bereitschaft, sich mit Leuten zu besprechen, auf ihr Urteil zu hören. Sie scheinen Ihre eigenen Schlüsse zu ziehen und daraufhin zu unbesonnenen Handlungen zu neigen.«

»Wenn in einem Napf Wasser ist, dann trinke ich auch daraus.«

»Ihr Abstecher ins Entropist Hospital ist ein neuerlicher Beweis dafür. Sie haben das Leben eines Patienten gefährdet, um den Beweis zu erbringen, daß er nicht derjenige war, der er ist.«

»So hat es vielleicht ausgesehen«, sagte ich scharf. »Aber die eigentliche Absicht dahinter war, die Leute dazu zu bringen, endlich auf unbeantwortete Fragen zu reagieren. Und meine Anwesenheit hier scheint zu beweisen, daß ich Erfolg damit hatte.«

»Aber dabei das Leben eines Mannes zu riskieren?«

Ich begann meinen Standpunkt näher zu erläutern, aber er hob die Hand, um mich zu bremsen. Ich bremste. Die Eskapade im Entropist gehörte nicht gerade zu meinen Glanzleistungen, gleichgültig, welche Rechtfertigungen und Resultate dahinter standen.

»Nein«, sagte er. »Aber ich muß herausfinden, was für eine Art Mensch Sie sind. Sie wissen oder vermuten Dinge, die eine Reihe von Menschenleben in Gefahr bringen könnten. Die Frage ist nun, ob man Ihnen vertrauen kann; ob Sie verantwortungsbewußt handeln.«

»Halten Sie es für wahrscheinlich, daß ich losrenne und irgendwelchen Leuten einen Wink gebe? Leuten, denen der Gedanke, daß Loftus in ein FBI-Projekt verwickelt ist, vielleicht nicht gefällt?«

»So könnte man es ausdrücken, ja.«

»Nun, es ist nicht wahrscheinlich, daß ich irgend jemandem einen Wink gebe. Selbst wenn ich wüßte, an wen ich mich da wenden müßte.«

»Tja, dann«, sagte Gartland, »wenn ich Ihr Versprechen habe, daß Sie Ihre Nachforschungen umgehend einstellen…« Er wartete.

»Innerhalb vernünftiger Grenzen«, sagte ich.

»Nun sehen Sie mal, Samson…«

»Ich habe weder den Wunsch noch die Absicht, mich in ein wichtiges FBI-Projekt einzumischen. Aber ich kann Ihnen kein Blankoversprechen geben, ohne darüber nachzudenken. Das«, stellte ich fest, »wäre unbesonnen von mir. Ich habe noch ein paar nebensächliche Untersuchungen laufen, und wenn ich meiner Klientin nicht die Wahrheit sagen darf, muß ich mir für sie auch noch etwas Überzeugendes ausdenken. Aber was auch immer ich von jetzt an tun werde, ich werde mich ganz bestimmt mit Miller beraten, wenn mir etwas merkwürdig vorkommt. Und zwar, bevor ich irgend etwas unternehme, ob unbesonnen oder sonstwie.«

Gartland dachte einen Moment darüber nach. Er hatte im wesentlichen bekommen, was er wollte. Dann sagte er: »Ich werde mich persönlich darüber auf dem laufenden halten, was Sie in dieser Angelegenheit unternehmen. Und wenn es auch nur den leisesten Hinweis darauf gibt, daß Sie die betroffenen Personen in diesem letzten Stadium ihrer Arbeit einem unnötigen Risiko aussetzen, dann sind Sie wieder hier, noch ehe Sie bis drei zählen können.«

Miller begleitete mich zum Aufzug. »Wie ist es gelaufen?«

»Harter Bursche, dein Gartland. Er sagte, wenn ich nicht nach seinen Regeln spielte, würde er mich einfach aus dem Spiel rausnehmen. Rechte hin, Rechte her.«

»Er hat ein Paar verdammte Scheuklappen auf den Augen«, sagte Miller. Das machte für mich zwar nicht viel Sinn, kam aber einem Ausdruck von Illoyalität irgendeinem Teil des Polizeisystems gegenüber näher als irgend etwas, was ich je von ihm gehört hatte.

»Könnte er es tun?«

»Wahrscheinlich«, sagte Miller. Er wollte nicht darüber nachdenken. Das war nicht das, was er unter ehrlicher Polizeiarbeit verstand. »Sieh besser zu, daß er es nicht unter Beweis stellen muß.«

»Auf der anderen Seite scheint er nicht ganz unrecht zu haben.«

»Du wirst also lockerlassen, ja?«

»Ich denke schon.«

»Gott sei Dank. Du bist immer so verdammt dickköpfig. Ich hatte schon Angst, du würdest es drauf ankommen und ihn auflaufen lassen.«

»Dickköpfig? Ich?«

»Bringt dich die Sache in finanzielle Schwierigkeiten?«

»Ich werde mich nur zu Tode hungern. Diese Schweine haben meinen ganzen Notgroschen mitgenommen, als sie mein Büro auf den Kopf stellten. Ich nehme an, dein Captain Gartland wird in dieser Hinsicht nichts unternehmen.«

»Heißt das, für den Rest des Monats ist Sonntag für dich?«

»Du willst dich nicht zufällig scheiden lassen, oder?«

»Ich nicht. Janie vielleicht. Sie findet, ich sollte mich mehr um meine Beförderung bemühen.« Er sah so aus, als fände er das Leben ziemlich bedrückend.

»Kommst du noch mit auf eine Tasse Kaffee?«

»Ich kann nicht«, sagte er. »Aber danke für die Einladung. Besonders unter den gegebenen Umständen.«

Ich war bereits wieder auf der Straße, bevor mir klar wurde, daß die Umstände, von denen er sprach, Gartlands Drohung waren, meine Freiheit zu beschneiden. Und wenn Miller sich Sorgen deswegen machte, sollte ich das wohl auch tun.

# 29

Auf dem Heimweg gingen mir Bilder und Gesprächsfetzen durch den Sinn. Marcia Merom, die wie selbstverständlich mit einer Pistole umging. Der alte, niedergebeugte Thomas Jefferson Walker, der mich fragte, für welche Seite ich arbeitete, ob es die Bundespolizei sei. Für sich genommen, paßte alles ins Bild. Die verschwörerische Stimmung paßte. Und das stimmte mich merkwürdig froh.

Obwohl ich nicht recht glauben konnte, daß ausgerechnet ich über eine große Staatsangelegenheit gestolpert sein sollte, was auch immer sich dahinter verbarg. Aber es schien der Fall zu sein. Ich fragte mich, was dahintersteckte. In einer Arzneimittelfirma... Aber, soweit ich wußte, hatten Medikamente nichts mit explosiven chemikalischen Prozessen zu tun. Vielleicht arbeiteten sie an irgendwelchen Sprengstoffen. Und Sprengstoffe konnten durchaus auf Terroristen hinweisen. Kein Wunder standen Menschenleben auf dem Spiel.

Als ich meine Treppe hinaufstolperte, fand ich Sam bereits im Büro vor.

»Da bist du ja endlich, Daddy! Ich hatte schon Angst, du würdest ewig wegbleiben!«

»Schon lange hier?«

»Ungefähr zwanzig Minuten. Wo bist du gewesen? Ich wußte nicht, daß du etwas vorhattest.«

Grausame Worte aus dem Mund des eigenen Kindes. »Hast du was herausgefunden?«

Sie glühte vor Begeisterung. »Ja«, sagte sie. »Zuerst habe ich mir einen Wagen gemietet, weil ich dachte, daß ich vielleicht eine Menge herumfahren müßte. Also«, sagte sie, »jetzt habe ich Räder.«

»Es überrascht mich, daß du überhaupt schon Schuhe hast«, sagte ich. »Hast du Kaffee gekocht?«

»Daddy!«

»Du machst uns etwas Kaffee, während ich meine eigene Arbeit in meinem Notizbuch auf den neuesten Stand bringe. Dann werde ich dich, wie es sich gehört, ins Bild setzen.«

»Oh«, sagte sie. Aber sie ging, noch bevor ich Zeit hatte, klarzustellen, daß ich sie nicht in ihrer Funktion als Frau dem Kaffeetopf zuwies, sondern als Angestellte.

Ich machte mir meine Notizen über die Gespräche mit Miller und Gartland. Und fragte mich, ob ich in einer Zeitungsannonce rechtmäßig sagen konnte: »Grundehrlich, wie nachzulesen in den Akten der Polizei von Indianapolis.«

Als ich mich wieder zu meinem hochqualifizierten Personal gesellte, fragte ich, ob sie die Zeit gefunden hätte, Linn zu besuchen, als Teil ihrer stürmischen Tagesaktivitäten.

Die Antwort war nein.

Ich schenkte den Kaffee ein. »Genau richtig, Sam. Kurz und süß.«

»Wie sich herausstellte«, begann sie vielversprechend, »habe ich die meiste Arbeit in der Bibliothek getan. Ich habe da einen Jungen gefunden, der mir dabei geholfen hat, den Mikrofilm der früheren Ausgaben des *Star* durchzugehen. Ich wußte ja überhaupt nicht, daß ein Mikrofilm so groß ist.«

»Was hast du herausgefunden, Sam? Einzelheiten, nur wenn sie Tatsachen untermauern.«

Wenn wir schon Detektiv spielten, konnten wir uns genausogut auch an die Regeln halten.

»Oh. Na schön. Laß mich mal sehen. Na, jedenfalls haben wir es gefunden. Im Juni 1973, und zwar am 7., starb ein Mann namens Simon Rackey, als er ›einen Eindringling in die Flucht schlug‹, hieß es. Er war sechsundzwanzig Jahre alt, lebte allein auf dem Washington Boulevard Nummer 4901, und er war Techniker bei Loftus Pharmazeutika. In jungen Jahren war er an Polio erkrankt und konnte sich daher nur auf eine Metallkrücke gestützt fortbewegen. Er ist dann oben auf der Feuerleiter hinten an seiner Wohnung ausgerutscht und über das Geländer gefallen. Aus dem zweiten Stock.« Sie hielt inne.

»Sind in der Angelegenheit noch irgendwelche anderen Namen genannt worden? Polizeisprecher, Loftus-Repräsentanten, Verwandte?«

»Da war eine Nachbarin. Ich habe ihren Namen im Telefonbuch nachgeschlagen und bei ihr angerufen. Sie war zu Hause!«

»Gut. Was hast du sie gefragt?«

»Oh«, sagte Sam. »Ich habe nicht nach dem Mann gefragt, der gestorben ist. Ich habe sie gefragt, wem das Gebäude gehört. Angeblich, weil ich eine Wohnung suche.« Ich nickte. »Sie sagte, das Gebäude gehöre einem Mann namens Walker, und daß im Augenblick keine Wohnung frei sei. Aber sie hat seine Telefonnummer für mich nachgesehen und seine Adresse. Ihm gehören nämlich noch andere Häuser hier in der Stadt.«

»Gute Arbeit«, sagte ich. »Du hast nicht zufällig gefragt, ob Walker das Gebäude schon vor vier Jahren gehörte, als Rackey starb?«

»Nein, Daddy, leider nicht.«

»Schon in Ordnung. Mach dir keine Gedanken«, sagte ich.

Statt sich Gedanken zu machen, sagte sie: »Was tun wir jetzt, Daddy?«

Ich zögerte. »Meine Antwort wird dir nicht gefallen«, sagte ich schließlich.

»Nein? Warum nicht? Was ist, Daddy? Sag's mir!«

»Für den Augenblick tun wir überhaupt nicht viel.«

Sie dachte nach und sagte: »Wie meinst du das?«

»Wir lassen mal für eine Weile locker.«

»Aber das ergibt doch keinen Sinn, Daddy. Wir haben gerade erst angefangen, irgendwelche Dinge herauszufinden.«

»Du meinst, du hast gerade erst angefangen, etwas herauszufinden.«

»Aber...«

»Sieh mal, wer ist der Oberhäuptling hier?«

Sie dachte noch einmal kurz nach und stellte die richtige Frage: »Mit wem warst du heute morgen zusammen?«

»Wenn ich sage lockerlassen...« Ich wurde aber von ihrem versteinerten Gesicht unterbrochen. »Augenblick mal.« Ich griff zum Telefonhörer und rief Miller an.

»Al?«

»Ja, Lieutenant Miller. Mir ist eingefallen, daß ich vergessen habe, Ihnen eine Frage zu stellen. Es geht um eine Einzelheit zu dem Thema, über das wir uns heute morgen unterhalten haben.«

»Und was wäre das, bitte schön?«

»Es geht um einen verdächtigen Todesfall, der jetzt etwas mehr als vier Jahre zurückliegt. Ein Simon Rackey, der am 7. Juni 1973 starb, auf dem Washington Boulevard Nummer 4901. Zu der Zeit bewohnte er die Wohnung, in der jetzt Marcia Merom lebt. Ich hätte gern die Akten, die dieses Unglück betreffen.«

»Du solltest doch die Finger davon lassen. Leg dich nicht mit Gartland an, Albert.«

»Wie ich bereits heute morgen deinem Vorgesetzten erklärt habe«, sagte ich, »muß ich mir eine überzeugende Geschichte für meine Klientin ausdenken, wenn ihr diese Angelegenheit vom Tisch haben wollt. Ich habe ihm außerdem versprochen, daß ich mich bei jeder Gelegenheit mit dir in Verbindung setzen würde. Und bitte verschwende nicht unser aller Zeit, indem du das Ganze hinauszögerst und begriffsstutzige Fragen stellst.«

Ich legte auf. Zu Sam sagte ich: »Wir lassen auf Veranlassung der Polizei von Indianapolis locker. Aber das heißt nicht, daß wir den Fall los sind – nicht wirklich.«

Sam war halb erfreut und halb verwirrt. »Warum legen wir dann überhaupt einen langsameren Gang ein?«

»Weil, verehrte Mitarbeiterin und heißgeliebter Sprößling, ich es sage. Und wenn es dir nicht gefällt, dann such dir einen Job bei einem anderen Detektivbüro, okay?«

Sie sah mich eine unangenehm lange Zeit an, ohne etwas zu sagen. Ich hatte das Gefühl, als versuche sie, mein Ich zu enträtseln. Mein unschuldiges, unverfälschtes, offen vor ihr liegendes Ich. Schließlich sagte sie: »Also, was soll ich jetzt tun?«

»Ich möchte, daß du deine neuen Räder benutzt und deiner Großmutter ein paar Stunden Gesellschaft leistest. Dann erstattest du mir hier wieder Bericht.«

Sie griff nach ihrem Notizbuch und ging, ohne ein Wort des Abschieds. Ich schätze, kein Abschied ist besser als ein langer Abschied.

Ich fuhr ins Entropist Hospital, um Linn Pighee zu besuchen.

»Ich dachte schon, Sie hätten mich vergessen«, sagte sie mit einem ermutigenden Lächeln. Sie hatte rote Wangen und eine frische Stimme.

»Heute war bei mir Tag der Erinnerung an wichtige Leute«, sagte ich. »Und wie geht's der Patientin?«

»Gut. Ich habe geschlafen, geschlafen und geschlafen.«

»Setzen die Sie hier unter Drogen, oder schaffen Sie das ganz von allein?«

»Sie helfen. Es ist schön, umsorgt zu werden. Ich schlafe so viel, aber ich erhole mich nicht recht dabei. Ich nehme an, es wird schon besser werden.«

»Zweifellos«, sagte ich. Es tat gut, wieder einmal mit ihr zu reden. »Es tut gut, wieder mal mit Ihnen zu reden«, sagte ich. Ich nahm ihre Hand.

»Sie sind ein netter Mann«, sagte sie. »Es ist schön, Sie wiederzusehen.« Einen Augenblick lang schloß sie die

Augen. Sie drehte sich im Bett um, um mich besser ansehen zu können, und öffnete dann ihre Fenster zur Welt von neuem. »Albert, ich habe nachgedacht«, sagte sie.

»Nachgedacht worüber?«

»Über etwas, was Sie mir vielleicht erklären können. Ich weiß nicht, ob ich es eigentlich bereits wissen sollte, von den Dingen, die Sie mir schon erzählt haben. Mein Kopf – er funktioniert nicht richtig.«

»Was gibt es, Linn?«

»Was ist mit John passiert? Ich meine, war es ein Unfall oder was?« Die Frage glitt durch mich hindurch wie durch weiche Margarine. »Ich weiß es nicht. Ehrlich, ich wünschte, ich wüßte es.«

»Aber...«, begann sie. Dann blinzelte sie und änderte ihre Marschroute. »Wie geht es ihm? Hat sich sein Zustand verändert?«

»Nein«, sagte ich, denn ich wollte ihr nicht sagen müssen, daß ich es nicht nachgeprüft hatte. »Es ist alles beim alten.«

»Ich wünschte, ich wüßte es«, sagte sie. »Ich wünschte, ich wüßte, was passiert ist.«

Nachdem wir uns fünf Minuten unterhalten hatten, konnte sie kaum noch die Augen offenhalten.

Sie schien die Energie einer Purpurwinde zu haben, offen, dramatisch, stark, aber kurzlebig. Ich wartete, bis ihr Atem regelmäßig ging. Dann zog ich ihr die Decken bis ans Kinn und ließ sie allein.

Ich suchte eine Krankenschwester und fand vier Türen weiter den Flur hinab eine, die dabei war, Wäsche aufzustapeln. Ich fragte sie nach Linns Gesundheitszustand.

Die Schwester hatte eine Engelsgeduld mit mir. »Sind Sie ein Familienmitglied?« fragte sie.

»Nein. Ich…«

»Ein Freund?«

»Ich bin ein Angestellter. Ich arbeite für sie.«

»Sie ist keine gesunde Frau. Ich hoffe, Sie haben nichts Geschäftliches mit ihr besprochen.«

»Wir haben über die Blumen gesprochen und über die Bäume, und darüber, wieviel nasser es in der Sahara wäre, wenn es dort gelegentlich mal regnen würde.«

Die Schwester nickte. »Wir wissen immer noch nicht genau, was ihr eigentlich fehlt. Wir machen Laboruntersuchungen, aber es geht sehr langsam voran. Sie ist sehr schwach. Sie ist vollkommen ausgezehrt und scheint seit langer Zeit unterernährt zu sein. Wir haben einen Mangel an mehreren Vitaminen und Mineralien festgestellt. Es ist ein Wunder, daß sie nicht zum Spielball jedmöglicher Krankheitserreger geworden ist.«

»Gütiger Himmel«, sagte ich.

»Das ist selten bei einem so jungen Menschen.«

»Sie hat seit mehreren Monaten allein gelebt«, sagte ich.

»Sie ist doch so nett. Ich verstehe es einfach nicht. Sie hat kaum Besuch gehabt. Nur Sie und ein junges Mädchen.«

»Meine Tochter«, sagte ich.

»Es ist sehr ungewöhnlich«, sagte die Schwester. *Es* bezog sich sowohl auf den Mangel an Besuchern als auch auf Linns Gesundheitszustand. »Sie muß sich furchtbar vernachlässigt haben.«

»Und ist vernachlässigt worden.«

# 30

Bevor ich wieder zurück in die Gluthitze des hochsommerlichen Indianapolis fuhr, saß ich eine Weile im Wartezimmer der Loftus-Klinik und brütete vor mich hin. Ich wollte unbedingt herausfinden, was John Pighee zugestoßen war. Und, um ehrlich zu sein, nicht nur für Linn Pighee, sondern auch für mich selbst. Ich hasse es, in Fragen zu investieren, ohne meine Dividende an Antworten dafür zu bekommen.

Aber während meine Gefühle in dieser Hinsicht ganz unzweideutig waren, kämpfte mein Verstand mit einer Reihe von Widersprüchen. Es lag nicht nur daran, daß ich Angst vor Captain Gartland hatte: Ich fand, daß er einen vernünftigen Standpunkt bezogen hatte. Und ich mußte zugeben, daß es tatsächlich Dinge gab, in denen herumzustochern ich moralisch kein Recht hatte.

Aber es ist immer verwirrend, wenn man den Standpunkt des anderen begreift. Die Richtung meines weiteren Vorgehens stand allerdings bereits fest: Ich würde weitermachen. Vorsichtig, falls ich damit legitime Teilnehmer einer legitimen Operation möglicherweise in Gefahr brachte. Aber ich hatte das Recht, meine eigenen legitimen Fragen weiterzuverfolgen.

Und wenn es persönliche Konsequenzen nach sich zog, na schön. Und wenn ich anschließend aus dem Geschäft war, dann war ich eben aus dem Geschäft.

Außerdem war es gar kein schlechter Zeitpunkt, sich das Geschäft zu vermasseln, da ich ohnehin bald keine Bleibe mehr haben würde. Ein exzellenter Zeitpunkt, mir die Lizenz entziehen zu lassen und ein neues Leben anzufangen. In irgendeiner anderen Stadt zum Beispiel. Vielleicht das beste, was mir je passiert war. Es hing ganz davon ab, ob man die Zukunft positiv oder negativ betrachtete.

Ich ging hinüber zur Rezeption zu einer neuerlichen Konfrontation mit der strengen Wächterin des Loftus-Portals. Aber alles, was ich von ihr wissen wollte, war der Weg zur Notaufnahme, und da das bedeutete, daß ich ihre Domäne verlassen würde, gab sie mir klar und deutlich Auskunft.

Die Notaufnahme lag von der Loftus-Klinik aus gesehen direkt um die Ecke und hatte eine hotelartige Auffahrt. Ich sah zu, wie ein Krankenwagen an mir vorüberkreischte und quietschend in die Einfahrt fuhr. Ein paar Schritte lang zockelte ich wie ein Anwalt auf Klientenjagd hinter dem Krankenwagen her. Aber bevor ich das Gebäude betrat, verfiel ich wieder in eine langsamere, herzschonendere Gangart.

Inzwischen hatte der Krankenwagen seinen Inhalt bereits ausgespien. Keine Spur von Streß oder hektischer Aktivität. Also ging ich zum Empfang und sagte: »Ich möchte gern mit jemandem sprechen.«

Ein Mann sah mich einen Augenblick lang an, schob mir einen Block hin und sagte: »Schreiben Sie Ihren Namen hin, Ihre Adresse, Ihren Beruf, hier, hier und hier. Die Gebühr für die Notfallbehandlung beträgt dreißig Dollar, zahlbar im voraus. Sie können sie von Ihrer Versicherung, sofern Sie eine haben, zurückfordern. Dann warten Sie da drüben.« Er zeigte auf eine Reihe von Stühlen, die zur Hälfte mit Leuten besetzt waren, die krank aussahen oder irgendwelche Teile ihres Körpers umklammert hielten.

»Ich möchte keine Notfallbehandlung.«

»Das hier ist die Notfallstation«, sagte er. »Zum allgemeinen Eingang müssen Sie, wenn Sie aus der Tür kommen, links gehen und dann wieder links um die Ecke, und dann ist es der zweite Eingang links.«

»Ich möchte mit einem Arzt sprechen«, begann ich.

Er war erst dreißig, sprach aber mit der Stimme eines Menschen, der nur noch ein Jahr bis zur Pensionierung hatte und nicht recht wußte, ob er es bis dahin noch schaffen würde. Dann sagte er: »Füllen Sie das Formular aus. Bezahlen Sie an der Kasse. Warten Sie bei den Leuten da drüben.«

Ich warf noch einmal einen Blick auf die wartenden Leute. Keinem von ihnen tropfte das Blut herab. Ich nahm das Formular, das er mir zum zweiten Mal hingeschoben hatte, hielt es hoch und zerknüllte es zu einem Ball. »Wenn Sie nicht auf der Stelle still sind und mir einen Augenblick lang zuhören, dann sprenge ich das Haus in die Luft – mit einer Bombe, die ich hier drin habe.« Ich hielt mein Notizbuch hoch; er sah mich mit großäugiger Ehrfurcht an.

»Was?«

»Ich möchte mit den Ärzten sprechen, die hier in der Nacht des 27. Januar Dienst hatten«, sagte ich. »Ich muß ihre Namen wissen.«

»Der 27. Januar?« fragte er begriffsstutzig.

Ich senkte mein Notizbuch, und er beugte sich vor, um es im Blick zu behalten. »Wie zum Teufel soll ich wissen, wer in dieser Nacht Dienst hatte?«

»Sprechen Sie nicht so laut. Ich bin sehr labil.«

Er sah mir zum ersten Mal in die Augen. »Tut mir leid«, sagte er.

»Wo sind die Unterlagen über die Dienstpläne?«

»Ich... ich werde Ihnen sagen, wie Sie ins Büro kommen.«

»Büro, Büro, Büro!« sagte ich und riß meine Augen weit auf, damit man im Weiß meines Augapfels die roten Linien deutlich sehen konnte. »Ich kann Büros auf den Tod nicht ausstehen.«

»Tut mir leid«, sagte er lahm. Und warf abermals einen Blick über den Tisch.

»Es ist schon in Ordnung«, erklärte ich ihm. »Mir ist klar, daß es nicht Ihre Schuld ist.«

»Danke.«

»Sie können jemanden anrufen und es für mich herausfinden – okay? Und niemandem wird etwas passieren.«

Er rief jemanden an und fand es heraus. Dr. Norman Kewanna und Dr. Fowler Boone. »Okay?«

Ich machte die Sache mit dem Augapfel noch einmal. »Wo kann ich sie finden?«

»Ich...«, begann er. Dann rief er denjenigen, mit dem er zuerst gesprochen hatte, noch einmal an. Auf diese Weise besorgte er mir ihre Privatadressen.

Ich hob mein Notizbuch auf die Höhe der Theke und

öffnete es langsam. Seine Augen schienen hervorzuquellen. Ich schrieb mir die Namen und Adressen auf.

»Danke«, sagte ich.

Als ich ging, kam ich dicht an einer Frau vorbei, die sich ihren geschwollenen Kiefer hielt. Ich machte ihr ein Zeichen mit dem Daumen und sagte: »Guter Arzt, der da. Erste Klasse. Ihr Mund wird in besten Händen sein.«

Ich parkte den Wagen und ging zurück zum Büro. Das einzig Aufregende, was mir währenddessen widerfuhr, war die Tatsache, daß ich über eine mit Kreide hingekritzelte Nachricht auf dem Gehweg lief: »Ich liebe Paul Millard.«

Nachdem ich mich beruhigt hatte, ging ich die Treppen hinauf in die wohltuende Stille eines leeren Büros. Ich setzte mich auf meinen Drehstuhl und versuchte, mich zu entspannen. Statt dessen schlief ich ein.

Sam weckte mich gegen vier. »Daddy!«

Sie riß mich aus einer Welt heraus, in der ich alles, was vor sich ging, verstand. »Hallo«, sagte ich.

Aber bevor wir das Thema weiter verfolgen konnten, hörten wir beide schwere Schritte auf meiner Treppe.

Als Lieutenant Miller das Büro betrat, sahen wir ihn beide direkt an. Er knurrte bedrohlich. »Was ist los?«

»Das wissen wir nicht«, antwortete ich ihm.

Er zuckte die Achseln. Dann zeigte er auf Sam und sagte: »Können wir unter vier Augen reden?«

»Sie brauchen keine Bedenken zu haben, vor ihr zu sprechen, Lieutenant. Sie ist meine neue Angestellte.«

»Angestellte? Du?« Er sah sie noch einmal an.

»Zeig dem Lieutenant deinen Ausweis, Sam.«

Sie kam meiner Bitte nach. Er studierte das Schriftstück mit einem kurzen Aufflackern von Interesse. »Sie geht bei mir in die Lehre. Steht für sieben Jahre unter Vertrag, um das Detektivgeschäft zu erlernen.«

»Sieben Jahre«, sagte Miller. »Das ist zu traurig, um komisch zu sein.«

»Na, komm schon, Lieutenant«, sagte ich.

»In dem Maße, wie du das Schicksal herausforderst, kannst du von Glück sagen, wenn du in sieben Tagen noch im Geschäft bist.«

»Ein schlechter Witz«, sagte ich. »Aber du bist sicher nicht rübergekommen, nur um mir zu zeigen, daß du nicht den geringsten Sinn für Yuma hast.«

»Für was?«

»Nur ein alter Witz aus Arizona.«

Die Stimmung wurde ernst.

»Du wolltest Informationen über den Tod von Simon Rackey im Juni 73.«

»Stimmt.«

»Ich bin der Sache nachgegangen. Aber wie ich dich kenne, legst du es bestimmt falsch aus.«

»Und warum?«

»Weil der erste Streifenpolizist auf dem Schauplatz – ein Grünschnabel – die Umstände für verdächtig hielt und in diesem Sinne einen Bericht verfaßte.«

»Ach wirklich?« sagte ich. Sam lächelte.

»Aber er hat sich geirrt«, sagte Miller. »Er wurde zurückgepfiffen und das Ganze als Unfall behandelt. Wirklich, Al, du wärst überrascht, wie viele Grünschnäbel in den ersten Wochen im Dienst über verdächtige Fälle stolpern – Fälle, wie sie einem vielleicht ein- oder zweimal in einem ganzen Leben unterkommen.«

»Erzähl mir mehr davon, ja?«

»Der Grünschnabel hielt es für sehr unwahrscheinlich, daß ein gebildeter Mann, der zudem Kinderlähmung gehabt hat und dem deshalb klar gewesen sein muß, wie wichtig es für ihn war, das Gleichgewicht zu behalten – daß so einer so übel durchdrehen konnte, daß er oben vom Absatz der Feuerleiter stürzte. Selbst wenn er einen Einbrecher verfolgte.«

»War das alles?«

»Ja. Ihm kam die Sache einfach verdächtig vor, und er forderte weitere Nachforschungen an.«

»Die nicht erfolgten?«

»Nein.«

»Also werden wir es niemals wirklich wissen.«

»Wir sind der Sache damals bestimmt nachgegangen, Al. Wenn sie die Sache fallengelassen haben, dann hatten sie einen guten Grund dafür. Ich glaube nicht, daß du das weiter verfolgen solltest.«

»Warum nicht?«

»Weil du den Fall nicht zu den Akten legst«, sagte Miller explosiv. »Du hast gesagt, das würdest du tun.« Er tat so, als sei das Schlimmste an der Sache, daß ich mich nicht an die Regeln hielt.

Obwohl ich ihn ganz gut verstand und er mir leid tat, waren für mich die Würfel gefallen. »Ich habe versprochen, niemanden in Gefahr zu bringen«, sagte ich scharf. »Aber wenn dein Captain glaubt, daß er mir Befehle erteilen kann, ohne auch nur bitte zu sagen, dann hat er keinen Bezug zur Realität.«

Miller seufzte und schüttelte den Kopf. »Ich muß von hier aus direkt zu Gartland gehen und es ihm sagen. Das ist dir doch klar, oder nicht?«

»Was du mit der Information anfängst, daß ich meine Tage nicht mit irgendwelchen Seifenopern zubringe, ist deine Angelegenheit. Ich würde vorschlagen, daß du meinem gesunden Menschenverstand vertraust, aber du kannst auch deinem aufgeblasenen Freund erzählen, was passieren wird, wenn er mich mit Gewalt aus dem Verkehr zu ziehen versucht. In dem Falle geht ein voller Bericht von allem, was ich weiß und vermute, an vier Zeitungen. Dann soll er mal versuchen, denen den Hahn abzudrehen.«

»Du schaffst es noch, daß ich wieder zur Streife zurückversetzt werde, weißt du das?« sagte er voller Verzweiflung.

»Notfalls kannst du immer noch für mich arbeiten.«

Als nächstes würde er Gartland aufsuchen, aber nicht, ohne sich vorher von seinem Arzt ein paar Antidepressiva verschreiben zu lassen.

»Hast du wirklich für die Presse aufgeschrieben, was du weißt, Daddy?«

»Nein, die würden es nie drucken. Die gehen zwar auf korrupte einheimische Polizisten los, aber bei uns greift man der Regierung eben gern unter den langen Arm.«

»Machen wir uns jetzt auch auf den Weg?«

»Ich würde lieber etwas essen. Bist du irgendwie in Eile?«

»Ich wollte heute abend mit Ray ausgehen«, sagte sie.

»Na gut, meinetwegen«, sagte ich. »Ich muß sowieso noch die letzten Folgen von ein paar Fernsehserien nachholen.«

Ray und Sam gingen um sieben, und ich erledigte noch einige Telefonanrufe. Ich wollte mit einem der Ärzte, Norman Kewanna oder Fowler Boone, sprechen, aber ich wußte nicht, mit welchem von beiden. Fowler Boone, so stellte sich heraus, hatte an diesem Abend Dienst, aber Kewanna wurde zu Hause erwartet. Seine Frau meinte, ich könne kurz vorbeischauen. Da ich ohnehin keine Lust mehr hatte, noch einmal ins Krankenhaus zu gehen, entschied ich mich für Kewanna.

Sein Haus lag in West-Indianapolis; ein ansehnliches Fachwerkhaus mit einer überdachten Veranda und dem Garten voller Krimskrams. Nicht nur Kinderspielzeug, sondern auch Erwachsenenspielzeug: alte Reifen, Reste von Baumaterialien, Säcke, ein Stapel Feuerholz. Es war erfrischend normal, verglichen mit dem stereotypen Bild, das man von einem ehrgeizigen jungen Arzt hatte.

Eine Miniaturausgabe von Phyllis Diller öffnete mir die Tür. Ich fragte sie, ob ihr Vater zu Hause sei. Das Wesen wandte mir den Rücken zu und rief: »Mom!«

Mom war eine dünne Frau in neuen Jeans und einem sehr großen Männerhemd. »Hallo«, sagte sie strahlend und verriet dabei eine Begeisterung für das Leben, von der ich bereits geglaubt hatte, sie sei in der modernen Welt verlorengegangen. »Was kann ich für Sie tun?«

Ich erinnerte sie an meinen Telefonanruf und fragte, ob

ihr Mann mittlerweile zu Hause sei. »Er war da«, sagte sie, »aber er ist noch mal weggegangen, um etwas Bier zu holen. Sollte aber in ein paar Minuten wieder zurück sein. Sie kommen am besten rein und warten auf ihn, ja?«

Sie führte mich in die Küche, wo sie gerade Plätzchen backte. Drei Kinder gemischter Größen machten ihre jeweiligen Beiträge zu dem Projekt.

»Die hier ist Allison«, sagte ihre Mutter, »und das ist Corinne, und die Kleine ist Marina, aber die kennen Sie ja schon.«

»Hallo alle miteinander«, sagte ich zu den Mädchen. »Mein Name ist Albert.«

»Albert!« sagte Marina. »Was für ein komischer Name. Ist das nicht ein komischer Name, Mami?«

»Kind«, sagte sie. »Du willst einen komischen Namen, dann versuch mal meinen. Ich heiße Fayette.«

»Das weiß ich doch«, sagte Marina.

»Ich finde nicht, daß das ein komischer Name ist, Mama«, sagte Corinne.

»Das kommt daher, daß du daran gewöhnt bist«, sagte sie. Und dann, an mich gewandt: »Ich wurde in Fayette County geboren, und meiner Mutter muß der Klang irgendwie gefallen haben.«

»Ein Glück für Sie, daß es nicht Tippecanoe County war.«

»Das ist wirklich ein Glück«, sagte sie. Wir hörten einen Wagen in die Einfahrt einbiegen und dann auf dem Kies bremsen. »Das wird Norman sein.«

Kewanna kam mit einem Bierkasten durch die Hintertür. Er war ein großer Mann, aber mehr breit als hoch. Er und seine Last schienen den Türrahmen wunderbar auszufüllen. Als er mich sah, hielt er inne, bevor es ihm wieder einfiel. »Der Bursche, der mich sprechen wollte«, sagte er. »Warten Sie 'n Augenblick.« Er stellte den Kasten neben den Kühlschrank und ging wieder nach draußen. Einen Augenblick später stand ein zweiter Kasten oben auf dem ersten. Er öffnete den Kühlschrank und begann, die Flaschen auf leere Regale im unteren Teil zu legen. Die letzten vier aus dem unteren Kasten stellte er auf die Arbeitsfläche neben der Spüle, wo ein Öffner an die Wand geschraubt war. Die vier Flaschendeckel klirrten auf die Oberfläche, und Kewanna gab mir eine Flasche. Eine für Fayette, eine für sich, und die letzte hielt er hoch. »Das ist für euch Mädchen *alle zusammen*«, sagte er. »Ich will also nicht, daß eine von euch sich die Flasche unter den Nagel reißt.« An mich gewandt, sagte er: »Sollen wir nicht hinaus auf die Veranda gehen? Ist ein bißchen kühler da.«

Ich folgte ihm. Es war tatsächlich kühler.

»Ich hoffe, ich verschwende nicht Ihre Zeit«, sagte ich.

»Das hoffe ich auch. Viel habe ich nämlich nicht.«

»Sie waren am 27. Januar dieses Jahres im Dienst in der Notfallstation des Entropist Hospital«, sagte ich.

Er lächelte. »Ach, wirklich?«

»Das hat man mir jedenfalls gesagt. Sie und ein Dr. Boone. Es war ein Donnerstag.«

»Wenn Sie das sagen.«

»Aus den Unterlagen, die man im Krankenhaus über diese Dinge aufbewahrt, läßt sich ersehen...«

Er zuckte mit den Schultern.

»Wie auch immer, an dem betreffenden Abend wurde ein Patient hereingebracht. Wenn Sie mit ihm zu tun hatten, erinnern Sie sich vielleicht.«

»Möglich.«

»Es war ein Mann, der bei einer Explosion schwer verletzt wurde, eine Explosion in einem Labor der Loftus Pharma.«

»Ja?« Er versuchte, sich zu erinnern.

»Ein Mann namens John Pighee. Hat in einem Forschungslabor gearbeitet, als irgend etwas schiefging.«

»Kopfverletzungen«, sagte er langsam.

»Genau.« Ich wäre fast kopfvoran vom Stuhl gekippt.

»Ich erinnere mich, daß ein Mann in aller Eile zu uns gebracht wurde, mit irgendeinem Verwaltungsmenschen im Krankenwagen. Ich hatte gerade angefangen, ihn zu untersuchen, aber der Verwaltungsmensch bestand darauf – genau, Loftus, wegen der Klinik – dieser Bursche also bestand darauf, daß er auf direktem Wege in die Versuchsstation gebracht würde. Er sagte, die Leute dort seien informiert und erwarteten sie. Und er hat ihn selbst weggerollt. Ja, ich erinnere mich.«

»Also haben Sie ihn nicht untersucht?«

»Nicht gründlich. Aber nach dem, was ich sehen konnte, erklärte ich dem Mann, daß es die Mühe nicht wert sei. Aber er hat ihn trotzdem mitgenommen.«

»Die Mühe nicht wert? Warum nicht? Haben die da nicht die bessere Ausrüstung und solche Sachen?«

Kewanna nahm einen tiefen Zug von seinem Bier. »Der Mann war T.O.T.«

»Tot?«

»Sie kennen die näheren Umstände?« sagte er.

»Reden Sie nicht um den heißen Brei herum. Sind Sie sicher, daß er tot war?«

»Das gehört zu den ersten Dingen, die sie uns beibringen. Kein Herzschlag, kein Atem, eingeschlagener Kopf. Tot.«

»Wie würden Sie reagieren, wenn ich Ihnen erzählte, daß John Pighee seit sieben Monaten in der Loftus-Klinik liegt. Bewußtlos, aber lebendig.«

»Erzählen Sie es mir?«

»Jawohl.«

Er war überrascht.

»Wie erklären Sie sich das?« fragte ich.

»Gar nicht.«

»Versuchen Sie es.«

»Nun, ich hatte ja keine Chance, irgendwelche Wiederbelebungsversuche zu machen, und ich weiß nicht, wie lange sein Herz bereits ausgesetzt hatte. Loftus Pharmazeutika? Das sind ein paar Meilen. Es müßten wenigstens zehn, fünfzehn Minuten vergangen sein zwischen dem Unfall selbst und dem Zeitpunkt, als ich ihn zu Gesicht bekam.«

»Oder eine halbe Stunde.«

»Könnte leicht auch eine halbe Stunde gewesen sein«, sagte er. »Ich weiß nicht. Sie haben ihn in aller Eile an mir vorbeigeschoben; ich hatte nur eine Minute Zeit. Aber…« Er schüttelte den Kopf. »Erst die jungfräuliche Geburt, und jetzt das…«

»Sie sagen, dieser Verwaltungsmann meinte, sie würden in der Klinik bereits erwartet?«

»Er sagte, man habe sie informiert, und sie würden erwartet.«

»Passiert das häufig?«

»Mir nur einmal«, sagte er.

»Sie erinnern sich nicht zufällig an den Namen des Verwaltungsbeamten?«

»Hatte nicht die Zeit, ihn um ein Autogramm zu bitten«, sagte er. Dann fügte er ein wenig entschuldigend hinzu: »Ich habe nicht gefragt. Er sagte allerdings, er sei der Chef von irgend etwas.«

»Erinnern Sie sich, wie er ausgesehen hat?«

Nachdenkliche Miene. »Rundlicher, kleiner Bursche. Helle Wieselaugen. Sonst nichts.«

Es mußte Jay Dundree gewesen sein. »Kennen Sie irgend jemanden von dem medizinischen Personal in der Versuchsstation?«

»Wir haben keinen Kontakt zu denen«, sagte er. »Obwohl ich weiß, daß die Abteilung von einer Frau namens Merom geleitet wird. Sonst weiß ich allerdings nichts über sie. Und ich weiß nicht, ob es noch irgendwelche anderen Leute da gibt. Wahrscheinlich ein paar auf Teilzeit. Hängt davon ab, was sie sich da zusammenbrauen.«

»Welche Chancen geben Sie dem Mann, zu überleben und aus dem Koma aufzuwachen?«

»Jetzt passen Sie mal auf«, sagte er zu mir, »soweit ich das als Arzt beurteilen kann, war dieser Mann im Januar tot, und es gibt nicht viele, die das überleben.«

## 31

Von einer Telefonzelle aus rief ich bei Dr. Merom zu Hause an, aber es ging niemand an den Apparat. Dann rief ich in der Loftus-Klinik an, und nachdem ich zwei Minuten gewartet hatte, erklärte man mir, Dr. Merom sei nicht da. Ich hätte noch Miller angerufen, aber ich hatte kein Kleingeld mehr.

Auf dem Weg zu Loftus wurde mir klar, daß ich meine zehn Cent für einen Anruf bei Miller hätte benutzen können, wenn ich vorher darüber nachgedacht hätte, denn Freitag war nach Fincastles Liste Dr. Meroms Abend im Labor. Aber andererseits hätte ich auch nicht gewußt, ob ich Miller zu Hause oder auf dem Revier hätte anrufen sollen. Wahrscheinlich hätte ich meine zehn Cent ohnehin verloren.

Im Sicherheitsgebäude war wieder Fincastle im Dienst. Ich erzählte ihm, daß Dr. Merom mich in Forschung Drei erwarte. Er schob mir kommentarlos das Dienstbuch hin. Es war Viertel nach acht.

Mit schnellen Schritten ging ich auf das Gebäude zu. Es brannte nur noch ein Licht darin. Das Lagerraumlabor. Ich machte mir nicht die Mühe, mich in dem Dienstbuch neben der Tür von Forschung Drei ebenfalls einzutragen.

Marcia Merom sang vor sich hin. Ich hörte sie, als ich oben an der Treppe angekommen war, und blieb einen Augenblick stehen, um zu lauschen. Sie hatte eine klare und ziemlich hübsche Stimme, und mit viel Gefühl, was mich auf den Gedanken brachte, daß sie oft sang. Nur die Worte vertrugen sich nicht mit der freudigen Überraschung, ein neues Talent entdeckt zu haben. Es war eins dieser Rock-Klagelieder aus den späten Fünfzigern, unerfüllte Liebe, die zu einem gewaltsamen, unvorhergesehenen Tod führt. »Curly Shirley, sure woke early on the day-ay she died.« Schlurfend ging ich den Flur hinunter auf die offene Tür zu. Marcia Merom hörte auf zu singen. Sie horchte. Und sagte: »Lee?« Sie klang kühl und geschäftsmäßig und erwartungsvoll. »Lee?«

Ich trat in den Türrahmen. »Nein«, sagte ich, »nicht Lee.«

Sie wirbelte zu mir herum, und ihre Hände zitterten. Sie ließ einen Füller fallen. »Mein Gott«, sagte sie. Dann faßte sie sich wieder. »Sie haben mir einen furchtbaren Schrecken eingejagt. Tun Sie das nie wieder!« Es war eher eine Redewendung als eine passende Reaktion auf mein Erscheinen.

»Tut mir leid«, sagte ich. Aber ich konzentrierte mich mehr auf das Labor. Der Raum war vom Fußboden bis zur Decke voll mit Maschinen. Es gab buchstäblich keine Arbeitsfläche mehr für irgendwelche zusätzlichen Dinge. Das erste, was mir ins Auge fiel, waren einige Meßgeräte mit Zifferblättern, ein Stapel Verpackungsmaterial in einem Ständer unter dem Fenster und ein offener Kasten mit kleinen Metallfläschchen, auf denen das dreiblättrige Kleeblatt zu sehen war, das Symbol für radioaktive Strahlung.

Die Zifferblätter schienen verschiedene Meßbereiche anzuzeigen; zu dem Verpackungsmaterial gehörten kleine, zusammengefaltete Pappkartons und ein Stapel durchsichtiger Plastiktüten. In dem Karton für die Fläschchen war genug Platz für mehrere Dutzend solcher Behälter, aber er war nur halbvoll.

Marcia Merom bemerkte, daß ich mich im Raum umsah. »Sie haben hier drin nichts zu suchen. Verschwinden Sie. Sofort.«

»Ich will mit Ihnen reden«, sagte ich.

»Draußen.«

Wir gingen hinaus auf den Flur. Sie schloß die Labortür hinter sich, was zur Folge hatte, daß wir nun im Dunkeln standen. Ein wenig verunsichert öffnete sie die Tür wieder einen Spalt breit, so daß wir zumindest sehen konnten, wo der andere stand.

»Es sind jetzt fast anderthalb Tage vergangen«, sagte ich zu ihr. »Sie wollten mit Ihren Leuten sprechen. Ich habe Ihnen meine Karte mit meiner Telefonnummer gegeben.«

Ihre Stimme nahm etwas Verschlagenes an. »Haben Sie denn in der Zwischenzeit nicht mit der Polizei zu tun gehabt, Mr. Samson?«

»Oh, doch«, sagte ich. »Ihre Leute sind zur Polizei gegangen, und die Polizei ist zu mir gekommen. Und jetzt bin ich wieder bei Ihnen, weil einige Dinge einer Erklärung bedürfen.«

Ich war zum Angriff übergegangen. Sie hatte mich als ein bereits gelöstes Problem betrachtet, und plötzlich tauchte ich wieder auf. »Wie meinen Sie das?« fragte sie.

»Warum zum Beispiel haben Sie dafür gesorgt, daß John Pighees Herz noch sieben Monate nach seinem Tod weiterschlägt?«

»Was –? Wie –?«

»Und nachdem Sie das schon dermaßen ins Stottern bringt, können Sie mir auch noch verraten, wie Sie dazu kommen, ohne einen medizinischen Abschluß als Ärztin zu praktizieren?« Es war ein Angriffsspiel. Ich hatte ihre Promotionsurkunde in Biochemie an ihrer Wand hängen sehen. Wenn sie auch in Medizin einen Doktor gehabt hätte, hätte die entsprechende Urkunde wohl daneben gehangen.

Sie öffnete den Mund, sagte aber nichts.

»Jetzt hätte ich gern ein paar Antworten. Ich meine, die Zeit wäre reif.«

»Ich...?« sagte sie. Dann fügte sie mit plötzlicher Entschlossenheit hinzu: »Hier können wir nicht reden.«

Ich schüttelte den Kopf, aber bevor ich Worte finden konnte, die präzise und nachdrücklich genug waren, um zu zeigen, daß ich mit meiner Geduld am Ende war, daß ich mich nicht länger von Leuten an der Nase herumführen lassen wollte, die mehr als ein halbes Jahr lang mit dem Kadaver von John Pighee herumgespielt hatten, sagte sie: »Lee wird jeden Augenblick hier sein, und wenn er Sie hier findet... Lassen Sie uns in meine Wohnung fahren. Geben Sie mir eine Minute Zeit, nur eine Minute, damit ich die Dinge da drinnen in Ordnung bringen kann. Dann können wir reden.«

Sie tauchte wieder im Lagerraumlabor unter. Ich stand im Dunkeln, aber bevor ich unruhig wurde, war sie wieder da und schloß die Tür hinter sich zu. Wir gingen die Treppe hinunter und verließen das Haus. Am Sicherheitsgebäude studierte sie das Dienstbuch. Seafield hatte sich noch nicht eingetragen. Sie entspannte sich sichtbar. Unsere Wagen standen auf demselben Parkplatz. Ich folgte ihr zu ihrem Apartmenthaus und parkte hinter ihr.

Während sie die Haustür aufschloß, sagte sie: »Gestern nachmittag habe ich das Glas in der Küchentür reparieren lassen.«

»Ach?«

»Aber es macht mir Sorgen, daß nur diese Glasscheibe zwischen mir und der Außenwelt war. Vielleicht lasse ich mir eine neue Tür machen.« Ich fragte mich, ob ich ihr vielleicht Ray McGonigle empfehlen sollte.

Sie ging mir in ihre Wohnung voran. Mir fiel wieder ein, daß sie vor Seafield Angst hatte, nicht vor der Außenwelt im allgemeinen. Der Gedanke an Seafield erfüllte mich eigentlich nicht mit Angst. Aber sie kannte ihn besser als ich.

Während sie die Tür hinter uns schloß, setzte ich mich auf ihre Couch. Sie selbst setzte sich auf einen dazu passenden Sessel und sagte: »Bitte sagen Sie mir, was Sie wissen, Mr. Samson.«

»Nein«, sagte ich. »So habe ich mir das nicht vorgestellt. Ich stelle mir vielmehr vor, daß Sie mir sagen, was zum Teufel Sie mit John Pighees Leiche gemacht haben.«

»Vielleicht«, sagte sie, »vielleicht hätte ich Sie gestern, als ich die Gelegenheit dazu hatte, doch töten sollen.« Es klang spekulativ und ohne offenkundige Boshaftigkeit. Ich ignorierte es. Dann sagte sie: »John war bereits tot, als er in die Klinik kam. Wir haben ihn an ein paar exzellente Maschinen gehängt, und wir haben dafür gesorgt, daß sein Herz schlug, daß seine Lungen atmeten und was sonst noch dazu gehört. Aber er war ein paar Minuten nach seinem Unfall bereits tot.«

Das war's also. »Aber was ich nicht verstehe, ist warum.«

»Weil Unfälle auf dem Firmengelände, die zum Tod oder zu einer dauerhaften Verletzung führen, von der Versicherungsgesellschaft gründlich untersucht werden«, sagte sie. »Um zu klären, ob ein Anspruch besteht oder nicht. Auf diese Weise aber, wenn es keinen Bericht über einen Todesfall oder eine Verletzung gibt, müssen sie keine Nachforschungen anstellen. Unsere Situation – nun ja, es wäre in höchstem Maße nachteilig für uns gewesen, wenn uns die Versicherungsdetektive Fragen gestellt hätten. Sie waren schon schlimm genug. Aber diese Leute sind gut, und sie dürfen sich überall frei bewegen.«

»Wollen Sie mir damit sagen, daß Pighee nicht als ›dauerhaft verletzt‹ gilt?«

»Wenn ein Mensch im Koma liegt, ohne Bewußtsein, dann kann man keine vernünftige Diagnose stellen. Und wenn kein Anspruch besteht...«

Es fiel mir ein wenig schwer, das alles zu verdauen. »Und Sie hatten vor, ihn für immer und ewig an den Drähten hängen zu lassen?«

»Nein, nur ein Jahr und einen Tag.«

»Ein Jahr und einen Tag?« Ich schüttelte verwundert den Kopf.

»Nach einem Jahr und einem Tag«, sagte sie, »wäre sein Tod nicht länger eine Folge des Unfalls.«

»Was?«

»So ist das Gesetz. Nicht nur in Indiana. In den meisten

Staaten. Und außerdem hoffen wir, daß die Operation bis dahin zum Abschluß gebracht ist.«

»Am 28. oder 29. Januar wollten Sie ihm also einfach den Stecker rausziehen?«

»Er ist schließlich tot«, sagte sie. Und: »Ja, das werden wir tun.«

»Das ist ein bißchen viel auf einmal für mich«, sagte ich. »Aber wie genau kam es eigentlich dazu, daß Sie ohne Zulassung als Ärztin praktiziert haben?«

»Das habe ich nicht getan«, sagte sie. »Man kann niemanden medizinisch behandeln, der bereits tot ist. Ich habe niemals jemanden behandelt, der noch lebte.«

»Aber er ist nicht für tot erklärt worden.«

»Hm. Nein.«

»Mein Gott. Was für eine Bagage.«

»Sehen Sie, Mr. Samson...«

Aber ich ließ sie nicht zu Wort kommen. »Na schön. Soweit es Sie betrifft, ist das Ganze nur eine Begleiterscheinung der Operation, die Sie durchführen sollen.«

»Es ist sehr wichtig«, sagte sie fromm.

»Die Polizei in Form von Captain Gartland scheint zu glauben, daß Sie und Ihre Kollegen für das FBI arbeiten.«

»Das tun wir auch«, sagte sie.

»Sind Sie denn eine Agentin?«

»Nicht im eigentlichen Sinne, nicht Vollzeit. Man hat uns für ein spezielles Forschungsprojekt rekrutiert. Man brauchte dazu Spezialisten, Wissenschaftler. Was wir tun, erfordert eine Menge wissenschaftlicher Feinarbeit.«

»Was zum Beispiel?«

»Das werde ich Ihnen nicht erzählen.«

»Pighee ist bei einer Explosion ums Leben gekommen. Hatte er etwas mit Sprengstoffen zu tun?«

»Kein Kommentar.«

»Sie müssen da drin irgendwelche radioaktiven Stoffe haben. Was ist das für eine Arbeit, zu der man radioaktive Stoffe braucht?«

»Sehen Sie, Mr. Samson...«

»War auch radioaktives Material im Labor, als Pighee in die Luft flog? Ist er damit verseucht? Hat das etwas zu tun mit dem, was da vorgeht?«

»Ich... ich weiß nicht«, sagte sie. »Ich habe noch nie darüber nachgedacht, ob er vielleicht...«

Aber was auch immer da übersehen worden war, radioaktive Verseuchung spielte keine Rolle dabei. Ihre Überraschung war echt, so wie es aussah.

»Wieviel von dem Labor wurde zerstört, als Pighee seinen Unfall hatte?«

»Eine ganze Menge«, sagte sie.

»Aber es scheint jetzt wieder in Ordnung zu sein und voller Spielzeuge, die ziemlich teuer aussehen.«

»Das sind sie auch.«

»Für das FBI werden keine Kosten gescheut. Ist es das?«

»Etwas in der Art.«

»Und diese Wohnung hier«, sagte ich und zeigte auf die Einrichtungsgegenstände im Zimmer. »Ebenfalls keine Unkosten gescheut. Das FBI zahlt ziemlich gut, nicht wahr?«

»Hm...« Das hieß ja. Ich wußte bereits, daß sie gut zahlten. Schon wegen des vielen Geldes, das John Pighee sie kostete.

»Wie hat man Sie rekrutiert?«

»Ich weiß nicht, ob ich Ihnen sagen sollte...«

»Wer war es? Dundree? Rush? Wie lange sind Sie schon dabei?«

»Seit einigen Jahren. Es... Lee war derjenige, der in dieser Sache den ersten Vorstoß gemacht hat. Wir haben zusammengearbeitet, und dann erzählte er mir davon.«

»Er hat Ihnen den Hof gemacht, als Sie damals zu Loftus kamen, nicht wahr?«

»Mir den Hof gemacht?« sagte sie mit einem schmerzlichen Lächeln. »Sie benutzen ein komisches altes Wort.«

»Ich bin ein komischer alter Mann«, sagte ich.

»Es war nichts derartiges«, sagte sie. »Wir haben einfach nur zusammen gearbeitet... Der Kontakt zu mir ist über ihn zustande gekommen.«

»Woher wußten Sie, daß sie echt waren?« fragte ich.

»Echt?«

»Wenn jemand auf der Straße auf Sie zukommt und sagt, er arbeitet für das FBI, dann glauben Sie ihm doch nicht nur aufgrund seiner schönen blauen Augen, oder?«

»Sie sind nicht auf der Straße zu mir gekommen.«

»Aber sie müssen ihre Identität doch irgendwie unter Beweis gestellt haben. Werden Sie von Washington bezahlt? Oder kriegen Sie Weihnachtsgrüße vom Chief?«

»Ich... ich werde nicht von Washington bezahlt. Ich arbeite im geheimen. Es hat Briefe gegeben und Ausweise. Und außerdem sind es respektable Leute.«

»Wie zum Beispiel Lee Seafield?«

»Lee ist in Ordnung. Er ist durchaus respektabel. Aber die anderen sind...«

Sie wollte etwas wie »über jeden Verdacht erhaben« sagen, aber statt dessen klingelte es an der Tür.

Sie erstarrte. Lauschte konzentriert, als hätte sie es beim ersten Mal nicht richtig gehört. Es gab eine Pause. Dann klingelte es wieder. Sie sprang von ihrem Sessel auf. »Wer kann das sein?« fragte sie.

»Es ist Ihre Wohnung«, sagte ich.

Es klingelte noch einmal. »Wie ist er hier raufgekommen, ohne unten zu klingeln? Gott. O Gott. Lassen Sie mich nicht allein. Er weiß, daß ich hier drin bin, weil der Wagen draußen vor der Tür steht. Er sollte eigentlich im Labor sein. Und ich auch. Mein Gott. Gehen Sie nur nicht weg!« Mit diesen Worten rannte sie ins Schlafzimmer.

# 32

Als es zum vierten Mal beharrlich klingelte, kam Dr. phil. II Marcia Merom mit ihrem Revolver aus dem Schlafzimmer zurück. Sie schien viel gelassener zu sein, so als gebe ihr das Gewicht der übergroßen Waffe neuen Halt.

Während unser Möchtegernbesucher an die Tür hämmerte, ließ sie ihren Revolver unter ein Kissen auf der Couch gleiten. Ich fühlte mich mittlerweile extrem unwohl in meiner Haut. Nicht nur wegen der Waffe, sondern wegen Marcia Meroms halsbrecherischen Stimmungsumschwüngen.

Von draußen rief eine schmeichlerisch-sonore Stimme: »Marcia Janet Merom. Ich weiß, daß du da drin bist. Du wirst mich reinlassen, Marcia Janet Merom.«

Marcia Merom schüttelte ihr Haar auf, ein Reflex, der mein Mitleid weckte. Dann riß sie die Tür weit auf, blieb selbst aber außer Sichtweite stehen.

Seafield sah mich zuerst. Er war nicht erfreut. Er hielt inne. Dachte nach. Dann marschierte er ins Zimmer, und ohne Marcia Merom eines Blickes zu würdigen, zog er die Tür hinter sich zu und schob den Riegel vor.

Er zeigte mit dem Finger auf mich. Dann nickte er und sagte: »Das Arschloch von Privatdetektiv.«

Marcia Merom setzte sich auf die Couch und ließ ihre Hand unter das Kissen gleiten, unter dem ihr Revolver lag. Wenn sie etwas Tröstliches daran fand, war sie jedenfalls die einzige.

Seafield stand vor der Couch, auf der ich saß, und sah aus wie Paul Bunyan. »Sie wissen auch nicht, wann Sie von anderer Leute Angelegenheiten die Finger lassen müssen«, sagte er. Dann, an Marcia Merom gewandt: »Was hat er hier zu suchen, Marcy?«

»Ich kann mich treffen, mit wem ich will«, sagte sie, wobei sie irrtümlicherweise so antwortete, als käme die Frage von einem eifersüchtigen Liebhaber, während sie in Wirklichkeit ein argwöhnischer, heimlicher Mitverschwörer gestellt hatte. Wie die Sache im einzelnen auch stehen mochte, es war offensichtlich, daß er ihre Gefühle zu einem gordischen Knoten verschlungen hatte.

»Du solltest jetzt eigentlich im Labor sein«, sagte er sachlich. »Was hast du ihm erzählt?«

»Das meiste weiß er schon«, antwortete sie nun etwas beherzter.

»Und was er noch nicht wußte, darüber hast du ihn informiert, nehme ich an«, sagte Seafield. »Einschließlich dessen, was dem verräterischen John Pighee zugestoßen ist.«

»Nein«, sagte Marcia Merom plötzlich. Und fügte dann etwas bedächtiger hinzu: »Aber er weiß Bescheid über Johns... Zustand.«

»Wenn du ihm irgend etwas verraten hast, irgend etwas...«

»Er wußte es schon!« jammerte sie und begann zu weinen.

»Wenn du ihm irgend etwas verraten hast«, beharrte

Seafield, »zeichne ich nicht dafür verantwortlich. Du hast nicht das Recht, solche Entscheidungen zu treffen.«

»Ich habe ihm wirklich nichts erzählt«, wimmerte sie. »Er wußte es bereits. Ich habe nichts gesagt.«

Zu mir sagte Seafield nun: »Sie sollten jetzt besser gehen.« Er war schon dreißig Zentimeter größer als ich, wenn ich stand; wenn ich saß, sah es so aus, als hätte ich ein ganzes Gebirge vor mir.

»Ich gehe nirgendwohin«, sagte ich. »Dr. Merom und ich haben uns gerade unterhalten, als Sie dazwischenkamen. Ich weiß nicht, welche persönliche Gewalt Sie über sie haben, aber sie scheint Sie zu fürchten. Ich gehe nicht, bevor Sie auch gehen.«

Seafield lächelte zuerst nur. »Sie haben es gern grob, wie?« fragte er. »Das mag sie. Du hast es doch gerne grob, nicht wahr, Marcy?«

»Nein!«

»Ich müßte es doch wissen«, tönte Seafield. »Ich müßte es wissen.«

Ich stand auf.

»Sie sind immer noch zu klein«, sagte Seafield.

Ich fühlte mich wie ein Bär, dem man einen Köder vor die Nase hielt. Glücklicherweise habe ich einen kleinen geistigen Vorsprung vor einem Bären. Ich trat hinter die Couch und griff nach dem Telefon. Während ich wählte, machte ich weiter Small talk. »Sie kennen sich ziemlich gut in diesem Apartment aus«, sagte ich. »Sie sind schon mal hier gewesen, bevor Dr. Merom eingezogen ist, nicht wahr?«

Die lediglich beiläufige Drohung verschwand aus Seafields Zügen, und an ihre Stelle trat etwas Bösartiges. »Was soll das heißen?«

Ich hörte, daß jemand am anderen Ende der Leitung den Anruf entgegennahm und hielt den Hörer von mir weg, so daß sie eine Chance hatten mitzuhören, als der Beamte am Empfang sagte: »Mord und schwerer Raub. Kann ich Ihnen helfen?«

»Lieutenant Miller, bitte«, sagte ich.

Aber es war ein kurzes Gespräch. Seafield riß den Telefonanschluß aus der Wand.

»Nun, nun«, sagte ich. Jetzt war er der Bär. Ich sah ihn ungerührt an und grinste wie Davy Crockett.

Er dachte nach, wog Weisheit ab gegen seine Vorliebe für das, was er gern mit mir getan hätte. Die Weisheit trug den Sieg davon. Er sagte: »Ich warte draußen. Ich gebe euch zehn Minuten.« Dann ging er zur Tür, schloß sie auf und drehte sich dort noch einmal mit einem häßlichen, anzüglichen Grinsen zu uns um. »Sie hat es sowieso nicht gern, wenn es länger dauert«, sagte er. Dann schloß er die Tür hinter sich.

Marcia Merom seufzte. Ich drehte mich zu ihr um. Sie zeigte nur zum Teil Erleichterung. Der andere Teil schien unmißverständlich einer sexuellen Art von Bewunderung zu gehören. Mir fiel auf, daß sie nur zugesehen und nicht geweint hatte, als Seafield und ich unseren kleinen Showdown hatten.

Ich verstand nicht genau, was in den beiden eigentlich vorgegangen war, warum er sich für zehn Minuten zurückzog und warum sie nun zu mir kam. Aber ich hatte einen Sieg errungen, wie flüchtig er auch sein mochte, und ich wollte sichergehen, daß er sich nicht in einen Pyrrhussieg verwandelte.

»Kommen Sie«, sagte ich zu Marcia Merom. Ich hatte noch ein oder zwei Fragen an sie.

»Was?« Meine Worte hatten den Bann gebrochen.

»Er ist da draußen.« Ich zeigte auf die Wohnungstür. »Also müssen wir zusehen, daß wir hier wegkommen. Durch die Küche.«

Sie zögerte, aufs neue verunsichert.

Ich versuchte, vernünftig zu sein. »Sie können doch nicht unter dieser konstanten Bedrohung leben. Sie können nicht hierher zurückkehren, ehe das Telefon wieder repariert ist. Es ist Ihr einziger Schutz.«

Aber Vernunft beeindruckte sie nicht. Doktor der Biochemie hin oder her. Sie schaute erst in die eine Richtung, dann in die andere.

Ihr Zaudern machte mich wütend. Ich rief: »Bewegen Sie sich!«

Die Lautstärke erschreckte sie, veranlaßte sie jedoch zum Handeln. Mit schnellen Schritten ging sie durch die Küchentür, und als sie an mir vorbeikam, griff sie nach meiner Hand.

# 33

Wir gingen die Hintertreppe hinunter und um das Apartmentgebäude herum zu meinem Lieferwagen. Ich brauchte nicht lange, um herauszufinden, wie es kam, daß ich in der dunklen Augustnacht Hand in Hand mit Marcia Merom ging.

Aber lange genug. Was mir passiert war, mußte schon einer Menge Leute passiert sein, die sie kannten. Seafield sagte, sie habe es gern grob, und er hatte wohl irgendwie die Warhrheit gesagt. Marcia Merom schien es im Umgang mit Menschen an etwas zu fehlen. Eine fehlende Synapse, was zur Folge hatte, daß sie auf zivilisierte und freundliche Bitten nicht reagieren konnte. Aber wenn jemand schrie oder forderte, wenn jemand sie grob behandelte, dann war die Kluft überbrückt, und sie gab, worum man sie gebeten hatte. Entweder Seafield, der von Natur aus ein Grobian war. Oder mir, der ich hartnäckig war, weil mir nichts anderes übrigblieb. Ich hatte eine kleine Schlacht mit Seafield gewonnen, dann, um sie zur Eile anzutreiben, hatte ich Ärger gezeigt. Also gehörte sie mir.

Sie stieg an der Beifahrerseite ein.

Ich ließ den Motor an und versuchte mir auszumalen, wie unerfreulich ich werden mußte, um die Antworten zu bekommen, die ich haben wollte. Und wohin ich fahren sollte, um die dazugehörigen Fragen zu stellen. Wir konnten nicht bleiben, wo wir waren. Seafields Zeit war bald abgelaufen, und seine Geduld würde sicherlich nicht weit reichen. Der Mann war nicht dumm; er würde schnell merken, daß wir uns durch die Hintertür verzogen hatten.

Zuerst fuhr ich in Richtung Büro. Aber als ich bereits den Monument Circle durchquert hatte und von der Meridian auf die West Maryland einbiegen wollte, begriff ich, daß Seafield wahrscheinlich direkt in mein Büro fahren würde, sobald er herausgefunden hatte, daß wir nicht mehr da waren. Er war in meiner Abwesenheit ja schon einmal da gewesen, mindestens einmal.

Trotzdem bog ich auf die Maryland ein. In der Nähe meines Büros war kein Thunderbird zu sehen. Aber das war nur noch eine Frage der Zeit.

Ich fuhr an den Straßenrand, um nachzudenken. Eine Folge davon war, daß ich alle meine Taschen durchstöberte und auf eine Idee kam. Es ist wirklich eine gute Sache, daß ich nicht jede Woche automatisch eine neue Hose anziehe. Ich hatte noch immer die Schlüssel zu Linn Pighees Haus bei mir.

Also fuhr ich wieder los, und zwar in Richtung Süden, auf die Madison, dann nach Südwesten, mit Ziel Beech Grove. Der Gedanke, Marcia Merom im Haus der Pighees auszufragen, gefiel mir.

Wir waren bereits in Garfield Park, als mir auffiel, was an der Idee nicht stimmte. Wir hatten gerade den Pleasant Run überquert, einen der kleinen Nebenflüsse des White River, und näherten uns einer Brücke über den Bean Creek, einem Nebenfluß des Pleasant Run. Ich schlug den Lenker ein und fuhr die gleiche Straße wieder zurück.

Marcia Merom rutschte auf ihrem Sitz hin und her, als

wir plötzlich mitten in der Dunkelheit in einem Park anhielten. »Was ist los?« fragte sie.

Ich hätte ihr befehlen sollen, den Mund zu halten. Stattdessen sagte ich: »Ich denke nach.« Nicht annähernd so beeindruckend für sie.

Das Thema, um das sich meine Gedanken drehten, waren Sam und Ray McGonigle. Ich wußte nicht, wann sie wieder in meinem Büro sein würden. Es würde Ray ganz bestimmt nicht gut tun, wenn Seafield ihn in meiner Wohnung fand und mit mir in Verbindung brachte.

Das einzige, was ich tun konnte, war zurück zum Büro zu fahren.

»Ich sollte wirklich wieder zurück ins Labor. Ich war mit meiner Arbeit dort noch nicht fertig.«

»Ruhe«, sagte ich, aber ohne entsprechende Überzeugung. Mein Oberwasser sank langsam gegen den Nullpunkt. Ich wendete den Wagen und fuhr auf der anderen Straßenseite wieder zurück.

»Wir fahren in mein Büro«, sagte ich. Ich versuchte, energisch zu sein, aber es klang eher erklärend und daher schwach. Innerhalb der Kategorien, nach denen Marcia Merom meiner Meinung nach funktionierte.

Unterwegs fragte ich mich, ob ich recht hatte, was sie betraf. Gewißheit machte Verwirrung Platz. Ich bin kein geborener Despot.

Ich versuchte, meine Entschlossenheit zurückzugewinnen. Es gab noch einige Dinge, die ich in Erfahrung bringen mußte. Seafield hatte sie beschuldigt, mir verraten zu haben, was »mit dem verräterischen John Pighee geschehen« sei. Ich wollte, daß sie seine Anschuldigung wahr machte. Außerdem mußte ich wissen, präzise und im Detail, welcher Natur dieses FBI-Projekt war. Und ich mußte wissen, wie die Leute da hineingezogen worden waren.

»Stammen Sie aus Indianapolis?« fragte ich Marcia Merom.

»Nein.«

»Woher kommen Sie?«

»Ursprünglich aus Lewisburg. Pennsylvania.«

»Und was hat Sie hierher verschlagen?«

»Es ist nicht leicht, einen Job in der Forschung zu kriegen. Es gibt zu viele Leute mit Doktortitel. Sogar zuviele Frauen. Für die Jobs, meine ich. Es war das beste Angebot, das ich hatte.«

»Wie lange sind Sie jetzt bei Loftus?«

»Etwas mehr als viereinhalb Jahre.«

»Haben Sie von Anfang an in Ihrem jetzigen Apartment gewohnt?«

»Nein«, sagte sie.

»Wann sind Sie eingezogen?«

»Etwa...« Aber sie beschloß schließlich, mir doch keine Antwort zu geben. »Bringen Sie mich jetzt zurück ins Labor oder nicht?«

»Wir haben unser Geschäft noch nicht abgeschlossen«, sagte ich.

»Ich glaube nicht, daß ich Ihnen irgend etwas zu sagen habe. Ich glaube nicht, daß wir überhaupt ein Geschäft miteinander haben.«

»O doch, das haben wir«, sagte ich und spürte, wie mir wieder der Kamm schwoll.

»Ich glaube nicht.« Sie lümmelte sich auf ihrem Sitz und sah aus dem Fenster. »Ich will wieder ins Labor.«

»Wissen Sie, was mit dem letzten Loftus-Chemiker passiert ist, der in Ihrem Apartment wohnte?«

»Nein«, sagte sie gleichgültig.

»Er ist versehentlich vor der Küche von der Feuerleiter gefallen und hat sich das Genick gebrochen.«

Ihr Kopf fuhr zu mir herum. Sie schenkte mir wieder ihre Aufmerksamkeit, sagte jedoch von sich aus kein Wort.

»Was«, fragte ich, »hat John Pighee getan, um euch zu dem Entschluß zu bringen, ihn zu töten?«

»*Wir* haben gar nichts beschlossen«, sagte sie. Und verkrampfte sich plötzlich.

»Ihr Freund Lee hat die Sache im Alleingang erledigt, nicht wahr?«

»Er... so war es nicht.« Sie schien weitersprechen zu wollen, dann wieder nicht, dann schließlich doch: »Sie stecken in einem ziemlich üblen Schlamassel, wissen Sie. Die Sachen, in denen Sie herumstochern, könnten – werden – viele andere Menschen einem großen Risiko aussetzen.«

»Ist es das, was John Pighee getan hat? Hat er den Rest von Ihnen einem Risiko ausgesetzt?«

»John war zum Verräter geworden«, sagte sie.

Das war Stoff zum Nachdenken. Und ich dachte nach. Wir kamen meinem Büro immer näher. »Also hat Lee ihn umgebracht.«

»Er mußte irgendwie aufgehalten werden. Aber das, was dann passierte, war nicht das, was wir im Sinn hatten.«

»Ich verstehe«, sagte ich. »Lee ist auf eigene Faust losgegangen und hat die Sache in die Hand genommen.«

»So ungefähr.«

»Und dasselbe wird er jetzt mit mir machen, wie?«

»Sie sind eine schreckliche Gefahr für uns«, sagte sie. »Und es sieht nicht so aus, als ob die Polizei fähig wäre, Sie unter Kontrolle zu halten.«

»Sehen Sie mal«, sagte ich, »ich bin keine Bedrohung für Sie, wenn Sie sind, was Sie zu sein behaupten.«

»Und was genau soll das nun wieder heißen?« fragte sie.

»Echte FBI-Leute mit einem echten Projekt.«

»Natürlich sind wir das«, fuhr sie mich an. »Seien Sie doch nicht dumm.«

»Alles, was ich brauche, ist eine kleine Bestätigung; was auch immer sie dazu benutzt haben, Sie zu überzeugen.«

»Fragen Sie die Polizei«, sagte sie.

»Was immer sie benutzt haben, um die Polizei zu überzeugen, wird mir reichen«, sagte ich. »Mir geht es darum, die Wahrheit zu überprüfen. Das ist alles. Überbringen Sie diese Nachricht den zuständigen Leuten. Nicht Seafield, sondern Jay Dundree. Henry Rush. Oder sonst jemandem.«

Sie sagte nichts.

Wir hielten ganz in der Nähe meines Büros hinter einem neuen Plymouth. Ich sah mich nach einem Thunderbird um, entdeckte aber keinen.

»Wo sind wir hier?« fragte Marcia Merom.

Ich wollte ihr gerade antworten, als ich Sam und Ray aus dem Plymouth steigen sah. Statt irgendwelcher Worte sagte ich nur noch: »Ah, eh, eh, hm.«

Dann: »Ist das nicht Seafields Wagen da drüben?« Ich zeigte auf die andere Straßenseite. Dort stand nur ein alter Kleintransporter.

»Wo?« fragte sie.

»Da drüben, an der Straßenecke.«

»Ich sehe nichts.«

Ich ließ den Wagen an.

»Wo fahren wir hin?«

»Sie wollten doch ins Labor«, sagte ich. »Ich bringe Sie zu einem Taxi.«

»Ein Taxi?«

»Sie wollen doch nicht zu Fuß gehen, oder?«

Wir fanden einen Taxistand in der Nähe der Bushaltestelle. Neben dem ersten Taxi blieb ich stehen und begleitete sie bis zum Wagen. Dann hielt ich ihr die Tür auf und wies den Fahrer an: »Zum Loftus-Gelände.«

»Und wie soll ich Ihrer Meinung nach wieder nach Hause kommen?« fragte Marcia Merom mich.

»Sehen Sie zu, daß Lee Ihnen für die Nacht Quartier gewährt«, sagte ich.

Sie schien das durchaus für einen konstruktiven Vorschlag zu halten.

Als ich in mein Wohnzimmer kam, spielten Sam und Ray Cribbage und teilten sich eine Tasse heißer Schokolade.

»Oh, Daddy!« sagte Sam.

»Hallo, Mann«, sagte Ray.

»Hallo«, sagte ich. »Auf Wiedersehen.«

»Willst… willst du irgend wohin gehen?« fragte Sam.

»Nein«, sagte ich. »Aber du willst.«

»Ach ja?«

»Ihr beide wollt«, sagte ich.

»Aber wohin?« fragte Sam.

»Das spielt keine große Rolle. Mir ist danach, heute abend alleine zu sein, also müßt ihr weg. Vielleicht kannst du ja bei Ray übernachten.«

»Ma wäre bestimmt begeistert«, sagte er. Aber er dachte darüber nach.

Sam nicht. »Daddy, was ist los? Wird etwas passieren?«

»Ja«, sagte ich. »Ihr beide macht euch fertig und verschwindet jetzt. Auf der Stelle. *Tout de suite. Subito.* Wenn Ray dich nicht nach Hause zu seiner Mutter mitnehmen will, dann kannst du meiner Mutter auf der Tasche liegen. Oder in ein Hotel ziehen. Warum soll ich dich hier unterbringen, wenn dein reicher Stiefvater nichts Besseres zu tun hat, als Geld zu verdienen, um es dir nachzuwerfen?«

»Er verdient es nicht«, sagte sie. »Er hat es geerbt.«

»Ein unmaßgeblicher Einwand«, sagte ich. »Und nun los, auf geht's.«

»Nicht, bevor du mir erzählt hast, was eigentlich los ist«, sagte Sam und mimte die Aufsässige.

»Wenn ihr nicht in genau dreißig Sekunden durch diese Tür da marschiert seid, will ich deinen Detektivausweis zurückhaben. Und wenn ihr heute abend auch nur noch einen Augenblick in der Nähe dieses Büros herumlungert, rufe ich deine Mutter an und sage, sie soll kommen und dich nach Hause holen.«

»Du meinst es ernst«, sagte sie.

»Ich meine es ernst.« Sie war verletzt. Pech. »Jemand

kommt heute abend zu mir zu Besuch«, sagte ich. »Und ich möchte dabei keine Gesellschaft haben.«

»Aha«, sagte Ray.

»Genau«, sagte ich. »Und sie hat keine Lust, noch länger draußen zu warten.«

Widerwillig gab Sam nach. »Du wirst mir doch morgen davon erzählen?« sagte sie.

»Du bist zu jung«, sagte Ray.

»Ich werde dir morgen früh davon erzählen«, versprach ich. Und fügte, nachdem ich die Tür sorgfältig hinter ihnen verschlossen hatte, hinzu: »Wenn es ein Morgen gibt.«

Die äußere Tür von meinem Büro hatte kein Schloß. Seit Ray sich daran zu schaffen gemacht hatte, ging sie auch kaum noch zu. Zum ersten Mal bedauerte ich das.

Ich verschloß die Innentür und brachte zwanzig Minuten mit der Zusammenfassung dessen zu, was ich wußte, was ich herausgefunden hatte und was ich vermutete. Dann versteckte ich meine Notizen in Sams Rucksack und hatte das Gefühl, daß die Gerechtigkeit nun einen gewissen Schutz genoß. Im Gegensatz zu mir.

Ich dachte kurz darüber nach, ebenfalls das Büro zu verlassen, entschied mich aber dagegen. Wenn ich gleich nicht da war, war es zumindest wahrscheinlich, daß mein Besucher zurückkam und mich irgendwann doch antraf. Ich wollte, daß es passierte, solange Sam außer Haus war.

Aber ich hatte nicht die Absicht, mich ins Bett zu legen und in der Nase zu bohren, bis er kam.

Ich begann mit einem kleinen Möbelarrangement, indem ich meinen bequemen Sessel hinter die Tür schob. Dann stellte ich meine Baseballkeule daneben und verlegte ein Fernbedienungskabel zu meinem Kassettenrecorder.

Ich brauchte nicht viel Zeit.

Ich glaubte auch nicht, daß ich sehr viel Zeit hatte.

Wenn Seafield erst herausgefunden hatte, daß ich mit Marcia Merom getürmt war, blieben ihm nur drei Möglichkeiten. Und ich glaubte nicht, daß eine der Möglichkeiten darin bestand, daß er in ihrer Wohnung warten würde.

Er hätte direkt zu mir kommen können. Er könnte auch in das Loftus-Labor fahren. Er könnte mit Leuten wie Rush und Dundree reden.

Und ich war ziemlich sicher, daß selbst die zweite und dritte Möglichkeit ihn letzten Endes zu mir führen würden.

Aber das Bild, das ich mir von ihm machte, zeigte ihn als unbesonnenen Menschen. Ich rechnete damit, daß er direkt zu mir kommen würde.

Ich ging zur Treppe und blickte hinunter.

Als ich wieder in meinem Büro war, hatte ich einen Geistesblitz und tauchte in meiner Dunkelkammer unter, um meinen Elektronenblitz und eine Kamera zu holen.

Diese Utensilien stellte ich dann auf dem Ofen in meinem Hinterzimmer auf, der dort an der Wand stand, und zwar an der Seite, zu der ein Besucher sich umdrehen würde, um mich hinter der Tür sehen zu können. Der Gedanke dahinter war, daß ich den Blitz auslösen würde, falls Seafield sich zu mir umdrehte und ich ihn aufhalten mußte. Er wäre dann vorübergehend geblendet, und ich hätte genug Zeit, um an mein Schlagholz heranzukommen. Der Blitz war die einzige Waffe, die ich besaß. Ich brauchte zwanzig Minuten, um alles aufzustellen. Dann legte ich einen Film in die Kamera. Ich glaubte nicht, daß ein Foto irgend etwas nützen würde, aber es konnte auch nichts schaden, und der Versuch, die Linse so auszurichten, daß ich damit das Gesicht eines zwei Meter großen Angreifers fotografieren konnte, gab mir ausreichend Beschäftigung.

Und er kam immer noch nicht.

Ich setzte mich auf den Stuhl und kritzelte eine Weile vor mich hin.

Dann stand ich von dem Stuhl auf und durchwühlte Sams Rucksack nach Geld. Ich fand nur ein paar lose Münzen.

Ich versuchte zu lesen.

Ich versuchte, einen Brief an Sam zu schreiben, wie ich es früher getan hatte, über Tiere und Dinge, die sich wie Menschen benahmen, und Menschen, die sich wie…

Aber es nützte alles nichts.

Ich schlief auf dem Stuhl ein. Ich träumte davon, einem Mann einen schweren Kinnhaken zu versetzen, aber es war mein Kinn, das weh tat. Ich wachte auf. Ich döste. Ich schlief.

# 34

Es gab ein gewaltiges, krachendes Geräusch irgendwo neben mir. Ich war auf einem endlosen Förderband. Nein, doch nicht – ich war auf einem Bett aus heißen Kohlen. Nein, doch nicht – ich befand mich in einer Baßtrommel. Nein, doch nicht – ich war wach.

Es war jemand bei mir, jemand vor mir. Es war dunkel, und ich konnte nichts sehen. Ich war vollkommen verzweifelt und hoffnungslos. Mir war zum Heulen, und dann begriff ich, daß ich etwas tun mußte.

Ich streckte die Hand aus und berührte ein Hemd. Ich griff nach meiner Baseballkeule. Dann tauchte ich unter in Richtung auf die versteckten Schalter. Es ging alles schief. Dann ging es glatt. Ich fand sie. Ich drückte sie. Der Blitz tat seine Pflicht. Einen Augenblick lang war ich geblendet, aber dann fand ich meine Keule und schwang sie mit allem, was in mir steckte, in die Höhe.

Sie krachte schwer gegen den weichen Teil meiner Innentür. Sie bohrte sich tief hinein. Sie ging hindurch.

»Mein Gott«, sagte eine Stimme. »Was zum Teufel hast du da vor?«

Meine Augen und mein Verstand wurden gleichzeitig wieder klar. Lieutenant Miller stand vor mir. »Bist du verrückt geworden?«

Ich blinzelte. »Was zum Teufel tust du hier zu dieser nachtschlafenden Zeit?« fragte ich.

»Nacht?« sagte er. »Zwanzig nach acht mag für einen Schlappschwanz wie dich zwar schon Nacht sein, aber für mich ist es ein Teil meines Arbeitstages!«

»Zwanzig nach acht?« fragte ich. »Nach acht?« Ich sah mich um. Ich sah helle Ränder um das Rollo über meinem Fenster. »Ich habe geschlafen«, sagte ich. »Ich muß eingeschlafen sein.«

Miller sah mich an, als wäre ich übergeschnappt. Und fragte dann: »Warum schläfst du nicht nachts?«

Ich bemerkte, daß ich steif war und mir sämtliche Knochen weh taten. »Dieser Stuhl ist nicht besonders bequem.« Ich trat an den Herd. »Hast du Lust auf Kaffee?« Ich trat auf den versteckten Draht, der zur Kamera führte. Sie fiel vom Ofen herunter und prallte mit einem tödlichen Scheppern auf dem Fußboden auf. Der Blitz zersplitterte. Ich schob die Einzelteile mit dem Fuß zur Seite, das geringste meiner Probleme. »Ich wollte sowieso welchen machen«, sagte ich.

Miller sah mir ohne ein Wort zu. Ich holte Wasser und die Kaffeemaschine und die Zutaten. Diese Kombination brachte ich dann zurück zum Herd.

Dann drehte ich mich zu ihm um. »Warum bist du hier?« fragte ich. »Das ist doch bestimmt kein Anstandsbesuch, oder?«

»Nein«, sagte er, während ich das Gas anstellte.

»Was dann?«

»Ich...«, begann er. Zögerte, kämpfte mit sich, holte tief Luft und spuckte es aus. »Ich soll dich mitnehmen.«

»Mitnehmen?«

»Aufs Revier.«

»Oh?« Ich drehte das Gas wieder ab. Das riß mich effektiver aus meiner Müdigkeit heraus, als es Kaffee je gekonnt hätte.

»Gartland will dich sehen.«

»Ist das alles?« sagte ich. »Nun, ich will ihn nicht sehen.« Ich wandte mich wieder meinen Aktivitäten am Herd zu.

»Mach mir das Leben nicht so schwer, Al«, sagte Miller wehleidig. »Sie haben schon von allen Seiten auf mir herumgehackt, weil du Schwierigkeiten machst. Mach es mir nicht auch noch schwer.«

»Mir macht es auch niemand leicht«, sagte ich und mimte nun meinerseits den Wehleidigen. Ich drehte das Gas wieder an.

»Er hat dir gesagt, du sollst den Fall ruhen lassen«, sagte Miller gelassen. »Und das hast du nicht getan. Du hast mir gesagt, du würdest mich auf dem laufenden halten, wenn du noch irgend etwas in dieser Hinsicht unternimmst, und das hast du nicht getan.«

»Was habe ich nicht getan?«

»Was war mit dieser Ärztin von Pighee gestern abend?«

»Ich wollte dich ja anrufen, aber ich hatte kein Kleingeld mehr. Das ist die Wahrheit.«

Miller zuckte die Achseln. »Gartland will dich sehen.«

»Jerry«, sagte ich, »ich habe schon gesagt, daß ich ihn nicht sehen will. Diese Sache reimt sich nicht so zusammen, wie man es mich glauben machen möchte, und ich werde weiter daran arbeiten, zumindest, bis ich ein paar zusätzliche Details in Erfahrung gebracht habe.«

»Wie was zum Beispiel?«

»Wie zum Beispiel, welcher Art das Projekt ist, an dem diese Leute arbeiten, und warum es so wichtig ist.«

Er sah so aus, als wollte er etwas sagen. Aber er tat es nicht.

»Weißt du etwas?« fragte ich ihn.

Wieder Schweigen. Und diesmal verstand ich es so, daß er nicht nein sagte.

»Also was ist?«

»Ich sollte es auch nicht wissen«, sagte er.

»Aber du weißt es.«

Er schwieg wieder für einen Augenblick, aber dann brach es aus ihm heraus. »Ich weiß nur, daß sie zu einem großen Schlag ausholen gegen so ziemlich jeden größeren Drogenhändler in diesem verdammten Land. Das ist alles. Und das nenne ich wichtig.«

»Wie?« fragte ich. »Wie?«

Er seufzte tief. »Ich weiß es nicht, Albert, aber sie haben Jahre darauf verwendet, die richtigen Kontakte zu knüpfen.«

Ich starrte ihn nur an. »Und wann steigt die Sache?«

»Ich weiß nicht«, sagte er. »Jedenfalls schon bald. Und das ist der Grund, warum sie sich deinetwegen solche Sorgen machen.«

Ich saß eine Weile schweigend auf meinem Stuhl. Aber dann sagte ich: »Darf das FBI das Gesetz brechen, Jerry?«

»Die arbeiten mit dem Heroin, um an die echten Drogengangster ranzukommen«, sagte er verärgert.

»Ich meine, dürfen sie Leute umbringen?«

»Leute umbringen? Wen?«

»John Pighee zum Beispiel. Und diesen anderen Burschen, Rackey – ich glaube, ihn auch.«

»Ich wußte gar nicht, daß Pighee tot ist. Wann ist das passiert?«

»Er war schon immer tot«, sagte ich.

Das gefiel ihm nicht. Er verstand es nicht. »Ich weiß nicht, wovon du sprichst, Al, aber du weißt schon viel mehr, als du wissen dürftest.«

»Das liegt an meinem Gesicht. Die Leute reden einfach, wenn sie mich sehen«, sagte ich. »Sie können gar nicht anders.«

»Komm schon, hol deine Jacke«, sagte er.

»Warum?«

»Das sagte ich bereits. Gartland will dich sehen.«

»Und ich sagte bereits, daß ich ihn nicht sehen will.«

Er stand auf. »Komm, Al.«

»Heißt das, du verhaftest mich?« fragte ich verblüfft.

»Nicht, wenn es nicht unbedingt sein muß«, sagte er.

»Wie lautet die Anklage?« Ich erhob mich ebenfalls.

»Wenn es sein muß«, sagte er, »dann verhafte ich dich unter der Anklage, eine gewisse Marcia Merom entführt zu haben.« Er las aus seinem Notizbuch vor. »Sie und ein Mr. Seafield kamen gestern abend spät aufs Revier und machten eine vorläufige Aussage, in der sie dich beschuldigen, diese Marcia Merom gewaltsam aus ihrer Wohnung herausgebracht zu haben. Sie sagen, ihr sei nichts zugestoßen, während sie in deiner Gewalt war, und daß du sie freigelassen hättest, aber sie besteht auf einer Anklage. Sie wollen heute wiederkommen und eine volle Aussage machen.«

»Und was hat Seafield mit der ganzen Sache zu tun?«

»Er sagt, er habe sie draußen vor der Vordertür protestieren hören, während du sie durch die Hintertür weggebracht hättest.«

»Und du glaubst diesen Schwachsinn?«

Er lächelte ein eisiges Polizistenlächeln. »Ich glaube, daß Captain Gartland dich sehen will.«

Ich griff nach meiner Jacke, die an dem Stuhl hing, auf dem ich geschlafen hatte, und zog sie an. Dann kratzte ich mich hinterm Ohr. Ich wollte wirklich nicht mit Gartland reden; es gab nichts, was ich ihm hätte sagen wollen. Er hielt mich für unbesonnen und unvernünftig. Ich hatte bestimmt keine Chance, ihn dazu zu bringen, eine ernsthafte Ermittlung gegen die Loftus-Leute zu veranlassen. Die Aussicht auf ein Treffen mit ihm stimmte mich zutiefst traurig.

Ich machte einen Schritt auf die Tür zu.

Dann tat ich etwas Unbesonnenes.

Ich donnerte Miller einen rechten Schwinger vors Kinn, wie ich ihn wilder und schwerer auch in meinen kühnsten Träumen niemals geschwungen hatte.

Er fiel wie ein Stein. Es muß zur Hälfte die bloße Überraschung gewesen sein.

Es überraschte mich auch. Ich betrachtete meine Faust, als hätte sie ein Eigenleben.

Und dann verließ ich schnellstens mein Büro.

# 35

Ich sah Linn Pighee vor mir, wie sie bleich in ihrem Krankenhausbett lag, während ich um die Ecke bog und meinen Wagen aus seinem Parkplatz loseiste. Aber schon bald konzentrierte ich mich wieder auf mein eigenes Problem: Noch eine Weile in Freiheit zu bleiben und die Zeit zu nutzen, eine Antwort auf meine Frage zu bekommen, ein und für allemal. Ich hatte mir die Suppe selbst versalzen, aber ich brauchte Zeit, um noch mehr Salz hineinzuschütten, so viel, daß sie völlig ungenießbar wurde.

Ich fuhr die Virginia Avenue in südöstlicher Richtung und hielt bei Bud's Dugout. Zur Frühstückszeit ging es hektisch zu. Mom stand unter Hochdruck und tat wieder einmal alles gleichzeitig, wie sie es so gern hatte. Auch Sam war da und stand mit einem Topf Kaffee zum Nachschenken neben ihr.

Ich ging direkt ins Hinterzimmer und hielt nur kurz an, um meine Tochter mit mir mitzuziehen.

»Daddy, ich helfe Großmutter!« sagte sie. Und hatte dann die Geistesgegenwart, einen Blick auf mein Gesicht zu werfen.

»Ist etwas nicht in Ordnung?«

»Hast du deinen Wagen hier?«

»Ja, natürlich.«

»Gut. Ich möchte, daß du in die Stadt fährst, in mein Büro.«

»Was ist passiert?«

»Im Gegensatz zu dem, was du vielleicht aus anderen Quellen erfahren wirst, habe ich keine Gesetze gebrochen. Ich habe mich nicht einmal der Verhaftung widersetzt, denn er hat nie gesagt, daß er mich verhaften wolle.«

»Daddy!«

Ich brachte ein Lächeln zuwege. »Ich habe das Gas unter einem Topf Kaffee brennen lassen. Ich wäre dir sehr dankbar, wenn du es abdrehen würdest.«

»Ich verstehe nicht.«

»Nachdem du kurz im Büro vorbeigeschaut hast, möchte ich, daß du Linn Pighee besuchst.«

»Das hatte ich sowieso vor«, sagte Sam. »Aber ich wollte eigentlich erst Großmutter beim Abwasch helfen.«

»Wenn du zurück bist, möchte ich, daß du meinen Anwalt anrufst.«

»Ach?«

Ich gab ihr seinen Namen und seine Telefonnummer. »Ich möchte, daß du ihn anrufst und ihm sagst, daß er heute nacht nicht schlafen soll. Ich werde ihn vielleicht brauchen. Wenn ich mich bis zwei Uhr nicht bei ihm gemeldet habe, soll er bei der Polizei nachfragen, ob sie mich schon haben. Okay?«

»Ja, Daddy.«

Ich ging auf die Tür zu. »Ich muß jetzt gehen.«

Eine gute Tochter. Sie stellte keine weiteren Fragen.

Im Vorbeigehen winkte ich noch meiner Mutter kurz zu. Sie fand genug Zeit, um mir einen finsteren Blick zuzuwerfen. Gute Tochter vielleicht. Aber schlechter Vater.

Miller hatte inzwischen sicher Zeit gehabt, über das, was geschehen war, nachzudenken. Sein erster Impuls würde sein, einen Fahndungsbefehl gegen mich zu erlassen. Aber dann hätte er doch gezögert, weiter nachgedacht. Sich selbst wieder unter Kontrolle gebracht. Schließlich wäre er zu meinem Wagen gegangen, um festzustellen, ob er noch auf dem Parkplatz stand. Er hätte seine Abwesenheit bemerkt und dann den Fahndungsbefehl erlassen. Es war die einzige Möglichkeit, wie er sich schützen konnte.

Den ganzen Weg nach Beech Grove legte ich auf Nebenstraßen zurück und begegnete keiner einzigen Polizeistreife. Am Wegrand der Einfahrt zu Linn Pighees Haus hielt ich an. Ging direkt zur Garage und versuchte mich an den Schlüsseln, die sie mir gegeben hatte, bis ich den richtigen für die Garagentür fand. Ich öffnete sie, stieg in den Wagen und fuhr ihn auf die Straße. Dann manövrierte ich meinen Lieferwagen in die Garage und schloß die Tür wieder zu.

Erst als ich damit fertig war, meinen Wagen außer Sicht zu bringen, fiel mir auf, daß ich Publikum hatte.

»Hallo, Mrs. Thomas«, sagte ich. »Wie geht es Ihnen?«

»Was haben Sie hier zu suchen, Mr. Samson?«

»Ich hole für Ihre Schwägerin den Wagen«, sagte ich. Und zeigte ihr die Schlüssel.

»Ich hoffe, Sie erwarten nicht, daß Sie das Geld für diese Wucherrechnung, die Sie mir geschickt haben, holen können, denn ich habe nicht die Absicht zu bezahlen.«

»Nein, deshalb bin ich nicht hier«, sagte ich. Voller Erleichterung darüber, daß sie sich um ihre eigenen Angelegenheiten Gedanken machte statt um meine. »Solche Dinge überlasse ich meinem Anwalt.«

»Anwalt?« sagte sie mit einer Spur Besorgnis. »Sie werden doch für so eine kleine Rechnung keine Anwälte hinzuziehen, oder?«

»Mrs. Thomas, die Rechnung ist entweder groß oder klein. Sie kann nicht beides sein.«

»Ich sag Ihnen was«, meinte sie. »Ich gebe Ihnen vierzig Dollar auf der Stelle, und wir sind quitt. Wie wäre das?«

Ich wußte nicht, ob ich lachen oder weinen sollte.

Statt dessen sagte ich: »In Ordnung. Aber es muß Bargeld sein.«

»Sie sind ein harter Verhandlungspartner, Mr. Samson«, sagte sie und ging zu ihrem Wohnwagen hinüber.

Ich folgte ihr. Es kostete mich nur wenig Zeit, und ich hatte kein Geld bei mir.

Sie ließ mich etwa eine Minute lang draußen warten, bevor sich mich hineinbat.

»Sie haben wirklich Glück«, sagte sie, ohne mich völlig zu überzeugen. »Vierzig Dollar sind genau die Summe, die ich in bar hier habe.« Auch das überzeugte mich nicht.

Sie öffnete einen Schuhkarton, zählte mir vier neue Zehner hin und zeigte mir, daß der Karton leer war. Dann präsentierte sie mir die Rechnung, die Sam ausgestellt und ihr geschickt hatte. Ich änderte die Summe, schrieb »Preisnachlaß für prompte Bezahlung« und unterzeichnete das Ganze als »bezahlt«. Sie legte die quittierte Rechnung in den Karton und schob ihn in einen Schrank hinter sich.

»Okay?« fragte ich. Ich stand auf. Die Schranktür öffnete sich. Sie bemerkte meinen konzentrierten Blick. Neben dem Schuhkarton lag ein Metallröhrchen mit dem Radioaktivitätssymbol darauf. Sie stand auf und schloß die Schranktür mit mehr Nachdruck. Ich setzte mich wieder. »Mrs. Thomas«, sagte ich. »Was machen Sie mit einem Röhrchen mit radioaktivem Material?«

»Was für radioaktives Material?« fragte sie verunsichert. Sie war eine entsetzlich durchsichtige Person.

»Ihr Bruder hat es Ihnen gegeben, nehme ich an«, sagte ich.

Ihre Augen wurden schmal, und sie ließ ihre anfängliche Verteidigung fallen. »Das stimmt«, sagte sie. »Aber es geht Sie nichts an.«

Ich dachte einen Augenblick darüber nach. »Nein«, sagte ich. »Natürlich tut es das nicht.« Ich stand wieder auf und sah sie an.

»Nur ein Erinnerungsstück an seine Arbeit. An ihn. Ich habe immer Kleinigkeiten von seiner Arbeit aufgehoben. Angefangen mit seinen ersten Zeichnungen in der Schule.«

»Ich gehe jetzt«, sagte ich.

Und ich stand zu meinem Wort.

Aber ich ging nur bis zum Haus der Pighees. Ich wollte telefonieren.

Ich rief Maude Simmons an, meine private Informationsquelle, die in ihrer übrigen Zeit für den *Star* arbeitet.

»Kannst du's kurz machen, Albert? Viel, viel Arbeit.«

»Das *ist* Arbeit, Maude.«

»Oh.«

»Ich muß alles wissen, was du über einige Leute herausfinden kannst.«

»Sprich weiter.«

»P. Henry Rush«, sagte ich, »Jay Dundree, Lee Seafield, Marcia Janet Merom.«

»Ich kenne keinen dieser Namen.«

»Wahrscheinlich wirst du bei einigen von ihnen auch nicht besonders hilfreich sein können. Es handelt sich um unterschiedlich große Fische bei Loftus. Rush ist unser bester Kandidat. Er ist Direktor. Um die sechzig, schätze ich, und sagte, er sei als Sicherheitsmann zur Firma gekommen, nach dem Krieg. Jetzt kümmert er sich hauptsächlich um die Weiterbildung der Forschungsteams. Hört sich für mich nicht wie ein Full-time-Job für einen Direktor an, aber so ist es eben. Dundree, Seafield und Merom gehören zum Forschungsteam.«

»Wann willst du es?«

»Schnell«, sagte ich. »Ich brauche es jetzt.«

»Notfallquoten?« Ihr Interesse stieg spürbar.

»Innerhalb vernünftiger Grenzen.«

»Wie schnell ist schnell?« Ihr Registrierkassenhirn klickte in Computergeschwindigkeit. Klick, klick, klick.

»Ich rede eher von Minuten und Stunden als von Tagen. Wieviel Uhr ist es jetzt?«

»Nun nun«, sagte sie. »Bist an etwas dran, wie?«

»Könnte sein, Maude. Könnte sein.«

»Es ist 9 Uhr 51«, sagte sie. »Bist du zu Hause?«

»Nein. Es ist besser, ich rufe dich an. Wo wirst du sein?«

»Hier natürlich.«

»Okay. Wie lange?«

»Versuch's zwischendurch mal wieder. Für Zwischenberichte.«

»Gut. Sag mal, Maude, bezahlt ihr etwas für Knüller?«

»Knüller?« Sie sprach das Wort aus, als hätte sie einen schlechten Geschmack im Mund. »Wir haben keine Knüller mehr in diesem Geschäft, Albert. Wir haben ›Exklusivnachrichten‹.«

»Okay, Exklusivnachrichten?«

»Du bist nicht zufällig pleite und versuchst, einen Tauschhandel mit mir zu veranstalten, oder?«

»Keineswegs. Einfache Frage.«

»Ich zahle nichts für... Knüller«, sagte sie, »nicht, wenn ich es verhindern kann.«

Was wieder mal den Unterschied zwischen Käufer und Verkäufer zeigt.

Ich hatte Maude noch nie zu ihren Notfallquoten engagiert. Wenn dies mein Schwanengesang als Detektiv war – mein Büro, meine Lizenz und meine Freiheit standen gleichermaßen auf dem Spiel – dann würde ich wenigstens in großem Stil untergehen.

# 36

Es war still um das Hintergassen-Kutschenhaus, in dem Seafield logierte. Ich parkte und warf einen Blick durch die Garagentorfenster. Bis auf einen Wagen waren alle Plätze leer. Das wertete ich als gutes Zeichen. Seafields T-Bird war nicht da.

Die Frage war, ob er zur Arbeit war oder auf dem Polizeirevier. Miller hatte gesagt, sie würden »heute« wiederkommen; ich wußte nicht, ob das vormittags bedeutete. Ich ging zur Tür am Fuße der Treppen zu seiner Wohnung.

»Guten Tag.« Die Stimme kam von der Seite des Gebäudes und gehörte Thomas Jefferson Walker senior. »Auf der Suche nach Mr. Seafield, wie?«

»So ist es, Mr. Walker.«

»Kenne ich Sie?« Mit seitlich geneigtem Kopf schlurfte er näher zu mir heran, um einen besseren Blick auf mein Gesicht werfen zu können.

»Ich war vor ein paar Tagen schon mal hier. Da war Mr. Seafield auch nicht da.«

»Er kommt zu den merkwürdigsten Stunden. Man kann nicht darauf rechnen, ihn zu irgendeiner bestimmten Zeit zu erwischen. He. Ich erinnere mich an Sie. Sie waren neulich schon einmal hier. Sagen Sie, ich habe da etwas Kaffee kochen. Haben Sie Lust, auf 'ne Tasse reinzukommen?«

»Hätte ich schon«, sagte ich, »und ich erinnere mich an Ihre Gastfreundlichkeit. Aber ich bin sozusagen ein bißchen in der Klemme. Ich muß unbedingt in Mr. Seafields Apartment reinkommen. Ich denke, daß er da vielleicht etwas hat, was für mich wichtig wäre.« Ich sah den alten Mann offen und ehrlich an – und log. »Ich hatte gehofft, ihn heute zu erwischen.«

»Sie sind 'n Freund von ihm?«

»Nicht direkt ein Freund. Aber wir haben dieselben Interessen.«

»Sind wohl einer von diesen FBI-Burschen, wie?«

»Hat Ihnen wohl davon erzählt, hm?«

»Mein Sohn – dem das Haus gehört«, sagte er, »wir hatten vor 'ner Weile ein kleines Problem, und er hat es mir erklärt.«

»Was für eine Art von Problem?«

»Ah, hm«, sagte er widerstrebend.

»Letzten Januar war das?« riet ich.

»Ja«, sagte er, und seine Miene hellte sich merklich auf. »Sie wissen davon, wie?«

»So einiges.«

»Seafield. Der kam hier rein, und das Blut tropfte an ihm runter und so. Himmel, ich mochte ihn nie besonders, und ich wollte die Polizei rufen, nur, daß er mir gesagt hat, ich soll erst Tommy junior anrufen. Tommy junor, das ist mein Junge. Und er hat es mir erklärt. Ich kann meinen Mund halten, das ist mal klar. Sie werden mich nicht dabei erwischen, wie ich einem Regierungsobjekt in die Quere komme, nur wegen eines lockeren Mundwerks.«

»Ich bin sicher, daß alle Beteiligten das zu schätzen wissen.«

»Denk schon.«

»Ich werde Sie um einen Gefallen bitten, Mr. Walker.«

»Was für einen?«

»Ich muß mich oben mal umsehen. Sie können mit mir kommen, das ist kein Problem.«

»Tjaa, ich schätze, das geht schon in Ordnung«, sagte er.

Ich stand still da, während eine leichte Brise die Sommerblätter über mir durcheinanderwirbelte. Wenige Augenblicke später kehrte Walker mit dem Schlüssel zurück. Wir gingen die Stufen zu dem Kutschenhausapartment hinauf, ohne uns weiter miteinander zu unterhalten.

Neben einer Küche und einem Badezimmer an einem Ende der Wohnung war der Platz über der Vierergarage für ein einziges, riesiges Zimmer genutzt worden. Und es war auf den ersten Blick klar, daß es Lee Seafield an nichts Protzigem mangelte, was man für Geld kaufen konnte. Wenn ich nicht so angespannt gewesen wäre, hätte ich eifersüchtig sein können. Meine ersten Minuten in Seafields Wohnung verbrachte ich damit, langsam durch das Zimmer zu schreiten und alles in mich aufzunehmen, worauf mein Blick fiel.

Zuerst bemerkte ich die Bücher. Eine Handbibliothek für Chemiker. Und *Portugiesisch in dreißig Tagen* mit dazugehörigen Kassetten.

Dann sah ich die Bilder. Ein Pappkarton voller Nacktfotos von Männern und Frauen, alle vermutlich sehr entgegenkommend, alle vermutlich sehr erwachsen.

Vor allem ein Foto zog meine Aufmerksamkeit auf sich.

Nicht nur, weil es sich in Stil und Inhalt von den anderen unterschied, sondern weil es meine Herzdame zeigte.

Das Foto, das ich bei meiner eisernen Reserve aufbewahrt hatte.

Ausnahmsweise widerstand ich meinem Drang, es einzustecken. Als Beweis war es nur *in situ* zu etwas nütze.

Und Beweise waren knapp. Der Rest des Zimmers enthielt nur weniges, was von Interesse war oder als Beweis hätte dienen können. Keine Waffen, keine geheimen Drogenvorräte, keine Behälter mit radioaktiven Symbolen darauf.

»Hm«, sagte ich zu Walker. »Ich kann nicht sagen, daß mir das irgendwie weitergeholfen hätte. Tut mir leid, daß ich Ihnen solche Mühe gemacht habe.«

Eine entfernte Stimme sagte: »Lee?«

Die Stimme war schläfrig, weiblich und kam von oben.

Vor lauter Portugiesisch-Kassetten war mir entgangen, daß kein Bett im Zimmer stand.

Noch einmal rief die Stimme: »Lee? Bist du das?«

An der Wand neben der Tür, durch die wir gekommen waren, befand sich eine Leiter, die zu einem Hochbett hinaufführte. Ich ließ Walker unten stehen und kletterte hinauf. Es war ein großer, spitz zulaufender Schlafraum mit dem gewaltigen Bett in der Mitte unter einem Glasdach.

Ich sah Marcia Merom, die sich auf dem Bett aalte. Und sie sah mich. Sie riß die Augen auf; ihre Pupillen zogen sich auf Stecknadelgröße zusammen. Dann setzte sie sich auf. »Fassen Sie mich nicht an!« sagte sie.

»Ich werde versuchen, mich zu beherrschen«, sagte ich und setzte mich neben sie auf die Bettkante. Sie schlängelte sich von mir weg, wobei sie die Bettdecke fest umklammert hielt. Sie war überrascht und hatte Angst. Ideale Bedingungen, um sie kooperativ zu stimmen.

»Ich dachte, Sie und Lee wollten zum Polizeihauptquartier gehen und erzählen, wie ich Sie gekidnappt habe«, sagte ich. »War das nicht so geplant?«

»Wir wollten heute nachmittag gehen«, sagte sie.

»Wenn Sie dahin kommen«, sagte ich zu ihr, »werden Sie eine Überraschung erleben.«

Sie wiederholte ihr Repertoire an mißbilligenden Gesichtsausdrücken.

»Ich habe heute schon mit der Polizei geredet«, sagte ich. »Und wie Sie sehen, bin ich immer noch frei.« Tatsachen nebeneinandergestellt. »Ich hoffe, Sie können dasselbe von sich sagen, nachdem Sie mit denen geredet haben.«

Ich ließ ihr einen Augenblick Zeit, um das zu verdauen. Daß ich von ihrer Anschuldigung, sie entführt zu haben, wußte, bedeutete, daß ich mit der Polizei geredet haben mußte. Sie konnte kaum auf die Idee kommen, daß ich auf der Flucht vor ihr war. Ich konzentrierte mich darauf, entspannt und voll himmlischer Zuversicht zu sein: Das fällt mir leicht, wenn ich weiß, daß ich drauf und dran bin zu lügen.

»Sie und Ihr großer, impulsiver Freund werden eine kleine Überraschung erleben, wenn Sie heute beim Polizeihauptquartier auftauchen«, sagte ich noch einmal. »Die Cops wissen, daß diese FBI-Geschichte ein einziger Schwindel ist. Und sie sind überhaupt nicht erfreut darüber.«

»Wie meinen Sie das, ein Schwindel?« Jetzt mit einem Anflug von Panik.

Unwillkürlich wurde ich lauter. »Daß die ganze Geschichte faul ist. Lügen. Eine Tarnung. Daß ihr Leute euch bereichert mit Hilfe der Geheimhaltung, die verdeckte Regierungsoperationen umgibt. Daß Sie genausowenig für das FBI arbeiten wie ich.«

»Das stimmt nicht!«

Ich sah weg, hinauf, und aus dem gläsernen Dach hinaus. Mein Blick fiel auf die Blätter, die an den Bäumen raschelten, aber ich konnte sie nicht hören. Dann wandte ich mich wieder zu ihr um. »Können Sie beweisen, daß Sie für das FBI arbeiten? Haben Sie irgendwelche Papiere oder Ausweise bei sich?«

Sie schüttelte den Kopf. Sie war beunruhigt. »Diese Leute haben mir Briefe gezeigt«, sagte sie.

»Wer war das?«

»Henry Rush und Tommy Walker, als sie mich in ein Büro brachten und mit mir über die ganze Sache sprachen.«

»Wann war das?«

»Ungefähr sechs Monate, nachdem ich bei Loftus angefangen hatte. Ich war es schon ziemlich leid.«

»Was?«

»Der Job war eine Sackgasse. Ich sah auf Jahre hinaus keine Möglichkeit für mich, vorwärtszukommen. Ich wußte, daß Lee ebenfalls festsaß, und das schon seit langer Zeit. Wir sind zu viele.«

»Wir?«

»Wissenschaftler. Eine ganze Generation junger Leute

kam in den sechziger Jahren dazu, und sie hindern alle, die ein paar Jahre später geboren wurden, am Weiterkommen. Damals hatte die Jugend Hochkonjunktur in den Firmen, und alle, die zu spät jung waren, haben jetzt das Nachsehen.« Sie schien ehrlich verbittert zu sein. Ich verstand ihren Groll nicht ganz. Meine Generation war mit der Erwartung groß geworden, daß die Reise zum Erfolg ein langsames Boot war.

»Was haben sie in diesem Büro zu Ihnen gesagt?«

»Henry und Tommy Walker waren furchtbar ernst, haben mich Geheimhaltung schwören lassen. Und ich wußte überhaupt nicht, was eigentlich vorging.«

»Und dann?«

»Sie haben mich gefragt, wie ich zu meinem Land stehe, ob ich Patriotin sei, ob ich Geheimnisse für mich behalten könne, ob es Leute gebe, die mich kennen und sich für meinen Charakter verbürgen würden. Ich habe ihre Fragen beantwortet, und dann wollte ich wissen, worum es eigentlich ging.«

»Eine vernünftige Frage.«

»Woraufhin Henry sagte: ›Ich werde Ihnen etwas sehr Wichtiges erzählen. Ich werde mein Leben in Ihre Hände legen.‹ Und er gab mir einen Brief vom FBI, in dem von einer Antidrogen-Operation namens Bagtag die Rede war; es war alles unterschrieben und offiziell.«

»Wer hat es unterschrieben?«

»J. Edgar Hoover. Nachdem ich den Brief gelesen hatte, zeigte mir Tommy seine Ausweistasche mit Fotos und solchen Sachen. Er sagte: ›Ich bin als Agent für das FBI tätig.‹«

»Und was haben Sie gesagt?«

»Was konnte ich sagen? Ich wußte ja gar nicht, worum es eigentlich ging.«

»Hielten Sie den Brief und die Ausweise für echt?«

»Ich bin sicher, daß sie echt waren«, sagte sie mit Überzeugung. »Aber wer hat schon jemals solche Dinge zu Gesicht bekommen!«

»Was passierte weiter?«

»Sie wollten, daß ich für sie arbeite. Ich fühlte mich geschmeichelt und wichtig. Das hat die ganze Sache für mich verändert, die Arbeit bei Loftus. Und was wir tun, ist auch wirklich wichtig.«

»Was genau tun Sie denn?«

»Wir stellen Drogen her, hauptsächlich Heroin, und dann markieren wir sie mit radioaktiven Substanzen.«

»Und wie geht es weiter?«

»Tommy Walker nimmt das, was wir machen, an sich und liefert es an die Organisationen, mit denen wir zu tun haben. In Detroit, glaube ich. Es hat Jahre gedauert, aber heute geht der größte Teil der Drogen im Mittelwesten durch unsere Hände. Wenn wir eines Tages endlich alle Verteiler erfaßt haben, die wir kriegen können, dann – peng – zieht das FBI die Schlinge zu, und diese Leute befinden sich im Besitz leicht zu identifizierender Drogen. Auf diese Weise können sie das ganze Vertriebsnetz aufdecken.«

»Sie versorgen also den ganzen mittleren Westen mit Stoff?«

»Tommy hat den Kontakt zu den Leuten. Er macht die wirklich gefährliche Arbeit.«

»Und John Pighee?«

»Nun ja«, sagte sie, »nun ja.« Sie rollte den Saum ihres Bettlakens zusammen.

»Warum«, fragte ich, »hat Lee John Pighee getötet?«

»Das war gar nicht sein Auftrag«, sagte sie.

»Was war denn sein Auftrag?«

»Er sollte nur einen Unfall arrangieren, damit wir ihn in die Klinik bekamen. Wir wollten ihn unter Beruhigungsmitteln halten.«

»Unter Beruhigungsmitteln? Monatelang? Vielleicht jahrelang?«

»Es war besser, als ihn zu töten.«

»Aber warum?« fragte ich. Mein ewiger Refrain in dem ganzen Fall. »Er war doch einer der... Gruppe.«

»Das war er«, sagte sie, wobei sie die Vergangenheit betonte. »Er hat die Regeln gebrochen.«

»Welche Regeln?«

»Ich möchte wirklich nicht...«

»Hören Sie, Lady«, sagte ich bestimmt. »Es geht nicht mehr länger darum, was Sie möchten oder nicht möchten.«

»John ist bei uns eingeschleust worden. Oder die Dealer haben ihn gekauft, nachdem er zu uns gekommen ist«, sagte sie.

»Welche Regeln hat er denn gebrochen, daß er... eliminiert werden mußte?« sagte ich. Meine Stimme wurde lauter.

»Wir durften nichts aufschreiben«, sagte sie. »Ich... habe gesehen, daß er manchmal ein Buch bei sich hatte.«

»Ein Buch?«

»Ein Notizbuch. Mit irgendwelchen Sachen über das Labor. So etwas hätte er nicht tun dürfen. Und als ich dann sah, daß er etwas von dem Kalzium hatte...«

»Kalzium?«

»Kalzium 45. Das ist einer unserer Markierstoffe.«

»Radioaktiv?«

»Ein aktives Isotop, ja.«

»Bekommen Sie das in so einer kleinen Metalldose mit einem Radioaktivitätssymbol darauf geliefert?«

»Das ist der äußere Behälter, ja.«

»Und Pighee hatte so einen?«

»Wir dürfen nichts – absolut gar nichts – aus dem Labor mitnehmen. Keine Notizen, nichts.« Sie hielt inne. »Also *mußte* ich Henry davon erzählen.«

»Und Henry beschloß, daß Pighee getötet werden mußte?«

»Nein«, sagte sie, »nicht getötet. Nur – nur außer Gefecht gesetzt. Wir hatten eine Versammlung. Wir beschlossen, ihn irgendwie in die Klinik zu bekommen und ihn unter Beruhigungsmitteln zu halten, damit wir wenigstens mehr Zeit hatten, über die Sache nachzudenken.«

»Wann war diese Versammlung?«

»Am Nachmittag – nein, am Morgen. Na ja, irgendwann gegen Mittag.«

»Am Tag des Unfalls?«

»Unfall, jawohl«, sagte sie.

»Mein Gott«, sagte ich.

»Es war schon vorher jemand bei ihnen eingeschleust worden«, sagte sie, »sie meinten, sie dürften keine Zeit verlieren.«

»Also ging Lee hin und brachte den Mann um.«

»Ich glaube, es war ein Unfall«, sagte sie.

Ich schüttelte den Kopf. »Lee war voller Blut, als er an diesem Abend hierher zurückkam. Er war da, ich meine bei Pighee, und wahrscheinlich hat er es mit einem Hammer getan, und dann hat er selbst die Explosion ausgelöst.«

»Davon weiß ich nichts«, sagte sie. »Aber sie wollten nicht, daß er getötet wurde. Es gab Probleme wegen der Versicherung. Die Detektive draußen halten und solche Dinge.«

»Ich glaube wohl, daß es Probleme gegeben hat«, sagte ich. »Ihr Freund Lee, ihr Kollege – er ist nicht gerade ein Mensch mit großer Selbstbeherrschung, wie?«

»Nein«, sagte sie.

»Hat er Simon Rackey getötet? Den Chemiker, der wahrscheinlich der Spion davor gewesen war?«

»Ich weiß nicht«, sagte sie, verbarg aber ihr Gesicht in ihrer Decke. Für mich hieß das, daß er ihr davon erzählt hatte. In allen Einzelheiten.

»Also«, fragte ich, »wie hat das mit Seafield und Ihnen angefangen? Gleich, als Sie in das Team kamen?«

»Nein«, sagte sie, »er hatte andere… andere Arrangements, nehme ich an.«

»Und?«

»Ich glaube nicht, daß er auf diese Weise an mich gedacht hat. Aber eine Woche nach Johns… Unfall kam Lee eines Abends zu mir. Ich ließ ihn hinein. Er war sehr nett. Wir sprachen darüber, wie die Dinge in der Klinik liefen. Ich bot ihm etwas zu trinken an.« Sie blickte auf, durch das Glas hindurch, hinauf zu den Bäumen in den sommerlichen Himmel. »Er sagte, daß ich auf der Suche nach einem neuen Liebhaber sein müsse, jetzt, da John… nicht mehr da war. Er sagte, er würde einspringen, wenn ich wollte, solange bis ich jemanden fände, der ihn ersetzen konnte. Ich sagte nein danke. Ich würde schon zurechtkommen, und dann…« Sie schüttelte den Kopf, und Tränen stiegen ihr in die Augen. »Es… er… es…«

»Was ist passiert?«

»Er hat es getan.«

»Er hat Sie vergewaltigt?«

Sie nickte, sagte jedoch: »Beinahe.«

»Was haben Sie getan?«

»Was konnte ich schon tun?« fragte sie brüsk zurück. »Ich konnte gar nichts tun. Nicht wo das Projekt immer noch lief. Ich konnte nichts…« Sie hielt inne.

»Es passierte immer wieder?«

»Ja.«

»Und Sie wollen es nicht?«

»Nein«, sagte sie. Und korrigierte sich dann: »Nicht wirklich. Ich… ich denke nicht gern dran, außer wenn wir, wenn er…«

»Sie haben Angst vor ihm?«

»Ja«, sagte sie entschieden. »Er ist so – so grob. Und überhaupt nicht nett zu mir. Er tut mir weh, und er ist niemals dankbar oder zufrieden oder… oder eben nett. Nein, ich denke nicht gern dran.«

»Aber wenn es passiert?«

»Dann ist es anders.«

»Sie haben sich einen Revolver gekauft. Um ihn einzuschüchtern?«

»Ja.«

»Hat es funktioniert?«

»Ich hatte bisher noch keine Gelegenheit, ihn zu benutzen, ich meine, ihn zu zeigen, ich meine… na ja. Ich weiß nicht, ob es ihn abhalten wird.«

»Oder anziehen. Das scheint mir nicht der Typ zu sein, der vor Gewalt zurückschreckt.«

»Nein«, sagte sie, »der Typ ist er nicht.«

»Glauben Sie«, fragte ich, »daß das FBI zuläßt, daß seine Agenten Leute vergewaltigen – vor allem, wenn es sich dabei um andere Agenten handelt?«

»Ich glaube nicht, daß sie davon wissen.«

»Oder Leute ermorden?«

Sie zuckt die Achseln.

Ich ging.

## 37

Als ich die Wandleiter hinunterkletterte, sah ich, daß Thomas Jefferson Walker senior immer noch dort war. Als ich mich zu ihm umdrehte, runzelte er die Stirn.

Wir gingen gemeinsam zur Haustür, und als wir aus der Wohnung traten, sagte er: »Es tut nicht gut, allzu klug zu sein.«

»Was?«

»Es ist eine Krankheit. Die Menschen sind nicht dafür gemacht, in dieser Welt zu klug zu sein. Es bringt ihnen nichts als Schwierigkeiten. Tommy junior, der hat seine Klugheit nicht von mir; ich gräme mich um den Jungen.«

»Sie haben gehört, was sie da oben gesagt hat?«

»Ich hab nix mit den Ohren«, sagte er.

»Sie haben gehört, was sie über Ihren Sohn sagte?«

»Er ist klug, aber er ist nicht weise«, sagte Walker. Kopfschüttelnd ging er weg, und das, ohne mich noch einmal zu einem Kaffee einzuladen.

Ungefähr eine halbe Meile von Seafields Haus entfernt fand ich einen Drugstore mit einer Telefonzelle. Außer den Zehndollarscheinen, die Mrs. Thomas mir gegeben hatte, besaß ich ein Fünfundzwanzigcentstück, ein Zehncentstück und zwei Pennies. Ich opferte die zehn Cent.

»Heiliger Strohsack«, sagte Maude. »Als du sagtest ›Minuten‹, da meintest du das wohl auch.«

Es war zehn nach zehn. »Es ist jetzt mehr als eine Stunde her, Maud. Was hast du für mich?«

»Sehr wenig. Nichts über irgend jemanden außer P. Henry Rush. Ich habe einen Kontaktmann bei Loftus, der sagt, er sei nicht besonders wichtig dort. Ein Direktor ohne Einfluß, der nichts riskiert, weil er Angst hat, kaltgestellt zu werden. Mein Kontaktmann sucht weitere Informationen über ihn und die anderen. Davon abgesehen habe ich Rushs Privatadresse und seine Telefonnummer, falls du die noch nicht hast.«

»Habe ich nicht, aber ich habe ein Telefonbuch.«

»Wird dir nicht viel nützen. Er steht nicht drin. Aber das liegt ganz bei dir.«

Sie gab mir die Nummer und eine Adresse, auf der Roland Road.

»Was ist mit weiteren Kontakten? Polizeiakten? Zwielichtige Geschäfte?«

»Bisher nichts. Aber ich dachte, du hättest Freunde bei der Polizei.«

»Freunde ist nicht direkt der Ausdruck, den ich im Augenblick benutzen würde«, sagte ich und seufzte deutlich hörbar.

»Du hörst dich nicht besonders glücklich an.«

»Bin ich auch nicht.«

»Willst du, daß ich dranbleibe?«

»Ich will jedenfalls nicht, daß du aufhörst. Und füg noch einen Namen zu der Liste hinzu. Thomas Jefferson Walker junior. Er hat früher bei Loftus gearbeitet, aber jetzt nicht mehr. Macht in Immobilien und so weiter.«

»Okay. Ruf mich in ein paar Stunden noch mal an.«

Ich hatte gehofft, ein wenig mehr für meine zehn Cent zu bekommen, aber man muß schon ein Optimist sein, um als Privatdetektiv überhaupt überleben zu können.

Ich ging hinaus zum Kassierer des Drugstores und bat ihn, mir meinen Vierteldollar zu wechseln.

Er benahm sich, als hätte ich nach dem Schlüssel für den Keuschheitsgürtel seiner Frau gefragt. »Nicht, wenn Sie nichts kaufen«, sagte er kopfschüttelnd.

Ich war dumm genug, auf sein Spiel einzugehen. Mit einem Blick auf den Vierteldollar und die beiden Pennies in meiner Hand fragte ich: »Was kann ich für siebzehn Cent kaufen?«

»Ein Eis am Stiel«, sagte er.

»Na schön«, sagte ich.

Er legte die Zeitschrift, die er durchgeblättert hatte, weg und streckte die Hand aus. »Her damit.«

Ich überreichte ihm den Vierteldollar und die beiden Pennies. Er gab mir ein orangefarbenes Eis am Stiel und ein Zehncentstück.

Ich ließ das Eis eingepackt auf der Theke liegen und ging zurück in die Telefonzelle. Aus dem Telefonbuch bekam ich die Nummer, die ich wollte.

»Federal Bureau of Investigation…«

»Könnte ich bitte mit einem FBI-Agenten sprechen?«

»Einen Augenblick bitte.«

Nach einem Augenblick sagte dieselbe Stimme: »Würden Sie mir bitte Ihren Namen nennen?«

»Sind Sie ein Agent?«

»Jawohl, das bin ich. Und dürfte ich jetzt bitte Ihren Namen erfahren?«

Ich nannte ihn.

»Und Ihre Adresse, Mr. Samson?«

Ich nannte sie.

»Also gut. Wie kann ich Ihnen helfen?«

»Es handelt sich um einen Mann, der möchte, daß ich ihm bei einer ziemlich fragwürdigen Sache helfe.«

»Fragwürdig?«

»Illegal«, sagte ich. »Und ich möchte es nicht tun, aber er sagt, er arbeitet für das FBI an einem geheimen Projekt.«

Es entstand eine Pause. »Wie alt sind Sie, Mr. Samson?«

»Vierzig. Warum?«

Und dann rundheraus: »Sind Sie nüchtern?«

»Und ob ich das bin. Für mich hört sich die Sache auch nicht besonders gut an.«

»Na schön. Weiter.«

»Er sagt, es handelt sich um ein sehr großes, wichtiges, geheimes Projekt. Was ich wissen will, ist, wie ich herausfinden kann, ob er mir die Wahrheit sagt.«

»Ich kann es Ihnen sagen«, sagte der Agent. »Er tut es nicht.«

»Er ist ziemlich überzeugend. Und er hat irgendwelche Ausweise.«

»FBI-Papiere?«

»So sieht es aus, aber ich weiß nicht, woran ich erkennen soll, ob die Papiere echt sind. Und er hat ein paar Briefe aus Washington. Unterschrieben und alles. Er hat sie mir gezeigt.«

»Wie heißt dieser Mann, Mr. Samson?« Die Stimme klang nun ein winziges bißchen interessierter.

»Rush«, sagte ich. »P. Henry Rush.« Ich nannte ihm die Adresse auf der Roland Road. »Er ist Direktor bei Loftus, hier in Indianapolis.«

Ich war wohl etwas übereifrig. Die Stimme sagte: »Sie hören sich an, als hätten Sie etwas gegen diesen Mann, Mr. Samson. Ist das so?«

»Sehen Sie«, sagte ich, »ich versuche lediglich herauszufinden, ob ich ihm glauben und meinem Land helfen soll oder ob er nur versucht, mich ziemlich weit an der Nase herumzuführen. Er sagt, das Projekt sei zu groß, als daß Ihr Büro davon Kenntnis hätte, aber er hat die Polizei auf seiner Seite – die glauben ihm.«

Mein Agent antwortete nicht sofort. Ich wußte jedoch, was das Schweigen mir sagen wollte. Es war durchaus möglich, daß das, was ich beschrieb, der Realität entsprach. Schließlich sagte er: »Das fängt langsam an, sich ziemlich ernst anzuhören, Mr. Samson.«

»Wissen Sie irgend etwas über diesen Mann? Weiß überhaupt jemand etwas? Gibt es eine Möglichkeit, das zu überprüfen?«

»Ich... ich glaube nicht, daß es sehr wahrscheinlich ist, daß der Mann für uns arbeitet. Wir würden sicher über jede Operation in unserem Gebiet Bescheid wissen. Und Sie können versichert sein, daß das FBI sich nicht in illegale Aktionen verwickelt. Das überlassen wir den Kriminellen.«

»Irgendwie überzeugen Sie mich nicht richtig«, sagte ich.

»Aber ich glaube, es wäre ratsam, der Sache nachzugehen.«

»Da stimme ich Ihnen zu«, sagte ich wahrheitsgemäß.

»Können Sie jetzt in unser Büro kommen? Wo sind Sie, Mr. Samson?«

Ich war mir nicht sicher, ob ich auf der Stelle zum FBI gehen wollte. »Ich bin in Muncie«, sagte ich. »Aber ich mache mich gleich auf den Weg.«

Ein paar Minuten blieb ich in der Zelle sitzen und dachte darüber nach, was ich als nächstes tun sollte. Dann hielt ich mir die Fakten vor Augen und machte mich für die schwere Aufgabe, die vor mir lag, bereit.

Ich ging zurück zu dem Mann hinter der Theke. Er spitzte einen Bleistift an. »Das ist bestimmt ein sehr spitzer Bleistift, den Sie da haben.«

Er blickte zu mir auf. Mein Eis am Stiel war weg. Das machte mich wütend. Ich nahm einen Zehndollarschein aus meiner Brieftasche. Den legte ich auf die Kasse. Dann zeigte ich mit dem Finger auf den Mann, was ziemlich rüde ist. Und sagte: »Ich bin ein gefährlicher Verbrecher. Ich werde von der Polizei gesucht. Ich will sie anrufen und mich stellen. Geben Sie mir Wechselgeld für das Telefon. Geben Sie es mir jetzt.«

Er zögerte. Dann legte er den Bleistift weg und gab mir Wechselgeld. Ich schob ihm die zwei Vierteldollar zurück und sagte: »Mehr.«

»Wenn Sie die Cops anrufen wollen, gibt es eine Notfallnummer, und Sie bekommen Ihr Zehncentstück zurück.«

»Vielleicht will ich ja auch die Telefonseelsorge anrufen«, sagte ich.

»Ich wollte ja nur helfen.« Das war genau die Art von

Hilfe, die ich jetzt schon seit einer Woche bekam. Mit den notwendigen Voraussetzungen für zehn Ortsgespräche ausgerüstet, ging ich zurück zur Telefonzelle. Der erste Anruf galt meinem Büro. Ich wollte kurz mit Sam reden. Aber sie war nicht da; Dorrie, mein Anrufdienst, schaltete sich in das Gespräch ein, aber ich legte auf, ohne mit ihr zu sprechen. Ich wollte keine Nachricht hinterlassen. Sam war wahrscheinlich im Entropist Hospital.

Dann rief ich Miller an: »Du bist also wieder zurück in deinem Büro, ja?« Seit unserer frühmorgendlichen Begegnung war mir genug widerfahren, um mich leichten Herzens daran zu erinnern.

Ganz im Gegensatz zu ihm. »Du bist in Schwierigkeiten, Albert.«

»Das habe ich angeblich schon zu mir selbst gesagt, als ich zum ersten Mal begriff, daß ich geboren worden war.«

»Laß den Scheiß. Und sieh zu, daß du deinen Arsch hierherbewegst. In der ganzen Umgebung wird nach dir gefahndet.«

»Nur, weil ich dir einen kleinen Schubs gegeben habe? Ist das nicht in bißchen übertrieben?«

»Du hast mir einen Zahn ausgeschlagen«, sagte er.

»Das wußte ich nicht. Tut mir leid.«

»Wo bist du?«

»Ich komme nicht ins Hauptquartier, nicht jetzt, Jerry«, sagte ich.

Er schwieg einen Moment. Dann sagte er: »Du bist doch sonst immer vernünftig gewesen. Falls du nicht plötzlich übergeschnappt bist, muß ich davon ausgehen, daß du weißt, was du da tust.«

»Ich habe ein paar Dinge herausgefunden.«

»Was für Dinge?«

»Daß einer der Loftus-Wissenschaftler John Pighee ermordet hat. Zum Beispiel.«

»Pighee ist tot? Wann ist das passiert?«

»Er war schon immer tot«, sagte ich.

»Das hast du schon einmal gesagt, aber was zum Teufel soll das heißen? Ist Pighee tot und hinüber oder nicht?«

»Nun, sein Zustand hat sich nicht geändert, wenn es das ist, was du meinst. Aber der Notarzt und Marcia Merom haben mir beide gesagt, daß er bei dem Unfall getötet wurde und daß sie lediglich sein Herz und die lebenswichtigen Organe künstlich in Gang gehalten haben.«

Ich spürte förmlich, daß Miller alle möglichen Dinge durch den Kopf gingen. Er sagte: »Kannst du das beweisen?«

»Nur Leuten, die keine Watte im Ohr haben. Aber nicht deinem Freund Gartland.«

»Meinem Vorgesetzten«, sagte Miller.

»Tut das FBI solche Dinge?« fragte ich ihn. »Oder falls das FBI so etwas tut, kommt es dann ungeschoren mit so etwas davon?«

»Du fängst also schon wieder damit an, wie?«

»Ich glaube nichts, nur weil irgend jemand es mir sagt. Selbst wenn es sich um deinen… Vorgesetzten handelt. Selbst wenn er seine Informationen von jemandem mit überragenden persönlichen Referenzen hat. Und vor allem glaube ich nichts, was nicht in mein Konzept vom üblichen Gang der Dinge paßt. Jemand legt hier jemanden rein, und wenn ihr da nicht eine Menge mehr wißt, als es den Anschein hat, gehört ihr möglicherweise zu den Reingelegten.«

»Das ist nicht sehr wahrscheinlich«, sagte Miller.

»Was braucht man, um euch Polizisten dazu zu bringen, die Nasen in euren Gesichtern zu sehen?«

»Spiegel.«

»Ist das Merom-Weibsbild mittlerweile wieder aufgetaucht, um euch zu erzählen, wie ich sie entführt habe?«

»Nein.«

»Wenn sie kommt, wirst du sie dann über ihre angeblichen FBI-Aktivitäten befragen?«

»Nein«, sagte Miller. »Das ist nicht nur mehr, als mir mein Job wert ist, ich halte es auch nicht für notwendig.«

»Wirst du sie nach John Pighees tatsächlichem Zustand fragen?«

Er sagte nicht sofort nein. Also war es möglich.

»Jerry, was genau braucht man, um dich dazu zu bringen, dich gegen deinen Vorgesetzten Captain Gartland zu stellen?«

»Mehr, als du mir wahrscheinlich geben kannst.«

»Im Ernst.«

»Greifbare Beweise, würde ich sagen. Genau das, was du nicht hast.«

»Du würdest es nicht in Erwägung ziehen, einen unabhängigen Mediziner in die Klinik zu schicken, damit der sich Pighees Leiche ansieht, oder?«

»Nur auf dein Wort hin?« Das hieß nein.

»Wie wäre es, wenn du die Fahndung nach mir abblasen würdest, damit ich meinen Wagen benutzen kann? Ich bin es leid, zu Fuß zu gehen.«

»Die Sache liegt nicht mehr in meinen Händen«, sagte Miller unheilverkündend. »Aber wenn du herkommst, kannst du deine Aussage machen, und wir sehen, was wir für dich tun können.«

»Warum erfüllt mich das nicht mit Zuversicht?«

Ich weiß nicht, ob er mir noch eine Antwort gegeben hat. Ich legte einfach auf. Zumindest würden seine Leute immer noch nach meinem Lieferwagen suchen, nicht nach Linn Pighees Auto. Die arme, alte Linn. Ich dachte darüber nach, ob ich vielleicht Zeit hätte, sie zu besuchen.

Ich saß in der Telefonzelle und versuchte nachzudenken. Ich sah, wie der Mann hinter der Theke im Drugstore mich beobachtete. Ich öffnete die Tür und rief ihm zu: »Ich bin in einer Minute draußen, aber im Augenblick nagt gerade eine Ratte an meinem Fuß.« Dann schloß ich die Tür wieder.

Jede Menge Zehncentstücke und eine Telefonzelle, die funktionierte. Gemessen an modernem Standard wahre Reichtümer. Ich rief noch einmal in meinem Büro an, auf die unwahrscheinliche Chance hin, daß Sam mittlerweile zurückgekommen war. Aber Dorrie nahm nach viermaligem Klingeln das Gespräch entgegen. Diesmal sprach ich mit ihr.

»Hallo, Mr. Samson. Ich habe eine Nachricht für Sie«, sagte sie. »Na ja, sozusagen.«

»Von meiner Tochter?«

»Nein, von einem Mann. Er… er hörte sich ziemlich wütend an. Um genau zu sein, er war wütend. Er sagte, Sie wären in Schwierigkeiten, wenn er Sie erwischt.«

»Hat er Ihnen seinen Namen gesagt?«

»Nein. Wahrscheinlich hat er gedacht, Sie würden es wissen.«

»Es ist nur so, daß im Augenblick so viele Leute wütend auf mich sind, daß mir die Wahl schwerfällt.«

»Ach, du liebe Güte«, sagte sie. »Ich habe eine schlimme Woche mit meinem Rod hinter mir, aber so schlimm war es nun doch nicht.«

»Klang dieser Mann wie ein Polizist?«

»Oje. Ich weiß nicht. Wirklich nicht.«

»Nun, das engt die Möglichkeiten auf etwa hundert ein.«

Ich benutzte ein weiteres Zehn-Cent-Stück, um im Entropist Hospital anzurufen. Es bestand immerhin die Chance, daß ich dort vielleicht Sam antreffen würde, bei ihrem Besuch bei Linn Pighee. Ich kam zur Stationsschwester durch, die sehr hilfsbereit war.

»Ich versuche, meine Tochter zu erreichen«, sagte ich. »Sie ist möglicherweise zu Besuch bei Mrs. Linn Pighee. Meine Tochter ist knapp achtzehn Jahre alt, mit rot-braunem Haar, braunen Augen und Sommersprossen. Normale Größe. Langes Haar. Wie ein Junge eben.«

Die Krankenschwester wußte sofort, wen ich meinte. »Ja, die junge Dame war hier. Aber sie ist wieder gegangen«, sagte sie. »Direkt, nachdem ich ihr erzählt hatte, daß Mrs. Pighee in der Nacht gestorben ist.«

## 38

Ich brachte mehr als zwei Stunden im Entropist Hospital zu. Aber ich fand keine Befriedigung. Linn war unerwartet gestorben. Sie wußten noch nicht genau, warum, und man hatte alles für eine Autopsie in die Wege geleitet, um es herauszufinden. Ich verbrachte eine Menge Zeit damit, die Krankenschwestern nach der Möglichkeit unbefugter Besucher zu fragen, danach, ob irgend jemand die Chance gehabt hätte, in das Zimmer zu kommen, um…

Um was? Ich hatte Schwierigkeiten, ihnen meinen Verdacht zu erklären. Anschließend ging ich in ihre Kantine, um einen Kaffee zu trinken, und ich hatte selbst Mühe, meinen Verdacht zu begreifen.

Es ging auf ein Uhr zu.

Die Kaffeepause machte mich etwas ruhiger, aber meine Verwirrung blieb unverändert. Ich befand mich entweder auf einem zwanghaften Kurs der Selbstzerstörung, oder ich war nur ein Mann, der sah, was vor sich ging. Ich hatte keine andere Wahl, als weiterzumachen. Die Zeit für Diskretion war vorbei.

Ich fuhr hinaus in die Roland Road.

Und hatte einige Schwierigkeiten, Rushs Haus zu finden. Nicht, weil die Adresse falsch war, sondern weil das Haus ziemlich abgelegen war, um es gelinde auszudrücken. Es gab hohe, ungepflegte Hecken, und das einzige Straßenschild war ein ungekennzeichneter Briefkasten zwischen den Kästen für die Häuser Roland Road Nr. 112 und Nr. 92.

Ich ließ Linn Pighees Wagen etwa dreißig Meter von den Briefkästen entfernt stehen und ging zurück zu dem Einfahrtsweg durch die Hecken. Es war keine ländliche Gegend. Nur eine halbe Meile entfernt von der Kreuzung der Bundesstraße 65 mit der 38. Straße. Die Bundesstraße 65 ist eine Schnellstraße, die von Nordwesten aus in die Stadt hinein führt; die 38. Straße ist zum größten Teil ebenfalls eine Schnellstraße und verläuft durch den Norden der Stadt.

Hinter dem Stacheldrahtzaun lag ein ranchartiges Haus. Auf den ersten Blick nichts Besonderes. Der Zaun ging um das ganze Grundstück herum.

Abgeschiedenheit hatte ich eigentlich nicht erwartet, aber ich wußte sie zu schätzen.

Ich befand mich bereits in der Mitte der Auffahrt, bevor mir klar wurde, daß ich mich möglicherweise unbesonnen benahm. Ich war davon ausgegangen, daß niemand zu Hause war. Aber wie zum Teufel sollte ich das wissen?

Ich wurde zurückhaltend. Vorsichtig bewegte ich mich an jeglicher vegetativen Deckung entlang, die ich finden konnte, und näherte mich langsam dem Haus. Das Garagentor hatte kein Fenster, so daß ich nicht sehen konnte, ob ein Auto drin war. Ich ging ums Haus herum, von Fenster zu Fenster. Vorsichtig schob ich mich an jedem einzelnen Rahmen vorbei. Es gab weder Vorhänge noch Rollos. Ich konnte zweifelsfrei erkennen, daß in keinem der Zimmer irgend jemand war.

Aber es blieb immer noch das Problem, hineinzukommen.

Aus Furcht vor irgendwelchen Alarmanlagen an den Türen zerbrach ich ein Küchenfenster und kletterte über die Spüle ins Haus.

Dann räumte ich das Glas weg, warf es in den Abfallkorb und entfernte sogar die letzten gezackten Ränder der zerbrochenen Scheibe. Es war nicht undenkbar, daß ich durch dasselbe Loch einen schnellen Abgang machen wollte. Ich war nicht übertrieben optimistisch.

Aber ein vorsichtiger Gang durchs Haus zeigte, daß ich tatsächlich allein war. Und in der Garage stand kein Wagen.

Ich ging zurück in die Küche und begann, mich nach Dingen umzusehen, die kleiner waren als Menschen. Und ich versuchte, ein Gefühl für diesen Mann zu bekommen.

Der Lebensstil, wie er sich in seinen Lebensbedingungen niederschlug, bildete einen scharfen Kontrast zu den Wohnungen von Marcia Merom und Lee Seafield. Diese beiden füllten ihre Wohnungen mit kleinen, wertvollen und protzigen Dingen. Die meisten von Rushs Besitztümern dagegen waren groß.

Die Küche verfügte über alle notwendigen Vorrichtungen, Arbeitsflächen und Geräte. Aber es gab nichts Eßbares. Keine Kochutensilien. Außer einem Kasten White-Rock-Limonade und zwei Zweipfundkästen von Mrs. Wiggins' Bunter Plätzchenmischung gab es absolut nichts Eßbares. Auf der Theke stand ein Becher. Das Haus verfügte über drei Schlafzimmer, aber die einzigen Betten waren zwei Einzelbetten in zwei verschiedenen Schlafräumen. Beide waren gemacht, aber nur eines sah so aus, als würde es jemals benutzt. Darunter lagen Pantoffeln und darauf ein Bademantel. Im Schrank hingen einige blaue Anzüge, und auf einem Regal lagen zwei Stetson-Hüte. Das war das Zimmer, in dem der Mann schlief. Auf einem Tisch neben dem Bett standen einige rezeptpflichtige Medizinfläschchen und eine Lampe, aber keine Bücher.

Das Zimmer mit dem anderen Bett schien eher ein Büro zu sein, mit einem Schreibtisch und einem Telefon. Ein Aktenschrank. Einige Papiere. Keine Kleider im Schrank.

Im dritten Schlafzimmer stand ein Stapel Pappkartons in der Ecke, ansonsten war es leer.

Das Wohnzimmer war groß und offen angelegt, aber alles, was es an Möbeln dort gab, stand im Kreis an einem Ende des Raumes. Ein Fernsehapparat, vier tiefe, gepolsterte Armsessel, die einen dicken Läufer über einem schlichteren Teppich umringten. Sonst nichts. Kein Tisch, keine Stehlampen, keine Zeitungen, keine Bücher.

Der einzige Einrichtungsgegenstand, den ich fand, war eine amerikanische Flagge in einem Halter an der Eingangstür.

Das Haus machte keinen sehr bewohnten Eindruck.

Um darüber nachzudenken, was ich als nächstes tun wollte, setzte ich mich in einen der Sessel. Er war sehr bequem, Balsam für den Körper, der einen geplagten Geist beherbergte. Es war beinahe drei Uhr.

Ich ging in das Büroschlafzimmer und benutzte das Telefon. »Ich hatte gehofft, daß du es bist«, sagte Maude. »Ich habe nicht viel herausgefunden, aber ich habe etwas herausgefunden.«

»Gut«, sagte ich.

»Was willst du als erstes? Rush oder die anderen?«

»Rush«, sagte ich.

»Er war während des Zweiten Weltkriegs beim Geheimdienst. Etwa dreieinhalb Jahre.«

»Interessant«, sagte ich. »Was hat er da gemacht?«

»Ich habe keine Einzelheiten, aber es ging nicht um Codes oder Propaganda oder die Auswertung von irgendwelchen Daten. Daraus folgt, daß er irgendwie mit der aktiven Vorbereitung von Agenten zu tun hatte.«

»Tja, hm.«

»Davon abgesehen hat er ziemlich viel mit Freimaurern zu tun. Mit der Veteranenlegion und solchen Dingen. Er ist Witwer. Und vor ungefähr zehn Jahren weigerte er sich, den Vorstand von Loftus zu verlassen, als die dort so ziemlich alles versucht haben, außer ihn direkt zu feuern. Anscheinend war er für die Sicherheit der Produktionsanlagen zuständig, als man einen systematischen Diebstahl durch einen organisierten Ring von Angestellten dort aufdeckte. Er sagte, er habe Sicherheitsvorkehrungen im Sinne von Sir Jeff Loftus getroffen, aber er wäre trotzdem rausgeflogen, wenn er nicht irgendeine Art von Absicherung in seinem Vertrag gehabt hätte. Sie haben ihm eine ziemlich dicke Summe angeboten, um ihn loszuwerden, aber er hat abgelehnt. Statt dessen hat er ein Abkommen mit ihnen getroffen, wonach er zu einem eingefrorenen Einkommen dortbleiben kann und nur noch in einer ganz bestimmten Funktion tätig ist, in der er sich unter anderem auch um die Weiterbildung des Personals zu kümmern hat. Es war dieselbe Sache, die auch Sir Jeff aus dem aktiven Firmenmanagement hinauskatapultiert hat. Okay?«

»Wie steht's mit Rushs Freunden und Kollegen?«

»Ich habe keine gefunden.«

»Erzähl mir das doch nicht. Der gesellige Indianamann hat immer Freunde und Kollegen.«

»Ich habe ja auch nicht gesagt, daß er keine hat. Ich habe sie nur nicht gefunden. Und er war während der letzten fünfzehn Jahre wohl eher ein Einzelgänger. Seit dem Tod seiner Frau, um genau zu sein. Wenn ich richtig verstehe, hat er sich auf persönlicher Ebene ziemlich abgekapselt. Es heißt, daß er nur an seine Arbeit denkt und an sonst nichts. Und da seine Arbeit seit Jahren eine sehr isolierte ist, nun ja…«

»Kannst du mir sonst noch etwas sagen?«

»Laß es mich versuchen.«

»Wo *ißt* er?«

»Was für eine Frage soll das denn sein?«

»Er ißt nicht zu Hause. Du sagst, er hat keine Freunde. Ich habe einfach nur darüber nachgedacht, wo er ißt.«

»Ich kann's ja mal versuchen«, sagte sie zweifelnd. Es war nicht die Art Frage, mit der sie sich für gewöhnlich beschäftigte.

»Mach dir keine Mühe«, sagte ich, »ich habe nur laut gedacht.«

Dann erzählte sie mir noch etwas über die anderen Leute, nach denen ich sie gefragt hatte: Walker, Dundree, Seafield und Marcia Merom. Sie sagte mir nichts, was ich wissen wollte.

»Soll ich dranbleiben?«

»Ja«, sagte ich, »aber sag mir bloß nicht, was es mich kosten wird.«

»Bist du derjenige, der das Ganze bezahlen muß?« fragte sie. Nicht aus Mitleid, sondern weil sie sich Sorgen um ihr Geld machte.

»Ja«, sagte ich. »Meine Klientin ist letzte Nacht gestorben.«

Sie wußte nicht, ob ich Witze machte oder nicht.

»Hast du irgendwie davon Wind bekommen, ob Rush oder die anderen böse Dinge tun? Kriminelle Dinge?«

»Noch nicht«, sagte sie. »Sollte ich?«

»Durchaus möglich.«

»Kannst du mir mehr darüber sagen?«

»Nein, eigentlich nicht.«

»Ich werde die Augen offenhalten. Aber weißt du, Albert, je mehr du mir erzählst, um so nützlicher kann ich sein.«

»Wenn sie überleben, sage ich dasselbe tagtäglich zu meinen Klienten«, sagte ich.

»Hast du tagtäglich Klienten?« Sie war hoffnungsvoll, nicht sarkastisch.

Ich rief mein Büro an. Wieder schaltete Dorrie sich in das Gespräch ein. Nachdem ich herausgefunden hatte, daß es keine Nachrichten für mich gab, sagte ich ihr, daß ich noch einmal bei mir anrufen würde und daß sie es diesmal klingeln lassen solle. Nur für den Fall, daß Sam… nun ja, für den Fall, daß Sam da war und einfach ein wenig schlecht zu Fuß. Ich rief noch einmal an. Und ließ es zwanzigmal klingeln, aber niemand ging ran.

Ich wußte nicht, was ich denken sollte.

Ich rief Clinton Grillo, meinen Anwalt, an. Er sagte, daß Sam ihn am Morgen angerufen und ihm mitgeteilt habe, daß er sich bereithalten solle, um meine Rechte zu verteidigen. Er wollte wissen, was das Ganze zu bedeuten hatte. Ich konnte es ihm nicht sagen. Ich machte mir Sorgen um Sam.

Ich steigerte mich in einen melodramatischen Gemütszustand hinein. Ich hatte Angst, daß Seafield sie hatte.

Also rief ich Seafields Privatnummer an. Keine Reaktion. Ich rief bei Loftus an. Er war nicht im Labor. Ich rief die Nummer von Marcia Merom an. Keine Antwort. Ich rief bei der Polizei an.

»Miller.«

»Jerry, war Lee Seafield heute schon da, um seine Story zu bestätigen, daß ich Marcia Merom entführt habe?«

»Nein«, sagte er. »Keiner von den beiden ist bisher aufgetaucht. Wo steckst du, Albert?«

»Ich bin in Muncie, um eine Spur zu verfolgen.«

»Und ich bin der Kaiser von China«, sagte er.

»Hör zu«, sagte ich, »meine Tochter ist verschwunden. Ich habe Angst, daß Seafield sie hat.«

Er schwieg nur.

»Verstehst du, was ich sage? Ich habe Angst, daß er sie vielleicht gekidnappt hat, weil er an mich herankommen will.«

Gelassen, aber ohne Mitleid sagte Miller: »Wie lange ist sie schon verschwunden?«

»Ich bin mir nicht ganz sicher. Aber wahrscheinlich seit zwei oder drei Stunden. Sie ist nicht in meinem Büro.«

»Also weißt du nicht einmal, ob sie einkaufen gegangen ist oder so etwas. Hast du irgendeinen vernünftigen Grund zu glauben, daß dieser Seafield-Bursche sie hat?«

»Nicht direkt. Aber ich habe ihm einige Schwierigkeiten gemacht, und er ist ziemlich impulsiv und gewalttätig, und er ist weder bei der Arbeit noch zu Hause.«

»Und bist du in deinem Büro oder zu Hause? Du bist auch ziemlich impulsiv.«

Er schien mich nicht ernst zu nehmen.

»Und Linn Pighee ist letzte Nacht im Krankenhaus gestorben.« Er antwortete nicht sofort. »Gestorben... oder ermordet...«

»Du hörst dich an, als hättest du langsam die Kontrolle über das Spiel verloren, Albert. Warum kommst du nicht her, entspannst dich ein wenig, und wir reden darüber, was los ist und was wir in der Angelegenheit tun können.«

So fürchterlich hörte ich mich in meinen eigenen Ohren gar nicht an. Sei's drum. »Da Seafield und die Merom heute nicht gekommen sind, um ihre Story zu wiederholen, heißt das, daß deine Leute nicht mehr nach mir suchen?«

»Ich hätte die Sache abgeblasen, aber Captain Gartland will dich auch sehen, und zwar ziemlich dringend.«

Ich legte auf. Und versuchte, mich zu entspannen. Nach allem, was ich wußte, versuchten sie jetzt, den Telefonanruf zurückzuverfolgen.

Ich war nicht übermäßig vernünftig. Aber wie sollte man auch, wenn man seine eigene Tochter der Gefahr einer Entführung ausgesetzt hat.

Ich rief meine Mutter an.

»Albert?«

»Sam ist nicht zufällig bei dir, oder, Mom?«

»Nein. Du klingst aufgeregt, Albert. Was ist los? Bist du in Schwierigkeiten?«

»Nein, nein«, sagte ich, »nicht mehr als gewöhnlich. Ich versuche nur herauszufinden, wo Sam abgeblieben ist. Ich... ich habe eine Aufgabe für sie. Sie ist wahrscheinlich einkaufen gegangen oder so etwas. Könntest du wohl ab und zu mal in meinem Büro anrufen und sie bitten, mich anzurufen?« Ich gab ihr Rushs Nummer. »Das heißt, wenn es in der nächsten Stunde oder so ist. Ansonsten werde ich dich oder sie anrufen.«

»Wo ist sie, Albert?« Drängend.

»Das kann ich so aus dem Stand nicht sagen«, sagte ich so aus dem Stand, um sie zu beruhigen.

»In was für Schwierigkeiten hast du sie gebracht?«

»Ich muß jetzt los, Mom. Und noch eins, falls irgend jemand anderes als ich hier ans Telefon geht, soll sie sofort auflegen, okay?«

Ich legte auf.

Ich ging in die Küche. Dort spülte ich mir das Gesicht mit kaltem Wasser ab. Ein Versuch, mich mit einem Schock wieder in den Bereich der Vernunft zu bringen. Das Wasser war nicht kalt genug dafür, denn es war nicht annähernd so kalt, wie ich mich fühlte.

Ich nahm zwei Kekse aus der Bunten Plätzchenmischung. Dann ging ich zurück ins Büroschlafzimmer. Ich war hergekommen, um nach greifbaren Beweisen zu suchen; ich brauchte sie.

Das Haus war konventionell gebaut, ursprünglich wahrscheinlich nicht für Rush selbst. Ich glaubte nicht, daß er irgendwelche versteckten Safes hatte einbauen lassen.

Die Alternativtheorie lautete, daß ein gutes Versteck besser ist als ein stark verteidigtes Versteck.

Und es war immer noch die Frage, was da eigentlich so dringend ein Versteck brauchte.

Die Operation war mit einem Minimum an Papierkram verbunden. Aber Rush hatte Marcia Merom Bevollmächtigungsbriefe gezeigt. Die mußte er hier irgendwo haben.

Ich brauchte mehr als eine Stunde. Zunächst sah ich mir den Schreibtisch an, dann die Aktenschränke. Nichts davon war das, was ich suchte. Vor allem nicht das in der dritten Schublade des Aktenschranks. Diese Schublade war vollgepackt mit Aktenordnern, die Zeitungsausschnitte enthielten. Die Ausschnitte schienen mit nichts so recht etwas zu tun zu haben. Willkürliche Sportberichte, Comic Strips, Briefe an den Herausgeber. Der Rest seiner Arbeit hatte mit komplizierten finanziellen Dingen zu tun und der Geschichte des Zweiten Weltkriegs. Die dritte Schublade des Aktenschrankes paßte einfach nicht ins Bild.

Bis ich darüber nachdachte.

Ich nahm die dicken Aktenordner heraus. Auf dem Boden der Schublade befand sich ein dicker, blauer Umschlag in einer Plastiktüte. Die Ausschnitte waren einfach nur da gewesen, um dort zu liegen und zu verstecken, was darunter war.

In dem blauen Umschlag befanden sich drei Briefe. Alle adressiert an P. Henry Rush. Alle auf FBI-Papier. Alle in Briefumschlägen, die in Washington D.C. abgeschickt waren. Alle unterschrieben von J. Edgar Hoover.

Der früheste stammte vom 7. Mai 1969. Er lautete:

»Agent Walker hat mir von Ihrem Zögern berichtet, an der Antidrogenoperation, die er mit Ihnen diskutiert hat, teilzunehmen. Seien Sie versichert, daß dieses Projekt meine vollste Begeisterung genießt und daß Sie mit Ihrem Sicherheitshintergrund und Ihrer augenblicklichen Position einzigartig qualifiziert sind, um daran teilzunehmen. Wenn Sie Ihre beträchtlichen Fähigkeiten dieser Sache zur Verfügung stellen, bedeutet das eine größere Erfolgswahrscheinlichkeit. Es handelt sich um eine langfristig angelegte Operation und wird Ihr volles Engagement erfordern. Ein Erfolg auf diesem Gebiet bedeutet nicht nur eine landesweite Verringerung des Drogenaufkommens, sondern auch eine zunehmende Stärkung unseres Landes und des FBI gegenüber seinen Feinden und Kritikern.«

Der zweite Brief war neun Tage später datiert:

»In Erwiderung auf Ihre weitergehende Frage sei folgendes gesagt: Es ist nicht wünschenswert, mit der örtlichen Polizei zusammenzuarbeiten. Die Sicherheitsmaßnahmen der Polizei sind einfach nicht ausreichend zum Schutz eines Projektes von diesem Umfang und dieser Dauer. Es stehen Menschenleben auf dem Spiel.

Sicherheit hat absolute Priorität. Falls es für die Sicherstellung Ihrer Kooperation jedoch notwendig sein sollte, können Sie den von Ihnen erwähnten Polizeivertreter über das Projekt informieren. Ihre Zusammenarbeit mit ihm im Zweiten Weltkrieg ist bestätigt worden, und man hat ihn überprüft. Aber seine Information muß kurz und allgemein sein. Eine Geste der Höflichkeit. Und Agent Walker muß bei dem Gespräch anwesend sein. Agent Walker ist Ihr einziger Verbindungsmann, und er trägt die völlige Verantwortung für die Operation. Er ist nur mir gegenüber verantwortlich.«

Der dritte Brief war zwölf Tage später datiert:

»Mit großer Freude erfahre ich von Agent Walker von Ihrem Einverständnis, dem Produktionsbereich des Projekts Bagtag vorzustehen. Der Erfolg dieser Operation wird eine neue Ära der Verbrechensbekämpfung einleiten und das Ansehen des FBI stärken.«

Diese Briefe weckten kein gutes Gefühl in mir. Ich konnte weder an ihnen noch an den Unterschriften einen Fehler finden. Aber ich arbeitete auch auf einem Gebiet, auf dem ich keinerlei Sachkenntnis besaß.

Ich faltete die Briefe zusammen und steckte sie in meine Jackentasche. Den blauen Umschlag in seiner Plastiktüte legte ich wieder auf den Boden der Schublade. Dann packte ich die dicken Aktenordner wieder an ihren Platz.

Anschließend ging ich ins Wohnzimmer und setzte mich in einen der tiefen, gepolsterten Sessel. Ich war nicht gerade in Ekstase, aber ich war auch nicht niedergeschlagen. Ich hatte die greifbaren Objekte, die die Dinge ein für allemal klären würden. Ein Gefühl von Fatalismus breitete sich in mir aus. Und ich begann die Möglichkeit ins Auge zu fassen, daß ich mich geirrt hatte.

Außerhalb des Hauses hörte ich ein Geräusch.

Ich stand auf.

Ich ging zur Tür und lauschte.

Nichts.

Während ich noch dastand, drückte auf der anderen Seite der Tür jemand auf die Klingel.

Ich bewegte mich. So leise ich konnte.

Wieder die Klingel.

Urplötzlich erschien mir die Roland Road nur allzu bevölkert. Vorsichtig begab ich mich in die Küche. Dort zögerte ich einen Augenblick und statt durchs Fenster hindurch zu verschwinden, öffnete ich die Hintertür von innen und glitt hindurch.

»Mr. Rush?«

»Was?« Und fiel einem kurzgeschorenen jungen Mann in einem dunklen Anzug buchstäblich in die Arme.

»FBI, Mr. Rush«, sagte er. Er zeigte mir seinen Ausweis. »Mein Kollege und ich hätten gern kurz mit Ihnen gesprochen.«

»Ihr Kollege?«

»Er ist an der Vorderseite des Hauses. Er hat bei Ihnen geklingelt.«

Die kommen auch immer zu zweit. »Sprechen Sie lauter«, sagte ich, »ich höre nicht gut.«

Ich versammelte sie in der Ansammlung von Sesseln am Ende des Wohnzimmers. Sie zeigten sich beide sehr beeindruckt von der amerikanischen Flagge im Flur.

Der Kollege begann: »Es ist eine Beschwerde bei uns eingegangen, daß Sie sich als FBI-Agent ausgeben.«

»Ich?« sagte ich überrascht.

»Ja, Sir.«

»Lächerlich«, sagte ich verächtlich.

Mein Hintertürenagent sah mich aufmerksam an. »Es scheint wirklich eine höchst unwahrscheinliche Anschuldigung zu sein«, sagte er, »aber Sie haben sicher Verständnis dafür, daß wir der Sache nachgehen müssen. Wenn es Ihnen nichts ausmacht, hätte ich gern ein paar Fragen gestellt, und dann sind wir auch gleich wieder weg.«

»Ich werde nicht einmal fragen, wer eine so lächerliche Anschuldigung erhoben hat. Ich möchte mir meine Ohren nicht mit seinem Namen besudeln.«

Mein Hintertürenagent sagte: »Sir, nur für den Bericht, würden Sie mir sagen, ob Sie jemals jemandem erzählt haben, daß Sie für das FBI arbeiten oder an irgendeinem Projekt, das das FBI organisiert hat?«

»Ich habe ganz gewiß niemals behauptet, daß ich irgend etwas mit dem FBI zu tun hätte.«

Ich denke, sie glaubten mir. Immerhin sagte ich genau betrachtet ja sogar die Wahrheit.

»Dürfen wir uns hier wohl etwas umsehen?«

Ich machte ein verwirrtes Gesicht.

Der Kollege sagte: »Reine Routine. Wenn eine solche Anschuldigung erhoben wird und es sich später herausstellt, daß Sie einen Apparat im Schlafzimmer haben, der gefälschte FBI-Ausweise druckt, und wir ihn nicht gefunden haben, dann würden wir ziemlich dumm dastehen. Wir möchten uns einfach nur mal kurz umsehen.«

Ich ging mit ihnen durchs Haus. Sie stellten nur zwei Fragen.

In der Küche: »Wo essen Sie, Sir?«

»In der Firma. Die Regierung subventioniert die Mahlzeiten dort, also wäre es Verschwendung, irgendwo anders zu essen.«

Und im dritten Schlafzimmer: »Was ist in diesen Kisten?« Die Pappkartons in der Ecke.

Ich wußte es nicht. »Geld«, sagte ich.

Sie ließen die Pappkartons unberührt. Insgesamt brachten sie nur fünf Minuten mit der Durchsuchung des Hauses zu. Anschließend sah ich zu, wie sie in ihren Wagen stiegen, ihn wendeten und die Einfahrt hinunterfuhren.

Mir war stark danach zumute, ihnen zu folgen, aber ich mußte ihnen eine Minute Zeit geben, zu verschwinden. Ich war Rushs Behausung leid. Ich fühlte mich dort nicht wohl. Und ich wollte Sam finden. Ich wollte die Briefe in meiner Tasche Miller übergeben. Und schlafen.

Ich verbrachte die Minute damit, in das dritte Schlafzimmer zurückzugehen, bevor ich endgültig das Haus verließ. Nur um einen Blick in die Pappkartons zu werfen.

Ich hatte das FBI belogen.

Es gab insgesamt vier Pappkartons. In dreien davon befanden sich staubige Bücher und Zeitschriften.

Nur der vierte war voller Geld.

Überwiegend handelte es sich um Fünfzigdollarscheine, aber zur Abwechslung gab es auch Hunderter und Zwanziger. Alles schöne, gebrauchte Scheine. Mein erster Impuls war, sie zu zählen.

Dann dachte ich, daß ich mir vielleicht etwas davon nehmen könnte. So sehr ich auch versuche, Geld als eine Tatsache des Lebens zu ignorieren – es gibt Zeiten, da hilft es. Ich streckte die Hand aus und griff zu.

Aber dann fiel mir ein, woher das Geld gekommen war. Es war nicht das FBI. Ich ließ es wieder fallen.

Schließlich übermannte mich der Impuls, so schnell ich nur konnte, aus Rushs Haus zu verschwinden. Mich auf die Suche nach Sam zu machen. Und endlich mit der Polizei zu reden.

Ich stapelte die Kisten wieder in der Ecke auf, ging zurück durchs Wohnzimmer und beschloß, durch die Hintertür zu verschwinden.

Der kürzeste Weg nach Hause.

Ich trat hinaus auf die Veranda.

Ein haariger Unterarm quetschte mir die Arme an den Körper, und eine glutheiße Hand zog alles mir verbliebene Haar auf meinem Kopf nach hinten.

»Teufel auch!« sagte eine Stimme neben mir. »Da haben wir die Falle noch nicht einmal aufgestellt, und das gottverdammte Kaninchen springt schon hinein.«

Irgendwo weiter über mir sagte eine viel feindlichere Stimme: »Ich habe euch doch gesagt, daß der Wagen auf der Straße verdächtig aussah.«

Eine dritte Stimme, die müde klang, sagte: »Du hattest recht, Lee. Bring ihn wieder rein.«

# 39

Zwei Männer betraten vor mir das Haus. Lee Seafield hielt mich fest, und nachdem die anderen aus meinem überaus beschränkten Gesichtsfeld verschwunden waren, beschimpfte er mich wüst. »Bei Gott, Samson«, sagte er, »Sie werden Ihr Fett kriegen.«

Ich hatte das Gefühl, daß ich es gar nicht wollte.

Sein Griff verhärtete sich, als eine Stimme aus dem Haus laut wurde: »Bring ihn rein, Lee. Und tu ihm nicht weh.«

»Sie brauchen mir nur einen Anlaß zu geben«, flüsterte Seafield mir ins Ohr, flüsterte es mir in mein ganzes Wesen. Dann zog er mich ins Wohnzimmer.

Henry Rush saß in einem der schweren, gemütlichen Sessel. Der andere Mann stand am Lichtschalter. »Was für ein Tag«, sagte Rush klagend. »Nichts als Ärger.«

»Der da macht keinen Ärger mehr«, sagte Seafield aggressiv.

Rush betrachtete mich eingehend, während der andere Mann sich setzte. »Ich glaube, da hast du recht. Die Polizei sucht ihn. Sie können ihn haben. Er wird so lange kein Tageslicht mehr zu Gesicht bekommen, bis die Dinge unter Dach und Fach gebracht sind.«

Der dritte Mann sagte: »Durchsuch ihn, Lee.«

Seafield legte einen Fuß um meine Knöchel und gab mir einen Stoß. Meine Nase schlug mit einem gewaltigen Plumps auf dem Fußboden auf, dicht gefolgt von einhundertneunzig Pfund nur allzu festen Fleisches. Von Seafield durchsucht zu werden, war kein sanfter Vorgang. Aber er suchte nach einer Waffe, daher übersah er die Briefe aus Rushs Akten, die ich noch in der Tasche hatte.

Seafield schien überrascht, berichten zu müssen, daß ich keine Waffe bei mir trug. Der dritte Mann schnaubte verächtlich. »Diese Burschen haben immer irgendwelche Waffen. Das ist es doch, was ihnen das Gefühl gibt, sie wären wunders was für Kerle.«

Seafield zog mich hoch und drückte mich gegen die Wand. »Er hat wahrscheinlich eine von diesen kleinen.«

Der dritte Mann schnaubte verächtlich. »Eine Weiberpistole, wie? Hinter seiner Gürtelschnalle oder so.«

»Ja«, sagte Seafield. Dann drehte er sich wieder zu mir um. »Machen Sie Ihren Gürtel auf.«

Ich machte meinen Gürtel auf.

Seafield zog mir die Hosen bis auf die Knöchel herunter.

»Ist das wirklich nötig?« fragte Rush müde.

»Du willst doch nicht, daß er hier alles zusammenschießt, oder, Henry?« fragte der dritte Mann beiläufig.

Widerwillig sagte Seafield: »Ich glaube nicht, daß er eine Waffe hat, Tommy. Ich glaube, er hat wirklich keine.«

»Sie haben recht«, sagte ich. »Ich habe keine.«

Sie hörten nicht auf mich.

»Was hatte er hier zu suchen, Henry?« Der dritte Mann, bei dem es sich um Thomas Jefferson Walker junior handeln mußte, sah Rush stirnrunzelnd an.

Rush schüttelte den Kopf. »Was wollten Sie in meinem Haus, Samson?«

Ich bückte mich, um meine Hose wieder hochzuziehen, aber Seafield schlug mir gegen die Arme und sagte: »Nein!« Er hatte eindeutig eine Schwäche für geflickte Boxershorts.

»Was hatten Sie hier zu suchen, Samson?« fragte Rush noch einmal.

»Ich wollte einen Flohmarkt in der Garage abhalten«, sagte ich.

Seafield drehte mich mit der rechten Hand ein wenig zu sich und versetzte mir mit der linken einen kräftigen Schlag auf meinen Flicken. Jedenfalls glaube ich, daß er das tat. Ich kann mich kaum noch erinnern an die Ereignisse zwischen dem Punkt, an dem die große Faust auf mich zugerast kam, und meinem Erwachen, nachdem ich bis siebenundachtzig ausgezählt worden war.

Es ist gar nicht so unerfreulich, k.o. geschlagen zu werden; besser als viele Dinge, an die ich mich erinnern kann.

Ich erwachte mit den Worten: »Wo ist meine Tochter?«

»Was?«

»Wo habt ihr Mistkerle meine Tochter hingeschleppt?«

Es herrschte eine Weile Stille. Während dieser Zeit setzte ich mich an die Wand gelehnt auf und versuchte, wieder klarzusehen.

»Was für eine Tochter?« fragte mich Rush schließlich.

»Meine Tochter ist verschwunden. Einer von euch... Kriminellen hat sie gekidnappt.«

Sie wollten alle gerade etwas sagen, als das Telefon klingelte. Und alle zögerten.

»Besser, du gehst ran, Henry«, sagte Tommy Walker. Er war ein untersetzter Mann mit einem sehr dicken Nacken.

Rush ging zu einem Apparat ganz in seiner Nähe. »Hallo«, sagte er. Und dann: »Nein, Ma'am.« Anschließend hielt er den Hörer von seinem Ohr weg und machte ein verwirrtes Gesicht. »Aufgelegt«, sagte er.

Walkers Wangen glühten. »Also, du solltest einer Dame niemals nein sagen, Henry. Das tut man einfach nicht.«

»Falsche Nummer«, sagte Rush. »Es war irgendein Mädchen, das wissen wollte, ob ich ihr Daddy sei.« Walker und Seafield lachten.

Ich gab nur einen erstickten Laut von mir.

»Lee«, sagte Rush, »weißt du irgend etwas über die Tochter dieses Mannes?«

»Nein, absolut nichts«, sagte Seafield, eine Spur verdrießlich. Dann hellte seine Miene sich auf. »Ich wette, er hat gar keine. Genausowenig wie er einen Umschlag von Pighee hatte.«

»Nun«, sagte Rush, »welcher Natur auch immer Ihre Probleme mit Ihrer Tochter sein mögen, Samson, das hat nichts mit uns zu tun. Ich weiß ohnehin nicht, was wir Ihrer Meinung nach mit ihr anfangen sollten.«

»Mich kaltstellen«, sagte ich ruhig.

»Sie haben mächtig seltsame Vorstellungen von den Dingen, die wir tun«, sagte Rush selbstgerecht. »Kidnapping – ach herrje, also wirklich.«

»Leute, die Leute umbringen, scheinen mir sichere Kandidaten, wenn es sich um eine Entführung handelt«, sagte ich.

Alle drei versteiften sich leicht. Aber schon bald sagte Rush: »Leute umbringen, na also, was soll das denn?«

»Simon Rackey war der erste«, sagte ich. Ich war jenseits des Stadiums angelangt, in dem ich noch irgend etwas zurückhalten wollte.

»Simon?« sagte Rush. »Was sollen wir denn mit Simons Tod zu tun gehabt haben?«

Daß er sich mehr als vier Jahre später sofort an den Namen erinnerte, verriet mir genug.

»Und dann John Pighees Tod«, sagte ich.

»Wir haben jede Hoffnung…«

Ich unterbrach ihn: »Pighee ist in jeder Hinsicht tot, es fehlt lediglich noch ein unterschriebener Totenschein, das wissen Sie. Und ich weiß es von Marcia Merom.«

»Ich bezweifle, daß Sie Marcia dazu bringen können, eine solche Unwahrheit vor Zeugen zu äußern«, sagte Rush. Seafield lächelte und sah sehr zufrieden mit sich aus.

»Und jetzt der Tod von John Pighees Frau«, sagte ich.

Rush sah abermals zu Seafield hinüber, der gelassen dasaß. »Mrs. Pighee ist tot?« fragte er.

»Sie ist gestern nacht gestorben«, sagte ich. »Wahrscheinlich, weil Sie ihr einen großen Batzen Geld schulden würden, wenn ihrem Mann am 28. Januar nächsten Jahres gestattet wird, mit dem Atmen aufzuhören. Und aus ökonomischen Gründen – ganz zu schweigen von der Gier, die Sie in die ganze Sache hineingetrieben hat – haben Sie beschlossen, daß es besser wäre, sich dieser Verpflichtung zu entledigen.«

»Ich hatte ganz gewiß keine Ahnung davon, daß Mrs. Pighee tot ist, und erst recht hatte ich nichts damit zu tun«, sagte Rush fest. »Lee? Weißt du irgend etwas?«

»Warum fragst du immer mich nach solchen Dingen?« sagte er in einem verletzten Tonfall. »Ich weiß absolut gar nichts über Pighees gottverdammte Frau. Warum sollte ich auch?«

Formell wandte Rush sich an Walker. »Tommy?«

Walker schüttelte feierlich den Kopf.

Rush sagte: »Wie ich bereits feststellte: Sie haben da einige sehr merkwürdige Vorstellungen von dem, was wir tun. Ich versichere Ihnen, wir riskieren Gewalt nur dann, wenn es absolut keine anderen Alternativen gibt. Und Pläne, die ein gewisses Risiko beinhalten, nehmen manchmal einen Verlauf, der extremer ist, als wir uns das wünschen würden.« Unwillkürlich sah er doch wieder zu Seafield hinüber.

»Ihr Schlägertyp da gerät manchmal außer Kontrolle, wie?« fragte ich.

Seafield stand auf. »Ziehen Sie Ihre Hosen an, Samson«, sagte er. »Es sei denn, Sie hätten Angst, Sie pissen rein.«

»Setz dich, Lee«, sagte Rush.

Aber Walker überstimmte ihn. »Nein. Er soll sich fertigmachen zum Abmarsch. Wir haben schon genug Zeit mit unserem Besucher verschwendet. Ich muß los.«

»Soll ich die Polizei anrufen, damit sie ihn hier abholen kommen?« fragte Rush.

»Nein«, sagte Walker. »Lee soll sich um ihn kümmern.«

»Und den Steuerzahlern etwas Geld sparen«, sagte Rush. »Bring ihn runter ins Hauptquartier. Sie suchen schon lange genug nach ihm.«

»Gut«, sagte ich. »Die Polizei ist genau das, was ich will.«

Walker warf Rush einen fragenden Blick zu.

Rush schüttelte nachdrücklich den Kopf. »Wer sollte ihm schon glauben? Sie werden ihn in eine Klapsmühle stecken, nachdem sie nur einen einzigen Blick auf ihn geworfen haben. Er wird für alle Zeiten aus dem Verkehr sein. Soweit es sie betrifft, ist er ein kompletter Idiot. Teufel auch, er *ist* ein kompletter Idiot.«

Seafield umschlang mit einem festen Griff meinen Arm. »Na los, Cowboy«, sagte er.

Er bugsierte mich in die Küche.

»He«, rief er über die Schulter zurück. »Jemand hat hier ein Fenster eingeschlagen.«

»Bring ihn hier weg, Lee!« rief Rush aus dem Wohnzimmer. »Bevor ich ihm etwas antue, was ich später bereue.«

# 40

»Okay, Cowboy«, sagte Seafield in der Garage. »Und jetzt her mit den Schlüsseln zu deinem Wagen da draußen.«

»Warum?« fragte ich.

»Schlüssel!«

Ich gab ihm die Schlüssel und marschierte auf das Garagentor zu.

»Stehenbleiben!«

Ich blieb stehen und drehte mich um. Er hatte sich ein Stück Seil beschafft und kam damit auf mich zu.

»Legen Sie Ihre Hände auf den Rücken«, sagte er.

»Seien Sie doch nicht dumm!«

»Hände auf den Rücken!«

»Sie bringen mich doch zu den Cops. Genau da will ich nämlich hin«, sagte ich. »Wo ist das Problem?«

Seine Antwort war eine weitere große Faust, die auf meinen Kiefer zuraste. Ich überließ ihm das letzte Wort.

Ich wachte langsam auf. Das erste, was in mein Bewußtsein eindrang, war eine verspätete Überraschung. Überraschung darüber, daß Rush unter Druck bei der FBI-Story blieb. Meine Version der Geschichte hatte einen anderen Ausgang.

Ich bekam keine Zeit, darüber nachzudenken. Mein Bewußtsein weitete sich bis zu dem Punkt, daß ich meine

Augen öffnen konnte. Aber selbst dann war das Leben immer noch ziemlich dunkel. Ich lag mit dem Gesicht nach unten im hinteren Teil eines Wagens auf dem Boden. Wessen Wagen? – Linn Pighees oder Seafields oder Rushs – das wußte ich nicht.

Mein Kopf schmerzte. Ich wollte ihn reiben. Aber ich konnte nicht. Meine Beine waren gefesselt. Ich wand und krümmte mich bei dem Versuch, eine bequeme Position zu finden. Es gab keine. Dann wurde ich heftig gegen den Vordersitz geschleudert, als der Wagen zum Stehen kam. Ich verdrehte meinen Kopf, um mit einem Blick durchs Fenster in Erfahrung zu bringen, wo wir uns befanden. Von einem Fenster war allerdings nicht viel zu sehen. Es mußte draußen auf jeden Fall dunkel sein, und da, wo wir uns befanden, gab es keine Straßenbeleuchtung.

Ich wartete darauf, daß irgend etwas geschah.

Erfolglos. Dann wurde das Autoradio angestellt. Ich beschloß zu fragen, ob es nicht langsam an der Zeit sei, die Polizei aufzusuchen, und warum ich eigentlich so verschnürt war. Es hörte sich an wie: »Mmmmwsssmmmmmnnnmmmmm.«

Mein Mund war zugeklebt.

Aber das Geräusch war genug, die Aufmerksamkeit meines Chauffeurs auf sich zu ziehen. »Sind wir fein aufgewacht, Cowboy?« fragte er. Ich spürte eine Hand auf meinem Rücken. Dann zog die Hand prüfend an dem Seil, das um meine Hände gebunden war.

»Mmmowowow!« sagte ich.

Er ließ los. »Wie schön«, sagte Seafield. »Da habe ich doch etwas Gesellschaft, während ich warte.«

Wir warteten mehr als eine Stunde lang. Ich hielt mich anhand der Nachrichtensendungen im Radio über die Zeit auf dem laufenden. Meistens döste ich vor mich hin. Mein Kopf war etwas klarer geworden.

»Na schön«, sagte er endlich. »Zeit für unseren Besuch.« Er stieg aus dem Wagen, öffnete eine der hinteren Türen und zog mich mit den Füßen zuerst raus. Dann schnitt er die Seile an meinen Füßen durch und stellte mich auf die Beine. Ich hatte Mühe, mein Gleichgewicht zu finden, und stützte mich schwer auf den Wagen. Aber ich sah, daß wir uns auf der Rückseite von Marcia Meroms Apartmenthaus befanden.

»Ich möchte keinen Ärger mit Ihnen«, sagte Seafield scharf.

Es war mir neu, daß es irgendeine Art von Ärger gab, die ich ihm hätte bereiten können.

Während ich langsam wieder Gewalt über meine Beine bekam, hielt er mich mit sicherem Griff fest, was darauf hinauslief, daß er mir aufhalf und mich stützte. Dann führte er mich zur Hintertreppe. Es war absolut niemand in der Nähe.

Wir gingen hinauf in den zweiten Stock. Erst als wir oben auf dem Absatz von Marcia Meroms Feuerleiter angelangt waren, konnte ich klar genug denken, um mich zu fragen, warum ich das eigentlich alles mit mir machen ließ. Die Tatsache, daß er mich oben haben wollte, war gewiß Grund genug, alles daranzusetzen, unten zu bleiben.

Ich konnte allerdings nicht klar genug denken, um mir eine Antwort auf diese Frage zu geben.

Das änderte sich schlagartig. Weil ich dem Wunschdenken anheimgefallen war... weil ich in einen ergebenen Gemütszustand gedriftet war. Der von der Annahme ausging, daß er mir nichts wirklich Schlimmes antun würde, wenn ich mich nicht wehrte.

Aber der Mann war ein Mörder. Und es konnte kaum ein Zweifel daran bestehen, daß er mich für die nächste Kerbe auf seinem metaphorischen Revolver vorgesehen hatte.

Mein Gott!

Aus seiner Tasche zog Seafield einige Schlüssel und öffnete die Hintertür.

Denk nach! Denk! Schlüssel bedeuteten, daß Marcia Merom nicht zu Hause war. Schlüssel bedeuteten, daß Marcia Merom kooperierte.

Ich rief durch mein Klebeband um Hilfe – »Mmmmfmdmdmgmmdhfkdkfmmm« –, als Seafield mich in das Apartment hineinzog. Es hörte sich nicht sehr laut an. Das einzige, was ein solches Geräusch zur Folge haben konnte, war die Aufmerksamkeit der Nachbarkatze.

Nachdem er die Tür hinter uns geschlossen hatte, sagte Seafield: »Weiter«, und führte mich durch das Wohnzimmer. Dann schaltete er das Licht ein, stellte mich gegen die Badezimmertür und schob mich nach unten auf den Fußboden.

Er selbst ging zurück in die Küche.

Ich verschwendete keine Zeit, rappelte mich auf und ging zum Telefon. Dort mußte ich mich beinahe auf den Hörer setzen, um ihn mit hinter dem Rücken gefesselten Händen abnehmen zu können. Ich schaffte es, den Hörer auf den Tisch zu befördern und hockte mich dann über die Wählscheibe. Ich tastete nach der Null, um die Vermittlung zu wählen, bekam einen Finger hinein und schaffte es tatsächlich schon beim ersten Versuch, die Wählscheibe ganz herumzudrehen.

Dann drehte ich mich herum und hockte mich neben den Hörer, der flach auf dem Tisch lag.

Eine hohe Stimme sagte: »Vermittlung. Was wünschen Sie – Kaffee, Tee oder mich?«

Die Stimme kam vom Kücheneingang. Dort stand, lässig gegen den Türrahmen gelehnt, Seafield. Er beobachtete mich und versuchte nicht einmal, seine Heiterkeit zu unterdrücken.

»Bißchen unbequem für Sie, wie?« fragte er. »Lassen Sie mich den Hörer für Sie halten.«

Er kam zum Tisch und hielt mir den Hörer an Ohr und Mund. »Weiter«, drängte er mich, »weiter.«

Das Telefon war tot. Ich wandte mich ab.

»Genau«, sagte Seafield und schwenkte das Instrument vor meiner Nase hin und her.

»Das letzte Mal, als wir hier waren, wollten Sie einen Anruf machen, und ich habe die Leitung aus der Wand gezogen. Und es ist bisher nicht repariert worden, oder?«

»Mmmrrrmmph.«

»Nein, es ist nicht repariert worden. Sie glauben doch nicht, ich würde so etwas vergessen, oder?«

Er rollte mich auf den Fußboden. »Mmrrr.«

»Aber«, sagte er, »jetzt werde ich das Telefon reparieren. Verstehen Sie mich nicht falsch, Cowboy. Ich repariere es nicht für Sie. Aber das nächste Mal, wenn Sie glauben, Sie hätten eine Chance, dann wird es wenigstens nicht tot sein. Kann allerdings nicht behaupten, daß man dasselbe dann auch noch von Ihnen sagen wird.«

Ich sah zu, wie er die Drähte, die er am Tag zuvor aus der Wand gerissen hatte, wieder miteinander verband.

Als er fertig war, hielt er den kleinen Schraubenzieher, den er benutzt hatte, in die Höhe und sagte: »Sehen Sie? Alles fein repariert.«

Dann ging er ans Telefon. Ich zog und zerrte an den Seilen um meine Handgelenke, versuchte, sie ein klein wenig zu lockern, irgendeine Möglichkeit zu finden, mich freizuzappeln. Zum zehnten Male mißlang es mir.

Er wählte eine Nummer. »Ich bin's«, sagte er. »Henry sagt, es bleibt uns nichts anderes übrig, als den Unrat zu beseitigen. Du sollst dabei helfen.« Er hielt inne und sagte dann scharf: »Komm sofort her, aber dalli!«

Er warf den Hörer auf die Gabel und ging in die Küche.

Ich hob mich mühsam auf die Knie und manövrierte mich ein weiteres Mal zum Telefon.

Seafield tauchte wieder im Eingang auf und sah mich an. »Sie sind ganz schön mutig für einen alten Kerl«, sagte er kopfschüttelnd.

Dann kam er zurück ins Zimmer und zog das Telefonkabel heraus. Bevor er wieder in die Küche ging, trat er mich noch in den Magen.

Das war wirklich nicht sehr nett von ihm.

Ich hörte, wie er die Hintertür öffnete und hinausging. Aber einen Augenblick später war er schon zurück. Und dann war er wieder bei mir im Wohnzimmer. Er trug ein Stück von einem Zementblock auf einer Zeitung, stellte es auf den Fußboden und verschwand wieder in der Küche. Als er sich dann wieder zu mir gesellte, hatte er eine dicke, leere Weinflasche aus Glas in der Hand. »Das wird den Zweck erfüllen, meinen Sie nicht auch?« sagte er.

»Mmmmnnnrmmn«, sagte ich in einem beschwichtigenden Tonfall. Einladend hob und senkte ich die Augenbrauen. Ich wollte reden.

»Nur über meine Leiche«, sagte er.

Ich mochte es gar nicht, wenn er sich über den Tod ausließ, also fragte ich noch einmal: »Mmmmrph?«

»Sie waren eine solche verdammte Nervensäge«, sagte er und schwenkte die Flasche in meine Richtung. »Es ist schwer, geduldig zu sein. Und ganz egal, was jetzt passiert, Sie sind hingegangen und haben die schönste Organisation kaputtgemacht, über die ein armer Junge vom Lande jemals stolpern konnte.«

»Mmm?«

»O ja, Sie haben bekommen, was Sie wollten. Sie haben es kaputtgemacht. Jetzt, wo die Leute Fragen stellen, kann es unmöglich länger geheim bleiben. Aber Sie sollten den Erfolg auf keinen Fall ganz für sich verbuchen. Die Leute sind einfach nicht mehr so versessen darauf, ihre Vaterlandspflicht zu erfüllen, wie sie es waren, als wir anfingen.« Er schüttelte den Kopf. »Ja«, sagte er. »Es ist alles im Eimer. Und Sie gleich auch.«

»Mmmnn?«

»Sie sollten es besser glauben, Cowboy.«

Trotz weiterer, ebenso eloquenter wie flehender Beiträge meinerseits, sagte er nichts mehr. Bis Marcia Merom ankam.

# 41

Seafield teilte seine Zeit gerecht zwischen zwei Aktivitäten auf: Entweder saß er in einem Sessel, oder er ging im Zimmer auf und ab. Dann hörten wir einen Schlüssel in einem der Schlösser an der Wohnungstür. Seafield stand auf, um sie direkt an der Tür abzufangen.

Marcia Merom trat ein. Er zog sie brutal ins Zimmer und verschloß die Tür hinter ihr.

»Hallo, Schätzchen«, sagte er. Turmhoch und drohend stand er über ihr. Mit seiner linken Hand umfaßte er ihr langes Haar und zog es herab, so daß sie ihn direkt ansehen mußte. Die rechte Hand legte er zwischen ihre Beine und zog sie auf die Zehenspitzen, um sie brutal zu küssen.

Etwa auf der Hälfte der langen Begrüßung legte sie locker ihre Hände auf seine Taille.

Nachdem er sie losgelassen hatte, wandte Seafield sich wieder mir zu und bedachte mich mit einem anzüglichen Grinsen. Das letzte Mal, als wir drei uns in diesem Zimmer begegnet waren, hatte er einen Rückzieher machen müssen. Jetzt zeigte er mir, wer der Herr im Hause war, wer hier der Platzhirsch war.

Über mir stehend schien er überhaupt kein Ende nehmen zu wollen, als ich an ihm emporblickte, ein Mann wie ein Gewehr, der mir zeigte, daß sein Abzug ganz ohne Zweifel unterhalb der Gürtellinie lag.

Ich bemühte mich um eine gelangweilte Miene. Es ist schwer, etwas anderes zu versuchen, mit Knebel im Mund und auf dem Rücken gefesselten Händen.

Seafield war noch nicht fertig. »Zieh dich aus«, sagte er zu Marcia Merom.

Sie zögerte.

Er machte einen kleinen Schritt auf sie zu, wobei er mit wenigen Zentimetern extreme körperliche Gewalt ausstrahlte.

Sie zog sich aus.

Er setzte sich wieder auf den Sessel und sah ihr eine Weile dabei zu. Dann sagte er: »Die Idee ist folgende. Du bist gerade aus dem Bett gekommen. Du hast jemanden hier draußen gehört, und es zeigt sich, daß es dieser böse Mann ist, der in dein Apartment eingebrochen ist.«

»Mmmmnnrmmn«, sagte ich.

Er ignorierte mich und fuhr fort: »Zu deinem Schutz bewahrst du diese leere Flasche neben deinem Bett auf. Wenn du herauskommst, um nachzusehen, was das für ein Geräusch war, nimmst du die Flasche mit. Weil er so ein Feigling ist, versucht er wegzulaufen. Aber an der Hintertür, auf dem Balkon, holst du ihn ein und schlägst zu. Er stolpert, fällt über das Geländer und schlägt sich auf dem Zementblock, der dort zufällig herumliegt, den Kopf auf.« Er drehte sich zu mir um. »Wirklich Pech, Cowboy.«

Er überließ mein Pech keinem Zufall.

»Aber Lee…«, sagte Marcia Merom weinerlich.

Er schnitt ihr das Wort ab. »Halt den Mund. Genauso wird es gemacht. Nachdem es passiert ist, rufst du wie eine gute Bürgerin die Polizei an.«

Sie sah nicht besonders glücklich aus. Er warf ihr einen wilden Blick zu. »Na gut, ich mach's«, sagte sie.

»Und ob du's machst.« Dann drehte er sich wieder zu mir um. »Aber du hast noch etwas Zeit, Cowboy.« Er warf einen Blick auf seine Uhr. »Weil wir warten müssen, bis es spät genug für die Dame ist, ins Bett gegangen zu sein.«

Und sie setzten auch alles dran, damit das Bett so aussah, als hätte jemand es benutzt. Seafield beschloß, Marcia Merom dabei zu helfen, aber nicht ohne vorher meinen Beinen wieder ihre Beweglichkeit genommen zu haben. Er fesselte sie und zog eine Schlinge von ihnen bis zur Schlafzimmertür. Die Theorie dahinter war, daß ich, falls es mir gelingen sollte freizukommen, das nicht würde tun können, ohne die Tür zuzuschlagen und ihre Aufmerksamkeit zu erregen.

Ich habe einmal ein Buch über Houdini gelesen, in dem stand, daß er, wenn man ihn fesselte, die Muskeln anspannte. Auf diese Weise hatte er nachher bei seinem Befreiungsversuch etwas Spielraum. Also spannte ich meine Muskeln an, als Seafield mir die Füße fesselte. Unglücklicherweise bin ich nicht Houdini.

Das einzige, was bei meinen Anstrengungen herauskam, war, daß ich mir den Kopf am Fußboden aufschlug und der Tür einen Stoß versetzte. Und meine Fesseln so sehr anspannte, daß sie Abdrücke auf den Teilen meines Körpers hinterlassen würden, die sie in ihrer Beweglichkeit hemmten.

Aber kein Nachbar beschwerte sich. Und ich war nicht übermäßig erpicht darauf, Abdrücke zu hinterlassen, die später den Blick des Coroners auf sich ziehen konnten. Nach einer Weile ruhte ich mich einfach nur aus. Irgendwann würde er meine Fesseln schon lösen müssen.

Und ich bekam mehr Ruhe als er.

Es war beinahe Mitternacht, als er seine Aufmerksamkeit wieder mir zuwandte. Er löste die Fesseln an meinen Füßen und steckte das Seil in die Tasche. Dann stellte er mich brutal auf die Füße. Einen Augenblick lang befand sich kein einziger Tropfen Blut mehr in meinem Kopf. Ich stöhnte. Er hatte kein Mitleid.

Er stellte mich gegen die Wand und schlug mir zweimal in den Magen, einmal mit jeder Hand. Die Fäuste fühlten sich an wie Fleischklopfer. Dabei war ich doch bereits ganz zart.

Dann brachte er mich in die Küche und schnitt die Fesseln an meinen Händen auf.

Während ich benommen dastand und mir die Handgelenke rieb, öffnete er bereits die Hintertür.

Dann zog er mich am rechten Arm mit sich. »Machen Sie eine Faust«, sagte er.

Ich wollte nicht. Also drückte er die Rückseite meiner offenen Hand durch die unterste Fensterscheibe. Dann brachte er mich wieder herein und schloß die Tür. Er warf einen Blick auf meine Hand. Sie war nicht zerschnitten genug, um ihn zufriedenzustellen. Also rieb er sie in dem Glas auf dem Fußboden. Das stellte ihn zufrieden.

»Und jetzt weiter«, sagte er und führte mich zurück ins Wohnzimmer.

Schließlich zerrte ich an dem Klebeband über meinem Mund und riß es ab.

»Das ist lächerlich«, sagte ich.

Er schob mich durch die Tür in das andere Zimmer hinein.

»Damit kommen Sie nie durch«, sagte ich, immer schnell bei der Hand mit einer gelungenen Platitüde.

»Dann wird das Ihr Trost sein«, sagte Seafield zu mir.

Ich sah einen Schatten hinter mir und drehte mich zu Marcia Merom um, die ihre leere Weinflasche schwang. Ihrem Blick entnahm ich, daß sie den Dingen erwartungsvoll entgegensah.

Was schlecht war. Ich hatte gehofft, ihr anfängliches Zögern wäre ein echter Widerwille dagegen, einen Mord zu begehen. Aber sie tat, was man ihr sagte. Sie nahm Befehle entgegen. Und das war schlecht für mich. »Willst du das jetzt haben, Lee?« fragte sie.

»Gut«, sagte er. Er nahm die Flasche. Und er nahm zur Kenntnis, daß sie jetzt vollkommen bei der Sache war. »Geh und zieh dir ein Nachthemd über«, fuhr er sie an.

Sie drehte sich um, zögerte jedoch. »Tu nichts, bis ich wieder da bin.«

»Dann mach schnell.«

Sie hüpfte ins Schlafzimmer. Das war die Frau, die panische Angst vor Seafield gehabt hatte, als sie mich bei meinem Einbruch ertappte. Sie hatte ihn gefürchtet. Aber das alles war nur Teil einer größeren Realität, die darin bestand, daß sie sich immer zu der Seite hingezogen fühlte, die die größte Gewalt ausübte. Das verriet mir mehr über John Pighee, als ich bei meinen ganzen Nachforschungen über ihn in Erfahrung gebracht hatte.

Und es verriet mir auch, wie ich die Sache angehen

mußte. Wenn es Macht und Angst waren, die sie faszinierten, und wenn Seafield das eine davon ausübte, das andere verbreitete, dann durfte ich mich da nicht hineinziehen lassen. Für mich würde es sich nicht auszahlen, übermäßig beeindruckt oder ängstlich zu sein.

Ich rieb mir den Magen und versuchte, einige Glasstückchen aus meiner Hand zu ziehen.

»Na schön«, sagte ich. »Sie werden mich umbringen, aber es besteht kein Grund, die Sache zu überstürzen und schließlich zu verpfuschen.« Ich machte einen halben Schritt nach vorn.

In Sekundenschnelle fuhr die Flasche in die Höhe.

»Immer mit der Ruhe«, sagte ich. »Ich bin wehrlos.«

Seafield sah mich an. Argwöhnisch. Er sagte nichts, aber er senkte auch die Flasche nicht.

Ich stand ganz still und fragte im Plauderton: »War Simon Rackey Ihr Erster?«

Er zögerte abermals.

»Das war gute Arbeit. Die Polizei hatte nicht den leisesten Verdacht. Ich habe sie danach gefragt. Sie hatten kein Interesse.«

»Aber nicht mein Letzter«, sagte er, womit er endlich doch meine erste Frage beantwortete.

»Nein«, sagte ich. »Pighees Frau war ihr letztes Opfer vor heute abend.«

»Ich weiß nichts über Pighees Frau.«

Marcia Merom erschien an der Tür. »Ist das gut so?«

Seafield sah nicht hin. Er beobachtete mich, bereit, bei der leichtesten Bewegung zuzuschlagen. »Laß sehen«, sagte er.

Marcia Merom trat in seinen Gesichtskreis. »Worüber ist er so glücklich?« fragte sie.

»Er versucht zu bluffen. Also entspanne ich mich, und er kann's ja mal versuchen.«

»Bin ich so durchsichtig?« fragte ich.

»Total durchsichtig«, sagte Seafield. Aber nicht zu mir. Er sprach wütend auf Marcia Merom ein. »Du wirst die verdammte Polizei ganz bestimmt nicht in diesem Ding da unterhalten. Hast du nichts Dickes, Undurchsichtiges? Benutz doch mal den berühmten Kopf, ja!«

»Na schön«, sagte sie und verschwand wieder im Schlafzimmer.

»Sie werden mich umbringen, nicht wahr?« sagte ich und machte einen kleinen Schritt weiter nach vorn.

»Genau«, sagte er.

»Das einzige, was ich möchte, ist, daß Sie mich nicht unglücklich sterben lassen, okay?«

»Was ist es? Zeit für die letzte Bitte? Letzte Mahlzeit? Ich habe eigentlich keine Lust, Nahrungsmittel zu verschwenden.«

»Ich habe nur ein paar Fragen. Wie zum Beispiel, ob Henry Rush weiß, daß er in Wirklichkeit gar kein FBI-Mann ist.«

Das amüsierte Seafield. Er wollte gerade sprechen, als Marcia Merom wieder auftauchte. Er riskierte einen kurzen Blick auf ihren Winterbademantel und sagte dann: »Geh wieder ins Schlafzimmer. Mach die Tür zu. Und dann ab ins Bett. Stell den Fernseher leise an und warte, bis ich dich rufe.«

»Aber Lee«, wimmerte sie.

»Tu es!«

»Ich möchte nichts verpassen und...«

»Tu es!«

»– und außerdem ist mir da noch etwas eingefallen.«

Ich sah ihr Gesicht. Sie starrte mich an.

»Gott im Himmel«, rief Seafield, »geh in dein gottverdammtes Schlafzimmer, und tu verdammt noch mal, was ich dir gesagt habe.«

Sie wollte keinen Ärger. Sie tat, was man ihr sagte. Einen Augenblick später hörten wir das monotone Brummen des Fernsehers.

»Sie weiß es also auch nicht«, sagte ich.

»Für jemand, der so klug ist, ist sie verdammt dumm«, sagte er.

»Und Henry Rush?«

»Er glaubt, er ist ein Cowboy, der Rache nimmt für das, was die Indianer General Custer angetan haben.«

»Also glaubt er, daß das, was er mir erzählt hat, die Wahrheit ist?«

»So ist es.«

»Haben Sie dieses Ding gedreht?«

»Zum Teufel, nein«, sagte er. »Viel zu groß für mich. Das haben die großen Drogenleute in Detroit eingefädelt, über Tommy. Er hat es Henry verkauft. Ein echter Patriot, dieser Henry. Er würde nahezu alles tun, um seinem Land zu helfen.« Triefender Sarkasmus.

»Und dann hat man Sie angeworben?«

»So ist es. Es war nicht zu übersehen, daß ich festsaß und nicht gerade glücklich darüber war. Sie haben mich angeworben, und ich bin darauf geflogen.«

»Nur, daß Sie die Sache durchschaut haben.«

»Verdammt richtig.«

»Und Ihre eigenen Kontakte geschmiedet haben mit… mit wem? Walker?«

Er nickte zustimmend. Seine Toleranz meinen Fragen gegenüber war im Schwinden begriffen.

»Und Sie haben Ihre eigenen Arrangements mit ihm getroffen«, sagte ich. »Wußte er, daß Sie da schon vorhatten wegzugehen?«

»Daß ich vorhatte wegzugehen?« fragte Seafield.

»Ich habe die Portugiesischbücher in Ihrer Wohnung gesehen. Ich würde auf Brasilien tippen.«

»Tolles Land«, sagte er. »Vor allem für einen Mann mit etwas Hirn, etwas Wissen und etwas Kapital.«

Ich nickte.

»Nur daß Sie es für mich notwendig gemacht haben, früher zu gehen – sechs Monate und ungefähr fünfundzwanzigtausend früher –, als ich beabsichtigt hatte.«

»Was ist mit ihr?« fragte ich und wies mit dem Kopf auf das Schlafzimmer.

»Garantiert nicht.« Er schüttelte den Kopf. »Sie ist ziemlich bescheuert. Ich weiß nicht, ob Ihnen das aufgefallen ist.«

Es fiel mir schwer, mich davon abzuhalten, eine Menge Dinge, die mir aufgefallen waren, aufzulisten. Aber ein schlechter Schuß konnte mein letzter sein.

»Wie konnte Pighee bei ihr landen, wo Sie doch da waren?« fragte ich.

»Als sie dazukam, habe ich noch keinen Gedanken an sie verschwendet. Ich war sozusagen anderweitig beschäftigt. Aber dann kommt dieser Pighee-Bursche daher und denkt, er ist ein ganz heißer Typ und bringt 'ne Menge Zeit damit zu, mir zu erzählen, was für ein williges Stück sie ist, wenn man sie richtig behandelt.«

»Aha«, sagte ich.

»Komisch, daß er das gesagt hat, wo sie doch diejenige war, die ihn verpfiffen und uns erzählt hat, daß er was im Schilde führte.«

»Was führte er denn im Schilde?«

Er schüttelte den Kopf. »In dieser Art von Organisation kann man nicht auf Einzelheiten warten. Eins muß ich ihm allerdings lassen, er war kein schlechter Talentsucher. Obwohl er bei ihr nicht einmal die Oberfläche angekratzt hat.«

Marcia Merom klopfte leise an die Tür. Augenblicklich straffte sich Seafield. Er hatte sich keinen Augenblick von seinem Standpunkt zwischen mir und der Küche wegbewegt. Ich hatte nie eine Chance, ihm zu entkommen. Mit einer Flasche in der Hand und seiner Größe, Stärke und Jugend wäre er in einem Kampf ein sicherer Tip gewesen.

»Sehen Sie mal«, sagte ich, »ich bin ein wenig müde. Ist es in Ordnung, wenn ich mich hinsetze?«

»Lee?« kam die Stimme durch die Tür. »Du hast mich doch nicht vergessen, oder? Kann ich jetzt wieder rauskommen?«

»Machen Sie sich keine Sorgen wegen Ihrer Müdigkeit«, sagte er. »Darum kümmere ich mich schon.«

»Sie werden es also wirklich tun?«

»Ich werde es wirklich tun.« Er klopfte auf die Flasche

in seiner Hand. »Ich brauche lediglich an das Geld zu denken, das Sie mich kosten, und ich werde es genießen.«

»Lee?«

»Beinahe so sehr, wie sie es genießen wird zuzusehen.«

Ich machte einen schnellen Schritt nach vorn, um ihn zu einer Reaktion zu zwingen. Was mir gelang. Ich wollte nicht, daß Marcia Merom zurück ins Zimmer kam.

»Sehen Sie«, sagte ich, »wenn Sie es wirklich tun, darf ich dann nicht wenigstens noch ein Gebet sprechen?«

Erstaunen huschte über sein Gesicht. »Was?«

»Wenn ich sterben muß, geben Sie mir vorher die Möglichkeit, mit Gott ins reine zu kommen.«

»Ich glaube es einfach nicht.«

»Bitte.« Ich faltete die Hände, Handfläche an Handfläche, um meinen tiefen Glauben zu zeigen.

Er lächelte. »Na, dann sprechen Sie Ihr Gebet«, sagte er. Eine letzte Großherzigkeit.

Ich fiel auf die Knie und watschelte zur Couch hinüber. Er sah nur meinen Rücken, als ich mich darüberbeugte.

Ich hörte, wie sich hinter mir die Tür öffnete und Seafield sagte: »He, sieh dir das mal an. Der Kerl will doch tatsächlich beten.« Ich hörte Marcia Merom ins Zimmer schlurfen und brummend ihr Mißvergnügen darüber kundtun, daß man sie eingesperrt hatte, während sie doch so schön mit der Maus hätte spielen können.

Dann hörte ich, wie sie aufhörte zu schlurfen, aufhörte zu brummen. Ich hörte sie keuchen. Ich hörte sie sagen: »Nein, Lee! Nein!«

# 42

Mit einem Satz war ich bei dem Kissen am anderen Ende der Couch. Ich tastete das Polster darunter auf der Suche nach der Waffe ab, die Marcia Merom das letzte Mal, als ich bei ihr in ihrem Apartment gewesen war, dort hingelegt hatte. Sie war nicht da. Ich konnte sie nicht finden.

Aber ich konnte mich doch nicht irren, oder? Ich hechtete nach dem Kissen am anderen Ende. Unter dem konnte der Revolver nicht liegen. Ich erinnerte mich ganz klar. Aber dann stießen meine Finger auf kaltes, hartes Metall.

Ich fingerte daran herum, suchte den Griff. Fand ihn. Drückte auf den Abzug, während ich gleichzeitig versuchte, den Revolver auf Seafield zu richten.

Der Revolver ging los, und zwar in die Armlehne der Couch.

Ich drehte die Trommel, drückte ab. Er ging wieder los, und diesmal nahm er einen Lampenschirm und einen Bilderrahmen mit. Ich riß ihn hoch. Ich sah einen großen Schatten über mir, einen herabfallenden Arm. Ich versuchte noch einmal, auf den Abzug zu drücken. Mit aller Kraft.

Es folgte ein Krachen, mehrere laute Geräusche. Der Schatten fiel hart auf die Waffe und meine Hände. Glas spritzte überall um mich herum. Alles tat weh, brannte. Licht glühte und verblaßte. Seafield – es mußte Seafield gewesen sein – balancierte über mir.

Er schien sich zu erheben, zu taumeln, zu fallen.

Dann ging er direkt neben mir zu Boden. Wieder grelles Licht. Ich sah Marcia Merom hinter der Stelle stehen, an der vorher Seafield gewesen war. Sie hatte zugesehen, halb neugierig, halb entsetzt, halb lächelnd. Sie war mit Blut beschmiert. Alles war mit Blut beschmiert. Die Wände, die Bilder. Ich blickte an mir selbst herab. Auch ich war blutverschmiert.

Meine Beine waren eingeklemmt unter dem gewaltigen Klotz, der früher einmal Lee Seafield gewesen war. Ich wußte, daß er tot war. Aus seinem Rücken spritzte noch eine kleine, pulsierende Blutfontäne, aber ich wußte, daß er tot war. Dann erlosch die Fontäne. Explosionen hatten ihn zerrissen. Explosionen hatten ihm das Leben genommen, meins gerettet. Meins gerettet.

Ich warf noch einen Blick auf Marcia Merom. Sie stand noch immer genau am selben Platz. Nichts passierte. Ich beobachtete sie, fragte mich, ob ich sie getroffen hatte. Ob etwas, was durch Seafield hindurchgegangen war, sie getroffen hatte.

Dann wurde mir klar, daß ich die Waffe nicht mehr in der Hand hatte. Zumindest konnte ich sie nicht mehr in meiner Hand spüren. Ich betrachtete meine Hand. Es war keine Waffe darin. Ich wußte nicht, wo sie war.

Wieder hatte ich Angst. Knurrend schob ich mich vorwärts und versuchte, Seafields Leiche von mir wegzuschieben. Sie ließ sich nicht bewegen. Ich geriet in Panik.

Die Waffe lag neben mir, auf dem Fußboden, in einer Wolke aus Glas. Dankbar griff ich danach. Es war schwer, sie in die Hand zu bekommen, zwischen all dem Glas und dem Blut. Ich benutzte beide Hände und drehte mich wieder zu Marcia Merom um.

Sie hatte sich immer noch nicht von der Stelle gerührt.

Ich hob die Waffe. Ich zielte. Tief in meinem Innern wußte ich, daß es mir freistand abzudrücken, wenn ich den Beschluß dazu faßte. Ich zielte auf ihr Herz.

Dann entspannte ich mich und ließ die Arme sinken. Vor meinen Augen begann Marcia Merom zu fallen. Dann stürzte sie schwer und hart zu Boden.

Es war so, als hätte ich abgedrückt, als ich den Wunsch dazu verspürte. Als wäre ich die Art Mensch gewesen, wie diese beiden es gewesen waren.

Einen Augenblick fragte ich mich, ob ich nicht doch abgedrückt hatte.

# 43

»Hallo, Daddy.«

»Na, wenn das nicht das Kind ist. Hallo, Kind.«

»Lieutenant Miller ist draußen, aber er sagte, ich könnte vorher für eine Minute zu dir rein. Es geht dir doch heute besser, oder?«

»Ich bin wach. Man hat mir gesagt, ich sei zwei Tage lang bewußtlos gewesen.«

»Heute ist Sonntag. Man hat dich am Freitag gefunden, frühmorgens.«

»Das habe ich schon gehört«, sagte ich.

»Es tut mir so leid«, sagte Sam. Sie begann zu schniefen.

»Leid? Weswegen?«

»Großmutter sagt, du hast nach mir gesucht. Daß du gedacht hast, ich wäre gekidnappt worden oder so.«

»Das ist mir durch den Kopf gegangen.«

»Und das ist auch der Grund, warum du es mit diesen Leuten zu tun bekommen hast.«

»Ich hatte bereits mit ihnen zu tun. Sie mochten mich nicht besonders.«

»Nein«, sagte sie.

Wir beide hörten für eine Weile zu reden auf. Ich mußte daran denken, daß ich, rein körperlich betrachtet, ziemlich heil aus der Sache rausgekommen war. Ein paar Schnitte und ein paar gebrochene Finger.

»Ich muß jetzt gehen. Die Minute ist um.«

»Okay, Schätzchen«, sagte ich. »Paß für mich auf deine Großmutter auf.«

»Mach ich.« Sie küßte mich und ging. Miller kam herein, als Sam ging. Er küßte mich nicht, hielt nicht einmal meine Hand.

»Nett, daß du mal vorbeischaust«, sagte ich. »Was gibt's Neues bei der Polizei von Indianapolis? Schon Chief geworden? Oder halten sie diese Stelle für mich offen?«

»Sie engagieren für gewöhnlich keine Leute als Polizeichef, die andere Leute ermorden.«

»Leute?«

Er mißverstand meine Frage, obwohl ich den Plural betont hatte. »Genau. Marcia Merom ist vor sechsunddreißig Stunden gestorben.«

»Ich habe niemanden ermordet«, sagte ich.

»Wie nennst du es denn, wenn jemand unbewaffnete Leute totschießt?«

»Unbewaffnete Leute, die die Absicht hatten, mich zu töten. Ich nenne es Selbstverteidigung.«

»Hm«, sagte er. Ich wartete. »Ich nenne es auch Selbstverteidigung, aber Captain Gartland war nicht besonders glücklich darüber.«

»Gartland ist nie glücklich, aber das ändert nichts an den Tatsachen. Glücklicherweise gibt es ein paar Details, die deine Aussage untermauern. Seilabdrücke an deinen Hand- und Fußgelenken. Blaue Flecken dort, wo man dich vielleicht geschlagen hat. Fensterglas in deinen Händen.«

»Und dazu noch gebrochene Knochen.«

»Und gebrochene Knochen. Die Tatsache, daß die Waffe Marcia Merom gehörte und nicht dir.«

»Ich habe gar keine. Vielleicht sollte ich.«

»Jeder auf der Welt hat eine, außer dir.«

»Du hast es mir ausgeredet.«

»Du weißt, daß Seafield den Revolverlauf verbogen hat, als er mit dieser Weinflasche daraufschlug?« fragte Miller. Er zeigte mir auf diese Weise, daß er vieles von dem, was geschehen war, rekonstruiert hatte.

»Nein«, sagte ich, »das wußte ich nicht.«

»Die Ärzte sagen, er muß den Revolver mit der Flasche getroffen haben. Die Vibrationen haben dir dann die Finger gebrochen. Wenn er deine Hände getroffen hätte, wären wir immer noch damit beschäftigt, die Einzelteile aufzulesen. Und das alles, obwohl er drei Löcher im Leib hatte.«

»Drei!«

»Das ist die Zahl nach zwei und vor vier.«

»Ich kann ihn unmöglich dreimal getroffen haben. Ich war mir nicht einmal sicher, ob ich ihn überhaupt ein einziges Mal getroffen hatte.«

»Du meinst, nachdem du die Armlehne der Couch fertiggemacht hattest und das Bild an der Wand?«

»Kein Kommentar.«

»Ein Revolver hat sechs Schuß, wie du weißt. Und es ist nur gut, daß du den letzten nicht abgefeuert hast.«

»Warum?«

»Weil der Revolver mit einem verbogenen Lauf nach hinten losgegangen wäre, darum. Die Kugel wäre nicht rausgekommen. Und es ist ziemlich übel, wenn so etwas passiert.«

Ich senkte den Kopf. »Ich erinnere mich nicht sehr gut.«

»Gartland wird vielleicht deine Lizenz einkassieren«, sagte Miller. »Aber was irgendwelche Anklagen gegen dich betrifft, wirst du keine Probleme haben.«

»Du versuchst wohl, mich aufzuheitern, wie?«

»Mach dir keine Gedanken wegen des Polizisten draußen vor der Tür. Reine Vorsichtsmaßnahme.«

»Was für ein Polizist?«

»Hm«, sagte er, »wir haben einen Mann da draußen, das ist alles. Gartlands Anordnung.«

»Ist ja toll«, sagte ich. Ich wurde langsam müde.

Miller sah, daß meine Augenlider flackerten. »Du solltest auch wissen, daß wir diese Briefe gefunden haben.«

»Welche Briefe?«

»Die Briefe vom FBI an Rush, in deiner Jackentasche.« Als er davon sprach, fiel es mir wieder ein. »Das FBI hier sagt, daß sie sie nicht für echt halten, aber wir überprüfen das noch.«

»Und was ist mit Rush?«

»Er war den ganzen Tag auf dem Revier und hat Fragen beantwortet.«

»Und Walker?«

»Der Bursche, der mit Rush und Seafield zusammen war, als sie dich in Rushs Haus erwischt haben? Wir suchen nach ihm.«

»Um Himmels willen, laß ihn nicht davonkommen, Jerry.«

»Ist er wichtig?«

»Ganz genau. Er ist der Verbindungsmann. Er wird garantiert untertauchen, wenn ihr ihm die Chance gebt.«

Miller stand auf. »Ich lasse dich jetzt schlafen.«

Ich schlief ein, wachte auf, schlief ein, wachte auf. In der Hälfte meiner wachen Phasen dachte ich an glücklichere Tage. Die andere Hälfte verbrachte ich damit zu rekonstruieren, wie es mir möglich gewesen war, in einen solchen Schlamassel zu geraten.

Am späten Nachmittag begriff ich, daß Linn Pighee tot war. Tot. Linn Pighee, die in meinem Bett geschlafen hatte, die von meiner verkrüppelten Tochter umsorgt worden war.

»Schwester! Schwester!« rief ich, rief lauter, klingelte.

Ein Kind in Weiß erschien. »Ist etwas nicht in Ordnung?«

»Sie kann nicht tot sein«, sagte ich, »sie kann nicht tot sein.«

Das Kind blieb wie angewurzelt stehen und wußte nicht, ob es irgend etwas tun sollte, tun konnte. Mich trösten, jemanden herholen, der an mir herumdokterte, oder einfach abwarten. Die Unentschlossenheit ließ sie warten. Und ich sank langsam wieder in Schlaf.

Später am Nachmittag wachte ich dann richtig auf. Ich bat eine Schwester, mir jemanden zu schicken, der etwas zu sagen hatte. Ich hatte die Oberschwester im Sinn. Statt dessen schickte sie mir Miller.

»Bist du bereit, eine Aussage zu machen?« fragte er.

»Ich habe nachgedacht«, sagte ich.

»Ich kann verstehen, daß du jemanden dahaben wolltest, der dieses Ereignis festhält.«

»John Pighees Frau, Linn Pighee. Sie ist vor ein paar Tagen gestorben.«

»Das habe ich gehört«, sagte Miller.

»Ich muß mit dem Mann reden, der die Autopsie gemacht hat.«

»*Du* mußt! Wer zum Teufel bist du eigentlich?«

»Ich muß wissen, warum sie gestorben ist.«

»Hast du sie vielleicht auch erschossen oder so etwas?«

»Sieh mal«, sagte ich, »ich werde keine Aussage machen, bis du es arrangiert hast, daß der Mann, der die Autopsie gemacht hat, hierherkommt.«

»Angeblich werden die Menschen, wenn sie in dein Alter kommen, weicher.«

»Oder sie werden streitsüchtiger. Ich fühle mich ziemlich streitsüchtig.«

»Na schön, na schön. Ich werd's arrangieren. Aber sieh zu, daß du wieder zu Kräften kommst. Draußen ist ein Stenograf. Wenn ich zurückkomme, werden wir deine Aussage aufnehmen. Bevor du dich auch noch erschießt. Du hast in letzter Zeit ja so ziemlich jeden erschossen.«

Vierzig Minuten später, gestärkt durch ein Glas Orangensaft, begann ich, ihnen Schritt für Schritt zu erzählen, wie ich von Mrs. Thomas engagiert worden war und wie ich auf diese Weise an die Leute herangekommen war, mit denen John Pighee zu tun hatte. Es war ein langes und unangenehmes Gespräch, und als ich an das letzte Stück gelangte, traf mich zum ersten Mal die Erkenntnis – und sie traf mich hart –, an welch hauchdünnem Faden es gehangen hatte, daß ich jetzt lebte und nicht tot war.

»Du wirst es nicht erleben, daß ich jemals wieder etwas gegen die Macht des Gebetes sage«, stellte ich fest.

In der Nacht wachte ich wieder auf. Und erinnerte mich. Man würde mich demnächst zur Räumung zwingen. Meine Lizenz befand sich in echter Gefahr, was Gartland betraf. Meine Ersparnisse waren weg. Sam mußte bald wieder gehen. Ich hatte zwei Menschen getötet.

Zwei Menschen getötet. Es war mir ein Rätsel, wie das passieren konnte. Ich konnte mir schlicht nicht vorstellen, wie ich so etwas tun konnte. Aber ich hatte es getan. Es war einfach geschehen. Ich hatte getötet, um mein eigenes Leben zu retten. Daraus folgerte ich, daß ich sterblich war. Daß Linn Pighee tot war. Daß auch Sam eines Tages sterben würde.

Ich muß laut aufgeschrien haben. Jemand kam in dieser Nacht an mein Bett. Ich erinnere mich noch daran, daß jemand mir die Stirn abgetupft und mich getröstet hat. Das half. Trost.

Später habe ich dann wieder geträumt, aber ohne dieselben Ängste. Mrs. Thomas kam ins Zimmer gestürmt. Ich sah sie an mein Bett treten, meine Hand ergreifen und mich durch die Lederfalten ihres Gesichtes hindurch anlächeln. Sie sagte: »Gute Arbeit.« Und sie tätschelte mir den Kopf. Sie sagte es nicht, aber ich wußte, daß sie mir dafür gratulierte, daß ich Marcia Merom erschossen hatte. »Sie war für John nicht besser als Linn«, sagte Mrs. Thomas in meinem Traum. »Es ist nur gut, daß sie aus dem Weg ist. Wenn John wieder gesund wird, werden wir versuchen, jemand anders für ihn zu finden«, sagte sie. »Jemand, der mehr so ist wie ich.«

# 44

»Mr. Samson.« Eine sanfte, drängende Stimme im Verein mit sanften, drängenden Händen.

»Vorsicht«, sagte ich, »sonst wecken Sie mich noch auf.«

»Mr. Samson, der Doktor ist hier.«

Ich setzte mich auf und sah einen kleinen, glatzköpfigen Mann mit Adlernase und nach unten hängendem Schnurrbart vor mir. Er trug einen weißen Mantel und ein Stirnrunzeln.

»Was kann ich für Sie tun?« fragte ich. »Puls? Blutdruck?«

»Sie«, sagte er, »Sie haben offensichtlich danach verlangt, mit mir zu sprechen. Ich weiß nicht, wer Sie sind oder warum Sie eine Polizeiwache vor Ihrer Tür stehen haben, aber ich habe nicht viel Zeit und erst recht keine zum Verschwenden.«

»Ah«, sagte ich, »Sie sind der Mann, der die Autopsie an Linn Pighee vorgenommen hat.«

Er warf mir einen prüfenden Blick zu. Dann sagte er: »Der bin ich.«

»Woran ist sie gestorben?«

Er beschloß, sich den Autoritäten, die ihn an mein Bett gebracht hatten, nicht zu widersetzen, und antwortete mir einfach: »Knochenkrebs.«

»Nicht Unterernährung?«

»Unterernährung ist eine Begleiterscheinung.«

»Wie häufig ist das?«

»Nicht häufig«, sagte er. »Selten. Sogar für einen Knochenkrebs.«

»Und weshalb?«

»Weil die bösartigen Geschwüre den äußeren Teil der Knochen befallen haben, nicht das Knochenmark.«

»Wie kann so etwas passieren? Was ist die Ursache?«

»Das nächste Mal, wenn ich eine Audienz bei Gott habe, werde ich ihn fragen.«

»So habe ich das nicht gemeint. Ist das die Art von Krankheit, die durch irgendeinen radioaktiven Stoff ausgelöst werden könnte?«

Plötzlich war er ganz bei der Sache. »Gewisse Beta-Strahlen. Wollen Sie damit sagen, daß diese Frau mit radioaktiven Strahlen gearbeitet hat?«

»Nicht sie, ihr Mann«, sagte ich. »Haben Sie ihren Körper auf Radioaktivität überprüft?«

»Nein«, sagte er knapp. »Aber das werde ich jetzt tun.«

Er überließ mich meinen Träumen. Sie waren nicht weniger lebhaft, nur weil ich wach war.

Ich begann, Ärger zu machen. Ich fragte nach Miller, aber er war nicht im Krankenhaus. Ich verlangte ein Telefon, damit ich ihn anrufen konnte.

Die Schwester wollte mir keins bringen.

»Sehen Sie mal«, sagte ich, »ich bin ein VIP.«

»Ach, wirklich?«

»Man stellt hier doch nicht jedem Patienten eine Polizeiwache vors Zimmer, oder?«

Sie dachte darüber nach. »Wer sind Sie denn dann?«

»Bringen Sie mir ein Telefon. Autogramme später.«

Miller war nicht im Polizeihauptquartier. Ich behielt das Telefon.

Und sagte ihnen, ich wolle einen Anwalt anrufen.

Aber es war nicht mein eigener Anwalt.

»In der Folge von Linn Pighees Tod erheben sich eine Reihe von Fragen«, erklärte ich Walter Weston.

»Ich war schockiert«, sagte er. »Entsetzt.« Und ich glaubte ihm, denn mir war es ebenso ergangen.

»Wissen Sie, daß John Pighee ebenfalls tot ist?«

Nach einer Pause sagte er: »Ich habe mit der Polizei gesprochen. Daher weiß ich, daß Sie etwas in dieser Art behauptet haben. Ich bin nicht bereit, das als erwiesene Tatsache zu akzeptieren, bevor weitere Nachforschungen stattgefunden haben.«

»Wer bekommt das Geld und das Eigentum, das Linn Pighee hinterläßt?«

»Wenn Sie irgendwelche offenen Rechnungen haben, die aus ihrem Nachlaß beglichen werden müssen, dann reichen Sie sie an mich weiter, und ich werde versuchen, mich so bald als möglich darum zu kümmern.« Er zögerte. »Samson, unterschätzen Sie nicht das Ausmaß Ihrer … hm …«

»Das ist nicht der Grund für meine Frage. Ist ihr Nachlaß groß?«

»Nicht besonders. Sie war keine reiche Frau.«

»Aber das Haus, das Geld, das ihr Mann hinterlassen hat?«

»Ah«, sagte er. »Das hängt alles davon ab, wann – und ob – John Pighee stirbt.«

»Aber er ist seit dem Unfall vor sieben Monaten bereits tot«, sagte ich.

»Aber es gibt keinen Totenschein.«

»Also erbt er von ihr.«

»So scheint es.«

»Danke«, sagte ich.

Ich versuchte es noch einmal bei Miller. Und bekam zu hören, daß er in Kürze zurückerwartet wurde.

Ich ruhte mich aus.

Beim dritten Mal hatte ich Glück. »Sag mir eins, Lieutenant«, sagte ich. »Wenn ich dir vorschlagen würde, daß du irgendwohin fahren sollst, um dir einen Schrank anzusehen, und wenn du dort etwas Interessantes fändest, würdest du dann zu mir kommen und mir davon erzählen?«

»Albert«, sagte er und hörte sich ziemlich müde an, dafür, daß es noch früh am Morgen war. »Wir haben hier einen Clown, der arbeitet in der Vermißtenabteilung. Und er verbringt eine Menge Zeit damit, hypothetische Fragen zu stellen und die Leute so lange in die Ecke zu drängen, bis sie ihm antworten. Gerade hat er mich im Aufzug erwischt. Ich bin also nicht in der Stimmung. Hast du mir irgend etwas zu sagen?«

Ich sagte ihm, daß er einen Blick in Mrs. Thomas' Schrank werfen solle. »Und wenn du schon dabei bist, überprüf im Haupthaus die Schnapsflaschen, Nahrungsmittelbehälter – all diese Dinge.«

»Ich soll sie überprüfen?«

»Fang mit einem Geigerzähler an. Ich meinte nicht, daß du sie probieren sollst.«

»Ein Geigerzähler! Was zum Teufel soll das nun wieder heißen?«

»Tut mir leid«, sagte ich, »du magst ja keine Hypothesen, also kann ich's dir auch nicht sagen.« Ich legte auf.

# 45

Zweieinhalb Stunden später kam Miller in mein Zimmer. Bevor ich mit dem Mittagessen fertig war. Er sah ausgesprochen glücklich aus. Ich konnte mich nicht erinnern, daß er jemals so ausgesehen hatte, seit er zum Lieutenant befördert worden war.

»Du siehst aus wie die sprichwörtliche Katze. Eine Schokoladenkatze«, sagte ich. »Hast du vielleicht gerade eine Schokoladenmaus gefangen?«

»Ich habe eine Dame da draußen, die dich liebend gerne umbringen möchte«, sagte er.

»Kein Wunder, daß du so glücklich aussiehst. Jemand, den ich kenne?«

»Eine Dame namens Dorothea Thomas. John Pighees Schwester.«

»Ah«, sagte ich.

Er gab mir ein in Leder gebundenes Buch. »Ich kann dir ungefähr zwanzig Minuten Zeit damit lassen, bevor ich die Dame zu ihrem neuen Heim bringe.«

Ich nickte. »Danke«, sagte ich.

»Ich bin draußen.« Er ging zur Tür. »Ach, übrigens, diese Briefe vom FBI waren Fälschungen, und Henry Rush hat versucht, sich das Leben zu nehmen. Sie haben ihn hierher gebracht; er liegt nur fünf Türen von dir entfernt.«

Mit dieser Mitteilung verschwand er.

Das Buch entpuppte sich als Tagebuch von John Austin Pighee. Er hatte es an dem Tag begonnen, als Henry Rush ihn für das Projekt Bagtag gewonnen hatte. »Ich nehme an, daß das FBI schließlich irgendwo seine Arbeit tun muß«, schrieb er. »Mir scheint, ich bin der glücklichste Mann auf der Welt, daß es ausgerechnet dort passiert, wo ich arbeite. Und wenn das vorbei ist, wenn sich die ganze Arbeit, die vor mir liegt, irgendwann auszahlt, dann bin ich mir sicher, daß die Welt wissen will, was sie Menschen wie Henry verdankt. Das ist der Grund, warum ich dieses Tagebuch schreibe. Ich werde jeden Tag hineinschreiben. Ich werde es im Wohnwagen meiner Schwester aufbewahren und dort jeden Tag vorbeigehen, entweder vor oder nach der Arbeit.«

Und er hatte sein Versprechen gehalten. Die Begeisterung für seine Arbeit war deutlich zu spüren. Die ganze Zeit war er felsenfest davon überzeugt, daß er für das FBI arbeitete. Und er fühlte sich verpflichtet, bei jeder Gelegenheit die Wichtigkeit seines Projekts anzupreisen, seine Mission, wie er es sah. Der Mann war schließlich ein Verkäufer gewesen. Und in seinem Tagebuch bereitete er stillschweigend das Produkt vor, das der größte Abschluß seines Lebens werden sollte.

Es war klar, daß er die Absicht hatte, aus dem Tagebuch den authentischen Tatsachenbericht eines Geheimprojekts zu machen. Er glaubte, damit ein Vermögen verdienen zu können.

Von Anfang an war es voll von persönlichen Einzelheiten über die anderen Mitglieder der Organisation. Ich hatte den Verdacht, daß seine Annäherungsversuche an

Marcia Merom vor allem den Zweck verfolgten, pikante Einzelheiten zu sammeln, über die er dann schreiben konnte. Und geschrieben hatte er darüber mehr als genug.

Er fand sie willig und flexibel. Und meinte, daß sie ihm das Gefühl gebe, zu leben, daß sie ihn errege. »Das ist mit Linn, meiner Frau, nicht so, war es nicht mehr seit unserer Tragödie.« Der einzige Hinweis auf seine Frau, den ich fand.

Wobei die erwähnte Tragödie der Verlust ihrer Kinder an ein Auto gewesen war.

Aber in der Woche, bevor er starb, schrieb er: »Der Druck zur Geheimhaltung ist so stark, so allumfassend, daß ich noch nicht einmal Marcia von diesem Tagebuch erzählt habe. Soll ich es tun, frage ich mich? Ich weiß es nicht. Es gibt Tiefen in ihr, die noch nicht einmal ich ausgelotet habe. Bis dahin...

Aber ich mache mir Sorgen«, fuhr er fort. »Wenn dieses Buch an einen Verlag kommt – wird man mir Glauben schenken? Ich frage mich, ob ich nicht anfangen sollte, zusätzliche Beweise zu sammeln, um – im Falle eines offiziellen Dementis – belegen zu können, daß dies ein echtes Projekt ist und nicht einfach die Ausgeburt meiner übersteigerten Phantasie. Gelegentliche Notizen, einige Proben der Materialien, die wir benutzen. Solche Sachen.«

Ich rief Miller herein. »Gefällt's dir?« fragte er.

»Es hätte mir eine Menge Ärger erspart, wenn ich gewußt hätte, daß es existiert«, sagte ich. »Was hast du sonst noch im Schrank gefunden?«

»Einige Proben von einem illegalen weißen Pulver.

Und einen leeren Behälter von irgendeinem radioaktiven Zeug. Einige Papierschnitzel mit Notizen drauf. Rechnungskopien. Ich weiß nicht genau, was es eigentlich ist.«

»Wie sieht es mit den Sachen im Haus aus? Irgend etwas Radioaktives?«

»Wir sind nicht mit einem Geigerzähler hingegangen, wenn es das ist, was du meinst, aber wir haben eine Menge davon mitgenommen und sehen es uns noch an. Was ist deiner Meinung nach da eigentlich passiert? Was soll das Ganze?«

»Als ich dich dort hinschickte, dachte ich, du würdest irgendwelche Sachen finden, die beweisen, daß John Pighee seine Frau mit radioaktivem Kalzium gefüttert hat, das schließlich ihren Knochenkrebs auslöste.«

»Mein Gott. Getötet von einem Toten.«

»Aber jetzt bin ich mir da nicht mehr so sicher«, sagte ich. »Laß Mrs. Thomas doch einmal herein, ja?«

»Sie hereinlassen? Bist du sicher?«

»Ja. Komm mit ihr, aber halt dich etwas abseits.«

Er zuckte mit den Schultern und ging hinaus, um sie zu holen. Meine Aktien waren gestiegen.

Mrs. Thomas kam rot und rasend ins Zimmer gestürmt; ihr Gesicht sah aus, als hätte man ihr gerade den Pelz geschoren, und die Spuren dieses Mißbrauchs brannten noch auf ihrer Haut.

»Sie!« sagte sie und hätte mich beinahe geschlagen. »Sie haben mein Vertrauen mißbraucht. Es sollte gesetzlich verboten sein, seinen Klienten zu hintergehen.«

»Das ist es auch«, sagte ich, »es sei denn, es handelt sich um Informationen, die ein Verbrechen betreffen.«

»Was für ein Verbrechen?« fragte sie mit plötzlicher Koketterie.

Ich hielt das Tagebuch ihres Bruders empor. »Das haben Sie doch Tag für Tag gelesen, oder?«

Sie dachte darüber nach, ob sie es leugnen sollte. Dann entschloß sie sich zu einem beherzten Ja.

»Als Sie mich engagierten, wußten Sie also, daß diese Gruppe, mit der John gearbeitet hatte, der Grund dafür war, daß er keine Besucher haben durfte.«

»Nun ja«, sagte sie.

»Aber Sie haben mich zu Hilfe geholt, um Druck auf sie auszuüben, so daß sie Ihnen Geld gaben, vielleicht das Geld, das Sie früher von John bekamen.«

»Er hätte es so gewollt«, sagte sie mit einigem Nachdruck. »Da stand ich und bekam überhaupt nichts, und diese Leute haben *sie* zu einer reichen Frau gemacht, solange er krank war. Aber es war nicht *sie*, die ihm am Herzen lag.«

»Nein. Das waren Sie und Marcia Merom, aber ganz bestimmt nicht Linn.«

»Ganz bestimmt nicht. Sie war schon schlimm genug am Anfang, als sie ihn in die Falle gelockt hat mit... na ja, so wie sie es eben getan hat. Aber nach dem Tod der Kinder bedeutete sie ihm nichts mehr; *nichts*.«

»Sie hielt ihn zurück. Wenn sie aus dem Weg war, hätte ihn nichts mehr aufhalten können.«

»Sie war ein Hemmschuh«, sagte sie.

»Nur daß er nichts tun wollte, um sie loszuwerden.«

»Nein«, sagte sie erhitzt. »Also...« Sie riß sich zusammen.

»Also halfen Sie ihm, so wie Sie ihm immer geholfen haben, seit er ein Baby war.«

Sie sagte nichts.

»Und außerdem«, sagte ich, »wenn John sterben sollte...«

»Er wird nicht sterben.«

»Aber wenn es so wäre, würde Linn alles erben. Es sei denn, sie würde als erste sterben.«

Sie saß nur da und funkelte mich an. So deutlich, wie ein stummes Geständnis nur sein konnte.

## 46

Am Nachmittag bekam ich Besuch von Sam. Ray McGonigle begleitete sie. »He, Mann«, sagte er. Aber er trat zurück, als Sam näher kam und sich an mein Bett setzte.

Ich sah, daß sie geweint hatte.

»Daddy«, sagte sie. »Daddy.«

»Was ist, Kind?«

»Ich habe heute morgen mit Mama telefoniert. Sie sagt, ich muß nach Hause kommen. Ich muß zurück in die Schule.«

»Natürlich mußt du das«, sagte ich.

»Ich meine, ich muß jetzt gehen. Ray bringt mich zum Flughafen.«

»Ein besserer Vater würde solche Dinge im Auge behalten«, sagte ich. Mit einem Mal war mir zum Heulen. Aber, um es ihr nicht noch schwerer zu machen, kämpfte ich mannhaft dagegen an. Dann fand ich aber, daß ich durchaus weinen sollte, wenn mir danach war. Aber zu dem Zeitpunkt konnte ich es schon nicht mehr.

»Ich war drauf und dran, Mama zu sagen, daß ich nicht zurück in die Schule will«, sagte Sam. »Aber da ich nur noch ein Jahr bis zum Abschluß habe, meine ich, ich sollte es dieses eine Jahr auch noch aushalten.«

»Natürlich solltest du das«, sagte ich.

»Daddy«, begann sie, aber wir wurden von einem Krawall draußen vor der Tür zu meinem Zimmer unterbrochen. Das Getöse dauerte etwa eine halbe Minute, während wir alle die Tür beobachteten und warteten. Einen Augenblick lang überfiel mich ein ängstliches Zittern. Es ging mir durch den Kopf, daß Gartland ins Krankenhaus gekommen war, um etwas Unbesonnenes zu tun.

Aber statt dessen trat ein ziemlich alter, kleiner Mann ins Zimmer, als die Tür sich öffnete. Er trug einen Stock, mit dem er jedoch kaum einmal den Fußboden berührte. Er war drahtig, und sein Haar war von leuchtendem Weiß.

Er kam an mein Bett und sagte, ohne sich auch nur im geringsten um Sam zu kümmern: »Und wie geht es dem Patienten?«

Mir fiel nichts Originelleres ein als »ganz gut«.

»Wie lange werden Sie noch hierbleiben?«

»Ich weiß nicht.«

»Wir behandeln Sie doch gut, oder?«

»Sehr gut.«

»Schreckliches Theater hatte ich, um hier reinzukommen. Ich habe dem Polizisten da draußen gesagt, daß ich jetzt seit dreiundzwanzig Jahren alle vierzehn Tage die Patienten hier besuche und daß ich ganz bestimmt keinen auslassen würde, egal, wie gefährlich die Sache sei.«

»Oh«, sagte ich.

Er wandte sich an Sam und Ray. »Familienbesuch. Balsam für die Seele, sage ich immer. Na, dann werden Sie mal schnell wieder gesund.«

Mit diesen Worten verließ er abrupt das Zimmer.

Rays Aufregung trug ihn beinahe bis zur Tür hin. »Wissen Sie, wer das war? Wissen Sie es?«

»Ich habe das Gefühl«, sagte ich, »daß ich es gleich erfahren werde.«

»Das war Sir Jeff! Sir Jeff Loftus höchstpersönlich! Wow!« Sehnsüchtig betrachtete er die geschlossene Tür.

»Wow?«

»Stellen Sie sich nur vor, ein wichtiger Mann wie er nimmt sich die Zeit, Patienten im Krankenhaus zu besuchen. Wow!«

Bei der Art, wie Ray die Tür anstarrte, durch die der große Mann gekommen war, ging es mir durch den Sinn, daß er sie gleich aus den Angeln heben würde. Um sie zu reparieren.

»Ray, gehen Sie und helfen Sie Sir Jeff«, sagte ich.

»Was?«

»Das ist Ihre große Chance. Er könnte vielleicht stolpern, und dann wären Sie da, um seine Krone aufzuheben. Gehen Sie nur.«

Ray zögerte, wollte aber Sir Jeff ebensogern folgen, wie ich mit Sam allein gelassen werden wollte.

»Ich wollte dir nur sagen, daß du deinen Abschluß machen sollst«, sagte ich zu ihr.

Einige Sekunden lang saß Sam wortlos da. Dann brach es aus ihr heraus: »Wenn ich fertig bin mit der Schule, dachte ich – ich dachte, es wäre wirklich gut, wenn ich dann wieder hierher käme, um dir zu helfen.«

»Um mir zu helfen?«

»Mit dem Detektivbüro.« Eifrig setzte sie sich auf und sagte: »Als du gedacht hast, ich sei gekidnappt worden, war ich damit beschäftigt, das Schild zu kaufen.«

»Was für ein Schild?«

»Es ist ein Geschenk. Das du draußen über deiner Tür anbringen kannst, um dich besser zu verkaufen. Es ist ein Neonschild, und die Leute werden es sehen und wissen, daß du da bist.«

»Das nehme ich an«, sagte ich.

»›Albert Samson, Privatdetektiv‹ steht drauf. Und« – die Aufregung war nicht gespielt – »es kam heute morgen!«

»Es kam...?«

»Es wurde in dein Büro geliefert. Es ist wirklich wunderhübsch. Ich habe es eingestöpselt, und es blinkt!«

»Wow«, sagte ich.

»Das Großartige daran ist aber, daß man noch eine zweite Zeile hinzufügen kann.«

»Noch eine Zeile?«

»Damit es ›Albert Samson & Tochter‹ heißen könnte«, sagte sie. Dann wurde sie plötzlich schüchtern. »Wenn du mich überhaupt dahaben willst, Daddy.«

»Das mußt du nicht fragen«, sagte ich.

Sie sagte nichts. Genausowenig wie ich, denn mir war zu warm ums Herz.

»Es ist wirklich schade«, sagte ich endlich.

»Was ist schade?«

»Daß ich mich nicht durchsetzen konnte, als deine Mutter und ich uns wegen deines Namens gestritten haben.«

Sie zögerte. »Wie wolltest du mich denn nennen?«

»Delilah«, sagte ich. »Also, das wäre doch mal ein großartiges Schild. ›Samson & Delilah, Detektivbüro‹.«

Sie lächelte. »Ich kann meinen Namen ja ändern«, sagte sie.

»Mach ich.«

»Dein Besuch war hocherwünscht«, sagte ich. »Bei dem Gedanken, daß ich eine erwachsene Tochter habe, fühle ich mich gleich um zehn Jahre jünger.«

Als Sam durch die Tür hinausging, hatte ich das Gefühl, als sei das das Ende vieler Dinge. Aber ich schaffte es nicht, darüber in Depression zu versinken, und eine Weile konnte ich nicht verstehen, warum. Ich hatte kein Geld, würde schon bald keine Wohnung mehr haben und wahrscheinlich auch keine Lizenz. Ich hatte zwei Menschen getötet, und ein dritter, ein guter, war gestorben. Ich war wieder allein und kinderlos.

Aber das düstere Netzwerk der Ereignisse wollte mich einfach nicht umfangen. All diese Dinge waren auf ihre eigene Art und Weise Chancen, die Karten des Lebens neu zu mischen. Ein neues Blatt auszugeben. Vielleicht mit einigen alten Karten darin, vielleicht auch nicht.

Und ich stellte fest, daß ich mich auf etwas freute: auf Sams Neonschild. Leuchtend und grell, ein blinkender, stummer Vertreter draußen vor einem neuen Büro, der Tag und Nacht der Welt verkündete, daß ich noch immer im Geschäft war, noch immer lebte.

»Und ich kann mir eine andere Delilah suchen«, sagte ich.

»Warum?« Verletzt.

»Du glaubst doch nicht im Ernst, daß ich einen Partner ins Geschäft nehmen würde, der nur einen High-School-Abschluß hat, oder? Ich würde niemanden in Betracht ziehen, der nicht auf dem College war.«

»Wirklich nicht?«

»Ganz bestimmt nicht.« Die gute Tat des Tages.

»Oh.«

»Ich muß schließlich einen gewissen Standard aufrechterhalten.«

»Aber du hast doch selbst auch keinen College-Abschluß.«

»Und ich brauche nicht noch einen Dummkopf wie mich im Geschäft. Ich bin ein Luxus, den ich mir kaum leisten kann. Ich sag dir was. Ich halte die Stelle offen für dich. Wie wäre das?«

»Ich hab 'ne Menge Ideen, wie wir es besser machen können«, sagte sie.

»Es macht mich ganz müde, nur daran zu denken, wieviel du denkst.« Mir fiel auf, daß ich müde war. Ich sackte in mich zusammen, und sie bemerkte es. »Was hast du gesagt, wann mußt du gehen?«

»Ich hätte schon gestern gehen müssen. Mein Flugzeug geht in...« Sie warf einen Blick auf ihre Uhr.

»Gib mir die Hand, Kind.«

Sie beugte sich vor und küßte mich.

»Und sieh zu, daß du deinen Detektivausweis immer schön abstaubst.«